BRUXO
DO VENTO

SUSAN DENNARD

BRUXO DO VENTO

Tradução Patrícia Benvenuti

astral cultural

Copyright © 2016 Susan Dennard

Título original: Windwitch

Tradução para Língua Portuguesa © 2024 Patrícia Benvenuti

Todos os direitos reservados à Astral Cultural e protegidos pela Lei 9.610, de 19.2.1998. É proibida a reprodução total ou parcial sem a expressa anuência da editora.

Este livro foi revisado segundo o Novo Acordo Ortográfico da Língua Portuguesa.

Editora **Natália Ortega**

Editora de arte **Tâmizi Ribeiro**

Coordenação editorial **Brendha Rodrigues**

Produção editorial **Manu Lima e Thaís Taldivo**

Preparação de texto **César Carvalho**

Revisão **Alexandre Magalhães e Carlos César da Silva**

Capa **Cliff Nielsen**   Adaptação de capa **Tâmizi Ribeiro**

Foto autora arquivo pessoal

Dados Internacionais de Catalogação na Publicação (CIP)
Angélica Ilacqua CRB-8/7057

D46b

    Dennard, Susan
       Bruxo do Vento / Susan Dennard ; tradução de Patrícia Benvenuti.
    – São Paulo, SP : Astral Cultural, 2024
       400 p.

    ISBN 978-65-5566-573-4
    Título original: Windwitch

    1. Ficção norte-americana 2. Literatura fantástica I. Título II. Benvenuti, Patrícia

24-4451

CDD 813

Índice para catálogo sistemático:
1. Ficção norte-americana

BAURU
Rua Joaquim Anacleto
Bueno 1-42
Jardim Contorno
CEP: 17047-281
Telefone: (14) 3879-3877

SÃO PAULO
Rua Augusta, 101
Sala 1812, 18º andar
Consolação
CEP: 01305-000
Telefone: (11) 3048-2900

E-mail: contato@astralcultural.com.br

Para Jennifer e David

ANTES

*S*angue no chão.

Escorrendo lateralmente, amontoando-se sob feixes de luz da lua antes de o movimento suave do navio fazê-lo escoar para o outro lado.

O príncipe solta o punho da espada e retrocede dois passos, o coração batendo acelerado contra suas costelas. Ele nunca tirou a vida de outro homem. Ele se pergunta se isso irá mudá-lo.

A lâmina permanece na vertical, fixa na madeira, mesmo quando o rapaz espetado por ela tenta se levantar. Cada vez que o assassino se move, o buraco em seu abdômen se alarga. Suas entranhas reluzem como moedas de prata à meia-luz.

— Quem é você? — A voz do príncipe sai rouca. É o primeiro som emitido por ele desde que acordara com uma sombra em sua cabine.

Graças a Noden, as espadas de seu pai estavam penduradas sobre a cama, prontas para serem agarradas durante uma tentativa de assasssinato.

— Ela... está esperando por você — o então assassino responde. Ele tenta, mais uma vez, se levantar, tateando pelo punho da espada com a mão esquerda ensanguentada.

Sem dedo mindinho, o príncipe percebe, distraído, porque sua mente está ponderando sobre a palavra ela. Só há uma mulher que faria tal coisa. Só uma mulher que deseja a morte do príncipe — e ela própria o dissera aquilo inúmeras vezes.

O príncipe se vira, os lábios abrindo-se para gritar o alerta, mas então ele ouve a risada do homem atrás de si. Um som seco com muitas facetas. Muito peso.

Ele olha novamente para o assassino. A mão do homem está largando a espada. O assassino desaba na madeira com mais sangue, mais risadas. Sua mão direita tira algo de um bolso em seu casaco. Um recipiente de argila cai livremente. Rola pelas tábuas. Em meio ao sangue. Até o outro lado, pintando uma linha extensa e brilhante pelo chão da cabine.

Então, o jovem assassino dá uma última risadinha sangrenta e sussurra:

— Incendiar.

<hr/>

O príncipe vacila em cima do penhasco árido e observa seu navio de guerra queimar.

Calor ruge contra ele, as chamas escuras do fogo marinho quase invisíveis por sobre as ondas. Apenas o brilho de seus núcleos brancos, alquímicos, as ultrapassa.

O barulho assola tudo. Os estalos e estouros violentos da madeira alcatroada que enfrentava tempestades e batalhas havia anos, mais do que o príncipe tinha de vida.

Ele deveria estar morto. Sua pele está queimada e escurecida, o cabelo completamente chamuscado, e seus pulmões viraram cinzas.

Ele não sabe como sobreviveu. Como atrasou o incêndio por tempo suficiente para que cada homem e mulher a bordo abandonasse o navio. Talvez ele não sobreviva. Ele mal consegue se manter em pé.

Sua tripulação observa da praia. Alguns soluçam. Alguns gritam. Alguns até vasculham a margem, as ondas. Mas a maioria apenas observa, assim como o príncipe.

Eles não sabem do surgimento do assassino. Eles não sabem que ela aguarda por notícias de sua morte.

A princesa de Nubrevna. Vivia Nihar.

Ela tentará matá-lo de novo se descobrir que aquela tentativa falhou. E aí o seu povo, a sua tripulação, estará novamente em risco. E é por isso, enquanto afunda no solo, que ele decide que aqueles marinheiros jamais saberão de sua sobrevivência. Eles devem considerá-lo morto, e Vivia também.

Um pelo bem de muitos.

A escuridão avança pelas extremidades de sua visão. Seus olhos enfim se fecham, e ele relembra algo que sua tia lhe dissera certa vez: "Os mais santos sempre sofrem as piores quedas".

Sofrem mesmo, *ele pensa*, e eu sou a prova perfeita disso.

Então, Merik Nihar, príncipe de Nubrevna, cai em um sono sombrio e sem sonhos.

1

Havia vantagens em ser um homem morto.

Merik Nihar, príncipe de Nubrevna e antigo almirante da Marinha nubrevna, desejou ter considerado morrer há muito tempo. Ele era muito mais produtivo como um cadáver.

Como naquele momento. Ele tinha ido à Praça do Julgamento, no coração de Lovats, por uma razão, e aquela razão estava enfiada dentro de um casebre pequeno, uma extensão da prisão ao fundo, onde os arquivos eram mantidos. Merik precisava de informações sobre um prisioneiro em particular. Um prisioneiro sem o mindinho esquerdo, que agora vivia além da última plataforma, nas profundezas do inferno aquoso de Noden.

Merik afundou sob o capuz de sua capa amarronzada. É verdade, seu rosto estava quase irreconhecível graças às queimaduras, e seu cabelo estava apenas começando a crescer de volta, mas a cobertura oferecia segurança em meio à loucura da Praça do Julgamento.

Ou Praça Goshorn, como era chamada de vez em quando, em razão de um enorme carvalho goshorn ao centro.

O tronco pálido, largo como um farol e tranquilamente com a mesma altura, estava retorcido, e seus galhos não viam nada verde há décadas. *Aquela árvore*, Merik pensou, observando o galho mais longo, *parece que, em breve, se juntará a mim na morte*.

Ondas de movimento enchiam a praça o dia todo, motivadas pela curiosidade. Quem seria forçado à vergonha pública? Algemado às pedras sem comida ou indulto? Quem sentiria o estalo ardente de uma corda — seguido pelo beijo gélido dos peixes-bruxa de Noden?

O desespero arrastava as pessoas em manadas. Famílias iam implorar piedade aos soldados nubrevnos por seus entes queridos, e os moradores de rua imploravam por comida, por abrigo, por qualquer tipo de sinal de compaixão.

Mas ultimamente ninguém tinha compaixão ou piedade para dar. Nem mesmo Merik Nihar.

Ele já fizera tudo o que podia — desistira de tudo o que podia por um acordo mercante com o território Hasstrel em Cartorra. Ele quase negociara com os marstoks também, mas, no fim das contas, a morte chegara cedo demais.

Uma família bloqueava o caminho de Merik. Uma mulher e seus dois meninos, que gritavam a qualquer um que passava.

— Não é crime estar faminto! — gritavam em uníssono. — Nos libertem e nos alimentem! Nos libertem e nos alimentem!

O menino mais velho, extremamente alto e magro como um ofiúro, rodeou Merik.

— Não é crime estar faminto! — Ele se aproximou. — Nos libertem e nos alimen...

Merik o evitou, girou à esquerda ao redor do segundo menino e, por fim, passou pela mãe. Ela era a mais barulhenta dos três, com o cabelo descolorido pelo sol e um rosto revestido de fúria.

Ele conhecia bem aquele sentimento, porque era sempre a fúria que o impulsionava adiante. Mesmo quando a dor rasgava seu corpo e as bolhas em seu peito estouravam em atrito com o tecido artesanal.

Outros que estavam por perto se uniram ao cântico.

— *Nos libertem e nos alimentem! Não é crime estar faminto!*

Merik percebeu estar acelerando o passo para se igualar ao ritmo daquela súplica. Pouquíssimas pessoas nas Terras das Bruxas tinham magia, muito menos magia útil. Elas sobreviviam pelo capricho da natureza — ou pelo capricho dos bruxos — e por sua própria coragem implacável.

Ele alcançou a forca no tronco gorducho de carvalho. Seis cordas pendiam de um galho central, laços frouxos no calor do meio da manhã.

Contudo, quando Merik tentou rodear a plataforma vazia, avistou uma figura alta, com a cabeça clara e uma estrutura desajeitada.

Kullen. O nome atravessou seu coração, deixando seus pulmões sem ar antes que seu cérebro pudesse se recuperar e dizer: *Não, o Kullen não. O Kullen jamais.*

Porque Kullen tinha destrinchado em Lejna duas semanas atrás. Ele tinha morrido em Lejna duas semanas atrás. E nunca voltaria.

Sem pensar, os punhos de Merik lançaram-se para a frente. Ele esmurrou a plataforma da forca, a dor irrompendo de suas juntas — imediatamente trazendo-o para o presente. Tudo imediatamente real.

Ele esmurrou de novo. Agora com mais força, perguntando-se por que suas entranhas se retorciam. Ele havia se redimido com o fantasma de Kullen. Havia comprado aquele santuário na encosta, usando o último botão de ouro restante em seu casaco de almirante, e rezara aos peixes-bruxa que agilizassem a passagem de Kullen para além da última plataforma.

Depois, deveria ter parado de doer. *Aquilo* deveria ter parado de doer.

Por fim, a figura alta desapareceu, e as articulações ensanguentadas de Merik arderam mais intensamente que o passado. Ele se forçou a avançar, os cotovelos para fora e o capuz abaixado. Porque, se Safiya fon Hasstrel podia chegar até aquele píer em Lejna apesar dos marstoks e dos destrinchados em seu caminho — se ela podia fazer tudo aquilo por um povo que nem mesmo era o seu, por um acordo mercante com sua família —, então Merik certamente podia concluir o que fora fazer ali.

Mas que maldição a sua mente pensar nela. Ele vinha sendo tão eficiente ao evitar lembranças de Safi desde a explosão. Desde que seu antigo mundo terminara e o novo começara. Não que não *quisesse* pensar nela. Que Noden o salvasse, mas o último momento compartilhado entre eles...

Não, não... Merik não insistiria naquilo. Não fazia sentido lembrar do gosto da pele de Safi em seus lábios, não quando eles agora se encontravam danificados. Não quando seu corpo inteiro estava destruído e deplorável.

Além disso, homens mortos não deveriam se importar.

Ele avançou em meio à sujeira e ao odor corporal. Um fluxo que resistia. Uma tempestade sem olho. Cada vez que membros se chocavam contra seus ombros ou mãos, a dor o percorria.

Ele chegou aos grilhões. Cinquenta prisioneiros esperavam ali, acorrentados às pedras e tostados pelo sol. Uma cerca os rodeava, indiferente às pessoas que a pressionavam pelo lado de fora.

Elas imploravam aos guardas que dessem água aos seus filhos. Sombra às suas esposas. Que soltassem seus pais. Ainda assim, os dois soldados parados no portão da cerca — do lado de dentro, para não serem pisoteados — demonstravam tanto interesse pelos famintos de Lovats quanto pelos prisioneiros que deveriam vigiar.

De fato, aqueles dois soldados estavam tão entediados que jogavam taró para passar o tempo. Um usava uma tira de tecido azul-lírio no bíceps, uma faixa de pesar que demonstrava respeito ao príncipe morto. O outro mantinha a faixa decorando um dos joelhos.

Ao avistar aquele tecido — parado ali, sem utilidade —, um vento revigorado e furioso se inflamou no peito de Merik. Ele fizera tanto por Nubrevna, e aquilo era tudo o que ganhara: um luto vazio, falso. Exibições externas, como as coroas de flores e serpentinas que decoravam a cidade, não conseguiam mascarar como verdadeiramente todos se importavam pouco com a morte do príncipe.

Vivia se certificara daquilo.

Graças a Noden, ele logo chegou no casebre, pois não conseguiria manter seus ventos e temperamento contidos por muito tempo — e a paciência estava quase acabando.

A multidão o cuspiu diante de paredes laranja cobertas de cocô de passarinho, e Merik seguiu em direção a uma porta no lado sul. Sempre trancada, mas não impenetrável.

— Abra! — gritou. Ele bateu uma vez na porta; um erro. A pele recém-rompida em suas juntas se soltou. — Eu sei que você está aí!

Nenhuma resposta. Ao menos nenhuma que ele pudesse ouvir, mas tudo bem. Ele permitiu que o calor em seu corpo aumentasse. Se intensificasse. *Soprasse.*

Então, bateu de novo, sentindo o vento serpentear ao seu redor.

— Rápido! Está uma loucura aqui fora!

O trinco sacudiu. A porta rangeu, abrindo-se para trás... E Merik entrou. Com punhos, com força, com vento.

O soldado do outro lado não teve a menor chance. Ele caiu para trás, o casebre inteiro estremecendo com a força de sua queda. Antes que o homem pudesse se levantar, Merik fechou a porta atrás de si. Ele avançou sobre o soldado, perseguindo-o com seus ventos. Rasgando papéis em um ciclone que lhe pareceu estranhamente bom.

Há muito tempo ele não permitia o desenrolar de seus ventos e a expansão de sua magia. Chamas formaram-se em sua barriga, uma fúria que vociferou e soprou. Aquilo havia mantido seu estômago cheio quando a comida fora incapaz. O ar cresceu ao seu redor, movendo-se para dentro e para fora no ritmo de sua respiração.

O soldado — de meia-idade e pele amarelada — permaneceu no chão e com as mãos protegendo o rosto. Nitidamente, decidira que a rendição era a opção mais segura.

Que pena. Merik teria amado uma briga. Em vez disso, ele forçou os olhos e investigou o cômodo. Também usou seus ventos, persuadindo-os a avançar. Deixando que as vibrações no ar o dissessem onde outros corpos poderiam estar. Onde outras respirações poderiam espiralar. Mas ninguém se escondia nos cantos escuros, e a porta que levava à prisão principal permanecia bem fechada.

Por fim, com um controle meticuloso, Merik voltou sua atenção ao soldado. Sua magia suavizou-se, deixando papéis caírem no chão antes de ele abaixar o capuz, lutando contra a dor que descia por seu couro cabeludo.

E esperou, para ver se o soldado o reconheceria.

Nada. Na verdade, o homem voltou a se encolher no instante em que baixou as mãos.

— Quem é você?

— Alguém irritado. — Merik avançou um único passo. — Procuro uma pessoa que foi solta recentemente dos grilhões pela segunda vez.

O homem dispersou o olhar pelo cômodo.

— Vou precisar de mais informações, senhor. Uma idade, ou crime, ou data de soltura...

— Não tenho nada disso. — Merik sustentou mais um passo adiante, e o soldado se ergueu desesperadamente. Para longe do estranho e agarrando os papéis mais próximos.

— Encontrei esse prisioneiro — *Eu matei esse prisioneiro* — onze dias atrás. — Merik fez uma pausa, relembrando os feixes de luz da lua. — Ele tinha a pele marrom, com cabelo longo e escuro, e duas linhas tatuadas embaixo do olho esquerdo.

Duas linhas. Duas vezes nos grilhões da Praça do Julgamento.

— E... — Ele ergueu a mão esquerda. A pele tinha tons de cicatrização vermelhos e marrons, exceto onde sangue novo irrompera nos nós dos dedos. — O prisioneiro não tinha o mindinho.

— Garren Leeri! — o soldado gritou, assentindo. — Eu me lembro muito bem dele. Fazia parte dos Nove, antes de acabarmos com as gangues de Skulks. Embora a segunda vez que o prendemos tenha sido por um roubo insignificante.

— E o que aconteceu com Garren depois de cumprir a pena?

— Ele foi vendido, senhor.

As narinas de Merik se alargaram. Ele não sabia que ser *vendido* era algo possível de acontecer aos prisioneiros e, com aquele pensamento, um calor enojado despertou em seus pulmões. Merik não o conteve — apenas o libertou, chacoalhando os papéis próximos aos seus pés.

Um dos papéis virou para cima, batendo na canela do soldado. Em um segundo, o homem voltou a tremer.

— Não acontece com muita frequência. Senhor. A venda de pessoas, quero dizer. Apenas quando não temos espaço na prisão... e só vendemos aqueles condenados por crimes insignificantes. Eles trabalham em vez de cumprir pena.

— E para quem — Merik balançou a cabeça de um lado para o outro — você vendeu esse homem chamado Garren?

— Para o *Pin's Keep*, senhor. Eles costumam comprar prisioneiros para trabalhar na clínica. Para dar a eles uma segunda chance.

— Ah. — Merik mal pôde conter um sorriso. *Pin's Keep* era um abrigo para os mais pobres de Lovats. Fora um projeto de sua mãe e, após a morte da rainha, passara diretamente a Vivia.

Que fácil. Merik tinha encontrado o sustentáculo que ligava Garren a Vivia, simples assim. Tudo o que faltava eram provas tangíveis — algo concreto que ele pudesse entregar ao Conselho Superior e que mostrasse, sem nenhuma dúvida, que sua irmã era uma assassina. Que ela não estava apta a governar.

Agora ele tinha uma pista. Uma muito boa.

Antes que pudesse soltar um sorriso, um som de metal sendo raspado na madeira preencheu o cômodo.

O príncipe se virou quando a porta externa foi aberta, e encontrou os olhos de um jovem guarda assustado.

Bem, aquilo era uma pena.

Para o guarda.

Os ventos de Merik avançaram, agarrando o guarda como uma boneca. Então, retrocederam como uma chibata, e o garoto foi arremessado diretamente contra o príncipe.

Que estava com o punho preparado.

Suas juntas dilaceradas uniram-se ao maxilar do guarda. A toda velocidade. Um furacão contra uma montanha. O homem apagou em um instante e, enquanto sua figura molenga desmoronava, Merik deu uma espiada no primeiro sentinela.

Mas o homem mais velho estava na porta que levava à prisão, atrapalhando-se com a fechadura para poder fugir, e murmurando:

— Velho demais para isso. Velho demais para isso.

Pelas águas do inferno. Um lampejo de culpa acertou em cheio o peito de Merik. Ele conseguira o que fora buscar, e permanecer ali por mais tempo significava apenas pedir por mais problemas. Por isso, ele deixou o soldado com sua fuga e lançou-se em direção à porta aberta do casebre. Mas parou na metade do caminho quando uma mulher desabou para dentro, gritando:

— Não é crime estar faminto! Nos libertem e nos alimentem!

Era *aquela* mulher, com os dois filhos logo atrás. Que Noden o enforcasse, mas ele já não tivera interrupções suficientes por um dia?

A resposta era não; aparentemente, não.

Ao avistar o guarda inconsciente e depois o rosto descoberto de Merik, a mulher ficou em completo silêncio. Imóvel. Havia algo em seus olhos injetados, algo esperançoso.

— Você — ela sussurrou. Depois, cambaleou para a frente, os braços estendidos. — Por favor, Fúria, não fizemos nada de errado.

Ele puxou o capuz para cima; a dor, por um instante, mais alta que qualquer outro som. Mais luminosa também, mesmo quando a mulher se aproximou com os filhos.

As mãos dela agarraram a mão dele.

— Por favor, Fúria! — ela repetiu, e internamente Merik estremeceu com aquela denominação. Ele estava mesmo tão grotesco? — Por favor, senhor! Nós fomos bondosos e prestamos nossas homenagens ao seu santuário! Não merecemos sua ira... Só queremos alimentar nossas famílias!

Merik se libertou. Sua pele cedeu embaixo das unhas da mulher. A qualquer momento, soldados estariam brotando da sala de registros e, embora ele pudesse lutar com aqueles garotos e com a mãe deles, aquilo apenas chamaria mais atenção.

— Você disse "nos libertem e nos alimentem"? — Ele pescou um molho de chaves do cinto do guarda inconsciente. — Pegue isto.

A mulher maldita acovardou-se diante da mão esticada de Merik.

E o tempo estava acabando. O barulho familiar de um tambor de vento expandia-se do lado de fora. *"Precisa-se de soldados"*, dizia a batida, *"na Praça do Julgamento."*

Ele então jogou as chaves para o menino mais próximo, que as pegou, desajeitado.

— Libertem os prisioneiros se quiserem, mas sejam rápidos. Porque *agora* seria um bom momento para todos nós corrermos.

Merik se atirou na multidão, mantendo-se abaixado e andando rápido. Pois, embora a mulher e seus filhos não tivessem o bom senso de fugir, Merik Nihar tinha.

Afinal, até mesmo homens mortos podiam valorizar suas vidas.

2

Aquela não era Azmir.

Safiya fon Hasstrel podia ter sido uma péssima estudante de geografia, mas até mesmo *ela* sabia que aquela baía de lua crescente não era a capital de Marstok. Embora, por xixi de fuinha, ela desejasse que fosse.

Qualquer coisa seria mais interessante do que encarar as mesmas ondas turquesa que ela encarava há uma semana, tão em desacordo com a selva escura e densa ao fundo. Pois ali, na extremidade mais oriental das Terras Disputadas — uma longa península desocupada que não pertencia às facções piratas de Saldonica nem aos impérios —, não havia absolutamente nada interessante a fazer.

Havia o farfalhar de papel atrás de Safi, quase sincronizado com a tremulação das ondas, e, elevando-se acima de tudo, cantava a voz infinitamente calma da imperatriz de Marstok. O dia todo, ela trabalhava em cartas e mensagens em uma mesa baixa no centro de sua cabine, parando apenas para atualizar Safi sobre alguma aliança política complicada ou mudanças recentes nas fronteiras meridionais do seu império.

Era tedioso a ponto de angustiar, e a pura verdade era, ao menos na opinião de Safi, que pessoas bonitas *não* deveriam ter permissão para dar sermões. Nada invalidava a beleza mais rápido do que o tédio.

— Você está ouvindo, domna?

— É claro que estou, Vossa Majestade! — Safi girou, seu vestido branco ondulando. Ela bateu os cílios para uma dose extra de inocência.

Vaness não estava convencida. Seu rosto em formato de coração tinha se endurecido, e Safi não acreditava estar *imaginando* como o cinto de ferro da imperatriz ondulava e agitava-se feito duas serpentes deslizando uma pela outra.

Vaness era, de acordo com estudiosos, a mais nova e mais poderosa imperatriz de toda a história das Terras das Bruxas. Ela também era, de acordo com a lenda, a Bruxa do Ferro mais forte e perversa que já vivera, tendo derrubado uma montanha inteira com apenas sete anos de idade. E, é claro, de acordo com Safi, Vaness era a mulher mais linda e mais elegante que já havia agraciado o mundo com sua presença.

Contudo, nada daquilo importava porque, *pelos deuses*, Vaness era tediosa.

Nenhum jogo de cartas, nenhuma brincadeira, nenhuma história emocionante ao redor das chamas dos Bruxos de Fogo — nada que tornasse aquela espera mais suportável. Elas haviam ancorado ali uma semana antes, inicialmente escondendo-se de uma chalupa cartorrana. Depois, de uma armada cartorrana. Todos tinham sido preparados para uma batalha naval...

Que nunca aconteceu. E, ainda que Safi reconhecesse ser algo bom — a guerra *não* fazia sentido, como Habim sempre dizia —, ela também tinha aprendido que *ficar o dia todo esperando* era o seu tipo de inferno particular.

Principalmente depois de sua vida inteira ter sido destruída duas semanas e meia atrás. Um noivado surpresa com o imperador de Cartorra a havia sugado para dentro de um ciclone de conspiração e fuga. Ela descobrira que seu tio, um homem que ela passara a vida inteira detestando, estava por trás de um plano imenso e em larga escala para trazer paz às Terras das Bruxas.

Depois, como se sua vida já não estivesse complicada o bastante, Safi descobrira que ela e sua irmã de ligação Iseult poderiam ser as mitológicas Cahr Awen, cujo dever era curar a magia das Terras das Bruxas.

A imperatriz pigarreou categoricamente, trazendo a mente de Safi de volta ao presente.

— Meu acordo com os piratas Baedyed é de extrema importância para Marstok. — Vaness ergueu as sobrancelhas com seriedade. — Demoramos anos para chegar a um acordo com eles, e milhares de vidas serão salvas por causa disso... E você nem está ouvindo, domna!

Não era *completamente* mentira, mas Safi se ofendeu com o tom de voz da imperatriz. Afinal de contas, ela estivera usando sua melhor expressão de eu-sou-uma-estudante-perfeita, e Vaness deveria valorizar aquilo. Não era como se Safi alguma vez tivesse se preocupado em treinar suas expressões com seus mentores, Mathew e Habim. Nem com Iseult.

Sua garganta se apertou. Por instinto, ela agarrou a pedra dos fios que repousava em sua clavícula. A cada poucos minutos, ela puxava o rubi sem corte e observava suas profundezas tremeluzentes.

A pedra deveria se iluminar se Iseult estivesse em perigo. Porém, nem um lampejo até aquele momento. Nem um vislumbre. Aquilo a acalmara de início — era tudo a que ela podia se agarrar, na verdade. Sua *única* conexão com a irmã de ligação. Sua parceira. Sua metade lógica que "livrava-Safi--dos-problemas". A pessoa que jamais teria deixado Safi concordar em se juntar à imperatriz.

Em retrospecto, Safi conseguia enxergar o acordo estúpido que fizera, oferecendo sua bruxaria da verdade para que a imperatriz pudesse erradicar a corrupção na corte Marstok. Safi se achara "tão nobre" e "tão abnegada", pois, ao se unir a Vaness, ela estava ajudando a nação moribunda de Nubrevna a fazer negócios.

No entanto, a verdade é que ela estava presa. Em um navio. No meio do nada. Com apenas a imperatriz Insossa como companhia.

— Sente-se comigo — Vaness ordenou, interrompendo o sofrimento autoinfligido de Safi. — Já que é óbvio que você não se interessa pela política dos Baedyed, talvez esta mensagem a interesse.

O interesse de Safi retornou. Uma *mensagem*. Aquela tarde havia acabado de ficar mais atraente que a do dia anterior.

Repousando as mãos em seu próprio cinto de ferro, ela atravessou a cabine balançante até um banco vazio em frente à imperatriz. Vaness vasculhou uma pilha de papéis desalinhados, uma leve carranca unindo suas sobrancelhas.

Seu olhar remeteu a um rosto diferente que, com frequência, franzia-se em uma cara sisuda. Um líder diferente que, como a imperatriz de Marstok, sempre colocava a vida de seu povo acima da sua.

Merik.

Os pulmões de Safi se expandiram. Suas bochechas traidoras esquentaram. Eles tinham compartilhado apenas *um* beijo, então já era para aquele rubor ter parado de aparecer.

Como se respondesse aos pensamentos dela, Safi avistou um nome no topo da página puxada por Vaness: *Príncipe de Nubrevna*. Seus batimentos aceleraram. Talvez fosse o momento — talvez, finalmente, ela teria notícias do mundo e das pessoas que deixara para trás.

Antes que pudesse descobrir qualquer coisa ou detectar alguma palavra, porém, a porta da cabine da imperatriz abriu-se com violência. Um homem entrou, apressado, vestido de marinheiro e com o tradicional verde marstok. Ele avistou Safi e Vaness, e, por dois segundos, apenas as encarou.

Falso. A palavra desceu pela coluna de Safi, sua bruxaria da verdade formigando. Um aviso de que o que ela via era mentira. Aquele fingimento a encarava boquiaberto, enquanto ele erguia uma única mão.

— Cuidado! — Ela tentou agarrar a imperatriz, tentou abaixá-la junto consigo para se protegerem. Mas foi lenta demais. O marinheiro havia puxado o gatilho de sua pistola.

A arma disparou com um *bang*!

O tiro nunca acertou o alvo. Ficou suspenso no ar, uma esfera de ferro girando a poucos centímetros do rosto da imperatriz.

Então uma lâmina atravessou as costas do agressor e uma ponta de aço cheia de sangue irrompeu de sua barriga. Um corte sibilante que rompeu coluna, órgãos e pele.

A espada foi arrancada. O corpo caiu. O líder da guarda pessoal de Vaness apareceu, vestido de preto da cabeça aos pés, sua lâmina pingando sangue.

O Víbora Superior.

— Assassino — ele pronunciou a palavra calmamente. — A senhora sabe o que fazer, Vossa Majestade.

Sem dizer mais nada, ele desapareceu.

O projétil de ferro por fim caiu do ar. Ele retiniu no chão e rolou, o som perdendo-se em meio a um repentino barulho de vozes do lado de fora.

— Venha — foi tudo que Vaness disse. Então, como se temesse que Safi não ouvisse, ela apertou o cinto de ferro na cintura da Bruxa da Verdade e a *rebocou* em direção à porta com sua magia.

Safi não teve escolha além de correr, apesar do horror crescente em sua garganta. Apesar das perguntas espalhadas em sua mente.

Elas foram até o assassino. Vaness diminuiu o passo o suficiente para olhar para baixo. Ela deu uma fungada arrogante, levantando as saias pretas, e pisou em cima do corpo. Seus pés deixaram uma trilha de sangue do outro lado.

Safi, por outro lado, certificou-se de dar a volta.

Ela também se certificou de não olhar para os olhos mortos do homem. Azuis e fixos no teto calafetado.

O caos tomara conta do lado externo; mesmo assim, a imperatriz encarou tudo sem emoções. Com um movimento rápido das mãos, os braceletes de ferro em seus punhos derreteram, formando quatro paredes finas que revestiram a ela e Safi. Um *escudo*. Depois, a imperatriz virou à esquerda no convés. Vozes gritavam em marstok, todas abafadas e metálicas.

Ainda assim, completamente compreensíveis. Pensava-se que um segundo assassino estava a bordo, e os víboras e a tripulação precisavam encontrá-lo.

— Mais rápido — Vaness ordenou a Safi, e o cinto a rebocou com mais força.

— Aonde estamos indo? — Safi gritou de volta. Ela não via nada dentro daquele escudo, a não ser o céu perfeito e limpo acima delas.

Sua resposta logo veio. Elas chegaram ao barco a remo do navio, armazenado na popa e suspenso para que sua liberação às ondas fosse rápida. Vaness derreteu o escudo frontal em uma série de degraus e subiu imediatamente.

Então elas estavam no barco oscilante, ferro espalhando-se ao redor das bordas da embarcação. Paredes para mantê-las a salvo. Mas nenhuma cobertura, nenhuma proteção contra a voz que bramia:

— Ele está abaixo do convés!

Vaness encontrou o olhar de Safi.

— Segure-se firme — alertou. Suas mãos se ergueram, as correntes tilintaram, e o barco deu uma guinada.

Elas despencaram nas ondas. Safi quase caiu de seu lugar, e houve um jato de névoa marinha — seguido por uma brisa grudenta e salgada, enquanto ela se ajeitava. Era tudo tão calmo, tão quieto ali embaixo. Os joelhos dela deram um salto — como podia ser tão sereno quando a violência reinava nas redondezas?

A calmaria era uma mentira, pois, após inspirar uma única vez, uma explosão de luz brilhante surgiu acima dos escudos, cintilando com vidro e intensidade. O barco foi jogado para trás, tombando perigosamente.

Por último, veio o trovão. Violento. Escaldante. *Vivo.*

O navio havia explodido.

Chamas alcançaram o escudo, mas, mesmo assim, a imperatriz impediu que o ataque as acertasse. Finos como papel, os escudos se espalharam, cobrindo o barco inteiro, protegendo Vaness e Safi do calor impetuoso e transformando as labaredas em um rugido abafado.

Sangue escorria do nariz da imperatriz, e os músculos dela tremiam. Um sinal de que não conseguiria manter seu escudo diante daquela loucura para sempre.

Então Safi pegou os remos na parte de baixo do barco. Nem uma única vez ela parou para pensar se aquilo era o que deveria fazer — da mesma forma que ela *não* consideraria nadar ao ficar presa sob a maré. Havia remos e uma costa como objetivo, então ela agiu.

Ao ver o que Safi pretendia, Vaness abriu dois buracos nos escudos para os remos. Fumaça e calor lançaram-se para dentro.

Safi os ignorou, mesmo quando seus dedos queimaram e seus pulmões encheram-se de fumaça salgada.

Remada após remada, ela transportou Vaness e a si própria para longe da morte, até que, enfim, o barco *atingiu* um pedaço de cascalho escuro. Até que, enfim, a imperatriz pudesse permitir que seu escudo de ferro caísse. Enrolando-se, ele voltou a ser braceletes em seus punhos, possibilitando a Safi que tivesse uma visão completa das labaredas negras que queimavam à frente.

Fogo marinho.

Sua ânsia escura não poderia ser satisfeita. O vento não poderia extingui-lo. A água apenas atiçava as chamas resinosas para ainda mais alto.

Safi arqueou os braços ao redor da imperatriz debilitada e puxou ambas para as ondas brandas. Ela não sentiu nenhum alívio por ter sobrevivido àquele ataque. Nenhuma satisfação arrebatadora surgiu dentro dela por ter chegado à costa. Ela sentia apenas um vazio crescente. Um apanhado de escuridão. Pois *aquela* era a sua vida agora. Nada de tédio e sermões, mas chamas do inferno e assassinos. Massacres e fugas intermináveis.

E ninguém além dela mesma poderia salvá-la.

Eu poderia fugir agora mesmo, pensou, observando a margem extensa da praia — os manguezais e as palmeiras do outro lado. *A imperatriz nem notaria. É provável que nem se importasse também.*

Se ela mirasse em direção ao sudoeste, acabaria chegando à República Pirata de Saldonica. A única civilização — se pudesse ser chamada assim — e o único local onde poderia encontrar um navio para dar o fora dali. Mas ela tinha quase certeza de que *não* conseguiria sobreviver naquela latrina de humanidade sozinha.

Seus dedos moveram-se até a pedra dos fios, porque, agora que sua vida estava por um fio, o rubi finalmente se acendera.

Se Iseult estivesse ali, Safi poderia se embrenhar naquela selva sem pensar duas vezes. Ao lado de Iseult, Safi era corajosa. Forte. Destemida. Mas ela não fazia ideia de onde sua irmã de ligação estava, nem tinha qualquer pista de quando a veria de novo — ou *se* a veria de novo.

O que significava, por ora, que suas chances eram melhores com a imperatriz de Marstok.

Assim que o navio de guerra queimou até se tornar um esqueleto flamejante, e a exaltação do ataque arrefeceu, Safi se virou para Vaness. A imperatriz parecia enraizada ao chão, dura como o ferro que controlava.

Cinzas riscavam sua pele. Duas linhas de sangue haviam secado embaixo de seu nariz.

— Precisamos nos esconder — Safi resmungou. Pelos deuses, ela precisava de água. Água gelada e relaxante, livre de sal. — O incêndio vai atrair a armada cartorrana até nós.

Muito lentamente, a imperatriz afastou o olhar do horizonte e o fixou em Safi.

— Pode haver — rosnou — sobreviventes.

Safi comprimiu os lábios, mas não discutiu. E talvez tenha sido a falta de argumento que fez os ombros de Vaness se afundarem de leve.

— Nosso objetivo é Saldonica — foi tudo que a imperatriz de Marstok disse em seguida. Ela partiu, com Safi em seus calcanhares, pela praia rochosa e em direção ao apanhado de escuridão.

3

Equilíbrio, Iseult det Midenzi disse a si mesma pela milésima vez desde o amanhecer. *Equilíbrio nos dedos das mãos e dos pés.*

Não que ela conseguisse sentir seus dedos das mãos ou dos pés. Ela já corria pela encosta do córrego daquela montanha congelante pelo que parecia ser uma eternidade. Tinha caído duas vezes, e duas vezes se encharcara da cabeça aos pés.

Mas não podia parar. Precisava continuar correndo. Embora para *onde* fosse uma pergunta recorrente. Se ela tiver lido corretamente o mapa, muitas horas atrás, antes de o destrinchado farejar o seu cheiro e começar a persegui-la, ela deveria estar em algum lugar próximo da extremidade mais ao norte das Terras Disputadas.

O que significava zero assentamentos para se esconder. Nenhuma pessoa para salvá-la do que quer que a estivesse perseguindo.

Por uma semana, Iseult viajara em direção a Marstok. As planícies mortas ao redor de Lejna tinham, por fim, se tornado íngremes. Montanhosas. Ela nunca estivera em qualquer lugar que não fosse plano o bastante para ver o céu. Ah, ela tinha visto cumes cobertos de neve e sopés escarpados em ilustrações, e tinha ouvido Safi descrevê-los, mas nunca poderia ter imaginado quão *pequena* eles a fariam se sentir. Quão isolada e presa, quando as montanhas bloqueavam sua visão do céu.

Ficou ainda pior com a completa inexistência de fios. Como uma Bruxa dos Fios, Iseult conseguia ver os fios que constroem, os fios que unem e os fios que rompem. Milhares de cores brilhando sobre ela a cada momento de cada dia. Exceto que, sem pessoas, não havia fios — e sem fios, não havia nenhum acréscimo de cor para preencher seus olhos, sua mente.

Ela estava sozinha há dias. Tinha caminhado por tapetes de agulha de pinheiros, com apenas as centenas de árvores chiando ao vento como companhia. Ainda assim, independentemente do terreno, movia-se com cuidado. Jamais deixando marcas, jamais deixando rastros, e sempre, sempre, indo em direção ao leste.

Até aquela manhã.

Quatro destrinchados captaram o seu rastro. Ela não fazia ideia de onde eles surgiram ou de como a seguiram. A capa de fibra de salamandra, dada a ela pelo Bruxo de Sangue Aeduan duas semanas atrás, deveria bloquear seu cheiro, mas, dessa vez, a capa havia falhado. Iseult podia sentir a perversão obscura dos fios destrinchados ainda a perseguindo.

E eles progrediam a cada minuto.

Eu devia embrulhar a pedra dos fios, Iseult pensou vagamente, uma vibração distante de diálogo interno entrelaçada aos seus passos duros que respingavam água. *Embrulhá-la em um pedaço de tecido para que pare de me machucar quando eu corro.*

Ela já havia pensado naquela frase em particular ao menos uma centena de vezes, porque não era a primeira vez que se via correndo por terrenos florestais irregulares. Mas, toda vez que finalmente conseguia parar e se esconder embaixo de um tronco, ficava tão focada em recuperar o fôlego ou em forçar sua magia em busca de algum sinal de fios em seu encalço, que esquecia de embrulhar a pedra. Pelo menos até ela começar a machucá-la de novo.

Outras vezes, Iseult devaneava tão a fundo que, por um instante, esquecia dos seus entornos. Imaginava como seria ser, de fato, o Cahr Awen.

Ela e Safi tinham ido ao Poço Originário de Nubrevna. Tinham tocado sua nascente, e um terremoto atingira a terra. *"Eu encontrei o Cahr Awen"*, a monja Evrane dissera a elas, *"e vocês despertaram o Poço da Água."*

Para Safi, aquele título fazia muito sentido. Ela era o brilho do sol e a simplicidade. É claro que ela seria a metade *Portadora da Luz* do Cahr

Awen. Mas Iseult não era o oposto de Safi. Ela não era o brilho das estrelas ou a complexidade. Ela não era nada.

A não ser que eu seja. A não ser que eu possa ser.

Iseult adormecia com aqueles pensamentos aquecendo-a.

Naquele dia, contudo, era a primeira vez que a pedra dos fios reluzia — um sinal de que ela estava realmente em perigo. Sua esperança era que Safi, onde quer que estivesse, não ficasse em pânico ao ver sua própria pedra piscando.

Iseult também esperava que a pedra cintilasse apenas por causa dela, porque, se indicasse que Safi também estava em perigo...

Não, ela não podia se preocupar daquela maneira. Tudo o que podia fazer era correr.

E pensar que fazia apenas duas semanas desde que o caos havia se instaurado em Lejna. Desde que Iseult perdera Safi para os marstoks, resgatara Merik de um prédio desmoronado e decidira ir atrás de sua irmã de ligação a qualquer custo.

Depois, vasculhara a cidade-fantasma de Lejna até encontrar o café abandonado de Mathew. Havia comida na cozinha e água limpa também. Ela até encontrara um saco de moedas de prata no porão.

Porém, quando ninguém apareceu depois de oito dias, Iseult foi forçada a presumir que ninguém apareceria. Dom Eron provavelmente ouvira sobre a imperatriz de Marstok ter sequestrado Safi; era possível que Habim, Mathew e Eron estivessem indo atrás dela.

Esse cenário deixou Iseult sem escolha a não ser partir para o nordeste a um ritmo constante, dormindo durante o dia e viajando à noite. Havia apenas dois tipos de pessoa nas florestas das Terras das Bruxas: aquelas que *tentavam* matar e aquelas que *conseguiam*. Era melhor evitar os dois grupos.

Entretanto, na escuridão em que viajava, havia outras coisas no aguardo. Sombras, brisas e lembranças que ela não conseguia conter. Ela pensou em Safi. Em sua própria mãe. Em Corlant e sua flecha maldita que quase a matara. Pensou nos destrinchados em Lejna e na cicatriz em forma de lágrima que eles deixaram para trás.

E pensou na Marionetista, que tentava incansavelmente invadir seus sonhos. Uma Bruxa do Tear, era como a Marionetista se chamava, enquanto insistia que Iseult era exatamente como ela. Mas a Marionetista destrinchava pessoas e controlava fios. Iseult jamais poderia — jamais *faria* aquilo.

Sobretudo, pensou na morte. A sua própria. Afinal, ela tinha apenas um sabre de abordagem e viajava em direção a um futuro que talvez não existisse.

Um futuro que poderia terminar logo se os destrinchados enfim a alcançassem. *Quando* eles a alcançassem, porque ela não era boa naquilo. É por isso que recorria a Safi com tanta intensidade — aquela que conseguia intuir com os pés amarrados, que conseguia escapar orientada apenas pelo instinto. Iseult era a pior inimiga de si própria naquelas situações perigosas, e estava permitindo que o medo abafasse o seu raciocínio de Bruxa dos Fios.

Até avistar as glórias-da-manhã. Um tapete delas ao longo do córrego. Aparentemente selvagens. Aparentemente inofensivas.

Mas nada selvagens. Nada inofensivas.

Iseult saiu do córrego em um segundo. Seus pés dormentes a fizeram tropeçar enquanto ela subia a margem do riacho. Ela caiu, e suas mãos a sustentaram, os punhos estalando para trás.

Ela não percebeu, não se importou, pois havia glórias-da-manhã em todo canto em que olhasse. Quase invisíveis nas sombras sarapintadas, mas imperdíveis se você soubesse onde procurar. Imperdíveis se você fosse uma nomatsi.

Embora parecesse o trajeto inocente de um cervo entre os pinheiros, ela conhecia uma estrada nomatsi quando via uma. Destinada a proteger as tribos dos intrusos, aquelas trilhas repletas de armadilhas eram morte certa a qualquer um que não tivesse sido convidado a entrar pela caravana.

Iseult não fora convidada, mas com certeza, como uma colega nomatsi, *ela* não seria considerada uma intrusa.

Avançou em uma caminhada tensa, afastando-se do córrego. Bastava de correr, porque um único passo em falso acionaria a névoa da bruxaria do veneno que aquelas glórias-da-manhã deveriam esconder.

Ali. Ela avistou o galho no chão, em formato de forquilha, com uma ponta torcida voltada para o norte e outra para o sul.

O caminho para sair da estrada nomatsi. Ou para se aprofundar nela.

Iseult diminuiu ainda mais o passo, contornando pinheiro atrás de pinheiro. Ela se agachou sobre uma pedra musgosa. Andou furtivamente, na ponta dos pés, mal respirando.

Os destrinchados estavam muito perto agora. Um aglomerado de fios escuros se tensionou, chamando sua atenção, famintos e pestilentos. Em minutos, eles estariam em cima dela.

Mas tudo bem, porque adiante estava o próximo galho fincado na terra, perfeitamente entrelaçado à floresta. *Armadilhas boca-de-lobo para ursos à frente*, o galho alertava.

Aos destrinchados, não alertaria nada. Não até que suas pernas estivessem presas em dentes de ferro fortes demais para qualquer homem se soltar.

A urgência de avançar percorreu as pernas de Iseult. De passar correndo por aquelas armadilhas para urso escondidas na clareira repleta de samambaias diante de si. Ela agarrou a pedra dos fios, a apertou com firmeza, e manteve um ritmo constante. *Equilíbrio, equilíbrio, equilíbrio.* Ela contou seis armadilhas antes de atravessar para o outro lado.

Havia passado, e agora podia correr. Na hora exata, pois, atrás dela, a estrada nomatsi despertou. Névoas de um Bruxo do Veneno irromperam, uma eletricidade cálida erguendo-se à distância e vibrando no ar, arranhando a coluna de Iseult.

Os destrinchados haviam acionado a névoa, que não fez efeito. Os caçadores ainda seguiam em frente.

Iseult forçou as pernas a irem mais rápido. Sua respiração em arquejos entrecortados. Se ela pudesse chegar só um pouco mais longe, talvez conseguisse escapar por inteiro.

As armadilhas de urso ganharam vida, tinindo como sinos da meia-noite. Houve um uivo, arrancado de gargantas depravadas. Quatro conjuntos de fios estalaram e lutaram contra o aço que segurava suas pernas.

Ela não diminuiu o passo. Precisava seguir adiante enquanto podia, porque aquela vantagem poderia ser breve. Samambaias e agulhas de pinheiro estalavam embaixo dos seus pés. Ela não fazia ideia de onde seus calcanhares pisariam em seguida. Tudo o que conseguia ver eram os mastros de pinheiros. Mudas, troncos, raízes — ela correu ao redor deles. Torceu os tornozelos e travou os joelhos.

Velocidade era um erro. As estradas nomatsis não eram feitas para serem percorridas com rapidez. Elas exigiam tempo. Exigiam respeito.

Então não deveria ter sido uma surpresa quando Iseult chegou até uma clareira e o terreno sólido cedeu abruptamente. Não deveria ter sido uma surpresa quando uma rede se ergueu, levantando-a para o alto das árvores.

Ela ganiu. E voou diretamente para cima, antes de parar, suspensa e balançando.

A respiração de Iseult falhou. Diminuiu. *Pelo menos*, ela pensou, incerta, *ainda tenho meu sabre de abordagem*. Embora não fosse de muita ajuda a uma distância de seis metros do chão.

Ou quando um destrinchado andou para o centro da clareira, deixando um rastro de sangue preto para trás. A postura dele era curvada. Ele estava sem metade de um dos pés e sua pele estava turva por causa da magia, qualquer que fosse ela, que irrompera internamente a ponto de destrinchá-lo. Ainda assim, ele se movia com um foco incomum. Nada da violência negligente e frenética típica de um destrinchado.

Iseult percebeu o *motivo*. Fios interrompidos pairavam preguiçosamente acima dele, esticando-se para o céu. Quase invisíveis.

A Marionetista. Assim como ela fizera em Lejna com os víboras marstoks e os marinheiros, ela devia ter destrinchado aqueles homens à distância. E, agora, devia estar controlando-os também.

Com aquele entendimento, os fios começaram a parar. Um a um, os destrinchados ainda presos às armadilhas de ferro estavam morrendo. Como se a Marionetista tivesse decidido que o tempo acabara, cortando os fios interrompidos.

Mas o homem abaixo de Iseult ainda vivia. Ele continuava perambulando, deixando-a com apenas uma opção: se soltar e tentar matá-lo antes que ele a matasse.

Ela não conseguiu agir antes de o caçador arrastar os pés sobre uma segunda armadilha. Uma rede foi arrancada do solo, lançando-o para cima. Cordas guincharam. Ele se debateu, lutou e uivou, a poucos metros de Iseult, até também ser abruptamente silenciado, seus fios desaparecendo em um silvo de escuridão murcha.

A Marionetista o matara, deixando Iseult sozinha em uma estrada nomatsi.

Foi inevitável: ela riu. Enfim conseguira a folga de que tanto precisava. Finalmente evitara seus perseguidores, e era para ali que tinha sido levada.

A risada de Iseult logo se desfez. Cessou com uma lufada gelada.

Porque se Esme tinha mandado aqueles destrinchados perseguirem-na, só restava presumir que aquilo voltaria a acontecer.

Preocupe-se com isso depois, Iseult disse a si mesma. No momento, estava livre de oponentes, e sua maior preocupação era se libertar sem quebrar qualquer osso no processo.

— Ah, pelas tetas de cabra — murmurou, invocando uma das ofensas preferidas de Safi e agarrando sua pedra dos fios, que não mais piscava, em busca do aumento de força que ela gostava de fingir que a pedra lhe dava.

Então, sem mais palavras ou pensamentos, e com apenas seu foco de Bruxa dos Fios como guia, Iseult começou a se soltar.

4

Enquanto Merik se encolhia e ziguezagueava pelo Caminho do Falcão, uma rua lotada que bifurcava Lovats de uma extremidade a outra e rodeava o rio Timetz, ele rezou para que a tempestade que se aproximava demorasse ainda algumas horas para chegar. Tempo suficiente para ele encontrar um abrigo adequado. Talvez tempo suficiente para encontrar uma refeição adequada também.

Ele precisava recuperar as forças antes de se aventurar até *Pin's Keep*.

Cada inspiração que ele dava era temperada com a chuva prestes a cair. Trovoadas ribombavam por baixo da música dos tambores de vento que percorria Lovats. *"Precisa-se de soldados na Praça do Julgamento."*

Sua sorte era que ele estava a um quilômetro e meio da Praça do Julgamento agora, perdido no tumulto do Caminho do Falcão, com suas pontes entrecruzadas e ruas laterais em zigue-zague. Os prédios inclinavam-se como marinheiros após uma noite de bebedeira e, em cada cruzamento, havia guirlandas penduradas de fora a fora com folhas de carvalho do último outono.

Os tons de âmbar e amarelo sempre chamavam a atenção de Merik. Grande parte das terras Nihar nunca vira uma colheita outonal — ou um renascimento primaveril — nos anos em que Merik vivera lá. Grande parte do solo ainda se deteriorava com o veneno dalmotti.

Mas o veneno nunca atingira o nordeste de Lovats, então trançar folhas de carvalho com fios de sálvia e hortelã em um degradê vermelho e verde ainda era possível ali. Aquelas guirlandas eram para o funeral real dali a três dias. Para o funeral de *Merik*.

Que senso de humor ácido Noden tinha.

O príncipe avançou, o chamado por soldados ainda martelando fortemente, mesmo quando ele saltou os degraus gastos de granito de um templo antigo na saída do Caminho do Falcão. Aquele templo era tão velho quanto Lovats, e o tempo havia suavizado as seis colunas que aguardavam na entrada sombria.

Os peixes-bruxa. Os mensageiros de Noden, incumbidos de carregar os mortos para além da plataforma mais remota, até o tribunal do deus no fundo do mar. Agora tudo o que restava das esculturas eram anéis de ferro na altura da cintura e tracejados fracos de rostos logo acima.

Merik seguiu um fio de luz para dentro, dirigindo-se à parede mais distante do templo. O ar ficava mais frio a cada passo; o chamado dos tambores de vento se atenuando. Aos poucos, toda a luz solar desapareceu, substituída por duas lamparinas apáticas penduradas acima de um Noden de pedra em seu trono, no coração do templo.

O local estava praticamente vazio naquela hora do dia. Apenas duas senhoras aguardavam lá dentro, e elas estavam de saída.

— Espero que tenha pão no funeral — disse uma das mulheres. Sua voz esganiçada ricocheteou no deus de granito. — Os Linday deram pão no funeral da rainha, você lembra disso?

— Não se empolgue demais — a companheira dela murmurou de volta. — Ouvi dizer que talvez não haja um funeral.

Aquilo chamou a atenção de Merik. Ele esgueirou-se atrás do trono e ouviu.

— Meu sobrinho Rayet é pajem no palácio — a segunda mulher continuou —, e ele me disse que a princesa não esboçou nenhuma reação quando ouviu a notícia do assassinato do príncipe.

É claro que não. Os braços de Merik dobraram-se sobre o peito, os dedos enterrando-se nos bíceps macios.

— O seu sobrinho sabe quem matou o príncipe? Aquele açougueiro no final do Caminho do Falcão me disse que foram os marstoks, mas depois o meu vizinho disse que foram os cartorranos... — O volume da voz dela foi diminuindo até se tornar um vazio abafado, e Merik não tentou segui-las.

Já ouvira o suficiente. Mais do que o suficiente. É claro que Vivia cancelaria o funeral. Ele praticamente podia ouvir a voz arrastada dela: "*Por que desperdiçar comida com as pessoas quando as tropas poderiam se beneficiar?*".

Ela só se importava com poder. Em exigir a coroa que o Conselho Superior ainda, graças a Noden, não lhe dera. Mas se a doença do rei piorasse — se ele morresse, como todos acreditavam ter acontecido com Merik —, não haveria como manter Vivia longe do trono.

Abandonando a estátua do deus, Merik andou até os dois afrescos na parede traseira.

À direita estava Lady Baile, santa padroeira da mudança, das estações e das encruzilhadas. Mão Direita de Noden, era como a chamavam, e o fogo da lamparina brilhava sobre o trigo dourado em sua mão esquerda, uma truta prateada na direita. Sua pele estava pintada como um céu noturno, negro com alfinetadas em branco, enquanto a máscara em formato de raposa que cobria seu rosto brilhava na cor azul. Ela estava parada em uma área verde, todas as cores no afresco restauradas recentemente, assim como as palavras douradas abaixo dela:

Embora nem sempre se veja
a dádiva na derrota,
a força é o dom de nossa Lady Baile,
e ela nunca nos abandonará.

O olhar de Merik vislumbrou uma urna de cobre diante da santa, transbordando de madeira e moedas de prata. Oferendas por sua benevolência. Uma súplica para que ela sussurrasse no ouvido de Noden: "*Ajude-os*".

Em pilhas vibrantes na base da urna estavam guirlandas com folhas do último ano, com sálvia, hortelã e alecrim — presentes para reverenciar os mortos. Merik perguntou-se se algum tinha sido colocado para Kullen.

Então, sentiu o peito apertar. Virando-se, fixou o olhar no segundo afresco. Na Mão Esquerda de Noden. O santo patrono da justiça, da vingança, da ira.

O Fúria.

Era disso que a mulher na Praça do Julgamento havia chamado Merik. Ela falara como um título. Como uma prece.

Careca, desfigurado e desajeitado, o santo de todas as coisas danificadas carregava apenas o nome de sua verdadeira natureza. Do seu único chamado. Ele levava justiça aos injustiçados e punição aos perversos, e, enquanto Lady Baile era tão linda quanto a própria vida, o Fúria conseguia ser mais grotesco que os peixes-bruxa.

Os pigmentos carmesim e preto de seu corpo haviam desbotado, jamais restaurados, bem como o fundo cinza e cavernoso atrás dele e as palavras abaixo de seus pés com garras:

Por que você carrega uma navalha em uma das mãos?
Para que os homens lembrem que sou afiado como qualquer ponta.
E por que segura vidro quebrado na outra?
Para que os homens lembrem que estou sempre de olho.

— E este — Merik murmurou para si mesmo — é com quem aquela mulher me confundiu. — *Este* era o monstro que ela vira ao encará-lo.

Ele voltou-se para a urna vazia do Fúria. Sempre vazia, pois ninguém gostaria de atrair sua atenção acidentalmente, por medo de também ser julgado.

Do lado de fora do templo, a tempestade enfim caiu. A chuva tinia, alta o suficiente para Merik ouvir. Mesmo assim, quando olhou para trás em direção às colunas, esperando encontrar pessoas correndo em busca de abrigo, encontrou uma única figura trotando para dentro. A cada passada comprida, ela pingava água nas lajes.

Cam. Sua única aliada.

— Cordeiro desidratado? — ela perguntou assim que se aproximou o suficiente. Sua voz ecoava pelas lajes de granito. Como Merik, ela usava uma capa amarronzada com capuz, por cima de uma camisa bege e calças pretas; tudo feito com tecido artesanal, tudo imundo. — A carne não molhou muito.

Merik forçou-se a dar uma olhada. A ralhar:

— O que eu falei sobre roubar?

— Isso quer dizer — ela começou, os olhos escuros, iluminados pelas lamparinas, brilhando com malícia — que o senhor não quer? Eu posso guardar para mim, para comer depois, sabia?

Merik arrancou a carne da mão dela. A fome, ele havia aprendido, sempre ganhava da ética.

— Foi o que eu pensei. — Um sorriso soberbo dividiu o rosto dela, esticando as manchas brancas em sua bochecha marrom. — Até mesmo os homens mortos precisam comer.

O corpo inteiro de Cam era salpicado com aquelas faixas de pele branca. Elas estendiam-se pela lateral direita do seu pescoço, esticando-se até o antebraço esquerdo, a mão direita. Óbvias, se alguém estivesse procurando por elas; do contrário, eram invisíveis.

Merik, com certeza, nunca as vira antes. Ele nunca fora capaz de lembrar o nome dela — ela era simplesmente o *recruta novo*. Por outro lado, ele também não sabia que ela era uma garota. Ela assumira o papel de grumete do *Jana*, e o interpretava muito bem.

Nenhuma vez ele tecera comentários sobre o gênero de Cam. E já que ela parecia determinada a manter seu segredo, ele tinha continuado se referindo a ela como "garoto". Afinal, que diferença fazia? Era "ela" que permanecera quando o resto da tripulação seguira para o vilarejo de Bênção de Noden.

"Minha intuição me disse que o senhor não estava morto", ela tinha explicado a Merik, "então eu procurei e procurei e procurei até encontrá-lo."

— As estradas estão seguras, garoto? — ele perguntou, com a boca cheia de carne dura. O cordeiro tinha sido defumado por tempo demais.

— Aye — Cam murmurou, com a própria boca cheia. — Mas não graças ao senhor. As Forças Reais estão bem irritadas. E é — ela arrancou outra mordida com uma atenção feroz — por isso que o senhor deveria ter me deixado ir junto.

Merik deu um suspiro alto. Ele e Cam tinham aquela mesma discussão pelo menos uma vez por dia desde a explosão. Toda vez que ele se infiltrava em algum vilarejo pequeno para encontrar suprimentos ou ia caçar na beira dos rios para jantar, Cam implorava para se juntar a ele. E toda vez ele negava.

— Se você estivesse junto — Merik rebateu —, agora também estaria sendo caçada pelas Forças Reais.

— Sem chance, senhor. — Cam golpeou o ar com sua tira de cordeiro. — Se eu estivesse junto, ficaria de guarda, percebe? E então aquele batedor de carteiras não teria pego isto... — Ela pescou uma bolsinha frágil de moedas do próprio casaco e a balançou diante do nariz de Merik. — O senhor ao menos percebeu que alguém roubou a sua carteira?

Merik praguejou baixinho. Depois, pegou a bolsinha.

— Eu *não* tinha notado, e como você a conseguiu de volta?

— Do mesmo jeito que consigo tudo. — Ela sacudiu os dedos para ele. A cicatriz reluzente e irregular na extremidade da sua mão esquerda brilhou.

Enquanto Cam repassava como tinha apreciado, em um telhado próximo, a aventura de Merik, ele se acomodou no ritmo familiar da contação de histórias dela. Sem filtros, sem cultura, sem vergonhas — era assim que Cam falava. Arrastando palavras para dar efeito ou baixando a voz em um sussurro tenso e assustador.

Pelas últimas duas semanas, a garota tinha falado sem parar. E pelas últimas duas semanas, Merik tinha ouvido. Na verdade, com muita frequência, Merik via a si mesmo agarrando-se àqueles momentos em que podia se perder na voz de Cam. Em que podia montar nas cristas e ondas da história dela e esquecer, apenas por alguns instantes, que sua vida lhe tinha sido tirada pelas águas do inferno.

— As ruas estão cheias de soldados agora, senhor. Mas — Cam concluiu, dando um dos seus sorrisos tranquilos —, com a chuva caindo desse jeito, consigo nos levar para a Cidade Velha sem sermos vistos. Mas o senhor precisa terminar de comer primeiro.

— Aye, aye — ele murmurou, e embora preferisse saborear a sensação da comida descendo por sua garganta (pelo alento de Noden, como fazia tempo!), Merik engoliu a última bocada de cordeiro defumado. Em seguida, se levantou e propôs, rouco: — Mostre o caminho, garoto. Mostre o caminho.

Vivia Nihar estava diante das portas gigantescas da Sala de Batalha, os veios no carvalho pálido e sem pintura ficando borrados como as nuvens que se agrupavam do lado de fora. Ouvia-se o zumbido de vozes, sérias e fracas.

Sem arrependimentos, pensou, puxando as mangas de sua sobrecasaca da marinha. *Só continue em frente*. Ela alisou a blusa embaixo do casaco. Era o mesmo conjunto de frases que pensava toda manhã após acordar. As mesmas frases que precisava recitar para conseguir sobreviver ao dia, às decisões difíceis. Ao buraco que vivia sempre atrás do seu esterno.

Sem arrependimentos, continue em frente... Onde está o lacaio? A princesa de Nubrevna não deveria abrir sua própria porta. Especialmente quando todos os treze vizires do Conselho Superior aguardavam do outro lado, julgando cada movimento seu.

Por todo o dia, ela fora perseguida por empregados do palácio, oficiais da cidade ou a nobreza bajuladora. No entanto, naquele momento, quando ela de fato precisava de ajuda, não havia ninguém por perto.

Com os lábios contraídos em uma careta, Vivia olhou de soslaio para um feixe de luz no fim do corredor comprido e escuro. Duas silhuetas esforçavam-se para fechar as portas enormes — um sinal de que as nuvens do lado de fora logo engrossariam para nuvens de temporal.

Ah, que se dane. Vivia tinha muito que fazer para esperar por lacaios e nuvens de temporal. Como o rei sempre dizia: *Ficar sentado é uma via rápida para a loucura.*

O carvalho chiou; as dobradiças gemeram; os vizires no longo corredor ficaram em silêncio. Então Vivia estava lá dentro, e treze pares de olhos deslocaram-se da mesa longa e solitária no centro do cômodo...

Em direção a ela. Encarando-a como idiotas, todos eles.

— O quê? — Ela permitiu que as portas se fechassem com um lamento atrás dela. — Noden finalmente atendeu às minhas preces? Os peixes-bruxa finalmente comeram a língua de vocês?

Um dos vizires se engasgou. Onze desviaram o olhar. E um — aquele que sempre se opunha mais a Vivia — apenas mexeu em uma cutícula.

O vizir Serrit Linday. Sempre indiferente. Sempre descontente. *Sempre um espinho de ouriço no calcanhar de Vivia.*

Os dedos dela se curvaram, o calor subindo por seus braços. Às vezes, ela se perguntava se aquilo poderia ser o famoso temperamento Nihar que seu pai tanto queria que ela tivesse.

Mas não. Não, não poderia. A chama já estava morrendo, sua máscara já estava vacilando nas extremidades. *Só continue em frente.*

Ela seguiu até a ponta da mesa, estalando os saltos das botas ainda mais alto, com ainda mais força, nas lajes. Pois que eles pensassem que ela estava reinando sob influência do seu temperamento.

Uma luz solar entre nuvens adentrou a Sala de Batalha através da única janela de vidro. Ela irradiou pelos estandartes frouxos de gerações passadas e realçou a quantidade de poeira que cobria tudo.

Um dos doze painéis da janela estava quebrado e coberto por uma tábua, fazendo com que Vivia precisasse marchar por uma sombra bruta antes de alcançar a extremidade da mesa.

Seis dos vizires a cumprimentaram quando ela se aproximou; sete, não.

Hostilidade. Era tudo o que Vivia encontrava ultimamente, e seu irmão fora sempre o pior deles. Ele havia debatido cada ordem e questionado cada movimento seu.

Bem, ao menos ele não era mais um problema. Agora, se apenas o Conselho Superior pudesse se juntar a ele...

Será que ela ficará como a mãe, os vizires se perguntavam, *rainha por sangue, mas louca da cabeça? Ou ela será como o pai, o vizir Nihar, que agora governa como regente e dá ordens com a mesma facilidade com que respira?*

Vivia já sabia a resposta. Ela sabia porque decidira há muito tempo ser uma Nihar por completo. Ela *jamais* seria como a mãe. Ela *jamais* permitiria que a loucura e a escuridão a tomassem. Ela seria a governante que o Conselho Superior esperava.

Ela só precisava continuar atuando. Continuar seguindo. Mais um pouquinho, e sem olhar para trás. Sem arrependimentos. Porque, mesmo que o Conselho Superior finalmente a entregasse o título para o qual nascera, eles sempre poderiam tomá-lo de volta — como haviam feito com a sua mãe naqueles dias finais, treze anos atrás.

Vivia chegou à ponta da mesa, com seu acabamento gasto e bordas lascadas. Mapas grossos de velino cobriam a superfície marcada pelo tempo.

Nubrevna, as Sirmayans, as Cem Ilhas — todas as Terras das Bruxas podiam ser examinadas ao esticar de um braço.

Naquele momento, mapas da cidade estavam abertos com pedras gordas mantendo as bordas onduladas no lugar. *Malditos*. Os desgraçados haviam iniciado a reunião sem ela.

Da guerra à remoção de resíduos, nada acontecia sem a contribuição do Conselho Superior. No entanto, todas as decisões finais cabiam ao Rei Regente. Ou agora, visto que Serafin mal saía da cama, as decisões finais cabiam a Vivia.

— Princesa — Serrit Linday cantarolou, inclinando-se sobre a mesa. Embora fosse mais velho que os vinte e três anos de Vivia por apenas alguns meses, ele usava vestes antiquadas. Do tipo que eruditos marstoks e solteironas antigas preferiam, e, como todos os Linday, tinha a marca de um Bruxo das Plantas no dorso da mão, a qual ele flexionava naquele momento, acertando a mesa com impaciência. — Estávamos apenas discutindo os seus planos para consertar a barragem, e sentimos que é melhor esperar. Pelo menos até depois do funeral. A barragem já dura há anos, mais alguns não farão diferença, certo?

Imbecil pretensioso. O temperamento de Vivia começava a despertar de verdade, embora seu rosto continuasse entediado.

E pensar que ela e aquele vizir *tinham* sido amigos na infância. O Serrit com quem ela brincara quando criança era agora o vizir Linday e, em menos de um ano, desde que substituíra seu falecido pai no conselho, Linday tornara-se o pior dos treze fidalgos parados diante de Vivia.

Fidalgos. Todos eles homens. Não deveria ser daquele jeito, é claro. Os Linday, Quintay, Sotar, e Eltar, todos tinham herdeiros mulheres... que, convenientemente, nunca quiseram deixar suas terras. *Ah, mas nossos irmãos/maridos/filhos não podem ir em nosso lugar?*

Não. Era isso que Vivia diria assim que se tornasse rainha. *Quem quer que porte o direito sanguíneo de ser vizir estará nesta mesa.* Mas, até lá, ela precisava viver com o *sim* expressado por seu bisavô.

— Agora, Vossa Alteza — Linday prosseguiu, oferecendo um sorriso suave ao resto da mesa —, fiz os cálculos conforme pedido, e os números são muito claros. Lovats simplesmente não pode sustentar mais pessoas.

— Não lembro de ter pedido por cálculos.

— Porque você não pediu. — O sorriso de Linday se alargou para algo parecido com um crocodilo. — Foi o Conselho que pediu.

— Alteza — veio outra voz. Estridente de um jeito que apenas o vizir Eltar poderia ser. Vivia alternou seu olhar para o homem rechonchudo. — Quanto mais pessoas entram na cidade, mais nós vizires precisamos reduzir nossas rações... O que é impossível! Todos nós temos famílias e criados chegando para o funeral do príncipe, e com nossas rações atuais, não consigo manter alimentada minha própria família amada.

Vivia suspirou.

— Tem mais comida chegando, Eltar.

— A senhora disse isso semana passada! — ele guinchou. — E agora faltam seis dias para o funeral! Como vamos fornecer comida à cidade?

— Além disso — iniciou o vizir Quihar —, quanto mais gente permitirmos entrar, mais provável é que inimigos se juntem a nós. Até sabermos quem matou o príncipe, devemos fechar os Sentinelas e manter os recém-chegados do lado de fora.

Aquilo garantiu um coro de concordância ao redor da mesa. Apenas um homem continuou em silêncio, um com o torso redondo e pele negra: vizir Sotar. Ele também era o único homem com um cérebro cem por cento funcional naquela sala inteira.

Ele lançou uma expressão solidária a Vivia, que a achou... bom, mais bem-vinda do que gostaria de admitir. Ele era muito parecido com sua filha Stacia, que servia como primeira-imediata de Vivia. E se Stix estivesse ali naquele momento — se aquele fosse o navio e a tripulação de Vivia —, criticaria aqueles vizires obstinados imediatamente. Sem piedade. *Ela* tinha o temperamento que os homens nubrevnos mais respeitavam.

Mas Stix estava inspecionando as torres de observação da cidade, como uma ótima primeira-imediata, enquanto Vivia estava presa ali dentro, assistindo ao pegajoso Serrit Linday calar os vizires com um aceno.

— Tenho uma proposta ao Conselho Superior. E à senhora, Vossa Alteza.

Vivia revirou os olhos.

— É claro que tem.

— Os puristas nos ofereceram comida e o uso de seus estabelecimentos. Por toda Nubrevna e além dela. — Ele gesticulou para um mapa que o vizir estava, *convenientemente*, desenrolando no momento perfeito. — Nosso povo ficaria seguro, mesmo além das nossas fronteiras, se surgisse a necessidade.

Sotar pigarreou, e em um som que parecia pedra sobre pedra, declarou:

— Posicionar nosso povo fora de Nubrevna chama-se invasão, Linday.

— Sem mencionar — Vivia pôs as mãos sobre a mesa — que deve haver algum custo para isso. Ninguém, nem mesmo os "nobres" puristas, age de graça. — Mesmo enquanto vocalizava aquele argumento, porém, Vivia pegou-se encarando o mapa aberto.

Era um simples contorno das Terras das Bruxas, mas tinta fora pingada onde as forças inimigas estavam mais perto de Nubrevna. Amarelo para Marstok, salpicando o leste e o sul. Preto para Cartorra, espalhados no oeste. Azul para Dalmotti, agrupados em águas sulistas.

E, por fim, vermelho, grosso como sangue, para os piratas Baedyed e os Velas Vermelhas, circulando Saldonica, e as tropas do rei corsário, ainda longe do norte... por enquanto. Chuvas fortes mantinham a água das Montanhas Sirmayan cheia e intransponível.

Chegado o inverno, aquilo poderia mudar.

Vivia afastou os olhos do mapa. De todas aquelas cores e todas aquelas mortes sem sentido que um dia poderiam virar.

— O que os puristas querem, vizir Linday? Qual o preço pela comida e pelos muros deles?

— Soldados.

— *Não.* — A palavra explodiu da garganta de Vivia. Explosiva como um recipiente de fogo. No entanto, enquanto se recompunha, percorrendo a mesa com os olhos, não havia como negar o interesse instaurado no Conselho. Um conjunto de rostos relaxados dos vizires.

Eles sabiam o que Linday planejava propor; todos tinham concordado há muito tempo.

Serrit Linday deveria ser castrado por aquilo.

Vivia deu uma olhada em seu único aliado e encontrou o rosto sombrio de Sotar, arredio. Enojado. Ele, ao menos, estava tão surpreso quanto ela por aquela reviravolta política.

— Os puristas — disse Vivia — farão com que o nosso povo seja contrário ao uso de magia. — Ela se lançou para a direita, para marchar ao redor da mesa. — Eles consideram a magia um pecado, mas a magia, os bruxos, são a única coisa que mantém Nubrevna segura e independente. Você, Linday, é um Bruxo das Plantas! Ainda assim você não vê nenhum problema em entregar nossos cidadãos e soldados aos puristas?

Linday deu um sorrisinho quando Vivia passou por ele, mas, além de inclinar a cabeça levemente para trás, ele não ofereceu nenhuma resposta.

— E que tal a bruxaria das pedras da sua família, Quihar? Ou a bruxaria do esplendor do seu filho, Eltar? Ou a bruxaria da voz da sua esposa? — Ela seguiu sem parar, até ter lembrado cada vizir dos bruxos mais importantes de suas vidas.

Porém, todo idiota por quem Vivia passava ficava subitamente muito interessado no estado dos punhos da própria roupa. Ou de suas unhas. Ou de alguma mancha na parede que apenas ele via.

Até que a princesa voltou à ponta da mesa. Ao que parecia, o minúsculo vizir Eltar tinha encontrado seus testículos repentinamente, pois ele iniciou:

— Pelo menos, se o nosso povo estiver com os puristas, serão menos bocas para alimentar no funeral do príncipe.

Por um instante, aquelas palavras percorreram o crânio de Vivia. *Príncipe. Funeral.* Elas eram uma melodia insignificante ao ritmo que esmurrava sua caixa torácica.

Então as palavras se assentaram como areia em uma poça de maré, e Vivia agarrou o mapa mais próximo. Esmagou-o em um apertão de deixar os nós dos dedos brancos. *Aquele* sentimento ela não precisava fingir, porque apenas uma semana atrás ela havia contestado o funeral com todo o seu fôlego. *Um desperdício de custos*, ela gritara. *Um desperdício de materiais valiosos, pessoas, e tempo! A barragem precisa de conserto e as pessoas precisam de comida!*

Mas o Conselho não a ouvira. Nem seu pai. É claro que não. Merik era o favorito de todos. *Ele* tinha a fúria Nihar, e *ele* tivera o bom senso de nascer homem. Fácil, fácil — era como a vida de Merik sempre fora. Sem hostilidade. Tudo o que queria, ele conseguia.

Até sua morte fora fácil.

Antes que Vivia pudesse expressar mais uma variedade de palavras sobre o funeral, Linday acrescentou:

— É um ótimo apontamento, Eltar. Devemos honrar os mortos da maneira apropriada, e não podemos fazer isso com tantas pessoas na cidade.

Que os peixes-bruxa se apossem dele. Agora que ela considerava o assunto — considerava *mesmo* —, a castração era boa demais para Linday. Ele merecia ser arrastado, esquartejado, eviscerado, e depois queimado até que não sobrasse nada do seu núcleo podre.

— Além disso — ele prosseguiu, mais animado por manter a atenção da sala —, nossas famílias logo chegarão para o funeral. Não deveríamos ter de economizar nossas próprias rações para alimentar uma cidade abarrotada...

Imediatamente. Sem piedade.

Água irrompeu do jarro no centro da mesa. Treze espirais perfeitas, uma para cada vizir — incluindo o vizir Sotar.

— *Basta.* — A voz de Vivia era baixa, e a água parou no ar, a meros centímetros da garganta de cada homem. Metade tinha os olhos fechados e apertados, e a outra metade tentava se afastar. — Nada de puristas. Nunca. A comida *está* a caminho, e continuaremos permitindo a entrada de nubrevnos na cidade. E — acrescentou, deslizando seu chicote de água *um pouquinho* mais para perto dos vizires — não faria mal a vocês perder um pouco de gordura da barriga, portanto, a partir de amanhã, mais um quarto das suas rações será reduzido. Se suas famílias estão famintas, digam a elas para ficarem em casa. — Ela se afastou da mesa, virando-se como se estivesse indo embora...

Mas hesitou. O que era mesmo que seu pai sempre fazia tão bem? *Ah, sim.* O assustador sorriso Nihar. Ela o imitou, olhando para a mesa. Aos idiotas que a ocupavam. Depois, ela permitiu que a água corresse, com perfeito controle, de volta ao jarro.

Era um lembrete de que ela não era uma mera princesa nem uma mera capitã de navio. Nem a *mera* rainha legítima de Nubrevna — se o Conselho apenas concordasse em lhe entregar a coroa.

Vivia Nihar era uma Bruxa da Maré, e uma bastante poderosa. Ela poderia afogar todos eles com um pensamento, então que Serrit Linday e o resto do Conselho Superior tentassem contrariá-la de novo.

Sem mais impasses por eles a considerarem incompetente e desequilibrada. Sem mais pisar em ovos em uma sala porque as mulheres não deveriam comandar. Gritar. Governar.

E acima de tudo: sem mais malditos *arrependimentos*.

5

O Bruxo de Sangue Aeduan odiava os puristas.

Não tanto quanto ele odiava os marstoks nem tanto quanto ele odiava os cartorranos, mas era quase.

Era a convicção deles que o enfurecia. A convicção condescendente e inabalável de que qualquer um com magia deveria queimar no fogo do inferno.

Pelo menos, ele pensou, enquanto se aproximava do complexo encardido dos puristas na extremidade mais ao leste da fronteira nubrevna, *eles tratam todos os homens com a mesma maldade*. Normalmente, gritos de "Arrependa-se, demônio! Pague os seus pecados!" eram reservados exclusivamente a Aeduan. Era legal ver o ódio difundido.

Ele estava atrasado em sua ida ao complexo. O encontro com o contato de seu pai deveria ter acontecido dois dias antes, mas, em vez disso, ele tinha corrido por toda Nubrevna, perseguindo um fantasma por duas semanas.

Agora ali estava ele, a centenas de quilômetros de distância, encarando muros de pinheiros tortos no topo da borda de calcário de uma colina. O complexo parecia tão desagradável e inóspito quanto o terreno que o apoiava, e Aeduan passou por troncos lascados e solo com cinzas antes de alcançar os dois homens que vigiavam o alto portão de entrada.

Apesar de ambos usarem túnicas puristas, ambas marrons, nenhum deles se parecia com um cultista antimagia — nem tinham o cheiro de um em seus sangues. *Campos de batalha e alcatrão.* Aqueles eram homens violentos, e provaram ser ao erguerem bestas com a chegada de Aeduan.

— Procuro um dos seus sacerdotes — Aeduan gritou, erguendo as mãos.

— Qual sacerdote? — perguntou o mais magro dos dois, a pele de um marrom marstok.

— Um homem chamado Corlant. — O Bruxo de Sangue desacelerou para que os guardas pudessem ver que suas mãos estavam vazias, pois, é claro, suas facas estavam escondidas dentro da capa abotoada. — Ele deve ter acabado de chegar.

— O seu nome? — o segundo homem perguntou, com a pele negra como piche e um sotaque do sul, embora Aeduan não conseguisse adivinhar de qual nação.

Depois de ele dizer seu nome, ambos os homens baixaram as bestas. O sulista guiou o caminho por uma porta lateral próxima ao portão principal.

O interior do complexo era ainda mais encardido que o lado externo, cheio de lama pisoteada, galinhas cacarejando e cabanas grosseiras que cairiam com a brisa certa. Uma série de homens e mulheres estavam encostados na parede principal, cada um deles com cestos ou sacos vazios, esperando para entrar na cabana mais próxima. Nenhum deles falava.

— Eles escutam um dos nossos sacerdotes — o sulista explicou. — Depois ganham comida para suas famílias.

— Eles não são puristas?

— Ainda não. Mas serão. — Quando o homem disse aquilo, um garoto saiu aos tropeços da cabana, piscando como se acordasse de um sonho. Em seus braços estava um cesto.

Uma lembrança espontânea surgiu no fundo da mente de Aeduan. Outra criança, outro cesto, outra vida, e uma monja chamada Evrane, que o havia salvado de tudo.

Foi um erro de Evrane. Ela deveria tê-lo deixado para trás.

— Você está atrasado. — As palavras atravessaram o pátio. Como lama na margem de um rio, elas deslizaram até os ouvidos de Aeduan e escorreram por sua coluna.

Sua magia despertou de imediato. *Cavernas úmidas e apertões de deixar os nós dos dedos brancos. Trancas enferrujadas e fome interminável.*

Então, da madeira desbotada de uma cabana, uma figura sombria surgiu. Em um momento havia apenas as tábuas escurecidas. No momento seguinte, um homem imponente, magro feito uma corda e com traços nomatsi estava parado ao lado delas.

A mera presença do sacerdote incomodou o poder de Aeduan com a sensação primitiva de que algo estava *errado*. Era como observar uma lacrainha correr pela sala. O desejo de bater em Corlant se enroscava para sempre em seus músculos todas as vezes que eles se encontravam.

O purista sacudiu um punho preguiçoso ao guia do Bruxo de Sangue.

— Volte ao seu posto — ordenou.

O sulista fez uma reverência.

— Abençoados sejam os puros.

Corlant esperou até que o homem tivesse retornado para fora do complexo antes de voltar sua atenção a Aeduan. Eles compartilharam um olhar demorado, com as sobrancelhas do sacerdote elevando-se ainda mais. Três cavidades profundas formaram-se em sua testa pálida.

— Alguém já disse — ele falou, por fim — que você fica mais e mais parecido com sua mãe a cada dia?

Aeduan sabia quando estava sendo tapeado, mas o homem era um amigo de seu pai. Tendo crescido na mesma tribo, eles agora tinham sede de vingança contra os três impérios. Portanto, por mais que talvez desejasse acabar com Corlant — e talvez até se imaginasse fazendo isso de tempos em tempos —, era um sonho que ele jamais poderia satisfazer.

Assim que ficou claro que ele não tinha a intenção de responder, Corlant partiu para os negócios.

— Onde está o dinheiro, rapaz?

— Estou arranjando.

— Como é? Não está aqui, então? — As narinas do homem se inflaram, mais por ânsia do que por raiva. Como se ele pressentisse que algo estava errado, como uma sanguessuga sente o cheiro de sangue na água. — Me prometeram moedas de prata.

— E você as terá. Só não hoje.

Corlant mexeu em sua corrente, um sorriso curvando-se.

— Você perdeu o dinheiro, não foi, rapaz? Foi roubado?

Aeduan não respondeu. A verdade era que, quando voltara ao tronco de árvore onde escondera o dinheiro recebido do príncipe Leopold de Cartorra, encontrara apenas uma caixa de ferro vazia e um punhado de moedas.

Vagando próximo à caixa, havia um cheiro de sangue familiar. De lagos de águas limpas e invernos congelantes. Era a mesma pessoa que tinha conspirado com o príncipe Leopold para traí-lo, então ele partira imediatamente atrás dela.

Mas, depois de seguir as pistas no sentido oeste por uma semana, o cheiro havia sumido por inteiro, não restando outra alternativa a Aeduan a não ser desistir e ir para aquele encontro de mãos vazias. Com ou sem dinheiro, ele ainda deveria encontrar Corlant para receber suas próximas instruções.

— O seu pai sabe disso? — o homem pressionou. — Porque eu contarei a ele de bom grado da próxima vez que nos falarmos.

O Bruxo de Sangue manteve o olhar reto, incisivo, antes de responder:

— O rei não sabe.

O sacerdote deu uma risada barulhenta. Ele soltou a corrente com um *tum* oco contra o peito.

— Mas que surpresa, não? — Ele deu meia-volta, seguindo para um aglomerado de cabanas nos fundos do complexo, e deixou Aeduan sem outra opção a não ser perambular atrás dele.

As galinhas afastaram-se do caminho de Corlant, assim como mais homens vestidos em túnicas marrons. Homens, Aeduan notou — os puristas eram sempre homens. Ele seguiu o amigo do pai, tomando o cuidado de permanecer um passo atrás. Não por achar que o sacerdote merecia a liderança, mas porque o agradava assistir ao homem constantemente virar o pescoço para trás para falar.

— Estamos em uma encruzilhada interessante — Corlant disse por cima do ombro. — Veja, eu preciso que algo seja feito, e você precisa de algo escondido.

— Não sei do que está falando.

Os olhos de Corlant brilharam.

— Você parece se achar mais poderoso do que realmente é, rapaz.

Ele parou diante de uma porta aberta. Atrás dela, um lance de escadas afundava na escuridão velada embaixo da terra.

— Você pode ser o filho de Ragnor, mas eu o conheço há muito mais tempo que você. Quando se trata da lealdade dele...

— Nenhum de nós — Aeduan interrompeu. — O rei sacrificaria nós dois se isso significasse vencer a guerra.

O sacerdote suspirou, um som frustrado, antes de enfim ceder.

— Você está certo neste aspecto, rapaz. Mais uma razão para cooperarmos. Eu preciso encontrar alguém. Meus homens não tiveram sucesso, mas talvez as suas... *habilidades* se provem mais capazes.

O interesse de Aeduan aguçou-se, pois, seja lá quem fosse que aquele sacerdote imundo queria encontrar, deveria ser alguém interessante — e um ponto fraco do purista também. No entanto, ele se forçou a perguntar primeiro:

— Quais são as ordens do meu pai?

— Fazer tudo que eu precisar. — Corlant sorriu.

Aeduan se imaginou, mais uma vez, esmagando o homem como uma lacrainha.

— O que eu preciso, rapaz, é que você encontre uma Bruxa dos Fios nomatsi. A última notícia que tive é que ela estava em uma cidade chamada Lejna, na costa Nubrevna.

Algo sombrio e vil fez cócegas no crânio do Bruxo de Sangue.

— O nome dela?

— Iseult det Midenzi.

As sombras desceram pelo pescoço de Aeduan.

— Por que você quer essa garota?

— Isso não é da sua conta.

O bruxo mexeu as mãos atrás das costas, os dedos curvando-se em punhos fechados e escondidos. O rosto impassível.

— O que eu posso saber, então? Informações me ajudam a rastrear pessoas, e eu presumo, *sacerdote* Corlant, que você quer que essa garota seja encontrada rapidamente.

As sobrancelhas de Corlant se levantaram, as três linhas voltando.

— Isso significa que temos um acordo, rapaz?

Aeduan fingiu considerar a proposta. Quatro respirações aconteceram. Então:

— Não vai contra o seu juramento trabalhar com alguém com os meus... talentos? — Ele não queria proclamar o seu talento em voz alta, não entre pessoas que se opunham a qualquer tipo de magia.

Entretanto, o homem entendeu a insinuação, e raiva reluziu em seus olhos.

— Você é impuro, sim, mas também é o filho do rei, e assim como você precisa de algo, *eu* também preciso. Eu direi ao rei que o dinheiro chegou como o planejado, e em troca, você caçará essa jovem.

Os dedos de Aeduan se esticaram em uma flexão. A vontade de congelar o sangue de Corlant — de arrancar as respostas diretamente de sua garganta — bombeava em suas veias. Contudo, perguntas só despertariam mais perguntas.

Ele assentiu.

— Entendo.

A testa do homem relaxou.

— Excelente. — Ele deu seu sorriso desagradável e deslizou uma das mãos por baixo do colarinho de sua túnica, atrapalhando-se com algum bolso interno, até que enfim retirou uma lâmina afiada de ferro.

A ponta de uma flecha. Com estilo nomatsi, e coberta de sangue.

— Este é o sangue dela. — Corlant ofereceu o ferro a Aeduan, que o aceitou, cuidando para manter o rosto impassível. — Quando você a encontrar, rapaz, não a mate. Ela tem algo que me pertence, e eu quero de volta. Agora me diga, quanto tempo até encontrá-la?

— O tempo que for necessário.

O sorriso se desfez.

— Então reze para encontrá-la logo, antes que a minha paciência acabe. Reze à Mãe Lua ou ao Cahr Awen ou a quem quer que você venere.

— Eu não rezo a ninguém.

— Esse é o seu erro.

Aeduan fingiu não ouvir e começou a se afastar.

No fim das contas, ele não tinha tempo para rezar. Especialmente quando sabia que ninguém nunca ouvia.

6

Os passos de Merik eram longos e acelerados ao seguir a cabeça molhada e confusa de Cam até a Cidade Velha.

Ele ainda não tinha se acostumado com o cabelo curto dela — ela cortara naquela manhã as tranças que todos os grumetes nubrevnos usavam. "Qual o sentido de se parecer com um marinheiro quando não sou mais um?", Cam perguntara na viagem de balsa até a capital. "Além do mais, desse jeito ninguém vai me reconhecer".

Merik não tinha tanta certeza. Embora ele já tivesse visto outras pessoas com a pele manchada, era raro — e as manchas mais claras de Cam eram bem evidentes em contraste com a pele escura. Além do mais, com aquela cicatriz deformada na mão esquerda, ela não era alguém passível de esquecimento.

Ela mantinha o capuz abaixado como Merik, e eles avançavam pelas ruas encharcadas pela tempestade. Ali na Cidade Velha, no canto noroeste da cidade e quilômetros a oeste da Praça do Julgamento, os prédios cediam uns sobre os outros. Era comum quatro famílias amontoarem-se em uma única casa estreita, e as ruas ferviam com humanidade. Ali, Merik encontraria abrigo e poderia se preparar para a viagem até *Pin's Keep*.

Cam movia-se objetiva em meio ao trânsito, as pernas finas ágeis como as de narcejas. Tendo crescido nas ruas de Lovats, ela conhecia as melhores rotas pela cidade — e tinha um senso aguçado de quando os soldados poderiam aparecer.

O que era ótimo, porque os soldados andavam por todo canto, tentando prender qualquer um que tivesse as tatuagens da Praça do Julgamento embaixo do olho esquerdo. A cada poucas quadras, Cam dava meia-volta, pronta para guiar Merik por alguma rua lateral úmida.

Mesmo quando não havia soldados, ela dobrava em becos ou estradas sombrias, até que Merik finalmente avistou um prédio familiar.

— Pare — ordenou. — Vamos entrar ali. — Ele apontou para uma casa geminada e estreita. A placa dizia haver uma loja de brinquedos lá dentro, mas suas persianas fechadas sugeriam outra coisa. — É um cortiço agora. — ele disse a Cam, como se explicasse o motivo de estarem ali.

Não explicava nada, mas Cam não fez mais perguntas. Ela *nunca* fazia mais perguntas. Confiava em seu antigo almirante, antigo príncipe, mesmo quando era óbvio que ele não tinha nenhum plano concreto. Nenhuma noção real.

Merik era o peixe da fábula, atraído para a caverna atrás do ouro da Rainha Caranguejo, e Cam era o irmão cego que o seguia alegremente. Tolamente. Direto para dentro da boca estalante.

No interior da loja decrépita, Merik desviou de crianças brincando e esticou as pernas por cima de um amontoado de vovozinhas famintas. Estava muito mais lotado do que a última vez que ele estivera ali, o corredor tendo virado um alojamento próprio. Uma extensão de cada casa improvisada.

A comida está vindo, ele queria dizer a todos, porque, apesar do que Vivia lhe dissera semanas atrás, ele duvidava que os nubrevnos recusariam comida apenas por ela vir de um dos impérios.

As coxas de Merik queimavam enquanto ele e Cam subiam três andares. Ele saboreou aquela dor, já que o distraía do que viria a seguir.

E o fazia se lembrar de que poderia estar morto de verdade. Que ele devia cada centímetro de sua pele ainda viva à bondade de Noden e à intuição profética de Cam.

"Minha intuição", ela dissera após encontrá-lo da primeira vez, "sempre me alerta quando o perigo está vindo e, até agora, nunca errou". Era exatamente o tipo de tolice que Merik tendia a ignorar... Exceto que a intuição de Cam era o único motivo de ele ainda estar vivo, e aquele instrumento misterioso salvara a pele deles ao menos seis vezes durante o percurso até Lovats.

— Dezessete, dezoito, dezenove — Cam contava, atrás dele. Cada passo recebia um número, e cada número era mais ofegante que o último. Os ombros da garota tinham começado a saltar embaixo da blusa naqueles últimos dias, e não tinha passado despercebido a Merik como ela dava a maior parte de suas rações a ele. Embora ele sempre argumentasse que cada um deveria ficar com metade, suspeitava que ela nem sempre obedecia.

Cam chegou aos vinte e sete, e ambos se arrastaram para o patamar do último andar.

Mais doze passos pelo corredor abarrotado os levaram até uma porta baixa de pinheiro. Após um olhar cauteloso pelo corredor, Merik começou a bater na moldura da porta no ritmo de um feitiço de bloqueio.

Seu coração batia acelerado. A madeira derreteu em pedacinhos distantes e difusos.

Então houve um estalido do feitiço. Um trinco de ferro se abriu, e Merik viu-se imóvel, encarando a tranca. Encarando o entalhe familiar na madeira abaixo dela.

Ele não conseguiria. Achou que podia enfrentar, mas agora que estava ali, era um erro.

— Senhor — Cam murmurou —, nós vamos entrar?

O sangue de Merik pulsava como um furacão em seus ouvidos.

— Era do... Kullen.

— O primeiro-imediato. — Cam baixou a cabeça. — Eu imaginei, senhor.

Em uma explosão de velocidade, Merik abriu a porta com um empurrão e entrou. Seus olhos encontraram o local familiar, e ele se inclinou bruscamente para a frente, depois congelou. Parado no ar como um corpo esquecido no laço da forca.

Um único feixe de luz rastejava para dentro do cômodo, vindo de uma janela estreita. Quase alegre. Definitivamente zombeteiro, ele sussurrava através de tábuas de madeira, paredes vermelhas desbotadas, e vigas expostas e baixas.

Baixas demais para que Kullen se movesse com conforto. Ele batia a cabeça nelas toda vez que passava, assim como acontecia no *Jana*. Assim como acontecia na cabana em que ele crescera bem ao sul do território Nihar.

— Venha, senhor. — A mão calejada de Cam repousou sobre o braço de Merik. — As pessoas estão olhando. Precisamos fechar a porta.

Quando ele não se mexeu, ela apenas o puxou dois passos para a frente. Um baque alto fez o cômodo tremer, e houve um chiado elétrico atrás de Merik quando o feitiço de bloqueio voltou a funcionar.

— Incendiar? — Havia um tom de pergunta na voz de Cam, como se ela esperasse que as lamparinas pairando acima das vigas baixas fossem enfeitiçadas por fogo. Elas eram, e ao comando de voz, se acenderam, revelando uma sala de jantar à esquerda.

Livros estavam espalhados por cima de todas as superfícies. Cada capa de uma cor diferente ou com o couro de um animal diferente, e cada lombada com um título diferente marcado nela. Livros no armário, livros na mesa, livros empilhados em três poltronas diferentes.

Uma poltrona para Kullen. Uma poltrona para Merik. E uma poltrona, a mais nova das três, para o fio afetivo de Kullen.

Ryber. O peito de Merik se apertou com aquele nome — com o belo rosto negro que invocava. Ela havia desaparecido após a morte de Kullen, deixando apenas um bilhete. Embora fosse verdade que ele nunca se aproximara muito dela, nunca entendera bem o que ela e Kullen compartilhavam, ele teria gostado de ter Ryber como companhia agora. Pelo menos outra pessoa poderia, então, entender o que ele sentia.

Seu olhar pendeu para a direita, onde Cam aguardava, cautelosa, a vários passos de distância.

— Posso deixá-lo sozinho, se o senhor quiser. Talvez ir encontrar uma refeição de verdade para nós. — Ela agarrou a barriga, mostrando como seu estômago estava mudado. — Não sei o senhor, mas o cordeiro não me encheu.

— Aye — Merik sussurrou. — Deve ter... martas... — Suas palavras cessaram. Ele cambaleou até a cama. Bagunçada e com mais livros espalhados pelos cantos.

Enfiada embaixo do travesseiro, estava uma bolsinha de moedas, de onde ele retirou uma única marta de prata. Mas Cam sacudiu a cabeça, suas bochechas ficando vermelhas como estrelas-do-mar.

— Não posso usá-la, senhor. As pessoas vão achar que eu roubei. — Ela gesticulou para suas roupas sujas, como se o gesto explicasse tudo.

Merik presumiu que sim.

— Certo. — Ele se aprofundou mais na bolsinha até encontrar uma marta de madeira. E depois mais duas. — Aqui.

— Obrigado, senhor. Volto logo. — Ela bateu o punho no coração, depois esperou ser dispensada. Uma reação. Qualquer coisa.

Merik não tinha nada a oferecer. Ele estava esgotado. Sem fúria. Sem magia. Apenas...

Nada.

Ele se virou, e Cam entendeu a indireta. Momentos depois, houve um silvo de magia atrás de Merik quando a porta abriu e fechou. Ele estava sozinho.

Ele seguiu para a sala de jantar. Em direção aos livros em cima da mesa e às cadeiras. Ryber havia transformado Kullen em um leitor, dando-lhe um livro de presente no início do namoro. De alguém que nunca lera nada na vida, o Bruxo do Ar havia passado a um leitor imparável, comprando cada romance ou livro de história que pudesse encontrar.

E era o único assunto sobre o qual ele e Ryber conversavam. Constantemente, eles se debruçavam em cima de um livro compartilhado ou debatiam as minúcias de algum filósofo do qual Merik nunca tinha ouvido falar.

A atenção de Merik voltou-se para uma das lombadas, um título familiar que ele tinha visto Kullen ler no *Jana* apenas horas antes de sua morte.

O verdadeiro conto dos Doze Paladinos.

Ele prendeu a respiração. Puxou o livro de cima da mesa com um som áspero de couro, uma nuvem de poeira. Retirou a capa...

Era uma edição diferente. Ele soltou o ar — com força. A edição tinha um rasgo na primeira página; a do *Jana* era bem lisinha. E aquela em suas mãos tinha poeira branca nas páginas, parágrafos sublinhados e frases circuladas, enquanto a cópia do *Jana* estava limpa.

É claro que era uma edição diferente. A do navio tinha virado cinzas — e mesmo se, de alguma forma, *fosse* a mesma edição, não faria diferença. Um livro não poderia substituir um irmão de ligação.

Merik deixou que as páginas se abrissem naturalmente, até onde uma carta de verso dourado piscou para ele. Ele a virou. *O rei dos Cães de Caça.* Era do baralho de tarô que Ryber sempre carregava — aquilo ele podia reconhecer — e, na parte de baixo, havia um parágrafo circulado: *Um dia, os Paladinos que prendemos caminharão entre nós. A vingança será deles, de uma fúria desmedida, pois seus poderes nunca nos pertenceram. Entretanto, apenas na morte eles poderiam entender a vida. E, apenas na vida, eles poderão mudar o mundo.*

Bem, Merik não estava nem vivo nem morto de verdade, então o que aquilo significava? Sem navio. Sem tripulação. Sem coroa.

Mas com uma pista a seguir. Uma ligação entre o assassino chamado Garren e Vivia, e o primeiro passo para provar que a princesa estava por trás da explosão, do ataque. Com certeza, com uma evidência assim, o Conselho Superior jamais permitiria que Vivia governasse.

O mero pensamento em Vivia fez com que uma nova onda de calor descesse pela coluna de Merik. Ela irradiou pelos seus braços e dedos. Fervente, violenta, deliciosa. Todos aqueles anos, ele tentara controlar a fúria Nihar. Tentara lutar contra o temperamento que tornara sua família famosa e intransponível. Afinal, foi seu temperamento que o impulsionara ao exame de bruxaria cedo demais — que convencera o rei Serafin de que ele era mais poderoso do que realmente era.

E, durante todos aqueles anos, Merik reprimira a raiva em uma tentativa de ser tão diferente de Vivia quanto possível, mas de que tinha adiantado?

Não tinha salvado Kullen de sua própria tormenta.

Não tinha salvado Safiya fon Hasstrel dos marstoks.

E tão certo quanto o inferno aquoso de Noden, não tinha salvado Nubrevna da fome e da guerra.

Então Merik assumiu a fúria. Ele permitiu que ela fluísse em cada respiração sua. Cada pensamento seu. Ele poderia usar a raiva para ajudar sua cidade faminta. Para proteger seu povo moribundo.

Pois, embora os mais santos pudessem cair — e Merik havia caído bastante, de fato —, eles também podiam se esforçar para subir de volta.

***

O décimo quarto sino tocava em meio a ventos tempestuosos quando Vivia encontrou um momento para caminhar sozinha abaixo da cidade, mergulhada no núcleo do planalto.

Ela tinha ido até lá todos os dias, sem falta, nas últimas nove semanas. Sua rotina para cada visita era sempre a mesma: conferir o lago, depois procurar os túneis da desaparecida e mítica cidade subterrânea.

Ela saíra da Sala de Batalha e encontrara o caos. Tambores de vento ribombavam o alarme por ajuda na Praça do Julgamento, e uma verdadeira rebelião estava prestes a acontecer quando ela chegou.

Após uma hora tentando, sem sucesso, levar prisioneiros fugitivos de volta aos grilhões, o céu tornando-se mais e mais escuro a cada minuto, Vivia ordenou que os soldados parassem.

Não fazia sentido, não depois do início da chuva. A maioria das pessoas nos grilhões cometera crimes apenas para ser presa, guiada por alguma crença insensata de que, se conseguisse, de alguma forma, entrar na prisão, poderia desfrutar de duas refeições ao dia. Mas a prisão de Lovats já estava cheia, então aqueles criminosos falsos e desesperados eram, em vez disso, deixados nos grilhões — onde, é claro, não havia comida.

Ainda assim, alguns presos perigosos continuaram à solta. Sem mencionar aquele homem novo, em forma de monstro, que havia libertado os prisioneiros, para começo de conversa.

— O Fúria — Vivia sussurrou para si mesma, enquanto se aprofundava no subsolo. Era uma autodesignação tão ridícula, e que implorava pela ira dos peixes-bruxa. Mesmo que aquelas pessoas na Praça do Julgamento possam ter sido ingênuas o bastante para acreditar que o santo vingativo de Noden havia vindo salvá-las, Vivia sabia que, quem quer que ele fosse, era apenas um homem.

E homens podiam ser encontrados. Presos. *Enforcados.*

Ela apressou o passo. Poucas criaturas viviam àquela distância da superfície, e o ar nunca se aquecia. A luz do lampião arrastou-se sobre túneis de calcário grosseiros. Um após o outro. Nada parecido com as cisternas simétricas e revestidas de tijolos acima, onde corriam o esgoto e o encanamento enfeitiçado por Bruxos da Água. Sempre que ela retornava para a superfície, poeira grudava em sua pele, seu cabelo, sua farda.

Era por esse motivo que ela sempre mantinha uma farda extra a esperando no jardim de sua mãe, guardada em uma caixa seca. Ela também sempre trabalhava sozinha, pois aquelas cavernas em formato de colmeias estavam sempre vazias, sempre sigilosas. Até onde ela sabia, Vivia era a única pessoa viva que sabia que aquele mundo de magia e aquele rio existiam.

Ou era o que sua mãe dissera antes de levar Vivia ali para baixo quinze anos atrás. Jana ainda era rainha na época, governando e no poder. A loucura — e o Conselho Superior — ainda não tinham tomado sua coroa. "Esta é a fonte do nosso poder, Raposinha", ela dissera a Vivia. "O motivo de Nubrevna ser governada pela nossa família e não por outras. Esta água nos conhece. Esta água nos escolheu."

Vivia não tinha entendido o que Jana quisera dizer, mas agora entendia. Agora, ela sentia a magia que ligava o seu sangue àqueles canais.

Ela marchou até o último túnel, onde uma lamparina antiga enfeitiçada com fogo aquecia sua visão. Mais clara que o lampião, fazia seus globos oculares vibrarem.

Continue andando. Ao menos ali, ela *queria* continuar andando. Ali, ela podia encarar a escuridão que se alastrava, sem se importar se sua mãe a encarava de volta.

Água escura estendia-se diante de Vivia até onde seus olhos semicerrados podiam ver. Um lago vasto que alimentava e afluía quilômetros de rio subterrâneo, um núcleo dentro do planalto de Lovats. Era ali que o verdadeiro poder de Nubrevna estava. Era ali que residia a pulsação da cidade.

Na margem do rio, estavam as costelas esqueléticas de um barco a remo, em que Vivia sempre deixava seu lampião e vestia suas roupas — como fazia naquele exato momento, começando com a tira de linho azul-lírio enrolada ao redor do bíceps.

O protocolo exigia que todos os homens e as mulheres das Forças Reais usassem aquelas faixas de luto até o funeral, mas elas eram uma chatice. Uma mentira. A maioria das tropas nunca conhecera seu príncipe, e eles, com certeza, nunca se importaram com ele. Merik crescera no sul e, ao contrário de Vivia, que subira de posição pelo próprio suor, pela própria força, Merik tinha ganhado um navio, uma tripulação, e botões brilhantes de capitão.

Então, alguns anos depois, em um insulto final a Vivia, Merik havia recebido o almirantado. Apesar de ela ter apreciado a indignação de seus companheiros, marinheiros e soldados, na época — os homens e as mulheres que treinaram com ela —, isso não tornara a omissão afiada de Serafin menos pungente.

Fácil, fácil. Tudo na vida de seu irmão tinha sido *fácil*.

Em uma brusca explosão de velocidade, Vivia terminou de se despir parcialmente, arrancando as botas e tirando o casaco. Depois, começou sua rotina como de costume: silvando "apagar".

A escuridão assolou a caverna, e ela prendeu a respiração, esperando seus olhos se acostumarem... Pronto. A luz das estrelas começou a cintilar.

Não luz de estrelas de verdade, mas faixas, salpicos e borrifos de fungos luminescentes que forneciam mais luminosidade do que o necessário para que Vivia enxergasse depois de sua visão ter se adaptado. Quatro raios principais progrediam pela rocha, encontrando-se no centro do teto. Fogo de raposa, era como sua mãe chamava.

O problema é que deveria haver seis raios, e *havia* seis raios até nove semanas atrás, quando a listra mais distante — na extremidade oposta do lago — desapareceu. O que deixou cinco linhas por outras três semanas... até que outro riacho desapareceu também.

Nunca, na vida de Vivia, a luz havia morrido; nem durante a vida da rainha Jana. De fato, fazia no mínimo dois séculos que um dos seis raios se apagara.

"Era um sinal de que o nosso povo estava fraco demais para continuar lutando", Jana tinha explicado. "E era um sinal de que a família real estava fraca demais para continuar a protegê-lo."

Então o povo da cidade se escondeu no subsolo, em uma vasta cidade esculpida no rochedo. Onde mais fogo de raposa crescia em quantidades tão imensas e mágicas que havia luz suficiente para as plantas crescerem — ou luz suficiente, contanto que os Bruxos das Plantas estivessem ali para suplementar e sustentá-las.

"A cidade subterrânea é tão grande quanto Lovats acima dela, minha Raposinha. Bruxos poderosos, do tipo que não encontramos mais hoje, a construíram há séculos como um esconderijo para manter nosso povo vivo."

Vivia quisera saber mais. "Como a cidade foi construída, mamãe? Por que não existem mais bruxos poderosos como esses hoje em dia? Como o fogo de raposa sabe que estamos fracos demais? E onde está a cidade?"

Todas eram perguntas excelentes, para as quais Jana não tinha respostas. Após a utilização final da cidade por seus ancestrais, ela fora selada. Nenhum registro deixado para trás, nenhuma pista a ser seguida.

Havia uma pergunta, porém, que Vivia nunca se atreveu a fazer: *Você algum dia mostrará isto a Merik?* Ela não quisera saber a resposta, não quisera correr o risco de plantar aquela ideia na cabeça da mãe. Aquele tinha sido o espaço delas, mãe e filha.

E agora aquele era o seu espaço. De Vivia. Sozinha.

Ela avançou com leveza até a beira do lago. Luz verde espalhava-se pela superfície, dançando em sincronia com o fluxo da água. Tremeluzindo de vez em quando com um peixe ou molusco. A força da água a arrebatou antes mesmo de seus dedos tocarem a borda. Sua conexão com as ondas e as marés, com o poder e a intemporalidade.

O lago a envolveu de imediato. Um amigo para mantê-la a salvo. As águas gelaram seus dedos, e quando ela mergulhou as mãos em toda aquela vastidão, seus olhos se fecharam. Ela tateou cada gota de água que fluía pelo planalto. Aquele era o seu poder. Aquele era o seu lar.

A magia de Vivia serpenteou pelo lago, erguendo-se sobre criaturas que passavam a eternidade toda naquele mundo sombrio. Sobre rochas, pedregulhos e tesouros há muito perdidos e esquecidos. Rio acima, sua magia subiu. Rio abaixo, sua magia espalhou-se. O tempo se desfez em algo esquecido — uma construção humana com a qual a água não se importava e da qual não precisava.

Tudo estava certo com o lago. Por isso, Vivia voltou a si, a perda roçando nos limites do seu ser. Sempre acontecia quando sua conexão com o lago terminava. Se pudesse, nunca mais sairia dali. Firmaria raízes naquele lago e cairia dentro dele para sempre...

Ela afastou o pensamento. Não. *Não.* Precisava continuar em movimento. Como o rio, como a maré.

Com os braços apertados contra o peito, saiu da água. Em alguns instantes, suas botas estavam calçadas — os dedos molhados curvando-se no couro seco —, e ela ergueu seu lampião mais uma vez. No dia anterior, Vivia havia explorado uma série de cavernas que espiralavam acima do lago. Elas terminavam em um desmoronamento e, do outro lado, ela sentira água. Água *em movimento*, como as extensas torrentes que limpavam as cisternas.

Ela pensava em tentar abrir um caminho pelos escombros do desmoronamento, já que, embora corredeiras agitadas pudessem aguardá-la do outro lado, corredeiras agitadas não eram empecilho para uma Bruxa da Maré.

Vivia estava quase chegando a uma separação importante dos túneis quando algo caiu em sua cabeça.

Ela recuou, as mãos agitadas em seu couro cabeludo. Pernas, pernas e mais pernas arrodeavam seu cabelo. Ela deu uma pancada. Forte. Uma mancha escura acertou o chão da caverna.

Uma aranha-lobo, monstruosa e peluda. As pernas da criatura se esticaram enquanto ela fugia para longe, deixando Vivia recuperar o fôlego. Acalmar o coração acelerado.

Uma risada quase histérica borbulhou em sua garganta. Ela conseguia encarar armadas inteiras. Conseguia surfar em uma cachoeira do cume de uma montanha até o fim do vale. Conseguia lutar com quase qualquer homem ou mulher e sair vitoriosa.

Mas uma aranha... Ela estremeceu, os ombros subindo. Antes que pudesse retomar sua caminhada em frente, avistou um movimento perto de seus pés. Subindo as paredes da caverna também.

A aranha-lobo não era a única criatura abrindo caminho até a superfície, nem a única criatura tremendo de medo. Uma centopeia — não, dezenas delas — desenrolavam-se de fendas próximas aos pés de Vivia. Salamandras deslizavam pelas paredes.

Por Noden, de onde todas aquelas criaturas estavam saindo?

E mais importante, do que todas aquelas criaturas estavam fugindo?

7

Metade de um dia de caminhada.

Metade de um dia com sede.

A caminhada tinha sido bastante fácil. De algum modo, Safi perdera os sapatos nas ondas, mas, mesmo descalça, tinha treinado para aquilo. E mesmo machucando o pé com um mangual de ferro duas semanas antes, ela ainda poderia andar por quilômetros.

Mas a sede... era uma experiência nova, e tornava-se ainda pior com a água salobra escorrendo pelos mangues, interminável, nem uma parte dela potável.

Nem Safi nem a imperatriz falaram coisa alguma. Não que importasse. As selvas das Terras Disputadas faziam barulho suficiente por ambas.

Por horas, elas caminharam em direção ao sudoeste, para longe da costa. Longe de qualquer armada cartorrana que pudesse estar caçando-as ou de qualquer assassino que ainda vagasse por aí. Elas atravessaram lama que as engolia até os joelhos. Raízes de mangues e joelhos de cipreste. Trepadeiras que as impediam, espinhos que cortavam, e insetos que estalavam e se satisfaziam.

Até que, enfim, elas precisaram descansar.

Vaness foi a primeira a se sentar. Safi deu alguns passos arrastados até notar o silêncio repentino atrás de si. Olhou para trás. Selva vazia e sombras muito verdes. Seu coração foi parar na garganta. Vaness estivera logo atrás dela.

Ali. Seus olhos avistaram uma figura encurvada em cima de um mangue caído. O tecido do vestido preto da imperatriz mesclava-se às folhas e às sombras.

O coração de Safi se acalmou.

— Você está machucada?

— Hmmm — foi tudo que a imperatriz disse, antes de sua cabeça escura pender para a frente, o cabelo ensopado de suor caindo como uma cascata pelo seu rosto.

Safi se virou. Água, água — aquela palavra martelava em sua cabeça enquanto ela se aproximava da outra mulher. Vaness precisava de água, Safi precisava de água. Elas não poderiam ir muito longe sem água.

Ainda assim, ela descobriu que não era desidratação que fazia o corpo de Vaness tremer. Eram lágrimas. A dor da imperatriz era tão pura que repercutia para fora. Ondas quentes e elétricas que beijavam *verdade, verdade, verdade* na pele de Safi. Ela quase podia ver — um canto fúnebre se espalhando pela floresta, ondulando para fora e criando raízes escuras perfeitas.

Ela parou ao lado de Vaness, mas nenhuma palavra útil surgiu em sua garganta. Aquilo... aquilo era sério demais para ela.

Ferro não deveria chorar.

A imperatriz pareceu entender. Com os braceletes tilintando, ela cobriu o rosto com as mãos. Esfregou, limpou e apagou as lágrimas antes de dizer:

— Eles eram a minha família. — Sua voz estava grossa. Quase perdida em meio ao choro infinito da selva. — Os víboras. Os marinheiros. Eu os conheci minha vida inteira. Eles eram meus amigos... minha família. — Um ruído em sua garganta. Uma pausa. — Eu não pensei que a guerra voltaria tão cedo. A Trégua só terminou duas semanas atrás... — Sua voz cessou, deixando que uma verdade não dita se estabelecesse em meio às árvores.

Eu dei fim à Trégua ao reivindicar você em Nubrevna. Eu causei isso a mim mesma.

Então Vaness se endireitou e, como o ferro que controlava, sua postura se endureceu. Quando seus olhos encontraram os de Safi, não havia nenhum sinal do surgimento de lágrimas — e, com certeza, não havia nenhum sinal de arrependimento.

— Eu vou matar os cartorranos que fizeram isso, domna.

— Como você sabe que foi Cartorra? — Mas, mesmo enquanto fazia a pergunta, Safi sabia que o império de sua infância, o império que havia mandado uma armada atrás dela, era a única origem lógica do ataque.

Exceto que... faltava alguma coisa naquela explicação. Como uma chave empurrada na fechadura errada, aquela sugestão não dava um *clique*. Afinal, por que o imperador a *mataria*? Parecia muito mais provável que ele quisesse manter sua valiosa Bruxa da Verdade viva.

Mas, pensando bem, talvez ele preferisse perdê-la para sempre do que tê-la ao lado de seu inimigo. E o assassino *tinha* olhos azuis.

— Henrick — Vaness cuspiu o nome, como se lesse a mente de Safi. — A armada inteira dele... eu vou encontrá-los. Eu vou matá-los.

— Eu sei.

Ela sabia mesmo. A verdade daquela afirmação emanava da imperatriz feito fogo. Aquecia a pele de Safi, fervia em suas entranhas — e ela se deleitaria com a ruína do imperador Henrick quando o momento chegasse. Aquele líder com cara de sapo do Império Cartorrano, aquele homem de palmas suadas que tentara forçá-la a se casar com ele, que tentara *forçar* seu controle sobre a bruxaria da verdade dela.

Safi ofereceu a mão à imperatriz e, para sua surpresa, Vaness aceitou. As mãos dela eram surpreendentemente macias. Dedos que pouquíssimas vezes seguraram armas, pele nunca antes trabalhada.

Mesmo assim, Vaness não havia feito uma única reclamação naquele dia.

O ferro podia chorar, mas não quebrava.

Raspões e arranhões que Safi não notara antes agora brigavam por atenção. Agora que tinham parado, seus pés doloridos decidiram que não seriam mais ignorados. Em especial, seu pé direito em cicatrização. No entanto, ela se forçou a dizer:

— Nós precisamos seguir adiante, Vossa Majestade. Ainda estamos perto demais da costa.

— Eu sei... domna — Vaness pronunciou aquele título com uma careta.

— Não posso continuar te chamando assim. Não quando estivermos em Saldonica.

— Safi, então. Me chame de Safi.

A imperatriz assentiu, balbuciando *Safi* para si mesma como se nunca tivesse usado um nome próprio antes.

— Mas do que devo te chamar? — Safi perguntou, uma fagulha de energia percorrendo seu corpo com a perspectiva de um apelido. — Nessie? Van? V? Ssen... av?

Vaness parecia indisposta. Era óbvio que ela estava se arrependendo daquela ideia.

Safi, porém, estava apenas começando. Criar codinomes sempre fora sua parte preferida de um roubo, para a irritação de seu mentor, Mathew.

Um lampejo de medo atingiu seu peito ao pensar nele. Ao pensar em todos os homens e mulheres trabalhando para o tio Eron. Eles não saberiam onde encontrá-la agora. Pior, eles poderiam considerá-la morta e *nunca* irem à sua procura.

Ela engoliu em seco, aliviando a garganta ressecada. Depois, empurrou suas preocupações bem lá para o fundo, distantes e longe do alcance. Não havia nada a fazer além de seguir adiante.

E, é claro, elaborar um novo nome para a imperatriz.

— Ferro — sugeriu, quando elas retomaram a caminhada para o oeste, seguindo o sol em direção a Saldonica. — Aço? Ah, Cans-*aço*. — Isso a fez rir.

Mas não a Vaness, que a encarava.

— Ah, *já sei!* — Safi bateu palmas, encantada com sua própria genialidade. — Eu a chamarei de *Impera*-tiva.

— Por favor — Vaness respondeu com frieza —, pare imediatamente com isso.

Ela não parou.

Durante horas, elas caminharam. Manguezais retorciam-se até uma selva. Mogno e carvalho, bambu e samambaias, paisagens interrompidas apenas por faixas de pradarias em tons amarelados. Safi evitava os campos abertos quando podia. Elas acreditava que ficavam expostas demais no caso de estarem sendo seguidas, e a grama densa na altura da cintura era quase intransponível.

Na floresta, a copa das árvores era tão espessa que a luz do sol não entrava, nenhuma planta conseguia crescer para bloquear o chão de terra, o que significava linhas de visão mais extensas.

Havia água também. Duas vezes, as mulheres encontraram um leito menor. Em ambas, apenas um líquido lamacento escorria, mas já era algo. Mesmo grosso, com calcário e gosto de terra, já era algo.

Elas tinham acabado de rodear outra vasta clareira quando Safi notou um acúmulo de nuvens. Uma tempestade aconteceria em breve, por isso, elas pararam em um tronco caído. Parar, porém, fazia a dor voltar dez vezes maior. As solas dos pés de Safi gritavam. Seus tornozelos gemiam. E a sede...

A tontura se apossou dela no instante em que se ajoelhou ao lado do tronco. Ela quase caiu com as mãos no chão. Músculos fracos ligados a ossos exaustos, e o mesmo acontecia com a imperatriz. Rastejar sob as trepadeiras compridas parecia consumir toda a energia restante em Vaness.

Pelo menos, Safi pensou vagamente, *a imperatriz não está sendo exigente.* Ela suportava sua condição — e o humor de Safi — com uma resignação digna de Iseult.

Antes que a Bruxa da Verdade pudesse se juntar à imperatriz embaixo do tronco, um pingo de água acertou seu couro cabeludo. Mais pingos caíram, escorrendo por seu antebraço e deixando rastros brancos brilhantes em meio a poeira, suor e cinzas.

Ela precisava pegar aquela chuva, embora preferisse usar o momento para descansar.

— Você pode fazer uma garrafa? — perguntou. — Precisamos de algo para segurar a água.

Vaness deu um aceno lento. Ela estava além da exaustão, mais uma vez mergulhando no luto. Contudo, muitas trombas d'água depois, dois recipientes redondos repousavam em suas palmas macias. Um de cada bracelete. Safi os pegou com cuidado, como se qualquer movimento rápido pudesse assustar a imperatriz.

Os olhos dela estavam vazios demais naquela escuridão.

— Eu vou voltar até a última clareira que passamos. Vai ser mais fácil pegar a chuva no campo aberto.

— Sim — Vaness disse, a voz embolada. — Faça isso, Safi. — Ela correu de volta para baixo do tronco, confiando no retorno da garota. Ou talvez sem se importar caso ficasse sozinha para sempre.

Safi encontrou um lugar perto da extremidade da clareira onde pilares antigos cobriam o solo. Metade de uma parede desmoronada também, e embora ela reconhecesse mármore embaixo das samambaias e das trepadeiras, não reconhecia as ruínas. Algum povo esquecido, sem dúvidas engolido por algum império muito tempo atrás.

Quem quer que eles fossem, não importava. Naquele momento, tudo o que importava era a chuva. A tempestade caía forte e límpida contra sua pele, e ela permitiu que vertesse em seu corpo e em sua boca. Permitiu que caísse em seu vestido manchado, em seu cabelo emaranhado.

A sensação era boa. O gosto era bom. E foi por isso que o ritmo da chuva encobriu os passos que se aproximavam. Que a grama alta encobriu os corpos que se aproximavam.

As mãos de Safi estavam erguidas, esfregando o couro cabeludo, os olhos tolamente fechados. Sua atenção estava, por um breve momento — ah, tão breve —, absorta na sensação da água pura em seus lábios, quando uma ponta de aço cutucou suas costas.

Ela não se mexeu. Não deu a entender ter sentido a lâmina ali.

— Fique parada, herege, e nós não a machucaremos.

Quatro coisas em relação àquela ordem colidiram em sua mente ao mesmo tempo. A pessoa com a espada era um homem; ele falava cartorrano com um sotaque da montanha; ele disse "nós" como se houvesse mais alguém na clareira; e ele a chamou de "herege".

Trovador do inferno.

Os olhos de Safi se arregalaram. Chuva escorria por seus cílios, forçando-a a piscar enquanto baixava o olhar e encontrava exatamente o que esperava ver.

Um trovador do inferno erguia-se diante dela a cinco passos de distância. Embora um elmo de aço cobrisse seu rosto, não havia como não perceber o tamanho de seu pescoço. Era o maior homem que Safi já vira, e os dois machados que ele carregava em cada uma das mãos eram quase tão compridos quanto as pernas dela. A chuva brilhava nas placas de metal em sua brigantina escarlate, nas mangas de sua cota de malha e em suas manoplas de couro — uma armadura completa que deveria ter feito barulho. Como ela não tinha ouvido ou visto aquele bruto se aproximar?

Ela girou a cabeça apenas o suficiente para dar uma olhadela no orador de trás. O que ela viu não foi um bom presságio.

Apesar de não ser tão grande quanto o gigante, aquele trovador do inferno ainda portava uma silhueta forte. Sua armadura estava completa, sua montante habilmente agarrada com ambas as mãos, e as linhas escarlate em volta de suas manoplas indicavam que ele era um oficial.

Um comandante dos trovadores do inferno.

Se alguém estiver melhor equipado ou melhor treinado, Habim havia ensinado, *faça o que ele mandar. É melhor viver e buscar oportunidades do que morrer derrotado.*

— O que você quer de mim? — ela perguntou ao comandante.

— No momento, queremos que continue onde está. — A voz dele ecoou no elmo, e nada na magia de Safi reagiu. Era como se ele não falasse nenhuma verdade, mas também nenhuma mentira.

— Está molhado. — Ela tentou de novo.

— Não finja que isso te incomoda.

Incomodava sim. Os dedos dos pés de Safi estavam dormentes. Seus joelhos tinham virado agulhas. Mas ela também sabia que não deveria ficar insistindo — principalmente quando era tão óbvio que sua bruxaria estava sendo ineficaz diante de um trovador.

Tudo girava em torno do modo como a chuva brilhava na armadura do homem. Em como o segundo trovador estava imóvel como os pilares de mármore a alguns passos dele.

Era o momento do qual Safi passara a infância inteira fugindo, e seus treinamentos estavam assumindo o controle. Todos aqueles treinos, lições e sessões práticas com Habim, todas aquelas aulas e histórias sombrias do tio Eron — tudo tinha se tornado parte dela. Muito antes de Safi conhecer Iseult, seus professores haviam martelado em sua cabeça que ela era forte, que podia lutar e se defender, e que ninguém jamais seria capaz de a encurralar.

Safi era um lobo em um mundo de coelhos.

A não ser quando se tratava da força de combate da elite conhecida como a Brigada dos Trovadores do Inferno. Por ter como único propósito erradicar bruxos sem registro no Império Cartorrano, Safi passara a vida toda escondendo-se deles — pois, é claro, sua própria magia era valiosa demais para ser revelada.

Desde sua primeira viagem à capital cartorrana, quando tinha cinco anos de idade, seu tio e tutores lhe disseram que não havia como lutar com os trovadores. Não havia como se defender deles. Tio Eron, ele próprio um trovador desonrosamente dispensado, sabia melhor do que ninguém do que a Brigada era capaz. Ele sempre dizia: "Quando você vir a armadura escarlate deles, corra para o outro lado, porque se chegar perto demais, eles sentirão a sua magia. Eles a verão como você realmente é".

Safi podia ser um lobo, mas os trovadores do inferno eram leões.

A Vaness ainda está por aí, pensou. Vaness, que podia bloquear explosões com sua bruxaria ou destruir montanhas inteiras — um leão não seria nada contra a Imperatriz de Ferro.

E ela perceberia o sumiço de Safi. Cedo ou tarde, sairia à sua procura e veria aqueles cantis transbordantes.

— Zander — o comandante chamou, a espada fincando-se ainda mais fundo nas costas de Safi. — Ajude Lev.

O gigante assentiu e se virou, desaparecendo na grama, em silêncio. Nem um pouco natural.

Safi girou em direção ao comandante, ignorando como a lâmina dele cortava seu vestido, como ele a olhava de cima, um par de olhos brilhantes embaixo de um elmo escuro.

— Me deixa ir — disse, ignorando suas vogais cartorranas, cadenciando a voz em seu melhor sotaque régio. O sotaque dele era o mesmo da infância de Safi, o sotaque dos estados montanhosos e ignorantes. Ela o destruiria com a voz da realeza. — Você não me quer como inimiga, trovador do inferno.

A espada pressionou mais fundo. Dor, distante e gélida, abocanhou a sua carne.

Então um som suave atravessou a chuva. Ele estava rindo. Um som estranho e exótico — como uma rajada de vento repentina. Um novo aumento da tempestade.

Quando ele voltou a falar, suas palavras pareciam estar cobertas de divertimento.

— Não, Safiya fon Hasstrel, você está certa, eu não a quero como inimiga.

Ouvir aquele nome fez o estômago dela revirar. Uma sensação de queda, rápida demais, se apossou dela.

— Mas a realidade — o comandante continuou, alheio à bile que subia pela garganta dela — é que quero o seu noivo como inimigo menos ainda. Afinal, é o imperador Henrick que controla a força em meu pescoço, e eu vou para onde ele aponta. Quem ele deseja é quem eu capturo.

Ele venceu, Safi pensou, estupefata. O imperador Henrick destruíra o seu navio, e agora a capturara também.

A carta do Sol tomada pelo imperador em uma única jogada malfeita. *A carta da Imperatriz ainda está no baralho.*

Mas não estava. A imperatriz tinha sido capturada também, e Safi foi esmagada pela verdade daquilo poucos minutos depois. A chuva havia se tornado um chuvisco gentil quando uma nova figura entrou na clareira. Com uma besta na mão, o terceiro trovador do inferno era, de longe, o menor dos três.

— Comandante Fitz Grieg — o trovador disse, com uma voz feminina. — Nós apanhamos a imperatriz.

Então surgiu o gigante. Zander. Em seus braços estava uma Vaness amolecida, com um aro grosso de madeira preso que estava preso em volta do pescoço.

Safi conhecia aquele colar. Ela o tinha visto o bastante ao longo dos anos, e o medo dele fazia tanta parte de sua infância quanto os trovadores do inferno. "O colar dos hereges é o que os trovadores colocam em seus prisioneiros", o tio Eron sempre dizia. "O colar anula magias poderosas. Mesmo lobos podem ser transformados em coelhos."

Por meio segundo de respiração úmida, o pânico se instalou. Não havia mais escapatória. Nada de lutar, nada de fugir. Safi arranjara um problemão, e ninguém poderia resgatá-la.

O que Iseult faria?

Ela soube a resposta na hora. Dentre todas, era a lição favorita de Habim: Iseult aprenderia sobre seus oponentes. Ela aprenderia sobre seu terreno, e então escolheria seus campos de batalha onde pudesse.

— Por quanto tempo a imperatriz ficará inconsciente, Lev? — O comandante dirigiu-se ao menor trovador enquanto amarrava os punhos de Safi atrás das costas com uma corda molhada e puída. Ela não resistiu, nem lutou.

Mas, apesar de toda a sua aparente flexibilidade, ela manteve os punhos dobrados para dentro, os punhos tão separados quanto poderiam estar.

— Foi uma dose alta — disse a trovadora chamada Lev. A voz dela era rouca e arrastada. Um sotaque das favelas de Praga. — E Sua Majestade é uma mulher pequena. Eu diria que ela vai ficar apagada por, pelo menos, algumas horas.

— Você consegue carregá-la por todo esse tempo? — o comandante inquiriu, agora lançando sua pergunta ao gigante, enquanto testava um último puxão nas cordas de Safi.

A dor subiu pelos braços dela. Seus punhos já estavam doendo. Mas ela não relaxaria. Não até que o comandante tivesse se afastado.

— Sim, comandante — Zander respondeu. A voz dele ressoou tão baixinha que quase perdeu-se na chuva diminuta. — Mas nós passamos por um assentamento há uma hora. Talvez nós possamos encontrar um cavalo lá.

— Ou, no mínimo — Lev interrompeu —, sapatos para as moças.

— Já é o suficiente — o comandante concordou, antes de, *finalmente*, se afastar.

Safi relaxou as mãos. Alívio, pequeno, mas ainda presente, percorreu os seus braços. O sangue voltou a bombear em seus dedos.

Um assentamento significava uma parada, e uma parada significava uma oportunidade.

Principalmente se ela pudesse aprender alguma coisa sobre seus oponentes até lá. Ela não tinha iniciado aquilo, mas, tão certo quanto o fogo do inferno, ela poderia concluir.

Por isso, quando o comandante vociferou "De pé, herege", ela se levantou.

E quando ele vociferou "Ande, herege", ela andou.

8

Após deixar o complexo dos puristas, Aeduan refez seus passos pelas florestas de pinheiro nubrevnas. Embora não tivesse nenhum destino em mente, Corlant deixara dois homens o monitorando, e ele precisava *aparentar* ter um objetivo.

Ele se permitiu ser seguido por um tempo, antes de forçar ao máximo sua bruxaria. Ele correu mais e mais rápido, até seus sentidos não poderem mais detectar os homens. Até, enfim, estar longe o bastante para saber que podia fazer uma pausa tranquila em uma clareira com matagal denso, iluminada por raios de luz nublada. Ali, ele examinou a ponta da flecha.

Nada. Inodoro, assim como o sangue da Bruxa dos Fios.

Havia odores diferentes, porém. Fracos e misturados, como se outras pessoas tivessem manuseado a ponta. O cheiro de Corlant pairava profundamente embaixo das manchas de sangue. E então, fixado ao topo, havia um cheiro parecido com lareiras e lágrimas.

Mas nada relacionado à Bruxa dos Fios Iseult.

Aeduan queria saber o porquê. Seria seu sangue completamente inodoro, ou ele era incapaz de senti-lo?

Ele percorreu o polegar pela ponta da flecha, e uma lembrança se desenrolou. De início, nebulosa. *Um rosto feito de luar e sombras. Um farol antigo e uma praia arenosa. Um céu noturno, com o rosto da Bruxa dos Fios ao centro.*

Ela o enganara naquela noite, o distraindo o suficiente para garantir que sua amiga se salvasse. Depois, ela havia pulado do farol em um salto que a teria matado se Aeduan não a tivesse seguido. No entanto, aquela reação já era esperada, e ele tinha, no fim das contas, amortecido a queda de Iseult.

Mais tarde, quando ela poupou sua vida na praia, o rosto dela se contraiu de dor, e sangue floresceu em uma atadura em seu braço.

Agora ele sabia que era uma ferida de flecha, e uma que, de algum jeito, a ligava a Corlant, um padre purista desagradável contratado por seu pai.

Aeduan soltou a respiração. Seus dedos fecharam-se sobre a ponta da flecha.

Havia duas escolhas, dois fantasmas que ele poderia tentar caçar: a garota com sangue inodoro ou as moedas sem rastro.

A decisão foi tomada por ele. Ele sentiu o cheiro de suas moedas de prata.

Antes de abandonar o cofre de ferro na árvore oca, ele tinha derramado seu próprio sangue nas moedas. Porque ele conhecia o próprio sangue, e poderia segui-lo para sempre. No entanto, até então, Aeduan fora incapaz até mesmo de *pressentir* aquelas moedas manchadas — que dirá rastreá-las e pegá-las de volta. Era como se elas estivessem escondidas embaixo de fibra de salamandra, incapazes de serem farejadas até aquele momento.

Lá estava de novo, um leve comichão em sua bruxaria, uma isca balançando no topo de um riacho.

Em questão de instantes, Aeduan começou a correr, a uma velocidade abastecida por magia que era o dobro da velocidade anterior e impossível de ser mantida por muito tempo. Mas o suficiente. O cheiro das moedas estava perto demais para ele arriscar perdê-las.

À distância, ele sentiu outros cheiros de sangue. Desagradáveis. Sujos. Era tão raro sentir-se ameaçado por homens, que ele os ignorou e continuou em frente. Por cima de um riacho, por um matagal de glórias-da-manhã murchas, e diretamente para uma clareira coberta de samambaias.

Foi só quando uma armadilha de ursos se fechou logo abaixo do seu joelho direito, quando os dentes de ferro arranharam seus ossos e o cheiro do seu próprio sangue arrebatou a floresta, que ele percebeu que tinha entrado em uma estrada nomatsi.

Idiota. Maldito idiota. Ele podia não ser capaz de se orientar em estradas nomatsi, mas com certeza podia evitá-las. Agora, querendo ou não, seu corpo se curaria. Não era algo que ele pudesse escolher quando aquela parte de sua magia despertava. Se estivesse machucado, sua magia o curava.

Sangue jorrou, manchando de vermelho as agulhas dos pinheiros e as samambaias, e espalhou-se em um degradê desigual até onde, a alguns passos de distância, suas moedas o aguardavam. Uma sacola cheia. Não mais do que quarenta, se tivesse de adivinhar.

Quarenta de um total de mil e quinhentas.

Ele examinou as três moedas que brilhavam ao sol fraco. Estavam caídas para fora do saco, prateadas e com manchas marrons. Provocantes. Rindo dele.

Duas semanas rastreando, e era para *lá* que a perseguição o levara. Para uma clareira com armadilhas de urso, uma perna direita destruída, e moedas insuficientes até para comprar um cavalo.

Os dentes de Aeduan se apertaram, rangendo em seus ouvidos enquanto ele abaixava o olhar até a armadilha de urso. Sua perna estava um caos. Era impossível reconhecer qualquer coisa abaixo do joelho. Sua panturrilha inteira estava despedaçada até o osso, faixas de músculo e carne penduradas.

As moscas logo viriam.

Contudo, não havia dor, embora ele pudesse ignorá-la. Afinal, a dor não era novidade.

Ele inspirou profundamente, permitindo que seu abdômen se expandisse. Que o ar subisse pela sua espinha. Era a primeira coisa que um monge novo aprendia: como respirar, como se separar. *Você não é a sua mente. Você não é o seu corpo. Eles são apenas ferramentas para que você possa continuar lutando.*

Aeduan expirou, contando metodicamente e observando seu sangue escorrer. A cada número e a cada silvo de ar exalado, o mundo desaparecia. Da brisa em sua tíbia às moscas pousando em pedaços de músculo até o sangue pingando — tudo ficou em segundo plano.

Até ele não sentir mais nada. Ele não era nada além de um conjunto de pensamentos. De ações. Ele não era sua mente. Ele não era seu corpo.

Enquanto a última lufada de ar escapava de seus pulmões, Aeduan se inclinou para a frente e agarrou a mandíbula da armadilha. Um grunhido, uma explosão de força, e o ferro se abriu com um gemido.

Devagar — e lutando contra a náusea que subia em grandes ondas de calor —, ele soltou a perna.

Clang! A armadilha se fechou, espalhando pedaços de carne pela clareira. Aeduan examinou rapidamente os arredores, mas não havia mais nada a ser evitado. Ele sentia o cheiro de cadáveres próximos, mas cadáveres não representavam ameaças. Portanto, ele se sentou, já sendo curado pela sua magia, uma gota de sangue por vez.

Mas drenava tanta energia. Demais. E a escuridão começava a surgir.

Antes que a inconsciência pudesse se apoderar dele, um cheiro parecido com fumaça úmida fez cócegas em seu nariz. Como fogueiras de acampamentos apagadas pela chuva. Contrariando seu desejo, o rosto de sua mãe flutuou em sua memória — junto com as últimas palavras que ela lhe dissera:

"Corra, meu filho, corra."

Após forçar sua bruxaria dos fios o máximo possível, e depois de perceber que nenhum outro destrinchado, caçador ou qualquer tipo de vida espreitava nos arredores, Iseult se libertou da rede.

Ela atingiu o chão com um baque, *mal* conseguindo se virar, depois explorou a área centímetro por centímetro. Todos os sinais indicavam a passagem recente de uma tribo nomatsi. Um acampamento extenso fora montado nas matas e, a julgar pelas armadilhas, pelos rastros e pelos mantimentos espalhados, eles tinham partido às pressas.

Com pressa demais para desativar a estrada, mas, o que quer que os tivesse afugentado, já havia desaparecido. Portanto, Iseult começou a recolher todas as coisas úteis que achava, grata por não precisar se encontrar com ninguém. Por não precisar provar ser uma nomatsi como eles.

Enquanto procurava, criou uma lista mental de necessidades. *Óleo para o meu sabre de abordagem. Uma pedra de amolar. Mais utensílios portáteis para as refeições. Uma mochila maior para guardar tudo.*

Ela se embrenhou mais no acampamento, parando após alguns passos. Ampliando sua atenção e percepção em busca de qualquer fio, qualquer tipo de vida.

Foi a primeira lição que Habim lhe ensinara: prestar atenção constantemente — *constantemente* — nas pessoas ao seu redor. Às vezes ele a seguia, só para ver quanto tempo Iseult levava até notá-lo vagando atrás dela. Aproximando-se furtivamente. Tirando uma espada do cinto.

Da primeira vez, ela só o notou quando ele já estava quase em cima dela. No fim, foram os fios de Habim que o deduraram. Ele não imaginava que ela o pressentiria, e foi quando Iseult percebeu que tinha uma vantagem.

Ela podia ver a trama do mundo. A qualquer momento, podia recuar para dentro de si e simplesmente *sentir* aqueles ao seu redor. Quais fios rodopiavam em qual lugar, que pessoas sentiam o quê, e como tudo podia ou não estar conectado a ela.

Ela praticou aquela atenção. Tinha virado uma obsessão, na verdade, e recuar para dentro da trama de tempos em tempos, por fim, tornou-se um instinto natural. Seu alcance se expandiu também. Ela percebeu que, quanto mais forçava, mais distante a percepção da sua bruxaria dos fios conseguia chegar.

Na décima vez que Habim rastreou Iseult pelas ruas da cidade de Veñaza, ela foi capaz de notá-lo a um quarteirão de distância — e então, entrar em um beco antes que ele pudesse pegá-la.

Naquele dia, naquele acampamento abandonado, era assim que Iseult estava se movimentando. A cada poucos segundos, ela sentia a textura da floresta. A localização de algum fio.

Não havia ninguém por perto.

Aos pouquinhos, encontrou o que precisava. Chutado para baixo de pedras ou escondido na grama — qualquer item esquecido que ela considerava útil era guardado em sua mochila. Fósforos de Bruxos de Fogo, um espeto de cozinha, uma tigela de cerâmica, uma pedra de amolar minúscula.

Mas a melhor descoberta de todas foi uma armadilha de bambu abandonada em um riacho próximo. Iseult a soltou, vertiginosamente, e encontrou três timalos e uma truta sacudindo lá dentro. Ela tirou as escamas e os limpou, depois partiu em busca de abrigo contra a chuva iminente.

Uma borda de calcário foi o primeiro local que encontrou e, com os restos de uma fogueira deixados para trás, ela o julgou tão bom quanto qualquer outro para montar acampamento. Bem a tempo também, pois a chuva caía afiada sob a beirada, alimentando o musgo e as trepadeiras que haviam rastejado para dentro do abrigo minúsculo. A cada poucos minutos, raios surgiam. Um clarão sobre a fogueira apagada que Iseult tentava fazer voltar à vida.

Ela cozinhou um timalo, os olhos desfocados enquanto observava o céu escurecer. Foi só ao tirar o peixe da chama frágil que ela percebeu que tinha perdido suas moedas. Durante três relâmpagos, ela refletiu sobre o que fazer.

Ela poderia deixá-las onde quer que estivessem. Mas as palavras de Mathew sussurraram: "Não há como prever o futuro, e o dinheiro é uma língua que todos os homens falam.".

Certo. Ela teria de voltar. Primeiro, porém, comeria seu peixe. Úmido, delicioso, fresco; ela o devorou em segundos. Depois, cozinhou e comeu o segundo peixe com um pouco mais de cuidado, preocupando-se mais com a satisfação.

Por fim, a chuva virou uma garoa, e, depois de cozinhar os dois peixes restantes — para serem consumidos mais tarde —, ela apagou o fogo e refez seus passos. Todo o caminho de volta até as armadilhas de urso.

Todo o caminho de volta até o Bruxo de Sangue.

Por longos minutos, Iseult o examinou. Era óbvio que ele estava inconsciente, deitado esticado na lama. As roupas dele estavam encharcadas e cobertas de sangue. A perna, em retalhos.

A cabeça dela se encheu de milhares de perguntas. No entanto, nenhuma era tão clara quanto a ordem: *Corra*.

Mas ela não se mexeu. Nem mesmo respirou, e sem Safi para guiá-la, sem os fios de Safi para mostrá-la o que deveria sentir, Iseult podia apenas imaginar por que seus pulmões se expandiam contra as costelas. Por que seu coração batia tão rápido.

A sacola de moedas aguardava no coração da clareira. Mesmo com partes do cenário sendo lavadas pela chuva, Iseult conseguia decifrar os passos que o Bruxo de Sangue dera. Ela viu marcas onde ele cambaleara para dentro da clareira, vindo do oeste. Então vieram passos maiores e mais profundos, dele correndo direto para as moedas.

Ele está rastreando o dinheiro, deduziu, e, embora o *porquê* e o *como* lhe escapassem, ela não conseguia evitar a convicção que arrepiava sua espinha. As moedas de prata eram importantes; o Bruxo de Sangue as queria.

Como Habim sempre dizia: "Use cada recurso disponível.".

Com cautela, ela entrou na clareira. Quando o bruxo não se moveu, mesmo com o chafurdar suave de seus pés na terra, ela passou a dar passos mais firmes. Depois de alcançar seu saco de moedas, espiou para dentro. As moedas reluziram, do jeitinho que ela lembrava, as águias de duas cabeças amarronzadas pela poeira. Cobertas de sangue.

Ele deve ter seguido o rastro do sangue.

Em seguida, Iseult voltou-se para Aeduan. Uma armadilha de urso manchada estava a um braço de distância, rodeada de moscas. Pedaços de pele e tendão pendiam das garras fechadas. O Bruxo de Sangue tinha pisado em cheio na armadilha, e agora estava se curando. Sujeira e carne morta escorriam dos sulcos do músculo destruído. O movimento fazia um som audível de trituração e aspiração por cima da chuva.

Era incrível de assistir. Até mesmo inumano, aquele dom de curar o corpo. O poder do Vazio. O poder de um demônio.

No entanto, quando Iseult observou o rosto adormecido e sujo do Bruxo de Sangue, não viu um demônio enfraquecido diante de si.

Ela engoliu em seco.

Apesar de tê-lo enfrentado três vezes, aquela era a primeira vez que ela conseguia olhar para ele. *Enxergá-lo.*

E ele não era nada do que ela imaginava.

Talvez porque durante o sono não houvesse tensão em músculos prestes a atacar. Nenhum nariz desdenhoso empinado. Nenhuma atenção predatória encobrindo seus olhos.

O rosto de Aeduan parecia em paz, com a cabeça pendendo para o lado e as linhas em seu pescoço bem esticadas. Com os lábios pálidos ligeiramente abertos e seus cílios longos e grossos tremulando a cada respiração.

Ele era mais novo do que Iseult imaginara. Não passava dos vinte, se ela tivesse de adivinhar. Mas ele *parecia* velho, com uma voz tão rouca. Uma linguagem tão formal.

E o modo como se portava também, como se estivesse andando há mil anos e planejasse andar por mais mil.

Aquele rapaz tinha perseguido Iseult pela cidade de Veñaza. Tinha sorrido para ela com crueldade, com uma espiral vermelha nos olhos cristalinos. Depois, ele a tinha salvado também, em Lejna. Com uma capa de salamandra e uma única frase: "Mhe varujta". Confie em mim como se a minha alma fosse a sua.

Na época, ela se perguntara como ele aprendera aquelas palavras. Como ele tinha conseguido falar nomatsi como um nativo.

Mas agora... agora ela conseguia enxergar. Com as roupas encharcadas pela chuva grudadas em um peito que subia e descia, era impossível não ver sua estrutura magra. Ele era musculoso, sim, mas não robusto. Aquela era uma estrutura feita para a velocidade.

Também era uma estrutura nomatsi, assim como a pele exposta embaixo dos rasgos em suas calças era pele nomatsi. Pálida como a lua.

Mhe varujta.

Contudo, ele não pertencia completamente a uma tribo. Seus olhos não tinham vincos tão profundos quanto os de Iseult, seu cabelo não era preto como o céu noturno.

Com mais cuidado e silêncio do que se julgava capaz, Iseult ajoelhou-se ao lado do Bruxo de Sangue. O talabarte dele cintilava na chuva, os cabos das facas subindo e descendo no ritmo de sua respiração. Os dedos de Iseult moveram-se até a grossa fivela de ferro apoiada no sulco entre o peito e o ombro dele. Para soltá-la, ela teria de tocar em pele nua, porque a fivela abrira um buraco na camisa dele, rasgando bastante o algodão.

Pele nua. Pálida, pele nomatsi.

A pele de um homem.

— Sua bobinha fantasiosa — ela desdenhou, por fim, e, em uma explosão de velocidade, soltou a fivela. A pele de Aeduan estava quente. Aquilo a surpreendeu, considerando os golpes gelados da chuva. Os dedos dela com certeza pareciam gelo em contraste...

A respiração de Aeduan foi interrompida. Ela congelou.

Mas ele não acordou, e, após encarar o rosto adormecido dele por um instante, ela voltou ao trabalho. Mais rápido agora, puxando a tira de couro debaixo dele.

Pela Deusa, como ele era pesado.

Um puxão. Dois. O couro serpenteou livre em uma melodia de punhos de facas e fivelas. Os lábios de Iseult se curvaram, triunfantes, e ela voltou a ficar de joelhos.

Com o talabarte removido, não havia como não notar o sangue na camisa do bruxo. Não de uma única ferida, mas de seis pequeninhas, espaçadas uniformemente e com dois centímetros e meio de largura cada. Duas abaixo da clavícula, duas no peito, duas no abdômen.

Iseult pendurou o talabarte em seu próprio ombro e se afastou, cuidadosamente. Ela deixou o saco de moedas no lugar em que estava, antes de caminhar de volta para o acampamento.

Lá, escondeu as facas do Bruxo de Sangue e esperou que ele acordasse.

9

Dezesseis sinos tocaram e pararam sem que Cam ou comida aparecessem. Incapaz de ficar sentado — pois era uma via rápida para a loucura, como a tia Evrane sempre dizia —, Merik forçou-se a se mexer, a retirar livros da mesa da cozinha, da bancada do armário, da cama.

Uma batida. Ele se virou, soltando um livro. Sua magia queimou...

Era apenas a janela. A veneziana do lado de fora estava aberta, e tinha batido no vidro texturizado. O coração de Merik voltou — embora lento — para o peito. Seus ventos, porém, não sossegaram até ele se aproximar do vidro.

Do lado externo, chuviscava. Uma névoa cinza sobre uma cidade fantasmagórica. Com a luz fraca da lamparina atrás de si, não havia como não ver seu reflexo.

O Fúria o encarava de volta.

Embora bulboso e disforme devido às imperfeições no vidro, a ausência de cabelo e as manchas vermelhas faziam parte de Merik. Resquícios da explosão. Apressado, ele abriu a janela e enganchou os dedos em fechos desconhecidos antes de fechar as venezianas com força.

Mas, com as lâminas de madeira atrás da janela, o reflexo — as semelhanças — e as manchas ficavam ainda mais evidentes. Por todo o lado direito de seu rosto e em sua orelha direita, havia um trecho extenso de pele vermelha e brilhante com uma leve linha preta ao redor. Sujeira, ele presumiu, já que há dias não tomava um banho de verdade.

A explosão o atingira daquele lado, então seu ombro, braço e perna direita receberam o impacto de todas as chamas, de toda a força.

Merik deu uma olhada cautelosa para a porta da frente, mas ela continuava trancada. Cam não conseguiria entrar quando voltasse, não sem as batidas dele para liberar o feitiço. Então, com uma atenção metódica, ele tirou a camisa. Há onze dias ele examinava aquelas feridas, no entanto, testemunhara apenas uma fração da situação como um todo. Um fragmento do verdadeiro monstro posicionado em frente à janela.

Com os olhos semicerrados, Merik examinou seu corpo no reflexo vítreo. Sujeira, se fosse de fato o que o cobria, fixava-se na carne nova e rosada que revestia o seu lado direito. A sujeira se deslocava para baixo, mais concentrada em seu peito. Em seu coração.

Ele deveria tomar um banho, decidiu, assim que tivesse tempo. Assim que as ruas não estivessem mais lotadas de Forças Reais. Assim que ele conseguisse o que precisava de *Pin's Keep*.

Ele deu um passo para a esquerda, virando-se para inspecionar as costas. A sujeira continuava, descendo por suas escápulas. As queimaduras também, embora em menor quantidade.

— Destinado a coisas grandiosas? — murmurou, vestindo a camisa. — Eu sei que você sempre dizia isso, Kull, mas olha para mim agora. Eu deveria estar morto, e você ainda deveria estar vivo.

Quando as palavras saíram de sua boca, uma lembrança veio à tona. "Você deveria estar morto, e a mamãe ainda estaria viva."

Merik bufou pelo nariz, sem humor. Tia Evrane costumava dizer que Vivia não tivera a intenção de murmurar aquilo no funeral. Que avistar o corpo da mãe, destruído pela força da queda do aqueduto, tinha, claramente, incitado Vivia a dizer crueldades impensadas.

Mas Merik sabia a verdade na época — e sabia atualmente. Vivia sempre o culpara pela melancolia da mãe. A cada nova ocasião de Jana escondendo-se na cama por dias a fio, de Jana levando uma faca aos próprios pulsos, de Jana excluindo os filhos por semanas seguidas, Vivia tornava-se fria. E mais fria.

Na cabeça dela, a mãe só havia mergulhado na escuridão depois do nascimento de Merik.

Talvez fosse verdade, mesmo com a tia Evrane insistindo no contrário. "A escuridão despertou em Jana quando ela se casou com o meu irmão", Evrane sempre dizia. "Não depois de você nascer." Mas ele não estava propenso a acreditar naquela alegação. Em especial porque a relação de Evrane com o irmão não era melhor que a de Merik com Vivia.

É claro, Vivia havia levado seu ódio um pouco além do que Serafin: ela tentara liquidar Merik por completo. Não só aquilo abriria caminho para ela governar como quisesse, como também era uma vingança pelo suicídio que Merik não havia causado.

No entanto, Vivia havia falhado ao tentar matá-lo.

Então agora era a sua vez.

***

Quando Cam voltou, estava encharcada. Merik abriu a porta assim que ela bateu, e ela entrou, pingando água e deixando marcas úmidas de passos para trás.

Ele esperou até que a porta estivesse fechada para inspecionar os braços dela cheios de comida agrupada no peito. Pão duro, vegetais moles e frutas murchas — tudo enrolado em um pedaço de lona grande e irregular.

Merik retirou as coisas das mãos de Cam, geladas e lustrosas de chuva, seu estômago roncando, e após um resmungo grosseiro de gratidão, seguiu para a pia seca. Embora algumas construções em Lovats tivessem encanamentos enfeitiçados por Bruxos da Água, a casa de Kullen não era uma delas.

Quando Cam não fez menção de se mexer, ele olhou para trás.

— O que aconteceu?

Ela engoliu em seco. Então se aproximou, esfregando os braços úmidos e evitando o olhar de Merik.

— Eles estão chamando o senhor de Fúria nas ruas.

Ah. Então o apelido tinha pegado.

— Têm poucos soldados do lado de fora agora — ela prosseguiu —, mas eles... Bom, estão todos procurando pelo senhor. Pelo... Fúria.

Com uma expiração incisiva, Merik largou os vegetais e as frutas dentro da pia — uma cabeça de funcho mole, quatro nabos gordos e repletos de sujeira, e seis ameixas roxas apenas ligeiramente marrons pela deterioração. A fatia arredondada de pão de cevada estava tão velha que era capaz de quebrar um dente, então ele a reembalou na lona molhada e a colocou na mesa para umedecer e amaciar.

Sua atenção perdurou ali, as sobrancelhas se unindo.

— É possível chegar até *Pin's Keep*? Com tantos soldados ainda à procura? — Ele voltou o olhar para a garota, cujos lábios franziram-se para os lados. Uma expressão que Merik começava a reconhecer como um rosto pensativo.

— O senhor tem certeza... Quer dizer... — Ela pigarreou, seguindo abruptamente para a pia, onde, com uma urgência surpreendente, começou a esfregar os nabos com os nós dos dedos. A cicatriz em sua mão esquerda enrugou e esticou.

— O quê? — Merik pressionou, dando um único passo para mais perto.

A limpeza de Cam tornou-se mais entusiasmada.

— O senhor tem certeza de que quer ir para *Pin's Keep*? E se... e se não foi a sua irmã quem tentou matá-lo?

Calor subiu pelo pescoço dele.

— Foi ela. — Nenhuma emoção, nenhuma ênfase. — Eu sabia que tinha sido ela antes da Praça do Julgamento, e não tenho dúvidas agora.

— Só porque ela administra o *Pin's Keep* — Cam desafiou — não quer dizer que ela tenha mandado aquele assassino.

O calor se espalhou, subindo pela espinha de Merik.

— Eu sei que foi ela, Cam. Eu sou um empecilho aos planos dela desde que voltei a morar na capital. E agora... — ele prosseguiu, o calor espalhando-se por seus pulmões. — Agora eu tenho uma ligação direta entre Vivia e o assassino. Me falta um pedacinho final de evidência, garoto. Algo concreto para dar ao Conselho Superior. Tenho certeza de que encontrarei isso em *Pin's Keep*.

— E se não encontrar? — A voz de Cam era um mero guincho agora, mesmo assim, algo em seu tom de voz fez Merik hesitar.

Ele cerrou os punhos. Os nós dos dedos estalaram.

— Por que você está dizendo isso? — perguntou

Ela esfregou com mais força, um *scratch-scratch* alto em meio às palavras.

— É só que eu ouvi uma coisa na rua, senhor. Algo ruim. Algo que me faz achar... Bom, me faz achar que talvez a sua irmã não esteja por trás de tudo isso.

— E o que você ouviu?

— Que houve uma segunda explosão. — E com essas palavras, a história dela se desenrolou. — Igual à do *Jana*, senhor, e as pessoas estão dizendo que os cartorranos são os culpados. Ou talvez os dalmottis. Mas estão dizendo que, quem quer que tenha nos explodido, explodiu aquele outro navio também.

— Que — Merik perguntou, mesmo com o coração despencando de adrenalina — outro navio?

— Ah, senhor. — Cam parou em meio à limpeza do nabo, encolhendo-se. — Foi o navio da imperatriz de Marstok, e todos a bordo morreram. Incluindo... incluindo aquela domna que levamos no *Jana*. Safiya fon Hasstrel.

<hr />

Vivia não encontrou nada novo no subsolo. Apenas mais aranhas, cento-peias e anfíbios fugindo, e, apesar do que pareceram horas movendo pedras do desmoronamento, os destroços pareciam tão numerosos quanto antes.

Porém, sua frustração era positiva. Ela saboreou o modo como fazia seu maxilar se mover de um lado ao outro enquanto percorria o Caminho do Falcão em meio a uma tempestade apática. Ela usou a frustração para transformar seu semblante em um sorriso desdenhoso e intransponível, e, quando chegou à maior das torres de vigia da cidade, tinha voltado a ser uma Nihar.

Ela subiu a torre, assentindo brevemente quando os soldados a cumprimentavam, um por um, o punho pressionado sobre o coração. Era tão diferente da Sala de Batalhas. Nada de olhares zombeteiros. Nenhuma expectativa de que ela tropeçasse, caísse e falhasse. Vivia confiava sua vida àqueles homens, e sabia que eles confiavam nela de volta.

— Bormin, Ferric — disse, citando os homens ao lado da porta no andar mais alto da torre, antes de sair para a chuva. Ela seguiu em direção à oficial na ponte: a mulher alta e de ombros largos, Stacia Sotar, ou Stix, para aqueles que a conheciam bem o suficiente para ganhar aquele privilégio.

A pele negra de Stix estava lisa pela chuva, seu cabelo branco, amarrado para trás, grudado na cabeça. Ela acenou para Vivia, e sua marca bruxa — um triângulo de cabeça para baixo que a distinguia como uma Bruxa da Água completa — se esticou.

Embora Vivia pudesse controlar a água em sua forma líquida, Stix controlava *todos* os aspectos do elemento. Do gelo ao vapor, até aquela tempestade que caía. E enquanto Vivia precisava extrair água de algum lugar nos arredores, Stix conseguia invocar vapor do próprio ar.

Como sempre, Stix forçou seus olhos míopes quando Vivia se aproximou. Assim que percebeu quem estava na plataforma, ela bateu continência.

— Senhor. — Ela sempre chamava Vivia assim; não *Vossa Majestade*, não *Princesa*. Para Stix, Vivia era o capitão de um navio.

Para Vivia, Stix era... *Boa demais para mim.*

A capitã corrigiu sua expressão para se igualar à carranca severa de Stix antes de puxar a luneta em seu casaco. Em cima daquela torre, o ponto mais alto da cidade, ela podia enxergar com clareza os telhados descombinados e, mais além, o vale e as pradarias distantes. Mesmo com a chuva caindo, as casas de fazendas coloridas se destacavam em meio a todo aquele verde brilhante.

Vivia amava o mar. A ondulação interminável das ondas azul-petróleo. A simplicidade em saber que tudo o que havia entre a vida e a morte eram algumas madeiras alcatroadas e fé na benevolência de Noden.

Mas ela amava muito mais aquela vista. O peso de Lovats embaixo dela. A vida verdejante que ondulava à frente.

Aquilo era seu lar.

O mar permitia que homens e mulheres passassem o tempo, mas era uma aliança inquietante. Seu temperamento instável poderia virar ao capricho de uma nuvem tempestuosa. Como os Nihar. O solo, porém, acolhia homens e mulheres, contanto que eles retribuíssem tudo aquilo que lhes era dado. Parcerias. Amizades. Famílias dos fios.

Vivia umedeceu os lábios, virando a luneta para a esquerda. Depois para a direita. Mas nenhuma nuvem tempestuosa preocupante cruzou sua linha de visão. Apenas cinza, cinza enevoado por todo o caminho até o vale. Mesmo os Sentinelas de Noden, na extremidade do aqueduto meridional, eram nítidas silhuetas escuras contra o céu do meio-dia. A barragem acima do aqueduto setentrional mantinha sua aparência de sempre: um paredão nada inspirador, iluminado pelo sol e com um remendo fajuto em uma fenda central.

Mais uma coisa com que o Conselho Superior se recusava a lidar corretamente.

Suspirando, ela examinou a vista de sua luneta ao longo dos Aquedutos de Stefin-Ekart, que se estendiam desde as montanhas ao redor do vale até o Planalto de Lovats, cada um deles tão vasto quanto o rio que os alimentava. Eles pairavam tão alto acima do vale que as nuvens se alinhavam abaixo ou ao lado dos navios amontoados casco com casco.

Tantos navios, tantos nubrevnos, e nenhum lugar onde colocá-los. *Pelo menos até eu encontrar a cidade subterrânea.*

Stix pigarreou.

— Está tudo bem? O senhor parece... distante.

Surpreendida, Vivia quase deixou a lente cair. Sua carranca devia ter suavizado. *Sem arrependimentos. Continue em frente.* Com força demais, ela fechou a luneta com uma batida.

— Quais as novidades vindas dos Raposas, primeiro-imediato?

Stix percorreu a língua nos dentes, como se ponderando o motivo de Vivia ter ignorado sua pergunta. Mas então seu rosto relaxou, e ela disse:

— Boas notícias, senhor. Acabaram de chegar, na verdade. Nossa modesta frota pirata capturou mais dois navios mercantes hoje. Um com grãos dalmottis e o outro com sementes cartorranas.

Ah, graças a Noden. Sementes eram uma vitória. Elas manteriam Nubrevna alimentada por anos, contanto que a terra e o tempo colaborassem. Vivia mal podia *esperar* para contar ao seu pai.

É claro que ela não demonstrou nada daquilo a Stix.

— Excelente — disse, formal.

— Também achei. — Stix exibiu um sorriso maroto, mostrando os dentes perfeitos com uma minúscula separação na frente.

A garganta de Vivia se apertou. *Boa demais para mim.* Ela se virou.

— E... o navio desaparecido?

— Nada ainda, senhor.

Vivia praguejou, e ficou aliviada quando Stix estremeceu. *Aquela* era a reação de que precisava. A reação que seu pai teria recebido.

O menor navio da frota dos Raposas tinha cessado contato dois dias antes. Vivia podia apenas presumir o pior. Porém, não havia nada a ser feito. Os Raposas eram um segredo. Um plano reserva que ela e Serafin formularam para manter Nubrevna alimentada. As tripulações foram cuidadosamente selecionadas e juraram sigilo — todos sabiam o que estava em jogo. Cada um deles havia perdido alguém para a fome ou para a guerra, então queriam que os Raposas fossem bem-sucedidos tanto quanto Vivia e Serafin.

Contudo, até que o plano tivesse êxito, ninguém — especialmente o Conselho Superior — poderia saber. A pirataria não era exatamente legal.

— Também não ouvimos nada de nossos espiões — a primeira-imediata disse, as palavras equilibradas e formais. — Quem quer que esteja por trás do assassinato do príncipe não aparenta ser um dos...

O chão tremeu. Sem aviso, apenas uma grande guinada do solo. Tão forte e tão rápida que os joelhos de Vivia cederam. Ela tombou em direção a Stix, que tombou para trás, os braços girando. Vivia a agarrou, levantando-a antes que ela caísse do parapeito. Os dois soldados não tiveram a mesma sorte. Eles caíram nas pedras.

Todo mundo aguardou, os corpos sacudindo no ritmo do abalo que enfraquecia. Stix olhou surpresa para Vivia, e Vivia olhou surpresa para a barragem. Para a fenda que aumentava há décadas em seu centro.

Mas as pedras aguentaram, e, por fim, Stix falou:

— Terremoto. — A palavra zumbiu pelo corpo de Vivia. Uma palavra impossível. Uma que não atormentava Lovats há gerações.

Uma que poderia, se voltasse a acontecer, ter êxito na destruição da cidade antes que a inanição ou a superlotação tivessem chance.

— Aye — a Nihar concordou, sua voz áspera. Seus pensamentos tinham se espalhado ao ver que a barragem estava intacta, e por um bom tempo, o mundo silenciou.

Ela permitiu que seus olhos desviassem até Stix. Agora, perto o bastante para que a primeira-imediata não precisasse forçar a vista. Era proximidade demais — o tipo de proximidade que Vivia evitava, pois, embora a oficial nunca mais fosse ponderar sobre aquele momento, Vivia o ruminaria, analisaria e desejaria, sem ser correspondida, incessantemente.

Então, tão súbito quanto o tremor, tão súbito quanto Vivia e Stix tinham se aproximado, o barulho e o movimento retornaram. Gritos dos soldados. Gritos das ruas. Vivia soltou Stix com rapidez, retrocedendo um passo. Ambas alisaram suas camisas, arrumaram os colarinhos.

— Verifique a cidade — Vivia ordenou —, e eu vou verificar a barragem. Quero um relatório de danos em duas horas. Encontro você em *Pin's Keep*.

Stix bateu continência, trêmula, mas forte.

— Aye, senhor. — E se afastou, os soldados seguindo-a com obediência.

Por longos instantes, Vivia encarou os aquedutos. Ao contrário da barragem, eles eram enfeitiçados pelos mesmos bruxos poderosos que construíram a cidade subterrânea todas aquelas eras atrás. Apenas magia poderia manter aquelas estruturas imensas no alto de um vale a milhares de metros do chão.

Apesar disso, Vivia não conseguia evitar a preocupação enquanto se virava até a porta. Se a magia subterrânea estava morrendo, o que seria da magia na parte de cima? Afinal, o que quer que tivesse acontecido lá em cima...

Acontecera lá embaixo também.

***

Merik sentia como se estivesse caindo. Como se tivesse pulado de um aqueduto no meio da noite, assim como sua mãe, e agora o vale sombrio se aproximava rapidamente. Céus escuros e nuvens gélidas.

E os peixes-bruxa esperando, as bocas abertas para apanhá-lo.

Safiya fon Hasstrel está morta.

Cam ainda estava falando. Um zunido distante de palavras, das quais apenas fragmentos entravam em seus ouvidos. "O senhor acha que a sua irmã pode ter destruído aquele navio também?" ou "Por que ela faria isso?" ou "Não faz sentido, senhor". Ainda assim, ele mal a ouvia.

Safiya fon Hasstrel está morta. As palavras o atravessavam. Dormentes e insensíveis. Reduzindo o mundo a um único e crescente coro em seus ouvidos. *Safiya fon Hasstrel está morta.*

Não fazia sentido. Safi não era o tipo de pessoa que *morria.* Ela era do tipo que moldava o mundo à sua vontade. Que beijava da mesma maneira com que vivia, com paixão, impulso, vida. Que sorria na cara da morte com um olhar desafiador, e então a evitava com uma risada, antes que os peixes-bruxa pudessem puxá-la para baixo.

Aquilo não era possível. Não de novo. Não mais alguém. Noden já havia tirado muito.

Merik cambaleou até a porta. As mãos geladas de Cam o agarraram.

— Senhor, senhor, senhor. — Mas ele a afastou e prosseguiu.

A magia dos feitiços de bloqueio o atravessou, interrompendo brevemente os zumbidos em seu ouvido. Então, ele estava fora da casa de Kullen, descendo as escadas com pressa.

Um borrão de pessoas, fome e barulho, antes que ele enfim se juntasse às ruas lotadas do lado de fora. A chuva formava uma neblina — algum dia ela teria fim? — e cada um dos passos de Merik pareciam mais duros que o anterior.

É culpa sua, ele disse a si mesmo. Afinal, fora ele quem insistira que Safi chegasse a Lejna, onde os marstoks a esperavam. Se ao menos ele tivesse abandonado seu contrato com Dom Eron fon Hasstrel... Se ao menos tivesse permanecido ao lado de Safi em cima daquele despenhadeiro em vez de voar para encontrar Kullen.

No fim, ele tinha perdido Kullen, de qualquer forma. *Mas eu poderia ter salvado Safi. Eu deveria tê-la salvado.*

E que Noden o amaldiçoasse, mas quão proféticas foram as últimas palavras dela para ele: "Tenho a sensação de que nunca mais vou te ver".

Ela estava certa, e era culpa de Merik.

Ele bamboleou até uma rua lateral, sem fazer ideia de qual.

Os pingos de chuva evaporavam assim que caíam na rua, transformando-se em uma névoa. Transformando o mundo em uma uniformidade indistinguível. Cada vulto parecia igual, cada prédio mesclava-se ao seguinte.

Mais uma guinada para a esquerda e, daquela vez, Merik chegou em um conjunto familiar de pilares. Ele subiu na escuridão do templo. O ar esfriou de imediato; as sombras o sugaram para dentro.

Mais vinte passos, os pés se arrastando sobre as lajes, e ele estava mais uma vez diante dos afrescos dos santos de Noden.

Foi então que o chão tremeu, derrubando-o de joelhos. Um batimento de seu coração, dois — as pedras sacudiram. A cidade estrondeou. Logo, com a mesma velocidade com que ocorreu, o abalo passou, deixando Merik com o coração barulhento e os músculos preparados para mais.

Porém, quando o "mais" nunca chegou, ele engoliu em seco e ergueu a cabeça para o afresco da Mão Esquerda de Noden.

Para o monstro que ele havia se tornado.

— O que devo fazer, Kull? — Ele encarou o rosto horripilante do afresco, em parte esperando uma resposta. Mas não houve nenhuma. Jamais haveria. Kullen, e aquelas pedras, continuariam silenciosas para sempre.

Exceto que, no silêncio, um pensamento lhe ocorreu. Algo que a tia Evrane dizia toda vez que o repreendia: "O Fúria nunca se esquece, Merik. O que quer que você tenha feito, voltará dez vezes maior, e o assombrará até que você se redima.".

Ele girou os punhos lentamente, satisfeito com o protesto da pele nova. Com os rasgos das faixas empoladas e sujas. Seus erros o assombravam, mas talvez... se inclinasse a cabeça no ângulo certo, ele pudesse enxergar aquilo não como uma maldição, mas como uma dádiva.

O assassino noturno. O fogo no *Jana*. A mulher na Praça do Julgamento. Cada incidente o levara até ali, ao templo de Noden. Ao afresco da Mão Esquerda do deus.

E apenas um idiota ignorava as bênçãos de Noden.

Por que você carrega uma navalha em uma das mãos?

— Para que os homens lembrem — Merik sussurrou para as pedras — que sou afiado como qualquer ponta.

E por que segura vidro quebrado na outra?

— Para que os homens lembrem que estou sempre de olho.

Aceitar a dádiva do deus. Tornar-se o Fúria.

Era chegada a hora de tornar-se o monstro que Merik sempre fora. Sem mais manter-se distante e entorpecido. Sem mais lutar contra o temperamento Nihar. Apenas o ardor cruel e faminto.

Um pelo bem de muitos; vingança por aqueles que ele perdera.

Era chegada a hora de se redimir. De levar justiça aos injustiçados. De levar punição aos perversos.

Merik sabia exatamente por onde começar.

10

afi desejou estar morta. Pelo menos, se estivesse, poderia voltar como um fantasma para assombrar aqueles trovadores do inferno. Eles não a tinham levado, ou Vaness, para o assentamento. Eles não tinham nem parado perto. Apenas a mulher, Lev, tinha se separado do grupo para desaparecer na selva. Qual direção ela tomara era algo que Safi não podia adivinhar.

Um segundo, Lev estava lá, andando tão silenciosa quanto um cervo atrás do comandante, que caminhava atrás de Safi. Então, de repente, Lev tinha sumido, e quando Safi olhou para trás para verificar a vegetação densa, teve uma lâmina pressionada contra sua vértebra superior.

— Continue andando, herege.

Herege. Era a palavra para um bruxo sem registro no império de Cartorra. Era a palavra para fugitivos da lei.

E era a que os trovadores do inferno juraram reconhecer e eliminar. Eles podiam sentir bruxarias escondidas. Eles podiam caçar bruxos escondidos.

— Meus pés doem, trovador.

— Que bom.

— Meus punhos também.

— Fascinante.

Safi ofereceu um sorriso meigo por cima do ombro.

— Você é um desgraçado.

Nenhuma reação veio de dentro do elmo. Apenas um metálico:

— É o que me dizem.

Bom, Safi estava apenas se aquecendo.

— Aonde estamos indo?

O comandante não respondeu àquela pergunta. Ela continuou pressionando:

— Quando vamos chegar lá?

Nada ainda.

— Que veneno você deu à imperatriz? Você planeja nos alimentar, ou a inanição vai seguir seu curso natural? E todos os trovadores do inferno requebram que nem um pato, ou só você?

Quando ele ainda se recusou a reagir:

— Eu *vou* gritar, sabia?

Um suspiro foi expelido do elmo.

— E eu *vou* te amordaçar, herege. Aquele truquezinho que você tentou, flexionando os punhos? Não vai funcionar com uma mordaça.

Aquilo fez Safi calar a boca. Embora não pela ameaça contida nas palavras, mas pela ausência de qualquer outra coisa. Nenhuma verdade, nenhuma mentira. Sua bruxaria não tinha efeito com nenhum daqueles trovadores. Como, ela queria saber, algo assim era possível?

Era a única coisa que ela tinha aprendido sobre seus oponentes desde a captura, e era inútil para uma fuga. Contudo, quando uma oportunidade finalmente apareceu, ela estava pronta.

Vaness acordou.

Não foi uma passagem gradual e grogue para a consciência, mas sim uma explosão aterrorizada e predatória. Em um instante, a imperatriz pendia mole nos braços do gigante enquanto Zander atravessava um barranco baixo. Ele precisava se inclinar para a frente para escalar, o corpo angulado de um jeito estranho.

Enquanto isso, Safi tinha parado dez passos atrás dele, a espada do comandante mantendo-a parada. Ela observava Zander, impressionada pela facilidade com que ele transportava a imperatriz em uma subida quase tão alta quanto ele.

Porém, na metade da encosta, Vaness virou um furacão.

Ela chutou. Gritou. Caiu no chão enquanto o gigante lutava para se manter em pé. A imperatriz ficou de pé antes mesmo que a mente de Safi tivesse processado o despertar dela. E Vaness correu antes que o gigante ou o comandante — ou mesmo Safi — pudessem ir atrás dela.

Mas ela não chegou longe. As pernas de Zander tinham o dobro de comprimento, e ele a agarrou pelas costas em poucos segundos. Ela berrou como um destrinchado.

Foi tempo suficiente para Safi agir. Mais do que suficiente. Ela caiu de joelhos, virando-se para trás. Com o tronco, atacou os joelhos do comandante, depois, ergueu o ombro esquerdo e o acertou na virilha. Mesmo com a brigantina comprida, devia ter doído.

Ele, com certeza, caiu bem rápido, as costas chocando-se contra a parede do leito.

Safi chutou — um golpe forte com a lateral de seu calcanhar na garganta exposta do trovador.

Exceto que ela errou, acertando, em vez disso, um ombro revestido de couro.

O comandante urrou. Um urro de dor. Muito mais dor do que o movimento deveria ter causado, e ele soltou sua espada — como se os músculos em seu braço e mão tivessem parado de funcionar.

Ele está machucado, Safi compreendeu. Ela investiu contra o ombro esquerdo dele com o calcanhar, mais uma vez.

Ele se encolheu.

Ela chutou de novo.

Os joelhos dele cederam.

Ela chutou de novo e de novo até ele cair de costas, as mãos apertando o ombro. A cabeça pendendo para trás. O elmo escorregando e revelando seu rosto.

Safi congelou.

Ela deu uma respirada superficial, levando metade do tempo para entender o que via. Ele parecia tão familiar... e ainda assim tão estranho.

Talvez fosse a barba por fazer que crescera acima do maxilar, ou talvez o sangue encrostado do lado esquerdo do rosto, como se a orelha tivesse sido golpeada e o sangue escorrido por vários dias.

Ou talvez fosse simplesmente o fato de que a probabilidade de o Traidor Atraente estar ali... de ele ser o comandante dos trovadores do inferno...

Era incompreensível. Impossível.

Comandante dos trovadores... o que Lev tinha dito? Fitz Grieg. Caden Fitz Grieg.

Nunca, *nunca* Safi poderia ter imaginado que ele era o Traidor Atraente. *Ele* era o motivo de ela estar ali. *Ele* tinha roubado o dinheiro dela após um jogo de tarô, e aquela trapaça é que dera início a todos os eventos que se sucederam.

Se Caden não tivesse roubado o dinheiro dela, Safi não teria tentado roubá-lo de volta no dia seguinte. Se ela não tivesse tentado roubá-lo de volta, ela não teria assaltado a carruagem errada. Se ela não tivesse assaltado a carruagem errada, o monge Bruxo de Sangue nunca teria farejado o seu cheiro. E se o Bruxo de Sangue nunca tivesse farejado o seu cheiro, ela provavelmente estaria livre.

Livre e com Iseult ao seu lado.

Safi nunca poderia ter previsto que Caden seria o homem por trás daquele elmo. Ela tinha cuspido toda vez que dissera seu nome, e tinha jurado que, se voltasse a vê-lo, arrancaria o rosto dele, separando-o daquelas maçãs do rosto salientes.

Atrás dela, os sons de luta continuavam.

Os gritos e chutes de Vaness. Os grunhidos de Zander e o tilintar de sua armadura. Safi mal notou. Tudo o que conseguia fazer era assimilar o rosto do Traidor Atraente e tentar juntar os pedaços de uma história que não entendia bem.

Talvez, se ela tivesse tido a chance de escapar de verdade, teria tentado. Talvez, se tivesse visto um modo de soltar Vaness do aperto de Zander e daquele colar maldito, ela teria tentado também.

Mas não era o que ela via diante de si, e perguntas demais ganhavam vida como um vespeiro agitado.

Foi por isso que Safi não percebeu quando Lev voltou de sua excursão até o assentamento. Foi por isso que Safi não tentou lutar quando Lev surgiu diretamente atrás dela e a chutou no joelho. Então, quando o Traidor Atraente, estremecendo, levantou o elmo e voltou a ser o comandante dos trovadores do inferno, Safi apenas observou, muda. Mesmo quando eles enrolaram uma corda em volta dos seus tornozelos para que ela não pudesse correr, chutar ou lutar, ela permitiu.

Mesmo assim, quando o comandante a puxou e rosnou "Boa tentativa, herege", Safi finalmente reagiu. Ela deu um sorriso.

Tinha sido uma boa tentativa, digna do inchaço no joelho direito. Porque ela tinha aprendido mais coisas sobre os seus oponentes do que jamais imaginara. Ela sabia que o gigante era forte, mas lento. O comandante preferia usar o lado direito em uma briga, porque estava machucado — e suas feridas antigas poderiam muito bem reabrir.

E o melhor de tudo, Safi sabia que os trovadores do inferno não a machucariam. O comandante poderia tê-la machucado assim que a luta começou. Ele poderia tê-la cortado — apenas o suficiente para deixá-la mais lenta, e Lev poderia ter derrubado Safi com muito mais força do que usara.

Ainda assim, nenhum dos trovadores tinha machucado Safi ou Vaness. O que significava que eles queriam ambas vivas. Ilesas. *Ou melhor, o imperador de Cartorra nos quer vivas e ilesas.*

A informação dava a ela poder, mesmo estando com as pernas amarradas, e a imperatriz com aquele colar.

Da próxima vez que a Senhora Destino oferecesse uma oportunidade, ela estaria pronta.

∽

O sol estava encoberto por nuvens de chuva quando Aeduan acordou. Ele não conseguia mensurar por quanto tempo estivera apagado, mas tinha certeza de que fora por mais tempo do que jamais se permitira. Sua bruxaria exigia energia de algum lugar e, quando comida não era uma opção, a inconsciência era.

Fora um sono superficial. Do tipo em que sonhos fundem-se à realidade. Em que ele pensara estar acordado, mas, após despertar de verdade, pudera ver como o mundo estava estranho. Armadilhas para urso do tamanho de um homem. Agulhas de pinheiro grudentas com um sangue que jamais secaria. Chuva para esfolar a pele nova.

E o cheiro de moedas de prata, sempre presente em seu nariz.

Seus olhos se arregalaram. Com os músculos novos protestando e a pele esticando-se com firmeza demais, ele se arrastou até ficar sentado. Suas roupas estavam encharcadas.

Um olhar rápido pela região não mostrou nada além de um céu cinza oscilando sobre sua cabeça e lama fresca no entorno, enquanto uma inspiração rápida não revelou nada perigoso por perto. Ele voltou sua atenção para a perna curada. A calça estava retalhada, e a pele nova, molhada e rosada, brilhava à luz nublada. Coçava, mas ele ignorou, preferindo, em vez disso, engatinhar rigidamente em direção às moedas.

A bolsa não havia se movido desde o tropeço às cegas de Aeduan para dentro da armadilha. Com as mãos tremendo um pouco pelo cansaço, ele levantou o saco e espiou para dentro.

Um galho estalou.

Ele se levantou. Rotacionou sua visão, mas não conseguia farejar ninguém.

— Não se mexa — disse uma voz em nomatsi. Logo atrás dele.

A Bruxa dos Fios. É claro que seria ela, embora Aeduan não conseguisse decidir se a Senhora Destino o estava favorecendo ou amaldiçoando.

Ele escolheu a última opção quando a bruxa disse:

— Peguei as suas facas. Elas estão escondidas.

Em sua ânsia irracional pelas moedas, ele havia se esquecido completamente das lâminas. *Idiota.*

Aeduan virou o corpo em direção a ela, anunciando em dalmotti:

— Não preciso das minhas facas para matá-la, Bruxa dos Fios. — Chuva começou a cair em seu pescoço, em seu couro cabeludo.

A garota deu um suspiro pesado antes de circular pela clareira. Ela usava a capa dele, virada do avesso. Inteligente, mesmo sendo contra as regras do monastério. Um passo tornou-se dez, até ela parar ao que seria uma distância segura contra qualquer um além de um Bruxo de Sangue. Aeduan poderia atacá-la antes mesmo de ela piscar.

Em vez disso, ele permitiu que seus braços pendessem frouxos nas laterais de seu corpo. Ele *poderia* atacar, mas informações eram melhor apuradas através de conversas. Ao menos era o que a monja Evrane sempre dissera.

Mas, pensando bem, a monja Evrane também dissera que aquela garota era metade do Cahr Awen, aquela dupla mítica que o monastério deles jurou proteger. Entretanto, Aeduan achava improvável — não apenas que aquela garota pudesse ser metade daquela dupla, mas que o Cahr Awen existisse.

— Onde está o resto das minhas moedas, Bruxa dos Fios?

Nenhuma resposta, e por três segundos eles apenas se olharam em meio à chuva. Gotículas escorriam pelo rosto dela, deixando rastros brancos no meio da sujeira. Ela parecia mais magra do que há duas semanas. Suas maçãs do rosto espetavam a pele transparente, os olhos caídos.

— Onde está o resto das minhas moedas? — repetiu. — E como você as pegou?

A bruxa contorceu o nariz. Um sinal, ele imaginava, de que ela estava pensando.

A chuva caía com mais força agora, formando poças sobre a lama. Escorrendo pela capa do monastério que Aeduan queria de volta. Seu próprio casaco de lã imundo estava ensopado.

Como se acompanhasse os pensamentos dele, a garota disse em nomatsi:

— Encontrei um abrigo para nós.

— Nós? — ele perguntou, ainda em dalmotti. — O que você acha que isso é, Bruxa dos Fios?

— Uma... aliança.

Ele riu. Um som bruto que ribombou de seu estômago e colidiu com o trovão distante acima. Ele e a Bruxa dos Fios eram, no mínimo, inimigos. Afinal, ele tinha sido contratado para entregá-la a Corlant.

Mas Aeduan estava intrigado. As pessoas não o surpreendiam com frequência e, menos ainda, o desafiavam. A Bruxa dos Fios fizera mais do que aquilo.

Ela o deixara perplexo. Ele não fazia ideia do que ela poderia dizer em seguida. O que ela poderia fazer em seguida.

Ele farejou o ar uma vez. Nenhum cheiro de sangue assolou sua magia, mas algo fazia seu nariz formigar...

A fumaça úmida. *Corra, meu filho, corra.*

— O jantar — a Bruxa dos Fios explicou, ultrapassando Aeduan. Ela andava como se nada tivesse acontecido entre eles. Como se a chuva não estivesse caindo e ela não tivesse roubado as lâminas carawenas dele.

E como se virar as costas para um Bruxo de Sangue não fosse um movimento idiota.

Aeduan levou o tempo necessário para caminhar. Alguns passos de teste com sua nova perna curada. Um movimento rígido para recuperar as moedas abandonadas. Depois, quando nenhuma armadilha apareceu para segurá-lo e nenhuma dor irrompeu, Aeduan começou a correr, seguindo a Bruxa dos Fios para onde quer que ela o guiasse.

As botas de Safi eram grandes demais. Elas roçavam dolorosamente em seus calcanhares — no entanto, não era *nada* comparado à pele ferida de seus punhos, em que a corda do trovador arranhava e afundava. Ao mesmo tempo, a corda em seus tornozelos tinha afundado no cano frouxo de suas botas novas e soltado a pele.

Cada passo ardia.

Ela saboreou a dor. Uma distração do fogo que se acumulara em suas entranhas.

Comandante dos trovadores do inferno Fitz Grieg.

Caden.

O Traidor Atraente.

Havia aquela cicatriz no queixo dele — que espreitava debaixo do elmo. Safi lembrava-se dela em Veñaza. Assim como lembrava-se da confiança no sorriso dele, e do modo como ele olhava para as pessoas diretamente, sem piscar. Sem afastar o olhar.

Todas aquelas vidas atrás, na cidade de Veñaza, ela pensara que aquele sorriso e a intensidade do olhar eram... interessantes. Atraentes, até.

Agora, ela não queria nada além de arrancá-los do rosto dele.

Sua bota encontrou uma raiz. Ela caiu para a frente. As fibras da corda cortaram a carne já ensanguentada e, combatendo o maior desejo de seu orgulho, ela inspirou duramente.

— Pare, herege. — O comandante soltou as cordas de Safi, parou diante dela e a ajudou a levantar. Depois, de uma bolsinha em seu cinto, retirou duas faixas de linho, como aquelas usadas para enfaixar ferimentos. — Me dê as mãos.

Safi consentiu, e para sua surpresa, ele envolveu os punhos dela com as faixas, separando as cordas ásperas da carne aberta.

— Eu devia ter feito isso no início — ele disse. Seu tom de voz não era nem apologético nem acusatório. Meramente empírico.

Foi então, enquanto observava o topo do elmo sujo, que Safi se deu conta de algo. Algo que fez seus pulmões falharem pela segunda vez.

E se tiver sido *Caden* o delator da magia de Safi ao imperador cartorrano? E se o motivo de o imperador Henrick saber que ela é uma Bruxa da Verdade — o motivo de ele a querer como noiva — for *por causa daquele trovador do inferno diante dela?*

O Traidor Atraente a tinha enganado. E então o comandante dos trovadores do inferno a tinha emboscado.

Safi estava mais do que brava. Mais do que mal-humorada. Aquela era a sua vida agora — sempre fugindo, sempre passando das mãos de um inimigo para o próximo até, enfim, o inimigo decapitá-la. Era inevitável, mesmo. Sua magia a amaldiçoara desde o seu nascimento.

Mas Iseult...

Iseult estava em algum lugar por aí, também forçada a fugir. Forçada a desistir da vida que construíra em Veñaza por causa de Safi. Tudo por culpa do Traidor Atraente.

Um ódio gélido espalhou-se pelo corpo dela. Vibrou nas cordas, pulsou nas pontas dos dedos de suas mãos e seus pés empolados.

O ódio aumentou quando eles voltaram a andar. Horas de agonia até que, por fim, os trovadores do inferno pararam para um descanso. Zander amarrou Safi a uma faia coberta de líquen, e ela permitiu. Mesmo quando as saliências de galhos antigos a espetaram nas costas, ela não brigou. Nem quando ele ergueu os braços dela, esticando-os atrás das costas e forçando sua coluna a arquear. Ele amarrou a corda no alto — desconfortavelmente no alto — e os pés dela no solo. Ela estava amarrada como o pato que Mathew sempre assava para o seu aniversário.

Embora não conseguisse enxergar a imperatriz sendo amarrada em uma árvore atrás dela, ela ouviu o mesmo som de cordas se esticando. O mesmo estalo de ombros alongados demais. Não haveria nenhuma fuga, nenhuma luta, tão cedo.

Ela também ouviu a imperatriz pedir, com uma educação muito amável:

— Posso tomar um pouco de água, por favor?

O gigante grunhiu em direção a Lev e, enquanto a mulher marchava em direção a Safi, bolsa de água nas mãos, ela percebeu que o comandante não estava em lugar algum. Seu olhar virou para a esquerda, direita... Mas ele tinha sumido. Desaparecido na floresta.

— Onde está o comandante? — perguntou, após tomar quatro gloriosos goles de água velha. — Ele estava machucado. Vocês deveriam ir checá-lo.

Uma risada metálica ecoou, vinda do elmo de Lev.

— Acho que não.

Mais risadas e, depois de amarrar a bolsa de água na cintura, Lev retirou o elmo.

A luz carmesim por entre as folhas mostrou um rosto jovem. Da idade de Safi, no máximo. Cabelo castanho e curto, um maxilar amplo que afinava até uma ponta suave. Bonita, na verdade, mesmo com as cicatrizes franzidas que atravessavam as bochechas e a parte de trás da orelha dela, como se alguém tivesse navalhado o seu rosto.

Lev deu um sorrisinho, revelando caninos tortos, e as cicatrizes esticaram-se, rígidas e dolorosas. Brilhantes.

— De onde você é? — Safi perguntou. Ela já suspeitava da resposta.

— Praga. De Angelstatt. — A favela do norte, exatamente de onde Safi imaginara vir aquele sotaque, embora, é claro, sua bruxaria continuasse calada. Nenhuma noção de verdade ou mentira nas palavras dos trovadores do inferno.

Ela estalou a mandíbula, lutando contra a vontade de perguntar *por que* não conseguia lê-los. Era possível que eles não soubessem que ela era uma Bruxa da Verdade. Sim, o comandante a chamara de "herege", mas talvez apenas *ele* soubesse exatamente o que ela era.

Em vez disso, Safi perguntou:

— Como você se tornou uma trovadora?

— Do mesmo jeito que todo mundo.

— Que é?

Lev não respondeu, fazendo um som de sucção com a língua, os olhos verdes e pálidos percorrendo a corda retesada e os braços esticados de Safi. Depois, subindo para o rosto da prisioneira, como um trovador inspecionando uma herege. Contudo, o que Lev viu, o que pressentiu, Safi não fazia ideia.

— Era a forca ou a guilhotina — a trovadora disse, por fim. — E eu escolhi a forca. Mais água? — Ela ergueu a bolsa e, com o aceno negativo de cabeça da bruxa, acrescentou: — Como quiser.

Safi observou distraidamente quando Lev se agachou ali perto e começou a examinar suas armas, começando pela besta. Até que a magia de Safi subiu à superfície, causando incômodo.

Mentiras. Acontecendo bem atrás dela.

Era impressionante, aquela sensação. Aquela agitação que descia por seus braços expostos. Fazia muito tempo desde que alguém mentira em sua presença — ou que ela tivesse sido capaz de perceber —, e as palavras que fluíam da língua da imperatriz não eram exatamente falsas, mas o tom de voz e o drama por trás delas, sim.

— Você é dos arredores do Mar do Norte? — Vaness perguntou, seu tom de voz falsamente suave e gentil. — Eu também cresci perto da água. Mas não de um mar frio como o seu. De um rio quente e ensolarado. — Seu tom mudou para um som distante que, mais uma vez, incomodou a magia de Safi. — Eu estava voltando àquele lago, com a minha família. Não de sangue, mas de fios. Por escolha. Nós estávamos quase lá, sabia? Talvez mais um dia ou dois navegando...

Uma longa pausa, preenchida apenas pelo estribilho de uma esperança e uma brisa suspirante. Então:

— Você destruiu o meu navio?

— Não — Zander deixou escapar. Alto o bastante para Safi ouvir. Para senti-lo tensionar pelo espanto. Vaness o tinha seduzido com sua doçura.

— Mentiroso — a imperatriz continuou, sem mais nada açucarado em seu tom de voz. Apenas ferro. — Você matou as pessoas que eu amo, e vai pagar. Eu vou fazê-lo sangrar até secar, trovador do inferno do Mar do Norte. Então eu espero, para o seu próprio bem, que você não tenha tido nada a ver com isso.

As palavras da imperatriz ressoaram com veracidade. Um acorde maior de tamanha pureza, a intensidade quase engolindo o significado daquela promessa.

O que fez Safi sorrir. Seu segundo sorriso do dia. Porque ela faria o mesmo se os trovadores fossem os responsáveis pela explosão. Mesmo se não fossem, ela *ainda* sangraria o comandante até ele secar. O Traidor Atraente que inflamara todo aquele fogo infernal e queimara a vida de Safi em cinzas.

Ela o faria pagar.

Ela o faria sangrar.

11

—Agora não — Vivia disse ao milésimo oitavo criado a se aproximar dela desde o seu retorno ao palácio. Ela estava suada, faminta e atrasada. No entanto, o jardineiro coberto pelo sol não parecia se importar enquanto a perseguia pelos jardins reais.

— Mas Vossa Majestade, são as ameixas. A tempestade derrubou metade das frutas antes mesmo de elas estarem maduras...

— Eu *pareço* me importar com ameixas? — Ela se importava, mas havia um protocolo a ser seguido para aquele tipo de conversa. Além do mais, o descontentamento inevitável do Rei Regente pelo seu atraso era muito mais premente que aquele jardineiro. Então, Vivia deu a ele seu olhar Nihar mais horrível e acrescentou: — Agora. *Não.*

O homem caiu na real, finalmente, e desapareceu nas sombras das referidas ameixeiras, que realmente pareciam péssimas. Mas, pensando bem, tudo parecia péssimo em Nubrevna.

Vivia passara tempo demais na barragem. Ah, não demorou muito para ela navegar em sua canoa pelo Aqueduto Setentrional de Stefin-Ekart, e a barragem ancestral com sua fenda ancestral ao centro rapidamente tomarem forma contra o céu do entardecer. Ela navegara comportas acima — subindo, subindo, até enfim chegar às águas acima do rio.

Lá, mergulhou os dedos dos pés no rio gélido, esticando-se, experimentando, *forçando,* até ter sentido cada gota de água que entrava nos funis controlados por magia da barragem. Mas tudo estava do jeito que deveria estar. A rachadura ainda estava apenas no nível da superfície das pedras.

Vivia voltara a Lovats, e foi *então* que gastara todo o seu tempo, presa entre os navios que transportavam nubrevnos para a cidade. O sol se punha quando Vivia navegou para o Embarcadouro Norte; já tinha sumido quase por completo atrás das Sirmayans antes de ela chegar aos terrenos do palácio em cima de Queen's Hill e, finalmente, marchar pelo pátio, cercada de todos os lados pelos aposentos reais.

O trinco quebrado na porta principal exigiu três empurrões fortes de um lacaio antes de ele conseguir abri-la, e as dobradiças gritaram como corvos em um campo de batalha.

Vivia se apressou pelo corredor de entrada, onde deu de cara — quase literalmente — com o pajem mais jovem de seu pai. *O criado oito mil e um.*

— Vossa Majestade — o garoto guinchou. — O Rei Regente está pronto para vê-la. — O nariz dele balançou, fazendo com que seu bigode, parecido com vibrissas, tremesse, finalmente esclarecendo por que todos os outros pajens o chamavam de sr. Rato. Vivia sempre achara que fosse porque seu nome, Rayet, soava parecido.

— Estou pronta — ela respondeu, dura, esfregando o uniforme.

Rato guiou o caminho. Os passos deles ecoaram pelas paredes de carvalho do corredor. Sem mais tapetes para absorver os sons de suas passadas, nada de tapeçarias para abafar o *tok tok.* Doze anos atrás, Serafin tinha removido todas as decorações que o faziam lembrar de Jana, jogando tudo nos depósitos embaixo do palácio, onde apodreceram e onde ratos *de verdade* se empanturraram com os rostos pintados de reis há muito esquecidos.

Então, dois anos atrás, Vivia vendera cada um dos itens. Peça por peça, por meios que não eram exatamente legais. Mestres de guilda dalmottis, ao que parecia, eram bem receptivos a trocar sua comida em segredo se artes nubrevnas verdadeiras estivessem em discussão.

Quando Vivia enfim chegou à ala de seu pai, encontrou a escuridão inevitável. A doença de Serafin tornava seus olhos sensíveis à luz; ele agora vivia em um mundo de sombras. Rato se apressou adiante para abrir a porta e anunciar a chegada dela.

Ela ultrapassou o lacaio no instante em que ele terminou. Com o dobro do tamanho do quarto de Vivia, os aposentos do rei eram tão vazios quanto. Uma cama contra a parede esquerda e uma banqueta ao lado da cabeceira. Uma lareira na parede direita, intocada e assoviando com os ventos. Venezianas fechadas, cortinas fechadas.

Vivia endireitou o corpo em relação ao pai. Sem reverência. Sem continência. Sem palavras de cumprimento. "Guarde a sua energia para o Conselho", ele sempre dizia. "Comigo, você pode ser você mesma."

A cabeça cinza do rei repousava sobre um travesseiro. Sua respiração tremulava para dentro... para fora... e para dentro de novo. Ele gesticulou para Vivia se aproximar. De alguma forma, mesmo com os ombros frágeis e proeminentes embaixo do roupão noturno, e mesmo com o fedor penetrante de morte que perdurava ali como névoa sobre a maré matinal, Serafin comandava o ambiente.

Assim que ela se aproximou, porém, quase recuou. O rosto, os olhos de seu pai — estavam envelhecidos. Cada visita era pior que a anterior, mas ao menos o rei parecera bem quando ela o visitara há um dia.

A pele do pescoço de Vivia ficou gélida. Aquela doença fora além da fragilidade. O corpo dele estava danificado; e sua mente poderia tomar o mesmo rumo em breve.

— Sente-se — ele resmungou, deslizando um cotovelo para trás. Escorando-se como se fosse levantar. Vivia o ajudou, os dedos encostando nas costelas afiadas dele. Assim que o rei estava erguido por completo, ela se sentou na banqueta ao lado da cama.

— A senhorita está usando um casaco de capitão — Serafin disse, a voz mais forte e com todas as consoantes ácidas como as de tia Evrane. — Por quê?

— Eu fiquei com a impressão de que *Vossa Majestade* tinha assumido a posição de almirante. — Ele tinha dito aquilo duas semanas atrás, durante a mesma conversa em que fora informado por Vivia da morte de Merik.

"Então o almirantado volta para mim", foi o que Serafin tinha dito. Mas, naquele momento, ele apenas suspirou.

— Eu pareço alguém que pode comandar uma frota? Não responda — acrescentou, uma fagulha do seu humor irônico surgindo. — O dia todo, os curandeiros me dizem que eu melhorei... Uns mentirosos. Idiotas bajuladores, todos eles. — Ele falou e falou. Sobre o que os curandeiros tinham dito, sobre o quanto ele fora forte na juventude, sobre os anos como almirante e rei, e...

Vivia não sabia o que mais. Ela não ouvia, e seus "uhum" e "aye" frequentes eram mentira. Ela tentava ouvir — de verdade —, mas Serafin só falava sobre o passado, retomando as mesmas histórias que ela já ouvira mil vezes antes.

Que Noden a enforcasse, ela era uma filha horrível. Aquele era um momento de triunfo que ela esperava há anos — ele tinha acabado de nomeá-la *almirante* —, ainda assim, ela não conseguia se forçar a escutar.

Vivia engoliu em seco, arrumando os punhos da camisa enquanto o pai seguia balbuciando. Ele fazia piadas sobre o Conselho Superior, analisando os defeitos abundantes dos vizires, e ela conseguiu dar uma risada aguda em resposta. Era tão fácil, afinal, e sempre rendia um sorriso aprovador.

Melhor ainda, às vezes rendia, como naquele dia, uma observação:

— Nós somos *mesmo* parecidos, não é? Nihar até o cerne. Ouvi o que aconteceu na Sala de Batalhas hoje. O seu truque com a água foi muito bom. Mostre a eles esse temperamento.

Vivia sentiu um quentinho no peito. Então, mencionou exatamente o que sabia que ele gostaria de ouvir:

— Eles são imbecis. Todos eles.

Ele sorriu como o esperado e depois inspirou o ar, cheio de muco. O coração de Vivia se desregulou... Mas não. Ele estava bem.

— O que o Conselho disse hoje? Me dê um resumo.

— Cento e quarenta e sete navios — ela disse, rígida — passaram pelos Sentinelas essa semana. A maioria estava cheia de nubrevnos, Vossa Majestade. Os vizires estão preocupados com comida...

— A comida está a caminho — Serafin interrompeu. — Graças aos nossos Raposas. Nós acumulamos um suprimento considerável embaixo do palácio, e aquelas reservas nos manterão seguros durante essa guerra. Aquele acordo com os cartorranos vai ajudar também, graças ao cérebro do seu irmão.

Os pulmões de Vivia se comprimiram. *Eu também uso o cérebro*, ela queria dizer. *Os Raposas foram ideia minha e um esforço meu.* Mas ela não diria aquilo ao pai. Ele sempre insistia para que eles compartilhassem a glória de qualquer decisão boa — e que compartilhassem a culpa pelas ruins.

A culpa agitou-se dentro dela como ondas da maré. Ela nunca contara ao pai sobre a cidade subterrânea mítica ou o lago no subsolo, e embora insistisse consigo mesma de que era porque havia jurado segredo à mãe, o coração de Vivia conhecia a verdade. Ela era uma filha egoísta; ela não ia *querer* compartilhar a glória se sua busca pela cidade subterrânea fosse bem-sucedida.

— E que tal as nossas negociações com os marstoks? — o rei continuou.

— Outra vitória conquistada pelo seu irmão que nos manterá alimentados. — Ao dizer aquilo, os olhos de Serafin demoraram-se na faixa de luto no bíceps de Vivia. O rei ainda não usava uma, o que, inicialmente, confundira a filha, já que Serafin parecia não fazer nada além de elogiar Merik, pelo menos desde que o garoto havia se mudado de volta para Lovats e se juntado às Forças Reais.

Só depois, a ausência de uma faixa de luto a deixara satisfeita, porque, com certeza, significava que ele a amava mais. *Filha egoísta.*

— Marstoks? — Vivia forçou-se a repetir, os ombros subindo em direção às orelhas. Havia um brilho lateral familiar nos olhos do rei. Ele aguardava uma resposta específica, e esperava que Vivia *fracassasse* em dá-la.

Ela umedeceu os lábios, expandindo o peito ao responder com cautela:

— Ainda estamos conversando com o sultanato Marstok, Vossa Majestade, mas eu informarei ao senhor no instante em que o acordo for selado...

— Ahn? — Com uma guinada estridente, ele pegou um papel na cama que, até então, estivera escondido nas sombras. — Então por que fiquei sabendo hoje de manhã que a senhorita cancelou as negociações com eles?

O estômago de Vivia afundou. A folha que ele sacudia em sua direção era a exata mensagem enviada pelo Bruxo da Voz ao embaixador marstok uma semana atrás. Pelas *águas do inferno*, como o rei tinha posto as mãos naquilo?

— Eu não achei que fosse um bom negócio — ela se apressou em dizer, dando um sorriso casual. Porém, quando a expressão pétrea de Serafin não se alterou, ela mudou de tática. Tentou um novo disfarce, um mais afiado, mais raivoso. — Só precisei dar uma olhada na proposta dos marstoks para ver que Nubrevna sairia perdendo. As alianças devem atender aos nossos interesses, *não* aos do império marstok. Também havia o probleminha das forças navais marstoks estarem invadindo Nubrevna duas semanas atrás, Vossa Majestade.

— Me preocupo apenas com a senhorita — o rei disse, embora seu rosto ainda não estivesse mudando. — Eu não gostaria que o Conselho a achasse fraca por não negociar melhor.

Vivia sentiu-se enjoada. Suas palavras despencaram com rapidez.

— Mas Vossa Majestade, eu achei que, com certeza, o *senhor* jamais desejaria lidar com aqueles comedores de fogo. O senhor é inteligente demais para isso, e se visse o que eles propuseram naquele acordo! E, é claro, agora com a suposta morte da imperatriz, tenho certeza de que eles próprios teriam encerrado as negociações!

— Mas a senhorita não tinha como saber que a imperatriz morreria. A não ser que... — Um pouco do gelo de Serafin derreteu. Um pouco de seu humor voltou. — ... a morte dela envolva mais do que imagino.

A risada responsiva de Vivia saiu tensa demais.

Serafin relaxou a postura contra a cabeceira.

— Eu já disse, me preocupo apenas com a senhorita. *Eu* sei da sua força, mas o Conselho não.

Enquanto o rei retornava a mais histórias de sua própria valentia, Vivia tentou acalmar o coração. Tentou fingir estar escutando, mas a verdade era que suas mãos tremiam. Ela precisou sentar em cima delas para esconder o tremor.

Era sempre assim com o Rei Regente. Toda vez que ele estava descontente, ela se pegava tremendo como um pássaro — algo um tanto ridículo. *Vergonhoso*, pois o pai a amava. Como ele dissera: ele apenas se importava com ela.

Serafin era o rei bom, o líder forte, e Vivia também poderia ser, se apenas agisse como ele. Se apenas ficasse ao lado dele. *Compartilhar a glória, compartilhar a culpa.* Então, com aquele lembrete — um que ela concedia a si mesma mais e mais atualmente —, Vivia ajustou seu rosto e sua postura para uma de atento interesse. E pelas duas horas seguintes, ouviu histórias das façanhas do pai, de sua genialidade, e sua movimentação magistral pela política nubrevna.

<hr>

Do lado de fora da ala real, Vivia encontrou a administradora do palácio e dez soldados rijos. Os soldados bateram continência quando a princesa se aproximou através do pátio, enquanto a administradora — uma mulher pequena que Vivia conhecera a vida toda — sorriu e fez uma reverência.

Aquela era a rotina noturna: após atualizar o pai, Vivia e a administradora andariam pelos terrenos do palácio e pelas ameias. Vivia ouviria enquanto a mulher lia todos os pedidos, todos os apelos, todas as reclamações reunidas ao longo do dia, e os trabalhadores do palácio tinham permissão para se aproximar.

Aquele era o momento certo para o jardineiro reclamar de suas ameixeiras.

Elas partiram com passos energéticos, o vento aumentando ao redor delas. Percorrendo os jardins ao mesmo tempo que nuvens novas reuniam-se no horizonte.

Certa vez, aquelas plantas e aqueles caminhos de cascalho tinham sido particulares, restritos, e apenas decorativos. Mas, dezoito anos atrás, a rainha Jana dera liberdade à equipe do palácio. Com o passar de alguns verões, fileiras após fileiras de macieiras e pereiras haviam se enraizado ao lado do chafariz central. Folhas de abobrinha com flores amarelas gorduchas tinham rastejado para cima dos caminhos e em torno das roseiras, enquanto cabeças de repolho brotaram no canto oeste, mais numerosas que cabeças de verdade no palácio.

O olhar de Vivia seguiu para o único local nos jardins reais mantido intocado: um pequeno recinto no lado nordeste, cercado por sebes e com um lago de vitórias-régias ao centro. Era o local favorito de Jana. Vivia sempre presumira que era porque a porta para o lago subterrâneo ficava lá dentro. No entanto, ela imaginava se...

— Espere aqui — murmurou antes de se afastar. Momentos depois, seus pés a levaram para baixo do arco coberto de vegetação, através do portão enferrujado, e para dentro do jardim de sua mãe.

Parecia exatamente igual.

Hera crescia descontroladamente por todo o solo, impedida apenas pelo lago e pelas taboas flutuando ao redor. Um salgueiro-chorão estendia longos dedos à beira da água, enquanto arbustos cresciam fora de controle contra a parede mais distante.

Todos os dias, Vivia descia apressada o caminho de cascalhos — o único lugar que a hera *não* invadira — visando o alçapão atrás dos arbustos. E todos os dias, ela se certificava de que não havia nenhum outro sinal de acesso ao jardim.

Um banco solitário ficava a vários passos do lago, e era ali que ela caminhava naquele momento — porque era onde Jana costumava sentar-se. Vivia se sentou, assim como a mãe costumava fazer. Então observou, assim como a mãe costumava observar, um aglomerado de lírios-germânicos.

As flores ainda resistiam em uma série de vasos de barro atrás das taboas. Aqueles eram os únicos lírios pretos que ela já vira. A maioria dos lírios eram azuis, vermelhos ou roxos, mas aqueles não. Não os que sua mãe tanto amara.

Jana falava enquanto os observava. Repetidas vezes, ela recitava um verso do "Lamento de Eridysi", aquela música que marinheiros bêbados ou de coração partido gostavam de cantar. *Entretanto, apenas na morte eles poderiam entender a vida. E, apenas na vida, eles poderão mudar o mundo.* Depois, Jana a recitava de novo. E de novo, até que qualquer um que estivesse por perto enlouquecesse como ela.

Vivia respirou três vezes olhando aquelas flores, embora sua mente estivesse perdida no passado. No modo como sua mãe encarava e cantava. Infrequente, de início; depois, uma vez por semana. Depois, uma vez por dia...

Então, ela se fora para sempre.

Vivia podia ser como a mãe de algumas formas, mas aquilo ela *não* era. Ela era mais forte que Jana. Ela poderia lutar contra aquela escuridão interna.

Com aquele pensamento, Vivia se levantou do banco e andou até o arco. Não havia nada de valor naquele jardim além do alçapão. Apenas a loucura e as sombras viviam ali. Apenas memórias e lamentações.

12

Skulks. Era a parte mais imunda, mais lotada da capital. De toda Nubrevna, inclusive.

— Casa — Cam disse, guiando Merik.

Era a primeira coisa que ela dizia desde que eles deixaram o cortiço de Kullen, e foi pronunciada com tanto peso — como se ela precisasse de toda a sua força para simplesmente arrancar aquela palavra da língua — que Merik não conseguiu dar uma resposta decente. Mesmo nas terras Nihar moribundas do sul, havia espaço. Havia comida.

O estrondo dos trovões não ajudava, ou os pingos de chuva que caíam de minuto em minuto, fracos, mas igualmente ameaçadores. Pior, o terremoto havia deixado sua marca. Calhas desabadas, barracos amassados e um terror pálido nos olhos das pessoas. Contudo, poderia ter sido pior, — Merik ouvira histórias de tremores que derrubaram prédios inteiros.

Cam movia-se suavemente por tudo aquilo, suas pernas compridas especializadas em pular poças e circundar bêbados, enquanto Merik a seguia do melhor jeito que podia.

Dois versos da antiga canção de ninar continuavam vibrando no fundo de sua mente enquanto eles andavam. *O irmão tolo Filip guiou o irmão cego Daret para na caverna escura se aprofundar.*

O que Merik não conseguia entender, porém, era se ele era Filip, o irmão tolo, ou Daret, o irmão cego.

Ele se esqueceu de tudo aquilo quando Cam virou de súbito para a esquerda. Em segundos, desapareceu por um beco sombrio, deixando-o correr atrás dela. A luz noturna e tempestuosa desapareceu; a visão de Merik ficou borrada pelas sombras.

— Aqui — ela silvou, puxando-o para um espaço estreito entre dois prédios. Eles ficaram ali parados, Merik olhando boquiaberto para Cam, e ela com a mão esquerda coberta de cicatrizes tampando a boca, como se para abafar sua respiração.

Quando, após alguns instantes, ninguém novo apareceu no beco, ela relaxou a postura. Sua mão baixou.

— Me desculpe — murmurou. — Achei que alguém tinha nos visto. — Ela espreitou pela borda do esconderijo. E então se encolheu ainda mais.

Não era nada, Merik pensou, *parecido com as curvas e as tocaias tranquilas de antes.* E quando ele perguntou "Quem nos seguiu?" e ela respondeu "Soldados", ele não teve bem certeza se acreditava nela.

Mas não insistiu.

— Podemos continuar? A cidade precisa de nós. — *Para impedir Vivia,* ele queria dizer. *Para conseguir mais comida, conseguir mais acordos.* Permaneceu em silêncio, porém, porque Cam não precisava ser repreendida. O rosto dela já estava corado de vergonha.

— É claro, senhor. Desculpe, senhor. — Ela retomou a caminhada para *Pin's Keep*, embora fosse perceptível a frequência com que puxava o capuz ou recuava sempre que alguém atravessava o caminho deles.

Logo, Merik e Cam contornaram um aglomerado de cabanas de madeira, e o famoso *Pin's Keep* surgiu. Uma torre arcaica, mais antiga que a Cidade Velha. Mais antiga que os muros da cidade, e talvez até mais antiga que os Aquedutos de Stefin-Eckart. Merik sabia pela pedra em que fora talhada. Um granito que se tornara alaranjado sob o brilho flamejante do pôr do sol.

Quando Nubrevna fora colonizada, inicialmente por homens do norte, eles haviam carregado granito preto de sua terra natal, prontos para conquistar aquela terra nova de acordo com suas vontades. Mas, com o tempo, Nubrevna tornara-se uma nação independente. Com pessoas independentes que, por sua vez, utilizaram o calcário infinito que o terreno local tinha a oferecer.

Tábuas de madeira e tendas caídas circundavam a base da torre, e os sons invasivos de doença e berros de bebês eram transportados no clamor da noite. Tudo relacionado a Skulks era mais barulhento do que Merik se lembrava. Mais fedorento também, e muito mais lotado. Uma fila de pessoas, algumas mancando e com membros faltando, algumas tossindo e fracas, algumas que mal haviam saído das fraldas, estavam distribuídas abaixo do arco que levava à torre.

Merik xingou.

— Podemos furar a fila, garoto?

Cam o olhou de soslaio, um olhar esperto que vinha das profundezas do seu capuz.

— Encontre a entrada de baixo, senhor. Por aqui! — E sem mais nem menos, a garota ultrapassou toda a fila, deu a volta por trás da torre e, finalmente, atravessou um portão enferrujado. Lá, a torre corpulenta inclinava-se sobre granito, o mesmo dos muros da cidade.

Dois passos além do portão, e os paralelepípedos irregulares da viela declinaram de forma significativa, como se antigamente houvesse escadas ali.

— Espere ali. — Cam apontou para um trecho de sombra, onde o sol poente não mais alcançava. — Eu vou abrir a porta, e aí você pode entrar quando ninguém estiver olhando.

Merik hesitou. Ele não queria que ela entrasse — ele queria a ajuda dela apenas para chegar a *Pin's Keep*, depois pretendia assumir a liderança —, mas a garota já andava em direção à porta e erguia a mão para bater.

Mesmo que uma voz parecida com a de Safi deslizasse pelo pescoço de Merik — *tenho a sensação de que nunca mais vou te ver* —, ele obedeceu Cam e se encolheu no canto mais distante.

Enquanto se enfiava cada vez mais para dentro das sombras, o esplendor do pôr do sol atingiu a torre no ângulo correto para iluminar letras gravadas acima da porta dos fundos. Primeiro vinha um "P", seguido por uma lacuna onde a chuva, o tempo e cocô de passarinho haviam apagado letras. Depois vinha IN'S KEEP.

O que respondia a dúvida que Merik tinha desde criança: por que o abrigo era chamado de *Pin's Keep*. Abaixo do nome, em letras menores, ele só conseguia entender "A ESCURIDÃO NEM SEMPRE É DESFAVORÁVEL, ENCONTRE A ENTRADA DE BAIXO".

Então era *aquilo* que Cam repetira.

Ela bateu uma vez na porta baixa e, em segundos, a porta foi aberta. Calor e vapor dispersaram.

— Quem está aí? Temos uma fila lá na frente, sab... *Cam!* — a mulher do outro lado gritou. A garota foi puxada para dentro, tão rápido que seu casaco folgado oscilou atrás dela como asas de mariposa. — Varrmin! Você não vai adivinhar quem os peixes-bruxa trouxeram!

— Não vou mesmo — veio a resposta abafada.

— Camilla Leeri!

A porta começou a fechar. Merik quase tropeçou nos próprios pés ao mergulhar para dentro. Ele escorregou pela abertura no *exato* instante antes de ela fechar. E apenas quando já estava do lado de dentro, parado em uma cozinha mal iluminada e bastante lotada, foi que lhe ocorreu que a mulher dissera *Camilla*.

Então não era Cam — um nome que ele nunca ouvira antes —, mas Camilla. Um nome nubrevno feminino e consolidado, se é que já ouvira um.

Bom, aquilo respondia outra de suas dúvidas.

Após verificar seu capuz, Merik saiu pela cozinha de *Pin's Keep*. Alguns funcionários o olharam, mas, de resto, ninguém prestou atenção.

Ele passou por quatro pessoas com tatuagens da Praça do Julgamento abaixo dos olhos, e seu peito se aqueceu. Sua expiração saiu como uma lufada. O assassino Garren *fora* vendido para lá; aquele era o cerne dos planos de sua irmã — ele podia *sentir*.

Quando enfim escapou da cozinha, uma entrada estreita surgiu diante dele. Tetos com vigas baixas de madeira escura lembravam o bojo de um navio, mas, em vez de ondas quebrando do lado de fora, as ondas quebravam dentro.

Pin's Keep vivia e respirava com um fluxo de multidões em três portas diferentes. Um grupo movia-se para uma sala iluminada a meros passos de distância. Uma enfermaria — era impossível não notar os funcionários com vestes de curandeiro. Outro grupo movia-se para a esquerda, para um espaço mais escuro e mais quieto, e a última corrente seguia em frente, em direção ao zumbido de risos e vozes.

Não era possível ouvir nada nítido acima daqueles mares agitados — nenhuma conversa, nenhum indivíduo, nenhum pensamento. O caos de *Pin's Keep* preenchia cada espaço dentro do crânio de Merik.

Os músculos dele relaxaram. Um pouco de raiva, sempre presente em suas entranhas, se soltou — substituída por algo mais suave. Algo mais antigo. Algo... triste.

Duas vezes por semana a rainha Jana ia para lá, e duas vezes por semana Merik e Vivia a seguiam obedientemente. Até, é claro, o dia em que o rei descobriu que a magia de Merik não era tão forte como a de Vivia. Até, é claro, o dia em que Serafin mandara Merik viver com sua tia exilada no sul.

Seus olhos se fecharam. Ele não estava ali por si próprio. Estava ali pelos injustiçados, pelos perversos.

— Senhor? — O toque gentil de Cam repousou em seu braço. Imediatamente reconhecido e bem-vindo. Uma âncora na tempestade.

— Estou bem. — Ele brincou com as mangas de sua capa. — Estou procurando um escritório ou um espaço privativo, onde registros possam estar guardados. Alguma ideia?

— Aye. — Ela tentou um sorriso, mas saiu tenso. Furtivo, até.

Ele podia adivinhar o porquê. *Camilla.* Ela devia estar preocupada com a possibilidade de ele ter ouvido, por isso ele fez questão de dizer, com toda a aspereza que conseguiu reunir:

— Para qual lado, *garoto*? Não há tempo a perder.

O sorriso de Cam se alargou para algo real.

— Pela sala principal. — Ela agarrou a capa de Merik e o puxou com a brutalidade de um dos barcos puxados por mulas no canal.

A cada passo em direção à área principal da torre, a sensação de música ficava mais alta. Primeiro, uma batida na sola dos pés. Depois, uma vibração espalhando-se por seu estômago, seu peito. Até que, enfim, ele passou pela porta, e a música e as vozes desabaram sobre ele.

Merik e Cam estavam no salão principal, mal iluminado, mas fervendo com o odor de corpos temperados com aroma de alecrim. De caldo de ovelha.

A boca de Merik ficou cheia d'água. Ele não conseguia lembrar a última vez em que comera uma refeição *quente*. Devia ter sido no *Jana* — isso era certo. Seu estômago resmungou e se contorceu.

Cam apontou para uma escada em espiral no canto mais distante.

— Costumava haver um armário no topo daquelas escadas, senhor, mas agora é um escritório.

Perfeito.

— Pegue um pouco de comida — ele ordenou. — Volto logo.

— Eu vou com o senhor. — Ela tentou segui-lo quando ele se virou, mas Merik a imobilizou com seu olhar mais duro e frio.

— Não, garoto, você certamente não virá comigo. Eu trabalho sozinho.

— E o senhor é pego, todas as vezes...

— Fique. Aqui. — Ele mergulhou na multidão antes que ela pudesse segui-lo. Assim que alcançou as escadas, ele se separou da multidão e subiu dois degraus. Fez uma pausa ali para conferir Cam. Mas a garota estava bem, na fila do ensopado. Embora ela *continuasse* olhando na direção dele, ajeitando o próprio capuz.

Inspirando longa e superficialmente, Merik cerrou os punhos. Extraiu seu poder — do jeitinho que Kullen o tinha ensinado a fazer há mais de dez anos; dois garotinhos brincando em uma praia e tentando entender suas magias.

Então expirou, fazendo com que uma ondulação incandescente subisse as escadas, para dentro de qualquer que fosse o cômodo que o aguardava lá em cima.

Os ventos não encontraram ninguém. O ambiente estava vazio.

Após conferir Cam pela última vez, Merik puxou a capa para mais perto do corpo e subiu.

～∞～

Um escritório *e* um quarto. Foi o que Merik encontrou acima do salão de jantar do *Pin's Keep*. O sótão entre a sala e o telhado fora transformado em um espaço apertado.

Quando, porém, era a grande questão. Após a morte de Jana, a administração de *Pin's Keep* recaíra sobre Serafin, que, por sua vez, a passara aos criados. A primeira vez que Merik ouvira sobre Vivia assumir tinha sido ao voltar para Lovats, três anos atrás. Ainda assim, aquele espaço era dela, sem sombra de dúvidas.

Um sofá afundado embaixo de uma janela aberta. O dorso, apesar dos cantos comidos por traças, estava coberto por uma colcha habilmente dobrada e bordada com o estandarte de raposa-do-mar da família Nihar. Uma cortina combinando balançava de um dos lados da janela, sugerindo que as venezianas mal instaladas não bloqueavam bem as correntes de ar.

Merik não conseguia tirar os olhos das cortinas. Elas invocavam a lembrança de outra janela, outro local, igual àquele, mas escondido em uma ala esquecida do palácio.

Vivia o encontrara. Decorara. E por um tempo, permitira que Merik o aproveitasse junto com ela. "A minha toca de raposa", ela o chamava, e Merik brincava com soldadinhos de brinquedo enquanto ela lia livro atrás de livro... atrás de livro.

Então a mãe deles morrera e, após colocar fogo nas coroas de flores, atirá-las dos aquedutos, e marchar sombriamente de volta ao palácio, Vivia prontamente se trancara em sua toca de raposa.

Merik nunca mais recebeu permissão para entrar.

Uma mariposa entrou com a brisa úmida da tempestade, chamando sua atenção. Trazendo-o de volta ao presente. O inseto voou até o canto mais iluminado do cômodo, onde tábuas faziam as vezes de suporte de parede e prateleiras.

Merik se aproximou em silêncio. Ele teve o cuidado de manter o passo lento, o olhar firme, enquanto examinava cada lombada. "Mova-se com o vento", o mestre de caça Yoris tinha ensinado a ele. "Mova-se com a corrente. Rápido demais, príncipe, e a presa sentirá sua presença muito antes de você alcançá-la."

Yoris tinha liderado os homens de armas de Nihar, e Merik — e Kullen — tinham passado incontáveis horas acompanhando o soldado esguio. Imitando tudo que ele fazia.

Merik o imitava naquele momento, movendo-se devagar. Com cuidado. Resistindo ao ímpeto por velocidade. Até que, enfim, encontrou um título útil na prateleira mais alta. *Vendas da Praça do Julgamento, Ano 19*, dizia, e um sorriso surgiu no canto dos lábios do bruxo. Seu sorriso se alargou ao encontrar o nome de Garren dentro do livro.

Y19D173 comprado da Praça do Julgamento. Negociado com Serrit Linday para mão de obra agrícola, em troca de comida.

— Negociado — Merik articulou com a boca, sem emitir som. — Com Serrit Linday. — Ele piscou. Leu o nome uma segunda vez. Mas não, ainda dizia Serrit Linday.

Não era o que ele esperava descobrir. Embora certamente não esperasse encontrar uma anotação que dissesse *enviado à enseada Nihar para matar irmão*, ele *esperava* encontrar algo que ligasse Garren ao ataque ao *Jana*.

Em vez disso, encontrara um elo completamente novo à corrente. Sibilando um palavrão, Merik fechou o livro com um empurrão. As palavras de Cam ressoaram em seus ouvidos: "E se não foi a sua irmã quem tentou matá-lo?".

Mas fora ela. Tinha de ser, pois ela era a única pessoa que fazia algum sentido ser culpada. Sem mencionar que o Linday mais jovem — um cretino nobre, se alguma vez existira um — costumava ser amigo de Vivia na infância. Aquele poderia ser outro elo, mas a corrente ainda levava a Vivia.

Quando ele devolveu o livro à prateleira, a mariposa tinha ficado presa em uma lamparina enfeitiçada com fogo. Ela morreu em segundos, e o cheiro de fumaça abafou brevemente o limão acentuado.

Por meio segundo, Merik encarou a chama, queimando ainda mais forte. A fumaça que saía da mariposa. Então, se forçou a olhar a escrivaninha de Vivia. Era uma mesa, na verdade. Nenhuma gaveta onde esconder mensagens importantes, nenhum cofre embaixo. Mesmo assim, ele revirou agilmente as pilhas de papel. Conferiu no meio, atrás e embaixo delas.

Ele mexeu em seis pilhas, mas não havia nada interessante. Apenas inventários infinitos e contas em um rabisco minúsculo e inclinado, tão impecável que quase parecia entalhado.

Seus olhos avistaram uma pilha diferente com cálculos rabiscados, registros e anotações. Legíveis, mas tão inclinados que os números eram quase horizontais.

E todos eles riscados. Apagados com um lápis furioso. O número de pessoas novas (por dia) *versus* a quantidade de comida nova (por dia, e com a contribuição do palácio subtraída), tudo sublinhado com a quantia de moedas gasta para pagar por tudo.

Os números não batiam. Nem perto. Os famintos e os desabrigados superavam a comida e as verbas que chegavam. E pelo alento de Noden, que número *exorbitante*! Dezesseis novas pessoas chegavam todos os dias na expectativa de camas, e mais quarenta e quatro surgiam à procura de comida.

Se aquela era a quantidade de pessoas que chegavam a *Pin's Keep* procurando abrigo, refeições e cura, então quantas *não chegavam*? Merik sabia que sua cidade natal estava em frangalhos — estava assim há vinte anos, e as coisas tinham apenas piorado recentemente. Mas aqueles números...

Eles indicavam uma Nubrevna muito pior do que ele reconhecia.

Com um suspiro encorajador, avançou até a última pilha da mesa. Um papel grande com vincos no centro repousava sobre ela.

Um mapa das cisternas, a vasta rede de túneis embaixo da cidade que transportava água e esgoto. Merik se inclinou sobre o papel, empolgado, pois havia um local no mapa marcado com um X gorducho — junto com seis horários do dia rabiscados na lateral, um deles circulado. Um local e horário de encontro, talvez?

Ele retirou o mapa da pilha e o dobrou por cima das linhas já marcadas. Estava enfiando-o no cinto quando um arrepio percorreu o seu corpo. Gelo, poder e uma voz que dizia:

— Coloque de volta, por favor.

Ah, que Noden o enforcasse. Merik conhecia aquela voz.

Stacia Sotar havia chegado.

Ele virou a cabeça apenas um pouquinho, o capuz cobrindo seu rosto. Ele só precisava chegar até a janela aberta. Um único pulo, e estaria livre.

Ou foi o que pensou, até sentir água subindo por sua perna. Ela serpenteou, se enroscou e apertou, congelando-o em uma algema de gelo — porque, é claro, como ele podia ter esquecido? Stix era uma maldita *Bruxa da Água*. Só restava uma escolha: ceder à escuridão.

Ele tornou-se o Fúria.

Seus ventos retumbaram. O gelo partiu. Merik puxou a própria perna, pronto para voar.

O gelo derreteu. O vapor subiu, escaldando e cauterizando seu rosto destruído.

Ele não pôde evitar. Deu um rugido de dor antes de mergulhar por cima da mesa e cair do outro lado.

Um jato de gelo disparou acima dele, atingindo a parede e abrindo o couro cabeludo de Merik. Seu capuz tinha caído. Mas ele já estava em movimento. Engatinhando em direção à janela. Ele pressentiu Stix extraindo mais magia. Com facilidade, como se aquela luta estivesse apenas começando.

Ela bateu com o pé no chão e, imediatamente, a água da sala transformou-se em névoa. Merik não conseguia enxergar nada.

Com uma lufada fraca de vento, ele abriu um caminho até a janela. A névoa se afastou. Ele ficou de pé e correu.

Mas, como temia que pudesse acontecer, Stix apareceu em seu caminho. Ele virou para a direita, seus ventos agitando-se para prendê-la em uma nuvem de sua própria neblina. Antes que pudesse ultrapassá-la, a mão de Stix surgiu e agarrou o seu punho.

Gelo percorreu o antebraço dele, prendendo-o a ela.

Seus olhos se encontraram, os dela escuros como o inferno de Noden — e arregalados. Estreitando-se, ao mesmo tempo que seus lábios se separavam.

Ela me reconheceu. Era o pior desfecho possível depois da morte. Ser reconhecido poria um fim a todos os seus planos.

Exceto que o que saiu da garganta de Stix não foi "Merik" ou "príncipe" ou "almirante".

— O Fúria — ela ofegou, e a névoa tornou-se, imediatamente, neve. Uma precipitação que vagueava inofensiva ao redor deles. — Você é... real.

Um novo gelo — dessa vez interno — acertou o peito de Merik. Ele estava destroçado a esse ponto. Irreconhecível a esse ponto. E embora tivesse tentado dizer a si mesmo que ela era míope e que não poderia reconhecer seu rosto a não ser que estivesse a centímetros dele... Ele sabia a verdade. Era horrível olhar para ele. Ele era o Fúria.

Mas aquela pausa era uma bênção. Um momento que poderia ser aproveitado.

— Eu sou o Fúria. — Com aquelas palavras, com aquela confirmação, calor desceu pelas suas costas. Ele aproveitou a raiva.

Poder, poder, poder.

— Me solte — ordenou.

Stix obedeceu. Ela recolheu a mão; o gelo recuou — mas não antes de rasgar a manga de Merik. Sua pele também.

Ele arremeteu para a janela. De cabeça, passando pelas venezianas e por capim-limão. Por telhas e calhas. De cabeça em direção ao beco abaixo, antigo e estreito.

Os ventos o suportaram. O embalaram para que ele pudesse girar na vertical antes de atingir as pedras irregulares.

Assim que suas botas tocaram o chão, ele correu. Mas olhou para trás duas vezes. Primeiro, para ver se Cam estava em algum lugar por perto, mas ela não estava — e ele não podia voltar para procurá-la.

Segundo, ele olhou para ver se Stix o perseguia.

Mas não. Ela apenas o observava da janela aberta, banhada pela luz das velas, e com neve caindo.

13

Iseult e Aeduan comeram em silêncio. A mandíbula dele funcionava metodicamente. Ele não dissera uma palavra desde que saíra da armadilha de urso.

Iseult não esperava que ele dissesse. Contudo, nunca antes ela ansiara tanto por fios. O mundo estava tão vazio, tão sem cor, sem humanos por perto, e semanas haviam passado com apenas o roçar de entrelaços distantes. Quando enfim estava cara a cara com um humano de novo, ele era incolor. Sem fios. Vazio.

Linguagem corporal e expressões eram quebra-cabeças que Iseult nunca antes tivera de decifrar. Ainda assim, sem fios pairando acima do Bruxo de Sangue, ela precisava analisar cada movimento do rosto dele. Cada oscilação em seus músculos.

Não que ele fizesse muitos. *Calmo como uma Bruxa dos Fios*, a mãe de Iseult diria. Gretchya teria dito como um elogio, pois é claro que Bruxas dos Fios não deviam demonstrar emoções. Mas arderia como um insulto, já que a frase nunca fora direcionada a Iseult. Gretchya a usava apenas com outras pessoas — aquelas que eram melhores em manter o equilíbrio, melhores em manter a calma, mais do que Iseult jamais seria.

Quanto mais ela observava Aeduan, mais sentia uma emoção emanando dele. Desconfiança.

Era o modo como ele sentava-se rígido e pronto para agir a qualquer momento enquanto comia. O modo como os olhos dele nunca se afastavam dela, monitorando-a enquanto ela se movia pelo acampamento pequeno. *Ele salvou a minha vida*, pensou enquanto Aeduan comia, *e me odeia por isso.*

Mas ela estava acostumada com desconfianças, e com o ódio. E, se aqueles sentimentos pudessem matar, então eles a teriam assassinado há muito tempo.

— Mais? — Ela gesticulou para o acampamento, para o último timalo preso ao espeto.

O Bruxo de Sangue pigarreou.

— Onde estão as minhas lâminas, Bruxa dos Fios? — Ele insistia em continuar falando em dalmotti.

Então Iseult insistia em responder em nomatsi.

— Escondidas.

— E o resto das minhas moedas?

— Longe.

O Bruxo de Sangue cerrou os punhos. Levantou-se.

— Posso forçar a resposta a sair da sua garganta se eu quiser.

Ele não podia, e os dois sabiam daquilo. Ele perdera todo o poder ao admitir, em Veñaza, que não conseguia farejar ou controlar o sangue dela.

Mesmo assim, enquanto Iseult imitava a postura dele com o próprio queixo levantado e os ombros para trás, seu coração ainda batia acelerado. Até aquele momento, tudo o que ela planejara havia saído como o previsto — como o esperado. Mas agora... Agora era o nó final em sua armadilha.

— Eu vou devolver suas moedas — afirmou, grata porque sua gagueira parecia estar a léguas de distância —, mas só se você caçar alguém para mim.

O corpo inteiro dele tensionou como o de uma cobra. Por vários instantes, nada aconteceu. Ouviam-se trovões à distância. Vento soprava na borda, borrifando-os com água. Mas Aeduan não mexia um músculo.

Até que, enfim, ele murmurou;

— Então você... precisa de mim.

— Sim. Para rastrear Safiya fon Hasstrel.

— A Bruxa da Verdade.

Iseult estremeceu com aquelas palavras. Um recuo mínimo. No entanto, ela sabia que Aeduan vira. Ela sabia que ele notara.

— A Bruxa da Verdade — concordou, por fim, admirando a estranheza de pronunciar as palavras em voz alta. Quatro palavras que não ousara dizer por seis anos e meio, com medo de que alguém ouvisse. Com medo de acidentalmente amaldiçoar Safi com a prisão ou a morte. — Os marstoks levaram Safi, mas eu não sei para onde. Você, Bruxo de Sangue, pode rastreá-la.

— Por que eu faria isso para você?

— Porque eu direi onde está o resto das suas moedas.

Ele se aproximou dando dois passos, circulando o fogo apagado. Sem piscar. Sem desviar o olhar.

— Você vai me pagar com as minhas próprias moedas de prata?

Então as moedas são dele. Iseult não sabia como ou por que elas tinham ido parar no porão de Mathew, mas continuaria aquela negociação do mesmo jeito. Quando ela assentiu, Aeduan riu. Um som que zumbia com choque e descrença.

— O que vai te impedir de ficar com o meu dinheiro? Quando eu encontrar a Bruxa da Verdade para você, como saberei que você cumprirá sua parte do acordo?

— Como eu saberei — Iseult contra-atacou — que, quando você encontrar Safiya fon Hasstrel, você não tentará ficar com ela? Não tentará vendê-la, como fez antes?

O Bruxo de Sangue hesitou, como se estivesse traçando rapidamente inúmeras opções de conversa antes de escolher a que mais gostava. Ou a que melhor combinava com suas intenções.

Calmo como uma Bruxa dos Fios.

— Então vai depender da oportunidade. — Ele girou os punhos. — Quem vai trair quem primeiro.

— Isso quer dizer que você aceita?

Ele deu mais um passo na direção dela, longo o bastante para acabar com o espaço entre eles. Iseult precisou levantar o queixo para manter o contato visual.

— Você não é meu mestre, Bruxa dos Fios. Você não é minha chefe. E, acima de tudo, você não é minha aliada. Vamos viajar pela mesma rota por um tempo, nada além disso. Entendido?

— Entendido.

— Nesse caso — ele continuou, ainda em dalmotti, sempre em dalmotti —, eu aceito.

Os dedos de Iseult se fecharam, punhos cerrados para mantê-la sem reagir. Sem revelar quanto alívio sentia.

Estou indo, Safi.

Ela se afastou, esperando até o último momento para interromper o contato visual e virar as costas. Depois, andou até um canto sombrio onde cogumelos gorduchos acumulavam-se na parte inferior de uma parede de calcário. Um agachamento, um puxão, e suas mãos tocaram em couro.

Ela foi gentil com o talabarte, cuidando para não arranhar os punhos das facas ou o couro ao puxá-lo. Mesmo enquanto atravessava o solo úmido, manteve o couro bem esticado e as fivelas paradas.

Ela o ofereceu a Aeduan.

— Elas precisam de óleo.

Nenhuma reação. Ele apenas reafixou as lâminas em seu peito, metódica e silenciosamente, antes de andar em direção à borda da pedra. Um chuvisqueiro caía sobre ele, e pela primeira vez desde que Aeduan acordara na floresta, os pulmões de Iseult pareceram grandes o suficiente para permitir a entrada de ar.

Ele iria ajudá-la.

Ele não a mataria.

— Você está pronto para ir? — perguntou, agarrando sua pedra dos fios. *Estou indo, Safi.* — Não há tempo a perder.

— Não vamos conseguir avançar com esse tempo, e logo vai escurecer. — Um puxão na fivela ao lado do ombro; as lâminas tilintaram em advertência. — Viajaremos amanhã, ao amanhecer.

Então, o Bruxo de Sangue sentou-se de pernas cruzadas no solo úmido, fechou os olhos, e não voltou a falar.

O comandante dos trovadores do inferno voltou da selva, seus movimentos desequilibrados enquanto ele se arrastava até a mochila de Zander e a vasculhava. Se ele notou o olhar fixo de Safi, não deu nenhum sinal.

A noite se aproximava. Safi tinha esperanças de que eles montassem acampamento, mas a Senhora Destino não a estava favorecendo até aquele momento.

O comandante pegou carne seca da mochila, retirou o elmo e o colocou ao lado. Um raio de sol irrompeu pela copa das árvores da floresta. Reluziu na nuca dele, onde havia sangue encrostado.

E de onde a pontinha de um tecido branco escapava.

Ele tinha ido à floresta para tratar seu machucado. Safi apostaria sua vida naquilo. Ele mal movia o braço esquerdo; seu ombro parecia um pouco maior, como se ataduras preenchessem o espaço dentro de suas vestes de couro.

É um ferimento, então. Os lábios dela crisparam-se diante daquele minúsculo golpe de sorte. Ela devia ter reaberto a ferida quando bateu nele, e aquilo significava que ele tinha perdido sangue. *Aquilo* significava que ele estava enfraquecido.

Os lábios dela se curvaram um pouco mais alto.

O trovador do inferno notou.

— Não pareça tão convencida, herege. É você quem está amarrada a uma árvore.

Você estará amarrado logo, logo, pensou, embora tenha apagado o sorriso do rosto. Não fazia sentido revelar seus truques.

— Eu estava apenas admirando a vista, trovador. Você fica muito melhor sem o elmo.

Uma linha de desconfiança cruzou a testa de Caden — e ele era Caden naquele momento, sem o elmo. O Traidor Atraente que a obrigara a viver fugindo. A viver como uma presa.

Caden se aproximou. E de novo, tão ao alcance... se ao menos Safi estivesse solta.

Ele estendeu uma tira de carne seca na direção dela.

— Barriga de porco?

— Por favor. — Ela bateu os cílios. — E obrigada.

A linha se aprofundou na testa de Caden, e ele examinou os braços amarrados e os pés acorrentados dela. Mas ela continuava firmemente presa.

— Por que o bom humor, herege? Por que os bons modos?

— Eu sou uma *domna*. Posso sorrir até para o sapo mais feio de todos e elogiá-lo pelo posicionamento perfeito de suas verrugas.

Caden bufou pelo nariz, não exatamente rindo. Ele ofereceu o porco, que pairou a centímetros dos lábios de Safi, forçando-a a esticar o pescoço. A mastigar e a partir a carne. Humilhante. Enfraquecedor.

Safi sorriu com ainda mais alegria enquanto mastigava e mastigava. E mastigou ainda mais antes que aquela dureza salgada lhe descesse pela garganta.

— É bem... seco — ela se forçou a falar. — Posso beber um pouco de água?

Caden hesitou, semicerrando um dos olhos. Uma expressão que Safi lembrava da noite que passaram juntos nas mesas de tarô. Uma expressão que dizia *estou pensando, e quero que você veja que estou pensando*.

Então ele deu de ombros, como se não visse motivos para negar, antes de desamarrar uma bolsa de água pela metade, de seu quadril. Ele a segurou nos lábios de Safi, e ela bebeu.

Ele permitiu que ela esvaziasse a bolsa.

— Obrigada — a bruxa disse, após lamber os lábios. Estava sendo sincera também.

Caden assentiu e substituiu a bolsa no cinto, um movimento que, visivelmente, não agradou seus dedos da mão esquerda.

— Machucado?

— Trovadores não podem se machucar — ele murmurou.

— Ah — Safi ofegou. — Isso deve facilitar muito a matança de bruxos inocentes.

— Eu nunca matei bruxos inocentes. — A cabeça dele continuou baixa enquanto ele se atrapalhava com a amarração da bolsa. — Mas matei hereges.

— Quantos?

— Quatro. Eles não cediam.

Safi piscou. Ela não esperava que ele respondesse e, embora não pudesse lê-lo com sua magia, suspeitava que fosse verdade. Ele tinha matado quatro hereges; era a vida dos bruxos ou a dele.

— E o navio inteiro de marstoks que você trucidou? Você o colocou na sua lista de assassinatos?

— Que navio? — A linha retornou no meio da testa. Ele finalmente ergueu o olhar.

— Aquele que você queimou até virar cinzas. Aquele em que a imperatriz e eu estávamos.

— Não fomos nós. — Ele balançou o ombro direito, um gesto vago indicando Lev e Zander. — Nós estamos te rastreando desde Lejna.

— Mentira.

Outra vez ele bufou — dessa vez, sem dúvidas, uma risada, pois um meio-sorriso astuto surgiu em seu rosto.

— Fico feliz em ver que a sua bruxaria ainda não funciona comigo, herege.

O próprio sorriso de Safi vacilou. Ela não conseguiria fingir. Ela *não conseguia* mesmo ler Caden. Então, pela primeira vez, ela escolheu a sinceridade. Ela permitiu que seu sorriso se desfizesse, e uma careta veio à tona.

— Por quê? Por que a minha magia não funciona em você?

— Nenhuma magia funciona com os trovadores.

— Eu sei — ela disse, apenas. — Por quê?

Ele coçou a ponta do queixo, por onde a cicatriz descia.

— Imagino que o seu tio não tenha te contado, então. — Ele recuou um único passo. — Magia, bruxarias, poder. São coisas para os vivos, herege. Mas nós? — Caden deu um tapinha no peito, fazendo as placas de metal da brigantina retinirem. — Nós, trovadores do inferno, já estamos condenados. Nós já estamos mortos.

<hr />

A ponta da flecha no bolso de Aeduan parecia queimar enquanto ele sondava os pinheiros e carvalhos escuros ao seu redor. *Quem trairia quem primeiro?* Uma hora havia se passado desde o acordo entre ele e a Bruxa dos Fios; no entanto, ele ainda se fazia aquela pergunta.

A chuva enfim havia parado. Não uma diminuição gradual como as chuvas no monastério, mas um *encerramento* abrupto. Tempestade em um momento. Nenhuma tempestade no outro. O tempo sulista era assim: extremo e com a natureza esperando para atacar seus adversários.

No instante em que a chuva cessou, os insetos noturnos saíram. As cigarras ciciaram, as mariposas voaram e os morcegos que as comiam também despertaram. Eles voaram e cruzaram um céu escuro e opaco. Por fim, as nuvens se afastaram, revelando a luz das estrelas, e Aeduan observou o Gigante Adormecido se erguer — aquela coluna brilhante de estrelas que sempre guiava para o norte.

Ele observou sozinho, pois a Bruxa dos Fios dormia. Pouco depois da conversa deles, ela se ajeitara no canto mais seco da pedra. Momentos depois, caíra no sono.

Aeduan não pôde evitar se surpreender com a rapidez com que ela adormecera. De como aquela posição de lado devia ser horrível. Ou no quanto ela era destemida por baixar a guarda por inteiro.

Destemida ou idiota, e a julgar pelo truque com as facas, era a segunda opção. Por outro lado, ela *tinha* habilmente o atraído para aquela parceria absurda. *Quem vai trair quem primeiro?*

Ele só tinha certeza de que tudo estava conectado. A ponta da flecha. O padre purista Corlant. E suas moedas perdidas. Tudo estava conectado, mesmo que ele ainda não pudesse ver como.

Ele soltou a ponta da flecha dentro do bolso e moveu-se em silêncio, entrando na floresta de propósito. Havia um riacho por perto; ele precisava de um banho.

Encontrou um local na margem onde a copa das árvores não era tão fechada. A luz das estrelas banhava o riacho. A água borbulhava.

Aeduan tirou o talabarte e a camisa. Ele não tinha tido tempo, desde que saíra da armadilha, de conferir suas feridas. Elas estavam, sem surpresa alguma, reabertas. Mas um toque cauteloso revelou apenas sangue seco.

Ele suspirou, incomodado. Sua camisa e calça estavam arruinadas. E, embora a floresta não se importasse, os humanos se importariam. A Bruxa dos Fios se importaria.

Não importa. Sangue era uma parte sua, e manchas de sangue nunca o impediram de avançar. Ele tinha chegado até ali. Continuaria seguindo.

Por algum motivo, porém, ele se viu levando a camisa até o riacho congelante. Se viu esfregando o tecido, tentando limpá-lo. Mas o sangue estava infiltrado e não sairia.

Assim como suas feridas estavam infiltradas há tantos anos. *Corra, meu filho, corra.*

Foi, enquanto Aeduan começava a esfregar o peito, tremendo de frio, que ele viu algo se mexer na margem oposta. Primeiro, pensou ser uma ilusão de seus olhos, um truque da escuridão, e uma canção antiga lhe veio à mente. Uma que seu pai cantara muito antes... de tudo.

O que é visto nas sombras jamais poderá ser confiado,
pois o Trickster se esconde no que é escuro e salpicado.
No alto de uma árvore ou no profundo subterrâneo,
nunca confie se um Trickster estiver te cercando.

Ele balançou a cabeça, espirrando água. Não pensava naquela melodia há muito tempo. Outra balançada de cabeça, desta vez para eliminar os truques de sua visão.

Mas o movimento ainda estava lá. Um brilho sutil que parecia pulsar em grupos pela floresta. Quanto mais ele observava, mais luminosos ficavam os grupos. Mais contínuos e nítidos, como se nuvens tivessem se dispersado para revelar um céu estrelado.

— Vaga-lumes — disse uma voz atrás dele. Em um segundo, Aeduan a tinha prensada contra um carvalho à margem do riacho.

Os dois ficaram parados ali. Se encarando. A Bruxa dos Fios com as costas no tronco e as mãos no peito de Aeduan. Ele, com o antebraço na garganta dela, pingando água.

Duas respirações ofegantes, e ele a soltou.

— Tenha mais cuidado — ele disse irritado, afastando-se. Embora não soubesse dizer se estava falando com ela ou consigo mesmo. Tudo o que sabia era que seu coração vibrava no peito. Seu sangue e sua magia urravam em seus ouvidos.

Ele não tinha farejado a aproximação dela. Ele *não conseguia* farejar a aproximação dela, então seu corpo reagira a uma ameaça.

Aquilo precisaria ser melhorado. Pelo menos enquanto ela continuasse por perto.

— Eu quase te matei — disse ele.

— Nomatsi — foi a resposta dela, o que o fez olhar para trás. O fez rosnar.

— O quê?

Ela se afastou da árvore, sob a luz das estrelas, e, como os vaga-lumes na floresta, seu rosto se iluminou. Branco como um fantasma. Lindo e com um ardor interno.

Meio segundo. Foi tudo o que durou. A ilusão se fora. Ela voltara a ser uma garota de rosto comum.

Nunca confie no que você enxerga nas sombras.

— Você está falando comigo em nomatsi — ela explicou, secando a água do peito, dos braços. — E aquelas luzes brilhantes são vaga-lumes. Eles significam boa sorte em Marstok, sabia? As crianças fazem pedidos ao vê-los.

Aeduan expirou. Um som demorado e sibilante. Ela se comportava como se não tivesse quase sido eviscerada por ele. Como se debater sobre pedidos ou a linguagem em que ele falava de fato importasse.

— Eu vou te matar — alertou mais uma vez, em dalmotti — se você não for mais cuidadosa. Você entende, Bruxa dos Fios?

— Me dê uma de suas moedas, então. — Ela inclinou a cabeça para trás, enfatizando a maneira como sua mandíbula se inclinava em relação a clavícula.

E pela primeira vez desde que ela apareceu, Aeduan percebeu que seu peito estava nu. Suas cicatrizes estavam visíveis, e sua pele estava com os pelos eriçados. Sua camisa, porém, não podia ser vista em lugar algum — e ele se recusava a dar as costas para a Bruxa dos Fios.

— As moedas estão com sangue, certo? — ela continuou. — Foi assim que você me encontrou. Então me dê uma moeda e sempre sentirá a minha presença se aproximando.

Era inteligente. Uma solução organizada e simples para um problema que Aeduan gostaria que ela não soubesse. Ainda assim, ela *sabia* que ele não conseguia farejá-la, e aquilo não poderia ser mudado.

Ele assentiu.

— Pela manhã — disse, lutando contra a vontade de se afastar e mergulhar no riacho à procura de sua camisa. — Eu te darei uma moeda pela manhã.

Com um aceno, Iseult finalmente saiu do riacho. A floresta a envolveu, os vaga-lumes iluminando o seu caminho.

E Aeduan entrou de imediato na água, dando braçadas rápidas e rezando para que sua única camisa não estivesse muito além no rio para ser reencontrada.

14

Uma névoa envolvia as ruas de Lovats escurecidas pela noite, enquanto Merik observava a mansão da família Linday. Como todas as residências de vizires da cidade, a casa situava-se solenemente na estrada ladeada de carvalhos chamada de Rua Branca, na subida de Queen's Hill.

Nenhuma lamparina estava acesa dentro da mansão, nenhuma sombra em movimento. De forma que restava apenas um lugar lógico onde um Bruxo das Plantas poderia estar à noite: no jardim.

Merik demorou apenas alguns minutos para chegar na estufa Linday. Vapor flutuava até os jardins em torno dela, ocultando a estrutura de vidro e ferro que o príncipe sabia existir lá dentro.

Treze anos se passaram desde que ele vagueara pelas selvas daquela estufa. Na época, ele era um garoto, com apenas sete anos de idade.

Também fora à luz do dia, e, mais importante, mediante convite.

Ainda assim, nenhum dos guardas destrambelhados o notou esgueirando-se de uma sombra para outra. Duas vezes, ele quase tropeçou em cima dos homens, mas, duas vezes, conjurou uma parede de névoa para encobri-lo.

Merik deu a volta em uma sebe de campânulas, com suas flores violetas em plena floração, e se abaixou sob uma cerejeira. Que desperdício de espaço revoltante aquela estufa. Aquele jardim. E um desperdício de magia ainda mais revoltante. A família Linday poderia usar seus recursos para alimentar os famintos que se esmagavam em frente aos seus portões, no entanto, preferiam cultivar flores ornamentais inúteis.

Talvez ele pudesse acrescentar aquilo à sua lista de tópicos a serem discutidos com o vizir.

Ele seguiu adiante, furtivamente. Em direção a Linday, em direção à verdade sobre o assassino Garren. *Poder, poder, poder.* Era o que pulsava em seu corpo, tão fácil de aproveitar. Tão fácil de comandar, mesmo com a exaustão que sentia.

Desde *Pin's Keep* — desde que tinha adotado o nome *Fúria* —, seus ventos surgiam sem protestos, e seu temperamento permanecia calmo. Tranquilo.

E, em sua opinião, tranquilo era bom. A tranquilidade permitia que navios zarpassem sem medo, e que tripulações chegassem em casa sem se machucar.

Tranquilidade, porém, não significava fios de disparo. Esticado, na extensão da entrada traseira da estufa, o fio foi sentido por Merik no instante em que tocou seu queixo — e ele sentiu a vibração avançar como o dedilhado de uma harpa.

Ah, pelas águas do inferno.

Ele ergueu as mãos; seus ventos chisparam, uma carga de poder para neutralizar o fio em movimento.

Observou, prendendo a respiração, enquanto o fio ficava imóvel. Enquanto o mundo inteiro ficava imóvel, reduzindo-se àquele cabo maldito, e ao seu coração acelerado. Suas batidas eram altas o bastante para entregá-lo.

Mas nenhum alarme disparou. Nenhuma armadilha foi acionada, permitindo que Merik desviasse o olhar cuidadosamente por cima de cada folha, cada pétala, cada trecho de casca à vista. O fio adentrava as sombras, até onde vigas de ferro sustentavam paredes de vidro. Então subia, terminando em um sino de cobre.

Ele expirou. Tinha sido por pouco, pois, embora o sino fosse minúsculo, era mais do que o suficiente para alertar alguém de sua chegada. O único som também presente era um chafariz borbulhante no coração da estufa.

Embora não fosse nenhuma surpresa descobrir que o jovem Serrit Linday era um babaca paranoico, nunca houve guardas ou alarmes de disparo na mansão do nobre durante a infância deles.

O que sugeria que Linday estava se encontrando com alguém e, ou ele não confiava naquele alguém, ou tinha a intenção de trair aquele alguém. Se Merik tivesse tempo, teria rastejado até a cerejeira mais próxima e esperado, vigiando para ver quem cairia naquela armadilha. Afinal, descobrir quem o vizir temia poderia ser uma informação valiosa.

Mas ele estava sem tempo, e sem paciência. Além do mais, abandonara a pobre Cam em *Pin's Keep*. Ela ainda estava por lá, sem dúvidas em pânico sobre a localização do seu almirante.

Então, depois de conferir se o capuz ainda estava firme no lugar, Merik retomou sua aproximação. Mais duas vezes ele encontrou fios de disparo escondidos, e mais duas vezes ele os evitou. Era um processo lento, deslizar pelas folhas e raízes e, ao mesmo tempo, usar seus ventos para manter a selva imóvel. Para manter os alarmes desativados.

Por fim, ele chegou ao centro da estufa, onde o cascalho dos caminhos externos dava lugar a azulejos de arenito dispostos em um conjunto complexo de padrões em formato de raios solares. O símbolo da família Linday. No meio estava o chafariz, também com o formato de raios solares.

Diante da água borbulhante, estava Serrit Linday, sentado. Sua energia frenética conflitava com a serenidade suave da cena. Ele esmagava e esmagava e esmagava *de novo* lírios brancos e brilhantes ao longo da borda do chafariz, enquanto seu dedo do pé, calçado com chinelos finos, transformava a grama imaculada em mingau. Mesmo a luz da lamparina vinda das ruas exteriores parecia clara demais, pura demais, para a túnica preta e antiquada de Linday.

Aquele não era o vizir arrogante de que Merik se lembrava da infância. Aquele era um homem assustado — e homens assustados eram fáceis.

Fácil *sempre* era bom.

O príncipe deslizou até a margem da clareira, para onde a grama cedia espaço às lajes. Atrás de Linday e ainda fora de vista. Então, abaixou o capuz e ofereceu, rouco:

— Olá, vizir.

O homem soltou o ar. Ele se encolheu por inteiro, a coluna murchando e os ombros caindo até os joelhos. Por meio instante, Merik pensou que o homem tinha desmaiado...

Até que sussurrou, fraco:

— Não está comigo.

Merik saiu das sombras.

— Você está me confundindo com outra pessoa.

Linday ficou tenso. Depois, virou a cabeça. Seus olhos encontraram os de Merik. Ele o olhou de cima a baixo, absorvendo as cicatrizes e as roupas esfarrapadas do recém-chegado. Por um breve momento, Merik pensou que o vizir poderia reconhecê-lo dos breves encontros ao longo dos anos.

Mas aquilo não aconteceu, e ele quase sorriu quando expressões conflitantes se instalaram no rosto do rapaz. Alívio misturado com horror e confusão... antes de voltar ao alívio.

Uma reação final que não era exatamente a esperada.

Ele se aproximou do chafariz e, embora Linday tivesse se encolhido de volta, o homem não correu. Nem mesmo quando Merik o agarrou pela gola e o puxou para mais perto.

— Você sabe quem eu sou? — ele murmurou. Naquela proximidade, o rosto do homem era uma máscara de rugas finas. Merik sabia qual era a idade dele, e ele aparentava o dobro.

— Não — Linday respondeu com aspereza. Tremendo. — Eu não conheço você.

— Sou chamado de "a Mão Esquerda de Noden". Sou chamado de Fúria. — *Poder, poder, poder.* — Eu vou lhe fazer algumas perguntas agora, vizir, e quero que você as responda com rapidez. Senão... — Ele torceu os punhos, apertando a gola do homem. Deixando-o sem respirar.

O vizir tremeu ainda mais nas mãos dele, e *aquela* aproximava-se mais da reação esperada.

— Vou responder, vou responder.

— Ótimo. — Os olhos de Merik se estreitaram, a testa esticando. — Você comprou um prisioneiro de *Pin's Keep*. Garren era o nome. Preciso saber o que você fez com ele.

— Eu não sei.

Puxão. Torção. A respiração de Linday ficou reduzida.

— Não minta para mim.

— Eu preciso, eu preciso. — Os olhos do vizir começaram a envesgar. — Eu... *preciso*, ou ele vai me matar.

Uma raiva nova trespassou Merik. Ele torceu a gola de Linday com ainda mais força.

— Pela mão de quem você deseja morrer, vizir? A dele ou a minha?

— *Nenhuma.* — O homem se engasgou. — *Por favor...* o homem das sombras está vindo. Me ajude. Por favor, antes que eles me transformem em uma de suas marionetes, por favor! Eu vou lhe contar tudo que você quiser...

Um sino tocou.

A estufa encheu-se de um cintilo suave.

O vizir Linday amoleceu, como se seus joelhos não pudessem mais suportá-lo. Merik o soltou, e o homem desmoronou nos azulejos.

Um segundo sino soou. Arrepios desceram pela nuca de Merik. Por sua espinha. Ele se virou...

E encontrou uma parede de escuridão deslizando pela estufa. Aproximando-se, ela deslizava e derrapava e inclinava e agarrava. Mãos sombrias que avançavam como gavinhas por cima do chão, por entre as folhagens, ao longo do teto.

O instinto pediu que Merik corresse. Que seus músculos *fugissem*. Mas algo mais batalhava dentro dele — algo ardente e que deveria ser respeitado.

Ele permitiu que sua fúria surgisse. Ela ganhou vida, flamejante, assim que a escuridão passou por ele.

O homem das sombras havia chegado.

Não havia outro modo de descrever o que rondava a clareira — Linday acertara no nome. Não porque o homem era feito de sombras, mas porque ele era encoberto por elas. Comido vivo pela escuridão.

O homem, o *monstro*, ergueu-se diante de Merik, sua expressão impossível de distinguir. O pouco de pele exposta — mãos, pescoço, rosto — movia-se como mil enguias saltando rio acima.

Contrariando tudo o que sabia ser sábio ou seguro, os olhos do príncipe se fecharam e seus braços ergueram-se para proteger o rosto. Ele recuou dois passos, quase tropeçando em cima do vizir.

O homem das sombras riu. Um som tão profundo que Merik mal pôde ouvi-lo. Mas ele sentiu o trovão ressoar em seus pulmões. Sentiu o homem dizer:

— Eu respeito a sua tentativa de me impedir, vizir, mas alarmes e guardas são inúteis agora. Me dê o que vim buscar ou todos aqui morrerão. Os seus guardas. Este seu amigo. E você.

Um soluço dividiu a escuridão, forçando Merik a abaixar os braços. A abrir os olhos e olhar para o homem das sombras, serpenteando para mais perto. Uma criatura com todo o poder do ambiente.

Todo o poder do mundo.

Ele se obrigou a assistir. Obrigou sua mente a pensar, seus músculos a se mexerem, e seu próprio poder a despertar. Era estranhamente fraco. Estranhamento gélido — uma gavinha de gelo misturada à escuridão, como se o homem das sombras tivesse roubado todo o calor do lugar.

— Onde está, vizir? — A voz do monstro encrespou e arranhou. Escamas esfregando areia. — Nós tínhamos um acordo.

— Eu não c-consegui encontrar. — Os dentes de Linday rangeram, mais alto que suas palavras. — E-eu procurei.

O homem das sombras riu de novo antes de se ajoelhar ao lado do vizir — deixando Merik esquecido. Era óbvio que ele não via o bruxo como uma ameaça.

Bem, então aquele era o erro dele.

Imediatamente, o príncipe atraiu mais magia para si, recuando ao fazê-lo. O vento ainda estava congelado e estranho, mas ascendeu do mesmo jeito. Uma brisa sutil que se enroscou ao seu redor. Que se levantou. Que se expandiu enquanto o homem das sombras ia em direção à garganta de Linday. Era quase um gesto amoroso, não fosse pela morte que sibilava entre seus dedos.

— Essa foi a sua última chance, vizir. Agora seremos forçados a pôr em prática o plano final. Culpa sua, vizir. Culpa *sua*.

Uma raiz perfurou o solo e seguiu diretamente para o peito do homem das sombras. A magia de Linday.

Um grito — humano e bestial, vivo e morto — rasgou a estufa. Diferentemente das palavras faladas, aquele som era real. Algo físico, como ventos congelantes, que atingiu com tudo o crânio de Merik e esfolou a carne de suas bochechas.

Ele só teve tempo de fazer contato visual com Linday antes de o homem das sombras apertar o punho.

O pescoço do vizir foi esmigalhado tão facilmente como uma uva. Escuridão espirrou da garganta do homem. Sangue e sombras jorraram de sua boca. Irromperam de seus olhos, e Merik soube, naquela parte primordial de sua espinha, que deveria ter ouvido antes, que não tinha chance alguma.

Com o pouco poder que conseguiu agarrar, Merik saltou para trás. O gelo o carregava. O frio o guiava. O inverno avançava por ele, igualmente reconfortante e assustador.

Galhos quebraram; folhas estalaram; sinos soaram, um após o outro. O homem das sombras o perseguia, mas estava machucado pela raiz de Linday. O príncipe tinha vantagem.

Merik alcançou a porta. Não aquela por onde entrara, mas, ainda assim, uma saída, que o cuspiu para dentro de outra parte do jardim externo. O ar noturno fluía acima dele, libertador. Fortalecedor. E, *finalmente*, sua bruxaria, quente e familiar, pôde se libertar de verdade.

Ele voou. Veloz e alto, os ventos urrando abaixo dele. Mas, assim que alcançou o ápice de seu voo, quando baixou a guarda e se arriscou a olhar para trás, a parede de sombras o alcançou.

O breu irrompeu sobre ele, congelante. Cegante. Como a explosão no *Jana*, mas gélida, e com escuridão irrompendo de dentro para fora. Poder demais, raiva demais, gelo demais.

Então a magia de Merik cessou. Ele caiu. Girando e asfixiado pela morte. Até que, por fim, atingiu algo com tamanha força que pareceu quebrar os ossos. Quebrar a mente.

Mesmo então, ele não parou de cair. Movia-se apenas com maior lentidão, afundando.

Água, pensou quando seus pulmões borbulharam, cheios. Até que ele estava muito nas profundezas para compreender qualquer coisa além do afogamento, da escuridão e do tribunal aquático de Noden.

15

— *Você anda me evitando* — disse uma voz feita de estilhaços de vidro e pesadelos.

Iseult estava nos Sonhos de novo. Aquele vértice entre o sono e o despertar. Um lugar claustrofóbico onde sua mente se separava do corpo. Onde não podia fazer nada além de ouvir a Marionetista.

Esme era o nome dela. Iseult descobrira da última — e única — vez que teve seus sonhos invadidos desde a noite anterior aos ataques em Lejna. Esme tinha arrancado sua localização diretamente de sua mente, e então usado a informação para destrinchar, para matar.

Iseult não teve como impedi-la.

— *Admita* — Esme disse —, *você tem ficado longe de mim de propósito.*

Iseult não tentou argumentar. Ela *estivera* evitando Esme. Com cada pedacinho de sua mente e de seu corpo, ela estivera evitando a outra bruxa.

Por isso, ela mal dormira nas últimas duas semanas. Era o único jeito de garantir sua fuga dos Sonhos. O único jeito de *garantir* que as investidas noturnas da Marionetista não acontecessem.

Pequenos períodos de sono irregular, sem sonhos, além de mente e corpo despertos demais para desligar — eram esses os fatores necessários para escapar de Esme. Mas barriga cheia e destemor, ao que parecia, não eram.

— Não faça isso. — A voz onírica de Iseult estalou, algo distante e vago que parecia ecoar dentro do crânio da Marionetista.

Ela soava mansa. Queixosa. Odiava aquilo, mas não conseguia impedir — não mais do que podia impedir as investigações de Esme, que investigava a sua mente como um rato em cima de uma pilha de lixo.

— Não leia os meus pensamentos esta noite, Esme. Agora não. Nunca.

A garota pareceu ficar tensa — uma sensação calorosa que, em troca, deixou os músculos da Bruxa dos Fios travados.

— *Não consigo evitar.* — Esme se defendeu. — *Não estou tentando ler os seus pensamentos. Eles só estão flutuando na superfície. Como o peixe morto que você viu essa manhã. E sim, eu consigo ver o peixe e o riacho gelado e os destrinchados na clareira. Também consigo ver que você abandonou os destrinchados. Por que, Iseult? Eles estavam lá para te ajudar.*

— Eles estavam tentando me matar, Esme.

Uma onda de horror percorreu a Marionetista — e depois se alastrou por qualquer que fosse a magia usada para assombrar os sonhos de Iseult.

— *Não! Eu jamais a machucaria, Iseult. Eu os mandei como amigos.*

Foi a vez de a Bruxa dos Fios se surpreender.

— Eu... eu não entendo.

Uma pausa. Era óbvio que Esme estava pensando em como responder. Em seguida, com um ímpeto de afeto pela ligação entre elas, afirmou:

— *Eles tinham presentes para você, Iseult. Um era um caçador, cujo equipamento achei que poderia ser útil. Os outros eram soldados. Para protegê-la.*

Náusea subiu pela garganta adormecida de Iseult.

— E-eu n-não... — Ela parou. Que as deusas a salvassem, ela estava gaguejando. Ela nem sabia que aquilo era possível nos Sonhos. — Eu... não... percebi — forçou — que eles queriam me ajudar. Os destrinchados agiam como sc fossem me matar.

— *Mas, em vez disso, você os matou.* — Um salpico de labaredas da Marionetista. — *Você os guiou até uma estrada nomatsi e matou os meus destrinchados.*

A náusea subiu mais rápido. Ela não tinha matado aqueles homens... tinha? Eles eram destrinchados — já estavam marcados para morrer.

— *Não* — Esme disse, seu descontentamento transformando-se em raiva ardente. — *Eles eram homens que eu destrinchei para você, já que você tinha a pretensão estúpida de atravessar as Terras Disputadas. Ninguém atravessa as*

Terras Disputadas sozinho e sobrevive, Iseult. Mas então você despistou os meus destrinchados, e eles morreram.

Os pulmões de Iseult se comprimiram. Ela não queria que Esme soubesse sobre o Bruxo de Sangue; ela não queria que Esme soubesse de *nada*. Então, escolheu a distração da aritmética simples. Ela poderia percorrer números na superfície, mas, lá dentro, seus pensamentos seguiriam outro caminho.

Multiplicação. Ela gostava de multiplicação. *Nove vezes três é vinte e sete. Nove vezes oito... setenta e dois.*

Ela era lenta demais. Esme viu exatamente o que ela tentava esconder.

— *Sem fios.* — A surpresa da garota atravessou Iseult como uma lança. O choque era tanto que Iseult quase podia ver fios turquesa colorindo os Sonhos. — *Por que o Bruxo de Sangue está com você?* — Esme parecia em desespero. Seu pânico fez com que Iseult se sentisse sufocada. — *Você não entende, Iseult... Ele é perigoso!*

— Eu sei — foi a resposta forçada. — Mas eu preciso da magia dele. Preciso que ele encontre a minha irmã de ligação.

— *Não* — a outra bruxa gritou. — *Eu vou te ajudar, Iseult. Eu vou te ajudar! Ele não tem ligação com o mundo como o resto de nós... Você percebe isso, não percebe? Ele não tem fios!*

— Eu... percebo. — Não havia nenhuma outra resposta que Iseult pudesse oferecer, pois agora o seu próprio choque serpenteava por seu eu-onírico. — Você também?

— *É claro que sim! E isso significa que Bruxas do Tear como nós não podem controlá-lo. Significa que ele é perigoso, Iseult! Você deve correr rápido e correr para longe! Acorde antes que ele te mate durante o sono!*

Pela primeira vez na vida, porém, ela não queria acordar. Ela não queria sair dos Sonhos.

— O que isso significa, Esme? Me diz. Por favor.

— *Mais tarde, Iseult. Depois que ele tiver ido. Por favor, estou implorando... por favor, ACORDE.*

Ela acordou.

Safi nunca estivera tão cansada. Seu joelho doía onde Lev a tinha chutado. Seu pé em processo de cicatrização doía ainda mais.

Os trovadores do inferno andaram a noite toda, uma única lamparina iluminando o caminho. As únicas pausas tinham sido feitas de cócoras na mata, enquanto Lev mantinha sua besta fixa na cabeça de Safi.

As estrelas surgiram enquanto eles avançavam continuamente em direção a uma nova paisagem. A copa das árvores da selva deu lugar a pântanos vaporosos salpicados pela eclosão de árvores ou ruínas de mármore brilhante que atravessavam o céu. No entanto, apesar da amplitude dos pântanos, Safi preferia a selva. Ali, o próprio chão era irregular, instável. Gramas da altura da sua cintura navalhavam e arranhavam suas pernas, enquanto turfa escura subitamente cedia embaixo dela, sugando-a para baixo.

Ela não reclamou. Nem uma única vez. Mesmo quando os trovadores perguntavam como ela se sentia, ela sacava um "bem" todas as vezes.

Mas era mentira. Os latejos em seu joelho pioravam a cada passo. As cordas delimitadas por linho nos pulsos queimavam ainda mais, mas ela não daria nem um pio sobre aquilo. Ela não daria aos trovadores do inferno a satisfação de pensar que venceram.

Vaness escolheu a mesma estratégia. Nunca falava. Nunca reagia, apesar do colar pesado. Apesar dos mosquitos que se deliciavam com ela mais do que com qualquer outra pessoa. Apesar das urticárias volumosas que surgiam em seus braços e pernas a cada mordida.

Safi quase chorou com a chegada da aurora quando a selva voltou a aparecer, e, assim que eles encontraram sinais de humanidade, ela sentiu o peito expandir. Os olhos arderem com lágrimas.

Ela não queria mais escapar. Apenas *parar*.

Eles estavam em um aglomerado de cabanas ao lado de um rio vagaroso, por cima do qual uma ponte de ripas de madeira se estendia. Além do rio, uma cidade inteira os aguardava, cercada por ruínas de mármore com manchas marrons e bordas irregulares, e fumaça do fogo usado para cozinhar subindo até o nascer do sol.

Safi queria entrar naquela cidade. Os trovadores queriam entrar naquela cidade. A imperatriz de Marstok, no entanto, não queria. Ela afundou os calcanhares na estrada escura e gritou:

— Vocês não podem me levar para lá.

O olhar dela moveu-se até o comandante, mesmo com Zander tentando puxá-la.

— Aquele é território Baedyed, e eu vou morrer se entrar.

Um movimento rápido do punho do comandante sinalizou para que Zander parasse de puxar a imperatriz para a frente, e todos pararam na fronteira entre a natureza e a civilização.

— Como você sabe que são os Baedyed? — A voz do comandante estava tensa, chamando a atenção de Safi para o ombro dele. Mas, se ele sentia qualquer dor, sua postura não demonstrava.

Vaness deu um olhar bravo para uma bandeira pendurada no topo dos muros das ruínas.

Verde com uma meia-lua dourada — quase idêntica ao estandarte da marinha marstok... mas *não*.

— A serpente ao redor da lua — explicou ela — é o emblema dos piratas Baedyed.

— Bem — o comandante devaneou em voz alta —, essa é a única maneira que eu conheço de entrar na República Pirata de Saldonica, então este é o caminho que tomaremos.

— Eles vão me matar na hora. — As palavras de Vaness, sua expressão, transpiravam pânico e medo. Mesmo assim, a verdade raspou na magia de Safi, causando arrepios em seus braços enlameados.

A imperatriz estava mentindo.

Ela ficou alerta no mesmo instante. O cansaço, os músculos ardendo e a sede foram embora em uma grande onda crescente de curiosidade. A imperatriz vira alguma coisa, alguma chance de fuga, e Safi tentou relembrar todos os sermões que aguentara no navio. *Tinha* sido falada alguma coisa sobre os Baedyed, não?

Que os portões do inferno a trancassem. Mathew estivera certo todos aqueles anos — ela *deveria* ter aprendido a ouvir melhor.

Inspirando profundamente, ela modificou seu rosto de forma que parecesse mais exausto. Ela podia não saber qual era o jogo, mas ainda poderia jogar.

— Por que os Baedyed a matariam? — Lev perguntou.

— Porque, há um século, meus ancestrais estiveram em guerra com os ancestrais *deles*. Quando os Baedyed perderam, foram forçados a se juntar ao império marstok. Alguns dos rebeldes nunca pararam de lutar, e formaram o que hoje são os piratas Baedyed. Desde então, esses piratas têm ordens de matar a minha família.

Por vários instantes, a atenção de Caden mudou de Vaness para a ponte e para os seus trovadores. Vaness, ponte, Trovadores. Então ele suspirou.

— Que os deuses me amaldiçoem três vezes — murmurou, por fim. — Odeio política.

— Porém — Vaness disse, endireitando a postura —, isso não muda o fato de que os Baedyed me querem morta.

Mentira, mentira, mentira.

— Nem — o comandante rebateu — o fato de que esta é a única entrada. Os Velas Vermelhas ficam ao norte, e eles vão matar *todos* nós assim que nos virem. Ou nos venderão para a arena e, nesse caso, ainda vamos morrer, só que de um jeito mais doloroso.

— Há outra entrada, senhor. — O ruído suave de Zander quase se perdeu na cantiga interminável da selva. — É uma ponte maior. Mais trânsito. Mais fácil de entrar no território Baedyed sem sermos vistos.

— Não será suficiente — Vaness insistiu. Ela estufou o peito, lançando um olhar arregalado a cada um dos trovadores. Suplicante, assustado, e completamente falso. — Eu tenho mais valor viva do que morta.

— Você não é a primeira pessoa a dizer isso. — O comandante soprou aquelas palavras com tanto cansaço que, apesar de tudo que havia dentro dela, um fulgor de pena se acendeu no abdômen de Safi.

Até que ela se lembrou do significado por trás daquelas palavras. Ele se referia aos *hereges*. Hereges que ele tinha matado.

— Mas, pela primeira vez — Lev falou, hesitante —, é mesmo verdade. Ela vale mais viva do que morta.

— Tudo bem. Tudo bem. Isso me basta. — Um suspiro do comandante. — Nós vamos seguir o seu caminho para a República, Zander, e então poderemos *finalmente* entrar em nosso navio e deixar este lugar para trás. Lev, dê o seu elmo à imperatriz. — Caden se virou em direção a Safi, tirando seu próprio elmo de ferro. — Eu darei o meu à herege.

Ele o colocou na cabeça de Safi antes que ela pudesse recuar. Calor, escuridão e o fedor de metal e suor a atingiram. Mas ela não discutiu nem reclamou, mesmo que sua visão estivesse reduzida pela metade, mesmo que o mundo assumisse uma natureza ressonante e ecoante. E mesmo quando Caden a empurrou, em um ritmo acelerado, pela selva.

Nada daquilo importava, pois Vaness parecia ter uma carta de tarô vencedora em sua manga imperial e, quando ela jogasse, Safi precisava estar pronta.

16

Vivia não gostava de ser acordada antes de o sol começar a nascer. Principalmente por Serrit Linday. Não ajudava o fato de que seu crânio latejava — ou que sua caixa torácica parecia oca. Três horas maldormidas não haviam aliviado a escuridão que encerrara o seu dia.

Primeiro, Vivia tinha ido a *Pin's Keep* e encontrado seu escritório em frangalhos. Ninguém sabia o porquê. Ninguém sabia como. Stix estivera lá, eles disseram, mas ninguém via a primeira-imediata há horas.

Então Vivia esperou por ela. Até depois da meia-noite, ela ficou no escritório, primeiro limpando, depois conferindo registros. E então, apenas olhando pela janela. Mas a primeira-imediata nunca apareceu, e Vivia voltou ao palácio sozinha.

Cada passo tinha sido pior que o anterior, pois ela podia imaginar o exato paradeiro de Stix. Sem dúvidas, a primeira-imediata encontrara alguém para aquecer sua cama. Mais uma vez. E, sem dúvidas, aquela pessoa era linda, charmosa e intensa de um jeito que Vivia jamais poderia ser.

Agora, ali estava a princesa, cansada e dolorida, e seguindo Serrit Linday pela estufa da família dele com doze soldados das Forças Reais marchando atrás de si. Magnólias estremeciam em sua visão periférica, tão claras. Tão fora de época.

O poder de um Bruxo das Plantas, pensou, seguido por um rápido: *Por que Serrit é tão egoísta? Nós poderíamos usar este espaço para cultivar comida — poderíamos usar a magia dele também.*

No entanto, apesar de toda a exuberância, era impossível não notar o estrago. Sebes inteiras estavam destruídas, e canteiros de flores pisoteados até virarem mingau. Nada parecido com a última vez que Vivia a visitara. Parecia muito tempo atrás, embora tivessem se passado apenas cinco anos.

Serrit confessara sentimentos que ela sabia que ele não tinha. Ela vira no próprio pai como os homens manipulavam mentiras e casamentos para ganhar poder. Sua amizade com o vizir acabara ali.

Ela afastou aquela lembrança, endireitando os ombros e alisando o casaco de capitã. Dois passos à frente, os pés de Linday mancavam desiguais no caminho de cascalho que levava ao centro da estufa.

Ele olhou por cima do ombro, mexendo na gola alta de sua túnica.

— Fico muito grato por a senhora dar uma olhada nisso, Vossa Majestade. — Nada em seu tom de voz indicava qualquer sinal de gratidão, e ele estava sendo estranhamente chorão. — A princesa em pessoa vindo aqui. Que honra.

Princesa. Vivia sentiu as farpas *naquela* palavra. Um lembrete de que ela ainda não era rainha, porque é claro que Linday e o resto do Conselho não permitiriam que ela assumisse seu título de direito.

Ela permitiu que a frustração cruzasse seu rosto.

— É claro, meu lorde. É o mínimo que posso fazer a qualquer um dos meus vizires.

— É? — As sobrancelhas dele se ergueram. Desiguais, contudo, como se os músculos em seu rosto não seguissem ordens. Um truque de luz, com certeza. — Pensei que talvez a senhora tivesse vindo por causa dos seus homens... — Ele baixou a voz. — A *inaptidão* dos seus homens. Não foi o fracasso deles que permitiu que esse homem chamado Fúria continuasse zanzando por aí?

Ah, era uma cilada para ela — e para os soldados, que certamente tinham ouvido. Vivia o ignorou.

Momentos depois, após contornar uma campânula, as flores violeta em plena floração, o pátio central da estufa se abriu diante deles. O chafariz jorrava sem entusiasmo, a bica quebrada ao meio.

Na base, estava um homem morto.

— Ali. Olhe só para aquilo — Linday apontou, enfático, como se Vivia não pudesse ver o corpo mutilado. Sua voz estava estranhamente aguda quando ele prosseguiu: — Olhe o que o Fúria *fez* comigo!

— Você quer dizer — ela contestou — o que ele fez com o *seu guarda*. — Ela levantou a mão, e os soldados se organizaram em uma fila de espera perfeita. Vivia se aproximou do corpo.

Ele mal era humano, com sombras rastejando pela pele.

— Vizir — Vivia começou, reprimindo a bile em sua garganta —, por que você não me conta o que aconteceu aqui? — Ela se ajoelhou.

Linhas escuras se espalhavam pelo corpo do homem, finas como teias de aranha em algumas partes, aglutinadas em outras. As extremidades do homem tinham virado pedaços brilhantes e carbonizados. Dedos enegrecidos — apenas nove deles, Vivia notou distraidamente —, um rosto enegrecido, e um couro cabeludo enegrecido e sem cabelo.

Atrás dela, balançando as mãos com entusiasmo, Linday repassou como um homem cheio de cicatrizes o atacara enquanto ele cuidava do jardim.

— Um hábito daquelas noites em que não consigo dormir, tenho certeza de que a senhora entende.

— Hmmm — ela respondeu, ouvindo com a mesma atenção com que ouvia seu pai. Não conseguia evitar. Havia algo *vivo* naquelas marcas. Quando seu olhar desfocava, elas pareciam se mexer. Pulsar de um jeito doentio, fascinante e visceralmente familiar.

— Destrinchado — murmurou por fim, embora não fosse *exatamente* aquilo.

— Perdão? — Linday se aproximou, mancando com maior nitidez, brincando com a gola da túnica como se ela não estivesse alta o suficiente.

Vivia se levantou.

— Por acaso o agressor...

— O Fúria. — O vizir interrompeu.

— ... machucou você? — Ela gesticulou para a perna esquerda de Linday, que ele favorecia, e fingiu não ter ouvido o uso da denominação "o Fúria". Nomear o criminoso com o nome de um santo, em especial em frente às tropas dela, só daria poder ao homem.

— O Fúria me machucou, sim. — Ele arregaçou a manga para mostrar cortes escurecidos que desciam pela parte interna de seu antebraço. — Tem outros na minha perna.

Os olhos de Vivia se arregalaram.

— O que causou isso? Magia?

— Ah, ele certamente era um bruxo. Um Bruxo do Vento corrompido. Poderoso.

As sobrancelhas de Vivia se uniram. Um Bruxo do Vento diminuía a lista de assassinos em potencial — ainda mais porque a permitiria verificar um registro.

— Ele tinha uma marca bruxa?

— Não notei. Estava em meio às cicatrizes. *Cicatrizes* — enfatizou — como essas. — Ele lançou um olhar significativo ao corpo sem vida.

— Então... você acha que o agressor estava destrinchado.

— É uma possibilidade.

Mas não, Vivia pensou. Embora o destrincho explicasse por que o corpo tinha aquela aparência, *não* explicava como o homem se passando pelo Fúria conseguia conversar. Nem como ele conseguia viver por tanto tempo. Assim que a deterioração começava, ela queimava a magia da pessoa em poucos minutos.

— O agressor disse por que veio? — Ela se achegou um pouco mais a Linday. Mas, pelas águas do inferno, ele sempre suava tanto assim? — Ou fez alguma exigência?

— Ele *fez* uma exigência — o homem respondeu. — Mas peço perdão, Vossa Majestade, pois a senhora não vai gostar do que tenho a dizer.

Aquilo seria bom.

— O Fúria disse para mim que preciso encontrar o Poço Originário desaparecido.

Vivia enrijeceu.

— Poço Originário... desaparecido? Eu não sabia que um havia sumido.

Por vários instantes, Linday manteve o olhar fixo no de Vivia, como se não acreditasse nela. Então, por fim, deu um sorriso desequilibrado.

— E eu tinha a *esperança* de que a senhora soubesse a que o Fúria se referia, porque ele disse que, se eu não encontrasse o Poço, ele me mataria.

— Por que esse homem acha que você pode encontrá-lo?

Um movimento do ombro torto de Linday.

— Não sei dizer, Vossa Majestade. Talvez eu tenha ouvido mal. *Era o meio da noite.*

E ainda é, seu idiota. Mas Vivia estava intrigada. Um Poço desaparecido. Um homem chamado Fúria. Um corpo destrinchado pela metade...

— Vizir — propôs, por fim, com um tom de voz entediado —, seria possível eu beber alguma coisa? Estou com sede, mas quero continuar examinando o corpo.

O homem abriu os braços.

— É claro, Vossa Majestade.

Enquanto ele passava arrastando-se pelos soldados, gritando para que alguém "trouxesse uma bebida para a Sua Majestade", ela agiu e se agachou ao lado do homem morto.

Aranhas de todos os tamanhos corriam pela grama. Se ninguém estivesse procurando, elas teriam permanecido escondidas pelas folhas, mas Vivia *estava* procurando.

Não só aranhas. Ácaros e besouros menores também. Eles corriam na direção dela e depois a ultrapassavam, como se fugissem de algo na estufa, aprofundando-se na folhagem densa da selva.

Era exatamente o que ela encontrara no subsolo.

Após silvar para que seus homens continuassem onde estavam, Vivia seguiu a fila de insetos ao redor de uma cerejeira. E de uma ameixeira. Mariposas — um número absurdo delas — voavam cada vez que os quadris da princesa roçavam nos galhos, até que, ela chegou à fonte dos insetos fugitivos.

Um alçapão. De madeira, quadrado, e marcado na grama atrás de um enorme babado de samambaias. A madeira estava rachada em um dos cantos, e dali saía um rastro de formigas rastejantes. Um opilião magro também.

Vivia comprimiu os lábios. Aquele alçapão era surpreendentemente parecido com o do jardim de sua mãe. Ela virou a cabeça, esperando Linday sair da estufa. Três segundos depois, o som dos gritos dele sumiu.

Ela abriu o alçapão. Nenhuma oposição por parte das dobradiças. *Bem lubrificadas e bastante usadas.* Mais aranhas rastejaram para a liberdade, e ela se viu encarando um buraco negro com uma escada de cordas pendurada.

Ela não tinha lamparina, mas também não precisava de uma. O cheiro úmido do ar, a eletricidade em seu peito — eles lhe diziam o que estava lá embaixo.

O subsolo. O subsolo *dela*, embaixo das cisternas e a chamando: "Venha, Raposinha, venha", entoando em seus calcanhares, em suas mãos.

O lago ancestral ficava naquela direção. Bloqueado por trinta metros de calcário, escuridão e túneis, talvez, mas ficava lá da mesma maneira. O medo cresceu nas veias de Vivia. Jana sempre insistira para que o lago permanecesse secreto. Ninguém poderia saber dele. Jamais.

Ainda assim, de algum jeito, Linday tinha descoberto as passagens subterrâneas que levavam a ele. A pergunta que não queria calar era se o vizir havia, também, encontrado o lago subterrâneo.

Então um novo pensamento a atingiu. *O Poço Originário desaparecido.* Não poderia ser o lago... poderia? Dizia-se que os Poços Originários eram fontes de magia — e Nubrevna já *possuía* um no sul. Um Poço seco, mas dava no mesmo.

Se os soldados de Vivia não a estivessem aguardando ali perto — se Linday não fosse voltar a qualquer momento —, ela teria descido pelo buraco na mesma hora. Ela precisava saber para onde ele levava. Precisava saber o quanto Linday sabia sobre o subsolo, e por que ele se importava.

Mas seus homens *estavam* ali, e Linday também. Sem mencionar que os sinos da quinta hora acompanhavam a brisa de madressilva. Era o horário em que ela costumava acordar.

Então, com a compreensão revoltante de que aquilo teria de esperar, Vivia gritou para que seus homens recolhessem o corpo do guarda morto. Depois ela seguiu, mais uma vez, as formigas, as aranhas e as centopeias. Para longe do alçapão. Para longe do que quer que os assustasse no subsolo.

<hr />

Merik não se afogou.

Deveria, mas, de alguma forma, a água — límpida e gelada — o levara para a terra. Ele acordou de costas em uma orla pequena no canal do Caminho do Falcão. Acordou com a voz de Cam.

— Ah, vamos, senhor. — Ela o sacudia. Ele gostaria que ela parasse. — *Por favor*, acorde, senhor.

— Estou... acordado — falou entre os dentes. Suas pálpebras se abriram, trêmulas. O rosto sarapintado de Cam apareceu com o céu cinzento da aurora de fundo.

— Obrigado, Noden. — Ela ofegou. E finalmente, *finalmente*, parou de sacudi-lo. — Era para o senhor estar morto, mas tem a bênção da Lady Baile a seu favor.

— Isso — Merik resmungou, a garganta mais machucada e dolorida do que ficava há dias —, ou os peixes-bruxa acham que eu tenho um gosto ruim.

Ela riu, mas era um som tenso. Falso. Então as palavras escaparam, rápidas demais para serem interrompidas.

— Eu fiquei tão preocupado, senhor! Já faz horas que fomos a *Pin's Keep*. Pensei que o senhor estava morto!

A vergonha subiu pelo peito dele, enquanto Cam o ajudava a se levantar.

— Está tudo bem, garoto. Estou bem.

— Mas eu o vi subir as escadas, senhor, e eu esperei... e esperei... do jeito que o senhor me disse para fazer. Então aquela primeira-imediata de cabelos brancos subiu, e tive certeza de que o senhor estava em maus lençóis. Porém, nada aconteceu. A mulher voltou, e... o senhor não. — Cam bateu no próprio estômago. — Minha intuição dizia que o senhor estava em maus lençóis, mas quando cheguei lá em cima, o senhor tinha sumido... Tem certeza de que não está machucado?

— Estou bem — ele repetiu, ajustando seu capuz de volta ao lugar. — Só encharcado. — Era verdade; até suas peças íntimas estavam ensopadas. E geladas; ele estava gelado também.

— Então por que eu acabei de pescar o senhor do Timetz, hein? Aonde o senhor estava indo? — Ela o encarou com um misto de olhar penetrante e apelo. Como se quisesse desesperadamente se irritar com o seu almirante, mas não conseguisse.

— Explicarei assim que voltarmos ao cortiço.

— Aye, almirante — ela murmurou.

Os ombros de Merik se ergueram em direção às orelhas, tensos. Parecia uma vida desde que alguém o chamara daquele jeito. E não sentia falta.

Gesticulando para que Cam o soltasse — ele podia andar sozinho —, Merik seguiu para os degraus de pedra que levavam à saída do canal. Ele devia desculpas àquela garota. *Não*, pensou, *uma explicação*. Stacia Sotar e o Fúria, um homem das sombras com ventos congelantes, um vizir morto na estufa — não era uma história fácil de repassar como um dos contos melódicos de Cam.

Além do mais, quanto menos ela soubesse, mais segura estaria.

Enquanto caminhava, Cam apressando-se atrás dele, o príncipe recriou a estufa em sua mente. Recriou o homem das sombras.

Aquela criatura matara o vizir Linday com a mesma facilidade que Merik esmagaria uma aranha. Se não tivesse fugido naquele momento, ele seria o próximo.

Aquele fato lhe causava ódio mais do que qualquer outra coisa, mas ali estava: era impossível encarar aquele monstro sozinho. Ele não poderia lutar contra aquela magia das trevas, não poderia impedir aquela *inadequação* sozinho. Mas sua cidade, seu povo... Eles precisavam que Merik fizesse alguma coisa.

E o que mais poderia ser feito além de manter o rumo atual? Apenas com um contingente inteiro de bruxos e soldados treinados ele poderia ter esperanças de enfrentar o homem das sombras. Para ganhar um exército como aquele, ele precisaria conquistar o trono — ou pelo menos mantê-lo longe de Vivia.

O sol nascia quando Merik e Cam entraram na Cidade Velha. Os primeiros feixes de luz rosada matinal cintilavam nas poças restantes da tempestade noturna. Os passos da garota faziam água respingar, e ele percebeu, a vergonha de mais cedo se duplicando, que Cam estava descalça. Ela estava assim há semanas, e não tinha reclamado uma única vez.

Ele tinha notado, é claro, mas houve tantas outras coisas com que se preocupar. *Não é uma desculpa.* Fazendo uma careta, ele remexeu no capuz antes de entrar no cortiço. Os corredores estavam mais lotados, com pessoas saindo das ruas à procura de abrigo para a noite, e, como ele sabia que aconteceria, sempre, sempre, Cam corria logo atrás dele.

Ao alcançar a porta baixa de Kullen, Merik deixou todos os pensamentos de lado e focou-se em bater no ritmo do feitiço de bloqueio. Os nós dos seus dedos doíam mais do que ele gostaria de admitir, e as pontas estavam murchas por todo o tempo passado no canal.

— Ah, senhor! — Cam se aproximou. — O senhor está sangrando de novo.

— Aye — Merik suspirou. Tanto cansaço. O gelo de Stix tinha cortado o seu antebraço direito, e era impossível saber quais machucados a fuga do homem das sombras abrira. Porém, ele não sentia nada. Era tudo sangue antigo.

— Eu tenho uma pomada cicatrizante feita por Bruxos da Terra, senhor. Consegui em *Pin's Keep*.

Ele se virou, cansado, em direção à garota, com palavras de gratidão surgindo em seus lábios.

Cam o interpretou mal. As mãos descombinantes se levantaram.

— Eu não roubei, senhor. Meus amigos em *Pin's Keep* me deram!

— Ah... eu... obrigado! — ele disse por fim, com sinceridade. Embora odiasse que a primeira reação dela tivesse sido defensiva; ele realmente a repreendera tanto nas últimas duas semanas para que aquela fosse a reação inicial?

Depois de entrar no apartamento de Kullen e silvar para que as lamparinas se acendessem, o bruxo seguiu em direção à mesa envergada. O pão do dia anterior havia sugado a água e, embora não chegasse nem perto de estar *macio*, ao menos estava comível.

Ele mordeu um pedaço antes de retirar o mapa molhado do cinto e colocá-lo sobre a mesa. Depois, se forçou a dizer:

— Peço desculpas se deixei você preocupado, Cam. Como você pode ver, estou bem.

— O senhor está vivo — ela admitiu de má vontade —, mas eu não diria que está bem. Água? — A sombra dela se estendeu sobre o mapa, e uma xícara de argila apareceu diante de Merik.

— Obrigado. — Ele pegou o recipiente, avistando o punho da garota, inchado e com hematomas recentes. Um corte descia pela parte interna de seu antebraço. — O que aconteceu?

— Nada, senhor. — Ela se afastou e, antes que Merik pudesse segui-la, sua sombra reapareceu. Dessa vez, com uma jarra de cerâmica. — A pomada, senhor. Para o seu rosto e... todo o resto.

— Você primeiro. — Ele se levantou.

Ela projetou a mandíbula para a frente.

— Eu *disse* que não foi nada, senhor. Só fui encurralado pelas pessoas erradas perto de *Pin's Keep*. O senhor, enquanto isso, estava só Noden sabe onde, sendo esmurrado na cara por só Noden sabe *quem*, para depois pular em um canal e quase se afogar. Acho que se alguém merece uma história aqui, sou eu.

Merik hesitou, apertando os punhos. As juntas dos dedos estalando.

— Quem encurralou você?

— O senhor primeiro — ela rebateu.

Ele cometeu o erro de olhar nos olhos de Cam, onde era impossível não notar a teimosia afiada queimando dentro deles — uma que ele conhecia bem, de uma amiga diferente. De uma vida diferente.

Ele suspirou, sentando-se na cadeira com uma pancada.

— Sente-se — ordenou.

Ela se sentou. Ele bebeu a água trazida por ela em dois goles e, finalmente, disse:

— O que aconteceu, Cam, foi que eu fui pego por ser um maldito idiota. Mas Stix... quero dizer, a primeira-imediata Sotar, me deixou ir assim que percebeu que eu era o Fúria.

Cam tremeu e abraçou os braços contra o peito. Os machucados ficavam escondidos naquela posição.

— Mas o senhor não é o Fúria de verdade. No máximo, o senhor é um fantasma que deveria ter morrido centenas de vezes.

— Os peixes-bruxa podem ficar comigo — Merik murmurou, encarando a xícara vazia —, se soltarem Kullen ou Safiya ou... qualquer outra pessoa melhor do que eu.

— O senhor pode pensar dessa forma — Cam murmurou —, mas é o único.

Ele bateu na mesa, no mapa — qualquer coisa para mudar de assunto.

— Encontrei isto na mesa da minha irmã em *Pin's Keep*.

— As Cisternas. — O tom de voz dela era prático e, se ela notou o desconforto de Merik, não deu sinais. Em vez disso, ela se inclinou para dar um tapinha no "X". — Mas o que é isso?

— Eu esperava que você soubesse. Você não disse que usou as Cisternas uma vez para viajar pela cidade?

— Aye. — O rosto dela se comprimiu, os lábios franzidos para um lado. — Não conheço *aquele* lugar com precisão, mas sei vagamente onde fica. Esse aqui — ela apontou para um túnel amplo que percorria metade da extensão do mapa — passa por baixo da rua Branca. Nós a chamamos de *rua Bosta* porque é onde todo o esgoto da cidade é coletado.

— E esses horários? — Merik circulou a lista com o dedo.

Marcas vermelho-escarlate subiram imediatamente pelas bochechas de Cam, manchando as pintas mais claras.

— Eu conheço os números, senhor, mas não consigo lê-los.

— Ah. — Ele foi tomado por seu próprio rubor de vergonha. É claro que a maioria da sua tripulação não sabia ler. Ele havia esquecido que adquirira aquele luxo apenas por nascer na família certa.

— Bom, tem seis horários listados — disse —, começando meia hora após o décimo sino e aumentando de meia em meia hora.

— Ah, aye, senhor. — Um sorriso aliviado. — Deve ser quando acontecem as inundações. Os túneis transportam a água do rio, entende? A maior parte vai para a cidade, para os encanamentos e tudo isso, mas um pouco desce para a rua Bosta. Ela avança, coleta o esgoto e depois sai de novo.

"Ela é limpa em um grande reservatório embaixo do Embarcadouro Sul, e depois despejada de volta no rio ao sul da cidade. As inundações acontecem com frequência na rua Bosta, como você pode adivinhar, e é outro motivo para as pessoas a evitarem. Mas *talvez*", ela disse, arrastando a palavra, "esteja acontecendo uma reunião. Acontece o tempo todo nos outros túneis. As gangues estão sempre se reunindo, brigando ou negociando em alguma das passagens que as Forças Reais nunca utilizam."

— Então a minha irmã deve estar se reunindo com alguém às doze horas e trinta. — Merik sorriu, embora cansado. — Bom trabalho, garoto.

Cam engoliu em seco, o percurso visível em sua garganta comprida. Ela arrancou outro naco de pão com rapidez.

— Café da manhã?

— Hmmm. — Ele aceitou um pedaço, antes de dizer: — Agora é a sua vez, Cam. Me conte o que aconteceu.

— Foi só uma das gangues de Skulks. — Ela mastigou o pão. Farelos grudaram em seus lábios, e, com a boca cheia, acrescentou: — Eu não sabia que eles tinham expandido o território, e andei por onde não devia ter andado. Então, voltei para *Pin's Keep*, e eles cuidaram de mim. Me deram aquela pomada para usar.

Merik tentou assentir, com calma — tentou esconder o fogo súbito que corria em suas veias.

— Que gangue era essa, Cam?

— Uma que o senhor não conheceria. — Mais pão, mais mastigação, mais relutância e teimosia.

Por isso, Merik parou de pressionar. Por enquanto.

— Eles te conhecem bem em *Pin's Keep*?

— Claro. — Ela agitou um dos ombros. — Eu costumava ir para lá antes de me alistar, senhor. Quando as ruas ou as Cisternas ficavam perigosas demais para dormir... Bom, eu sempre acabava indo parar lá.

Com aquelas palavras — *as Cisternas ficavam perigosas demais para dormir* —, o calor no sangue de Merik esquentou ainda mais.

— Você... dormia nas Cisternas?

Cam deu de ombros, com impotência.

— Aye, senhor. É um abrigo, não é? E dá para viver lá embaixo desde que se conheça os ciclos de inundação.

— Quantas pessoas moram lá?

Hesitante, como se percebendo que Merik não retomaria o assunto da gangue, Cam relaxou. Sua postura retomou o desleixo de sempre enquanto ela partia mais pão.

— Milhares, talvez?

— Todo mundo sabe disso, não é? Eu sou o único idiota que não sabe. — O bruxo cruzou os braços, inclinando-se para trás. A madeira rangeu em protesto. — Pelo alento de Noden — ele disse para o teto. —, eu não sei nada sobre essa cidade.

— O senhor não cresceu aqui. Eu sim.

E Vivia também. Ela crescera com os marinheiros e os soldados. Com o Conselho Superior e o rei Serafin. Aquilo dava vantagem a ela. Uma de muitas.

Quando garoto, Merik se considerava sortudo — vivendo livre na propriedade Nihar com Kullen ao seu lado. Caçando, pescando e vagando por florestas meio secas. Enquanto aquilo o garantira lealdade e amor no sul, ali, em Lovats, Merik não era ninguém.

Mas aquilo poderia ser mudado. Ele poderia se redimir. Ser o que as pessoas precisavam que ele fosse.

Com um senso de força renovado, Merik se inclinou sobre o mapa.

— Você consegue me levar até a rua Bosta, garoto?

— Para essa reunião, senhor? Com certeza. Mas somente se eu puder ficar, porque o senhor *sabe* — ela levantou a voz antes que ele pudesse argumentar — que, se eu tivesse tido permissão para me juntar ao senhor em *Pin's Keep*, eu poderia ter assoviado um aviso antes de a primeira-imediata subir as escadas.

— E aí *você* teria de enfrentar a bruxaria da água dela.

— Uma *Bruxa da Água*? — Os olhos de Cam se arregalaram. — Uma Bruxa da Água completa, não apenas uma Bruxa da Maré... — Ela parou de falar enquanto um bocejo tomava conta dela. Com a mandíbula alongada e os olhos semicerrados, ela parecia igual a um filhotinho com sono.

A raiva de Merik voltou em um instante. Ele indicou a cama com um gesto rígido.

— Durma, Cam. — A ordem saiu mais áspera do que ele desejava. — Vamos encarar a rua Bosta quando o sol estiver um pouco mais alto.

Os lábios de Cam se separaram. Era óbvio que ela queria obedecer — ir dormir —, mas sua maldita lealdade não a deixaria abandoná-lo tão fácil.

— E o senhor? — perguntou, no momento certo.

— Eu vou dormir também. Alguma hora.

Um sorriso cauteloso surgiu, e Merik tentou não sorrir de volta. Mas Cam tinha aquele efeito. Um mundo de escuridão, e ela ainda conseguia iluminar o ambiente.

Em instantes, a garota tinha se encolhido na cama e dormia. Merik esperou até que o peito dela se enchesse e afundasse com o sono antes de se levantar, o mais quieto possível, e andar na ponta dos pés até a porta. Ele tinha duas tarefas a completar antes de se permitir dormir.

Primeiro, precisava encontrar um par de botas, embora não fizesse ideia de onde pudesse encontrá-las àquela hora.

E segundo — a tarefa que realmente importava, aquela que o fazia saltar dois degraus por vez ao descer as escadas do cortiço —, ele precisava encontrar uma gangue. Uma que ficava à espreita nos arredores de *Pin's Keep*. Uma que achava que atacar os fracos era um modo aceitável de viver.

Por que você carrega uma navalha em uma das mãos?

— Para que os homens lembrem — Merik murmurou enquanto saía na manhã úmida — que sou afiado como qualquer ponta.

E por que segura vidro quebrado na outra?

— Para que os homens lembrem que estou sempre de olho. — Com aquela afirmação final, Merik puxou o capuz para baixo e partiu até os Skulks.

17

A República Pirata de Saldonica era diferente de tudo que Safi já vira. Ah, ela ouvira histórias sobre a cidade imensa construída em ruínas ancestrais, com suas facções em guerra constante, seus territórios mudando e se transformando. E ela ouvira falar da famosa arena de escravizados, onde guerreiros e bruxos batalhavam por moedas — e onde a rivalidade entre Baedyed e Velas Vermelhas era considerada irrelevante em prol da violência e das apostas.

Safi também ouvira como uma pessoa de qualquer cor, origem ou nação poderia não apenas existir em Saldonica, mas também ser comprada, vendida ou trocada. Depois, havia as lendas dos crocodilos que espreitavam nas hidrovias de água salobra. De raposas-do-mar maiores que barcos na baía, e que afundariam homens e navios do mesmo jeito.

Ainda assim, Safi nunca pensara naqueles contos como algo além de histórias de ninar para uma garotinha indisciplinada de seis anos de idade que não *queria ir dormir ainda, Habim, e ele não podia contar mais uma história sobre os piratas?*

Exceto que era real. Tudo.

Bem, talvez não as raposas-do-mar. Safi sabia — em primeira mão — que aquelas criaturas existiam, mas ela ainda precisava ver a Baía Saldonica, então não podia confirmar se elas moravam lá.

Uma hora de viagem pela folhagem vaporosa havia empurrado os trovadores do inferno, Safi e Vaness para uma segunda estrada. Remexida e com ranhuras no centro causadas por cascos e carroças, a estrada estava lotada de cascos e carroças naquele mesmo momento, prontos para remexer ainda mais. Todos seguiam para o nordeste, e apenas três pessoas deram uma segunda olhada em Safi ou Vaness. Porém as pessoas não pareciam dispostos a dar nenhuma *ajuda* de verdade ou algum interesse real.

Safi não podia culpá-los. Ela *queria* culpá-los, mas a verdade era que entendia por que os outros poderiam querer cuidar de suas próprias vidas. Zander sozinho, com seu tamanho gigantesco, seria o suficiente para fazer alguém sair correndo. Lev e Caden apenas somavam à imagem de "pessoas que devem ser deixadas sozinhas".

Além disso, nem todo mundo era altruísta como Merik Nihar. Nem *todo mundo* era um Bruxo do Vento maluco que voava para dentro de brigas, negligenciando a própria segurança — ou seus próprios botões.

Pouco tempo depois, as árvores se abriram, revelando uma ponte. Ali a margem do rio era um pouquinho mais alta que as águas marrons e preguiçosas que fluíam ao seu lado e uma única chuva considerável inundaria a ponte larga.

Os crocodilos pareciam entender, porque rastejavam e repousavam em ambos os lados das tábuas empenadas. Pelos deuses inferiores, como eles tinham dentes! Caden não precisou cutucar Safi para que ela andasse mais rápido.

Por fim, quando o nono sino tiniu na brisa, os trovadores guiaram Safi e Vaness para um portão amplo em um muro antigo e torto. Suspenso acima, estava um estandarte enorme e, naquela proximidade, não havia como não ver a serpente enroscada ao redor da meia-lua marstok.

O tráfego estava congestionado, com mais pessoas entrando na República Pirata do que partindo. Até que, enfim, Safi entrou — e descobriu que o domínio de Saldonica pelos Baedyed era *agradável*. Estranhamente agradável. Ela imaginara uma favela de ilegalidade e desespero, mas, em vez disso, havia estradas e calhas para a água da chuva, iluminação de rua feita por Bruxos do Fogo, e guardas em uniformes dourados direcionando o trânsito. Havia até mesmo flâmulas penduradas em todos os postes de luz.

Sim, as construções se amontoavam mais à medida que avançavam pelas planícies. E sim, estava mais abarrotado de pessoas ali do que na maioria das cidades, entretanto a parte de Saldonica controlada pelos Baedyed *não* era, de forma alguma, uma favela.

Para além das ruas urbanizadas do território pirata, um delta pantanoso estendia-se. À esquerda, uma selva densa e sombria abraçava a paisagem pantanosa. À direita, o solo empapado dava lugar a uma baía lamacenta. Píeres estendiam-se até onde os olhos de Safi podiam ver, repletos de navio após navio após navio.

Era como se cada barco da cidade de Veñaza tivesse atracado em um único porto. Ela nunca vira tantas velas enroladas. Ou gaivotas circulando.

Pássaros malditos.

No entanto, o que realmente chamou sua atenção foi a arena. Não havia como não a reconhecer. Assim que seu olhar semibloqueado pelo elmo pousou sobre o estádio metade pedra, metade madeira, ela soube o que ele era. O mero tamanho já o dedurava — maior e mais alto que qualquer outra estrutura na República inteira.

Àquela distância, porém, assemelhava-se a alguma fortaleza enorme e milenar que a natureza tentava reconquistar. Foram acrescentados andaimes de madeira para preencher a metade que faltava, e flâmulas de todas as cores tremulavam em oito torres, dando-lhe a aparência de uma coroa suja e adornada com joias, deixada para o desfrute dos crocodilos.

Safi logo perdeu a arena e os pântanos de vista. De tudo, além das pessoas ao seu redor. Para todo lugar que olhava, via pessoas de todos os tons e passados. Até mesmo nomatsis desfilavam com a calma que desejavam pelas ruas de chão batido lotadas dos Baedyed — assim como sulistas, pessoas do extremo oriente e etnias que Safi nem conseguia reconhecer.

Por cima do chamado dos comerciantes, dos gritos dos marinheiros e de *todos* os sons que a bombardeavam, havia a mesma quantia de mentiras — assustadoras após tantos dias no mar e na mata.

Porém, rapidamente, como sempre acontecia, as verdades e as mentiras misturaram-se em uma cascata familiar ao fundo. Uma fácil de ignorar, fácil de esquecer, mesmo enquanto os trovadores do inferno guiavam Safi e Vaness para dentro de um mercado de rua.

Ali, toldos ondulados espichavam-se quase até onde a vista alcançava.

— Tudo o que um homem desejar pode ser comprado em Saldonica.

Safi girou seu pescoço rígido, olhando para Caden por entre as aberturas do elmo. Ele estava pálido, o rosto molhado de um jeito que dizia se tratar de algo além de um mero suor em um dia de verão. Seu machucado estava incomodando — e *aquilo* a deixava feliz.

Ele encontrou os olhos dela, remexendo as sobrancelhas de leve.

— E tudo o que um homem detestar também pode ser vendido aqui.

— Isso é uma ameaça?

— Eu não te detesto, herege. Apenas sigo ordens... *Merda.* — Em uma explosão de velocidade, ele ultrapassou Safi, mas como ainda segurava as cordas que a prendiam, ela foi puxada junto. Os ombros da garota quase se separaram de suas cavidades.

Um lampejo de dor. Seus lábios separados por um grito. Ela arrastou os pés, tentando acompanhar Caden enquanto ele avançava.

Mas ele foi lento demais para conseguir impedir. A imperatriz havia caído, derrubada por uma carroça que passava. E não qualquer carroça, mas uma conduzida por três homens com o estandarte Baedyed em seus jaquetões.

Pior, o elmo de Vaness tinha caído, deixando seu rosto avermelhado e encharcado de suor exposto ao mundo. Aos três Baedyed. Ela se desviou, como se quisesse esconder seus traços, mas o modo como ela se moveu *apenas* um pouquinho devagar demais — e o modo como ela inclinou o corpo *apenas* o bastante para que os piratas vissem sua tatuagem de marca bruxa — soou falso aos sentidos de Safi.

Vaness queria ser vista; ela tinha encenado o acidente inteiro, e estava funcionando. Um dos Baedyed encarava o rosto dela, o outro, sua mão, e o terceiro se afastava como se tivesse assuntos urgentes para tratar em algum outro lugar.

Assuntos urgentes que libertariam Safi e Vaness dos trovadores do inferno, ou assuntos urgentes que incluíam *matar* a imperatriz marstok; Safi não tinha certeza. E não havia tempo para refletir sobre o assunto, pois Lev abria caminho por uma estreita fileira de barracas; Zander levantava a imperatriz, que não resistia e estava novamente protegida pelo elmo; e Caden empurrava Safi para a frente, em um ritmo alucinante, atrás de todos eles.

A primeira estalagem que os trovadores abordaram estava cheia. Assim como a seguinte, e as próximas três. Ao que parecia, em dois dias haveria um feriado importante, e milhares e milhares de pessoas tinham lotado a cidade por causa de uma luta na arena que acontecia todos os anos. *O Massacre de Baile*, como era chamado, e agora a República Pirata de Saldonica estava abarrotada e perto de extravasar.

Safi prestou atenção àquela informação para usá-la mais tarde — ao mesmo tempo que tentava registrar o modo como o território Baedyed estava arranjado e como os soldados perambulavam, claramente à procura dos trovadores. De Vaness. Mas, devido ao seu tamanho, Zander sempre os via chegar. Ele erguia uma das mãos, e os trovadores entravam em uma rua lateral, Vaness e Safi levadas a reboque.

A sexta estalagem era uma antiga torre remodelada em algo habitável, cada andar com um estilo diferente de pedra, madeira e venezianas. Ali, os trovadores encontraram um lugar para se esconder, embora por quanto tempo planejavam ficar, Safi não fazia ideia.

O quarto alugado era pequeno e ficava no quarto andar. Alto o bastante apenas para que Zander conseguisse transitar sem ter que virar a cabeça de lado. Não que importasse, pois, assim que os trovadores guiaram Safi e Vaness para dentro, o gigante foi embora.

Dois contra dois. As chances eram maiores, mas ainda não eram ótimas. Principalmente porque Safi estava só o pó, e porque Vaness, imediatamente se encolheu para dormir em um dos lados da cama solitária.

Não era o cansaço nos membros ou pulmões de Safi que doía mais. Nem mesmo as bolhas que tinham se aberto em seus calcanhares, dedos e tornozelos. Mesmo as dores em seu joelho e pé eram, em sua maioria, ignoráveis.

Mas a pele rasgada pela corda embaixo do linho, o modo como ela podia *sentir* cada fibra desgastada ainda presa em sua carne... Cada passo soltava mais pele e espalhava as feridas mais para cima, subindo por seus braços e pernas.

Safi esperou, em silêncio, enquanto Caden tirava o elmo de sua cabeça e toda a extensão do quarto surgia à sua frente: uma única cama com uma colcha de lã marrom e um banquinho baixo ao lado. Uma mesa e uma bacia lavatória na parede oposta, com o que parecia ser uma torneira enfeitiçada de água. Duas lamparinas a óleo acima, e, finalmente, uma janela, sem vidro, mas com as ripas da veneziana abertas o suficiente para permitir que a brisa diurna e os sons da folia entrassem.

Nada no quarto era útil. Ao menos nada que ela conseguisse avistar em meio ao cansaço. Havia, porém, uma peça interessante, uma placa acima da porta que dizia: SEMPRE, SEMPRE, PASSE A NOITE.

Safi não fazia ideia do que aquilo significava.

Enquanto ficava ali parada, uma pressão gentil nos punhos retornou sua atenção a Caden. Ele estava serrando as cordas e, contra sua vontade, seus olhos encheram de lágrimas. Não de alívio ou de gratidão, mas de dor. Uma explosão que se movia pelos seus ossos.

— Isso precisa ser limpo — Caden disse e, embora seu tom de voz não indicasse uma ordem, Lev imediatamente se mexeu.

Ela saiu do quarto. *Chances melhores.*

— Sente-se — Caden ordenou, e Safi cambaleou até o lado vazio da cama. O gesto a deixou o mais perto que estivera de Vaness desde a sua captura. Pelas chamas do inferno e o fogo dos demônios, a imperatriz parecia péssima! Com os pés retalhados, as pernas e os braços enlameados, e aquele colar descomunal ainda preso ao redor do pescoço.

Sentindo-se tonta, ela afundou na beira da cama; a imperatriz não se mexeu, e foi preciso toda a energia de Safi para manter os olhos abertos até Lev finalmente voltar com sabão e novas faixas de linho.

Então Zander também voltou. Com comida — comida *de verdade*, pão *de verdade* e água *de verdade* para empurrar tudo. O cheiro pareceu despertar Vaness e, embora o peixe estivesse borrachudo demais e tão apimentado que fez a língua de Safi reclamar, ela não se importou. Nem a imperatriz. Elas devoraram a refeição e, antes que Safi pudesse até mesmo tentar falar com a imperatriz sobre, bem, qualquer coisa, Vaness tinha se deitado de lado de novo e dormido.

Enquanto isso, Lev e Zander saíram mais uma vez, e Caden arrastou o banquinho entre a cama e a porta. Em seguida, removeu a armadura. Parte por parte. Camada por camada. Manoplas, brigantina, cota de malha, jaquetão e, enfim, as botas. Cada item posicionado meticulosamente em uma pilha ao lado da bacia lavatória.

O comandante dos trovadores do inferno encolheu e encolheu até ficar metade do tamanho anterior, reduzido a nada além de suas roupas íntimas. Depois, até mesmo sua camisa foi retirada e acrescentada à pilha imensa de apetrechos, revelando alguém que Safi não reconhecia.

Naquele momento, Caden não era um trovador. Aquela pessoa *anterior* era sinistra, assustadora, e tinha ataques rápidos. Não era o Traidor Atraente também, com seu jeito maroto, charmoso e de gracejos rápidos.

O Caden *atual* era enxuto, cheio de cicatrizes, e musculoso. Ele era o dever, a escuridão, ele era... um *coração partido*. Sim, algo a respeito dele parecia oco. Perdido.

Parecido com um outro alguém que Safi conhecia. Seu tio.

Com a bacia lavatória inteira aos seus pés, Caden encharcou um pano antes de esfregar, silvar, e esfregar mais um pouco a ferida em seu ombro. Todas as lâminas dele permaneceram embainhadas, mas próximas. Embora o peito pálido estivesse nu e o rosto dele retorcido de dor, Safi não duvidava nem por um minuto de que ele pudesse matá-la.

Leões *versus* lobos, afinal.

O que Iseult faria?, ela pensou, entorpecida. *Não seria pega, para começar.* Mas Iseult também aprenderia o máximo possível. A comida podia ter deixado Safi mais cansada, mas, com certeza, ela poderia evocar algo útil de sua mente nebulosa.

Ela pigarreou. Doeu, e suas próximas palavras tiveram gosto de pimenta-preta.

— O que aconteceu com você, trovador?

— Me machuquei. — O peito de Caden estremeceu quando ele enxugou o corte sangrento do ombro. Parecia fundo, e não havia muita profundidade em seu corpo, para começo de conversa. Músculos viscosos estavam agarrados com firmeza ao osso.

Isso a fez lembrar um peito diferente, de um homem diferente. A primeira característica física, mesmo, que ela vira em Merik enquanto ele voava pelo ar do embarcadouro de Veñaza.

Safi fez uma careta, afastando os pensamentos do passado. Do peito nu de Merik. Aquelas lembranças não a ajudariam ali.

— Como você se machucou, trovador?

— Uma lâmina.

— É? — O tom de voz dela se tornou afiado. O comandante dos trovadores do inferno era tão bom esquivando-se de perguntas quanto ela era fazendo-as. — E de quem seria essa lâmina?

— Do meu inimigo. — Por longos minutos, os únicos sons eram os dos respingos da água quando ele embebia o pano ensanguentado. Do *plic-plic-plic* quando ele o torcia. Das expirações raivosas quando ele limpava um machucado que precisava de mais do que apenas água para sarar.

No fim das contas, Caden tinha mais do que apenas água. Ele puxou uma jarra de argila da pilha de apetrechos imundos, mas, em vez de aplicá-la em sua própria ferida, embebeu uma faixa nova de tecido na bacia e atravessou o quarto até Safi.

Ela se recusou a se encolher. Mesmo quando ele se aproximou o bastante para agarrá-la. Ela apenas ergueu o queixo e endireitou a coluna.

Caden parecia, como sempre, imperativo. *Ou Impera-tivo*, ela pensou, duvidando que ele fosse gostar da piada mais do que Vaness.

— Eu sei que você acha que eu gosto disso, mas não gosto. — Ele se ajoelhou. — E eu sei que você acha que ignorar a dor com teimosia é algum tipo de vitória. Mas não é. Confie em mim. Vai apenas te causar mais dor em longo prazo. Agora, deixe-me ver os seus pés.

Safi não se mexeu. Ela não conseguia tirar os olhos do corte reluzente que se estendia abaixo da clavícula dele. Havia um emaranhado vermelho, um sinal de que logo a putrefação se instalaria. Mas não foi o que a surpreendeu — foi a cicatriz abaixo daquela ferida. E acima dela também, e por toda a extensão do peito e dos braços de Caden. Linhas irregulares, tão brancas quanto sua pele já pálida, mas altas e violentas. Elas cobriam cada pedaço do corpo dele, idênticas àquelas no rosto de Lev.

— Os seus pés — ele repetiu.

Safi ainda continuou congelada, o olhar capturado pela pior cicatriz, na garganta dele. Logo acima da corrente de ouro, idêntica à corrente que o tio Eron usava, uma marca tão grossa quanto o polegar de Safi e que subia circulando todo o pescoço de Caden.

— Muito bem — o trovador disse, por fim. — Se você não quer que eu trate suas feridas, não farei isso. A imperatriz precisa de cuidados também.

— Sim. — As palavras escorregaram. Ela engoliu em seco, forçando os olhos para longe das cicatrizes do comandante. — Eu quero que elas sejam limpas.

— Esperta. — Ele baixou a cabeça, um movimento quase gracioso. *Quase.* — Sabe, eu já estive no seu lugar, herege. Todos os trovadores do inferno já estiveram.

— Então me deixe ir.

— Para que você possa fugir? Henrick não gostaria disso. — Então, devagar, como se ele não quisesse assustá-la, Caden apanhou os tornozelos dela.

Safi quase desmaiou de dor. Uma pancada de calor e luz. O mundo girou. Ela se encolheu.

Contudo, ela não era idiota. Ela permitiu que o trovador limpasse os seus tornozelos porque Caden estava certo sobre sua teimosia ser inútil. No final, ela só se machucara. Embora, pelas tetas de uma cabra, seu orgulho ficasse ferido ao admitir aquilo. Ainda que apenas a si mesma.

— Por que você fugiu da Conferência da Trégua? — Caden perguntou enquanto enxaguava as feridas.

— Por que — Safi sibilou em meio à dor — não? Você gostaria de se casar com um sapo velho que se aproveitaria da sua magia?

Uma risadinha de Caden, embora ela não tenha visto se o som viera acompanhado de um sorriso.

— Se você se casar com ele, poderá ajudar Cartorra. Poderá ajudar Hasstrel.

— Eles não precisam de mim. — Ela mal conseguiu expulsar as palavras por entre os dentes apertados. Caden tinha passado dos tornozelos para as solas dos pés, e, de algum modo, elas estavam pior. — Por que você se importa com Hasstrel?

— Eu cresci ali perto.

— Então você devia saber como as Montanhas Orhin são horríveis, e como a população tem a mente pequena. Eles amam viver sob o jugo de Henrick.

— E *você* devia saber como isso soa imaturo. — Uma dureza envolvia as palavras do trovador. A primeira centelha de qualquer coisa próxima a emoção. *Bom saber.* No entanto, sua frustração não afetou a lavagem metódica dos pés de Safi. — Cartorra tem seus defeitos, herege, mas também tem segurança. E comida, bem como recursos, estradas, educação. Eu poderia continuar, porque a lista é longa. Me dê seus punhos.

Ela obedeceu, os olhos se fechando com aquele primeiro contato. A dor surgiu. A dor diminuiu.

— Mas — ela forçou-se a dizer, agarrando-se à conversa — você não vai encontrar liberdade na sua lista, vai?

— Há graus de liberdade. Liberdade total nem sempre é bom, nem a falta de liberdade é sempre ruim.

— É fácil dizer quando não é você que está sendo mantido contra a sua vontade.

De novo, a risada, e os olhos de Caden — injetados, pensativos — ergueram-se até os dela.

— Você não faz ideia mesmo, não é?

— Do quê?

Mas ele já tinha seguido em frente.

— Há graus de qualquer coisa, herege, algo que eu sei que não se encaixa bem na sua visão *verdade-ou-mentira* do mundo.

— Não é assim que a minha magia funciona. — *Não completamente.*

— Então me explique.

Safi comprimiu os lábios, hesitando. Ela passara tanto tempo escondendo sua magia do mundo. Do mesmo homem que agora estava ajoelhado diante dela... Embora presumisse não haver mais motivos para esconder seu poder. Não quando o imperador e os trovadores do inferno já haviam ganhado.

— Todo mundo mente — ela disse, por fim.

— Eu não. — Ele removeu a rolha da pomada curativa, e com um linho limpo, retirou um pouco do remédio.

No instante em que a pomada tocou nos punhos de Safi, a dor diminuiu. Houve um geladinho efervescente.

— É claro que você mente — ela alegou, os olhos fechando-se para saborear o alívio gelado. — Eu te disse, trovador. *Todo mundo* mente. Está no modo como brincamos com nossos amigos. Está nos cumprimentos banais que damos aos transeuntes. Está nas coisas mais sem sentido que fazemos a cada instante de cada dia. Centenas de milhares de mentiras minúsculas e inconsequentes.

A aplicação cuidadosa de Caden parou.

— E você consegue sentir todas elas?

Ela balançou a cabeça, as pálpebras se levantando apenas o suficiente para encontrar o olhar imperturbável dele.

— É como viver ao lado do mar. As ondas acabam desaparecendo gradativamente porque você se acostuma com elas. Você para de ouvir cada quebra, cada ondulação... Até um dia, quando uma tempestade surge. As mentiras grandes... essas eu sinto. Mas as pequeninhas? Elas vão com a maré.

Ele não reagiu, o rosto totalmente imóvel como se pensasse sobre cada frase. Cada palavra. Cada pausa. Porém, antes que pudesse responder, uma batida dupla veio da porta.

— Sou eu, senhor — Lev anunciou.

Caden ficou de pé, o dever e o foco retornando de imediato à inclinação de seus ombros. Ele entregou a jarra e o linho coberto de pomada a Safi antes de ir até a porta.

Lev entrou.

— Zander e eu terminamos de conferir a casa de banhos atrás da pousada, senhor. É seguro para as garotas se lavarem. — Ela balançou um polegar em direção à janela. — Então o senhor e Zander podem colocar as proteções e ir procurar o navio enquanto estamos fora.

— Muito bem. — Caden apanhou a camisa e a vestiu. — Eu vou te ajudar a escoltar as mulheres até lá... O quê?

Lev estava com as sobrancelhas levantadas.

— Eu só estava pensando que... que talvez o senhor e Zander também pudessem tomar um banho hoje?

— Eu acabei de me lavar.

— Não bem o bastante. E somos *nós* que sofreremos com o seu fedor.

Era bom demais para Safi resistir.

— Ela quis dizer que você fede ao interior da bunda de um cachorro morto.

— Entendido — Caden declarou ao mesmo tempo que Lev exclamava:

— Ora, olha só esse sotaque da montanha. O seu é pior que o dele!

Um rubor percorreu as bochechas de Safi. *Merda entupindo o bueiro.* Fazia tanto tempo desde que ela falara em cartorrano. O sotaque de Orhin devia ter se arrastado até suas palavras, e agora Caden sorria, enquanto prendia o talim à cintura. Um sorriso verdadeiro, como o do Traidor Atraente que ela conhecera em um jogo de cartas. Maroto, reservado...

E que a lembrava de que ele era o inimigo. Que *ele* era o motivo de a vida dela ter virado cinzas. Ela não podia esquecer. Aquelas pessoas eram seus oponentes, e fugir era tudo o que importava.

18

Iseult acordou e percebeu que sua mão esquerda estava completamente dormente. Desde o seu encontro com Esme, ela dormia por períodos miseráveis, mas o último tinha se transformado em muitas horas de poses estranhas com o braço pressionado embaixo do quadril.

Ela mudou o peso do corpo, usando a mão direita para mover a esquerda... e então para erguer o corpo. Uma luz rosada e suave entrava pela borda musgosa que ela e o Bruxo de Sangue compartilhavam. O ar estava úmido pela chuva do dia anterior, mas quente, e as respirações suaves e estáveis de Aeduan sopravam a alguns passos de distância.

Seu peito encheu-se de calor. Como o Bruxo de Sangue poderia estar dormindo? Ele deveria tê-la acordado para ficar de vigia.

Você viajou por duas semanas sem ninguém para ficar de guarda, sua consciência resmungou.

Sim, ela argumentou consigo mesma enquanto massageava o braço para a circulação voltar, *mas isso não é mais necessário.* Ela poderia usar todos os recursos disponíveis agora, e o Bruxo de Sangue era exatamente aquilo: um recurso.

Uma ferramenta.

Uma bênção.

Iseult estremeceu, relembrando as palavras de Esme. A garota matara aqueles homens para "ajudá-la" e, não pela primeira vez, ela desejou ter alguém que a ajudasse a lutar contra Esme.

Pela deusa, ela aceitaria qualquer coisa àquela altura — certamente deveria haver alguém que soubesse sobre os Sonhos e sobre os destrinchados controlados pela Marionetista.

Bruxas do Tear como nós, Esme dissera — e Iseult esfregou o braço dormente com mais força. Ela não era como Esme. Ela *não* era como Esme.

Equilíbrio, ordenou a si mesma. *Equilíbrio nos dedos das mãos e dos pés.*

Assim que seu braço pareceu humano de novo, ela movimentou-se rumo ao amanhecer, aliviada por ter uma tarefa para mantê-la ocupada. Depois de conferir se seu sabre de abordagem estava amarrado e se sua capa de salamandra — ou melhor, a capa de salamandra de *Aeduan* — estava firmemente presa, ela arrastou-se até o amontoado mais próximo dos pinheiros. Enquanto andava, agarrava sua pedra dos fios.

Estou indo, Safi. Por várias respirações, enquanto apertava o rubi com força, o gelo que vivia nos ombros de Iseult derreteu. Desfez-se embaixo de uma onda de algo mais quente. Algo que se expandia no estômago dela e pressionava seus pulmões... *Esperança.* Fé de que ela e Safi se reencontrariam.

No passo seguinte, uma moeda de prata tilintou contra as juntas de seu dedo, presa na mesma corda de couro que a pedra dos fios. Aeduan fizera um buraco na prata manchada como se o metal fosse papel, e a águia de duas cabeças estava morna na ponta dos dedos de Iseult. Ela baixou a mão. Caminhou com mais pressa, os passos chapinhando no solo molhado.

Quando retornou à saliência musgosa com um coelho em sua arma-dilha, o Bruxo de Sangue estava acordado e sentado de pernas cruzadas na pedra. Seus olhos estavam fechados, as mãos repousadas sobre os joelhos enquanto ele meditava.

Ela tinha lido sobre a prática em seu livro sobre o Monastério Cara-weno. O silêncio e a imobilidade permitiam que um monge separasse a mente do corpo.

Ela tentara uma vez, mas não tivera sucesso algum. Ela já lutava tanto para se separar de suas emoções — se se livrasse de seus pensamentos também, o que sobraria?

Quando Aeduan não deu nenhuma indicação de ter notado o retorno de Iseult, ela andou em silêncio até a borda. Livrou-se da capa de sala-mandra e arregaçou as mangas, pronta para começar a esfolar o coelho.

— Não há tempo.

Ela hesitou. Não ouvira o Bruxo de Sangue se aproximar — mas, ao contrário do que *ele* fazia quando detectava um desconhecido, Iseult ficou imóvel. O hematoma em sua garganta, logo acima da clavícula, era todo o aviso de que ela precisava para nunca mais surpreendê-lo.

Quando Aeduan dissera que a mataria em Lejna, ela não acreditara nele. Quando ele dissera que a mataria na noite anterior, ela acreditara.

— É mais fácil retirar a pele do coelho quando ele está fresco...

— Isso pode esperar algumas horas. — O dalmotti dele estava rouco pelo sono.

— A carne vai estragar.

— Então você pegará outro — ele rebateu. — Precisamos ir o mais longe possível, antes de o calor ficar intenso demais.

— Por quê? — Iseult perguntou, mas foi ignorada e, em menos de um minuto, ele havia esvaziado o acampamento. Tudo estava reunido, dobrado e guardado organizadamente na mochila dela. Ele colocou a mochila nas costas, pronto para partir.

Iseult apenas observou. Ele se movia tão rápido. Com tanta eficiência; a bruxaria dele obviamente o impulsionava a uma velocidade e graciosidade inigualáveis a qualquer homem.

Ela estava morrendo de vontade de saber como funcionava. Morrendo de vontade de perguntar a ele qual era a sensação de ser tomado por tamanho poder — e se era verdade que a magia dele estava ligada ao Vazio. No entanto, ela não disse nada.

Eles andaram por horas, Aeduan sempre alguns passos para trás. Ele se recusava a andar na frente, claramente esperando que Iseult o esfaqueasse pelas costas. Ou talvez aquele fosse um teste para saber o quanto ela confiava nele.

De qualquer forma, ela foi na onda dele. Por ora.

O Bruxo de Sangue usava palavras únicas e difíceis para guiá-la. Em um instante, eles estariam caminhando por uma planície aluvial suja, e no seguinte, ele a mandaria virar à direita e retroceder.

— Leste — dizia abruptamente. Ou: — Mais para o sul.

Iseult nunca sabia se o bruxo mudava de rota porque Safi havia mudado a dela, ou se o cheiro de Safi sumia... e aparecia... e desaparecia de novo, exigindo o máximo de Aeduan ao segui-lo. Ele certamente parava de tempos em tempos para fechar os olhos e farejar o ar.

Então, quando suas pálpebras se levantavam, as íris de seus olhos queimavam em um tom carmesim por um segundo. Talvez dois.

Após meio dia passando por cascas de árvores avermelhadas e agulhas escuras, os pinheiros começaram a diminuir, dando lugar a mudas de madeira dura. Carvalhos tomavam conta, com troncos prateados e cercados de samambaias e asfódelos brancos. O rio Amonra, extenso e escuro, agitava-se nos arredores.

Iseult sabia, por causa do mapa guardado em sua mochila e por suas lições com Mathew e Habim, que logo a floresta acabaria por inteiro. O terreno terminaria em um barranco enevoado repleto de vegetação rasteira e pedras de chaminé mais grossas. O rio também daria nas imponentes Cataratas de Amonra.

Ali, os marstoks tinham lutado contra os nubrevnos vinte anos atrás. Ali, o fogo havia perseguido famílias para fora de suas casas, e nubrevna perdera. Mais uma nação para adicionar à lista.

Antes de Nubrevna, pertencera aos dalmotti. Antes dos dalmotti, era dos marstok. Por séculos, aquela península mudou de mãos, e por séculos, ninguém ganhara de verdade — ou perdera de verdade.

Ao lado de Iseult, o Bruxo de Sangue inspirava sonoramente, os olhos rodopiando, vermelhos.

— Temos duas escolhas — ele disse, por fim. — Ou descemos pela lateral das Cataratas de Amonra, que é a rota mais segura até o barranco, ou viajamos para o nordeste pelas florestas... E antes que você responda "Cataratas", saiba que o caminho é mais lento.

— A que distância estamos de Safi? — ela perguntou, semicerrando os olhos em direção ao barranco. Os pássaros voavam em círculos acima dele.

— Longe.

— Você pode ser mais específico?

— Não.

As narinas dela se inflaram. *Equilíbrio.*

— Como eu vou saber que você está me levando para a direção certa, então?

— Como eu vou saber que você está com o restante das minhas moedas?

Ele tinha um bom argumento — e eles já haviam constatado que traições eram inevitáveis.

— Quão perigoso é "perigoso"?

— Bastante.

Daquela vez, Iseult não conseguiu evitar. Suspirou.

Nenhuma mudança na expressão de Aeduan, embora ele tenha dito:

— Há um assentamento aqui perto. Posso conseguir um cavalo para você. Vai permitir que a gente viaje mais antes de você cansar.

— Perto quanto? — Ela mesma poderia conseguir um cavalo.

— Uma hora com o meu passo mais rápido. Eu voltaria no fim da tarde.

— E eu... apenas espero? — Com o aceno dele, Iseult precisou respirar duas vezes para se estabilizar e se sentir capaz de continuar. — E um corcel vale as horas perdidas?

— Sua amiga está naquela direção. — Ele apontou para o sudeste das Terras Disputadas. — Ela está a muitos, muitos quilômetros de distância... e muitos, muitos dias. Um cavalo vai ajudar.

O argumento dele fazia sentido, por mais que ela odiasse admitir. *Use cada recurso disponível.* Ainda assim, a ideia de esperar por muitas horas...

O Bruxo de Sangue entendeu o silêncio de Iseult como concordância. Ele estendeu o braço.

— Devolva a minha capa. Monges conseguem acordos melhores nas trocas.

Ela não podia recusar. A capa pertencia a ele, afinal. Mesmo assim, viu-se resistindo, movendo-se extremamente devagar enquanto escorregava a capa para fora dos ombros. O ar a percorreu, gélido e revelador.

Ela engoliu em seco, observando o Bruxo de Sangue virar o lado branco para fora e vestir a capa com familiaridade.

— Volto logo — ele disse, ríspido, já virando as costas. Já farejando e ficando tenso. — Fique escondida até lá. Há coisas piores nas Terras Disputadas do que Bruxos de Sangue.

Um cavalo não economizaria muito tempo. Não na superlotação das Terras Disputadas. Embora Aeduan certamente tivesse a intenção de encontrar um corcel para a Bruxa dos Fios se possível, aquele não era o seu objetivo principal para seguir sozinho.

Ele tinha sentido um cheiro de lagos de águas limpas e invernos congelantes. O cheiro de sangue que o assombrava desde a traição de Leopold. O cheiro de quem quer que tivesse se unido a Leopold para detê-lo. O cheiro que perdurara no esconderijo de suas moedas, um cheiro que ele podia apenas presumir pertencer ao ladrão.

Como elas tinham ido parar nas mãos da Bruxa dos Fios... era apenas mais uma pergunta possível de ser arrancada da garganta daquela pessoa. E ele não seria tão generoso quanto fora com Leopold no Poço Originário de Nubrevna.

O melhor de tudo era que, se Aeduan conseguisse descobrir quem aquele fantasma era e onde o seu dinheiro estava escondido, ele não precisaria mais da Bruxa dos Fios. Ele a deixaria apodrecer na mata e deixaria Corlant apodrecer no complexo.

Aquele pensamento o impulsionou a ir ainda mais rápido. As árvores eram finas, as samambaias baixas. Tudo era fácil de transitar. O mundo se misturava ao seu redor. Verde, granito e cascas, envoltos em uma névoa infinita.

Logo ele teria respostas.

Depois de cuidadosamente rastrear a Bruxa da Verdade, que estava a centenas de quilômetros além do alcance da sua magia, aquela nova caçada não exigia nenhum poder. Ele usava a magia extra para incitar seus passos a serem mais ágeis.

Até que, como sempre parecia acontecer, Aeduan perdeu o cheiro. Entre um salto e o próximo, o cheiro simplesmente desapareceu. Nada de invernos congelantes. Nada de lagos de águas limpas.

Ele parou, sibilando "de novo não, de novo não" em voz baixa. *Toda vez* aquilo acontecia. *Toda vez* ele chegava muito perto, apenas para perder o aroma por completo.

Enquanto ficava ali parado, um pé em uma base de agulhas de pinheiro e o outro em uma raiz de cipreste retorcida, ele fechou os olhos. Focou sua mente e sua bruxaria no interior. Respirou cuidadosamente, vez após outra. A floresta despertou ao seu redor, movendo-se em sua rotina habitual. Algo desconfiado de início, com cotovias hesitantes. Uma marta cautelosa.

Se ele pudesse aquietar sua mente e estabilizar o corpo, sua bruxaria poderia ascender ao auge.

Pelo menos aquele era o plano, até que um grasnado gutural surgiu à sua esquerda.

As pálpebras de Aeduan se abriram. Seu olhar se conectou com o de uma gralha, cujos olhos negros e bico cinza estavam perfeitamente imóveis. As penas desalinhadas agitavam-se na brisa. O animal não voou, não se mexeu. Apenas encarou o bruxo de frente.

O que fez com que os pelos do pescoço de Aeduan se arrepiassem. Ele nunca vira uma gralha sozinha. Elas costumavam voar em bandos enormes fora da floresta.

Ele farejou. Dos peixes até as aves, todos os animais tinham o mesmo aroma selvagem na superfície: *liberdade*. No topo daquele aroma jazia... *neblina da floresta*.

Ele tossiu, uma erupção violenta de ar que vibrou pela clareira. A gralha piscou. Ele tossiu de novo e, dessa vez, a ave entendeu a indireta. Ela deu impulso para um voo, levando sua liberdade e sua neblina para longe de Aeduan tão rápido quanto suas asas permitiam.

Porém, naquele momento, um sangue novo desenrolou-se no nariz do bruxo. Sua bruxaria voltou à vida. *Sangue. Magia. Centenas de pessoas.* Tantos cheiros misturados. Todas as idades. Todos os tipos. Tudo aquilo bem à frente.

Piratas, sem dúvidas. Mas de qual facção? E por que tão longe do mar? Tanto os Velas Vermelhas, com suas frotas imensas, como os Baedyed, com seus ataques de fogo furtivos, mantinham suas invasões mais perto da costa.

Ainda assim, ambos assassinavam, ambos escravizavam. Como a guerra e as tempestades, não havia escapatória do domínio que os homens impunham uns sobre os outros. Havia, porém, como tentar passar despercebido, motivo pelo qual ele seguiu em frente. Era apenas autopreservação. Ele precisava saber quem ele e a Bruxa dos Fios poderiam encontrar nas Terras

Disputadas. Ele precisava saber qual rota aqueles piratas poderiam estar seguindo para além do vale.

Em especial se os Velas Vermelhas estivessem envolvidos.

Então, depois de virar sua capa do avesso assim como a Bruxa dos Fios tinha feito, ele circundou pinheiros e mudas antes de finalmente subir em um carvalho goshorn gigante. Ali, se agachou em cima de um galho para observar quem passava pelo solo pisoteado de lama.

Não foram os Velas Vermelhas que surgiram à vista. O cavaleiro mais adiantado vestia roupas pardas, mas sua égua castanho-avermelhada usava uma nítida sela Baedyed, com um tipo de tecido com borlas do Mar de Areia, de onde eram nativos.

Após o primeiro vigia, mais dois Baedyed passaram a cavalo. Depois, vieram soldados a pé — algo que Aeduan não sabia que os piratas possuíam em seus escalões. Mas ali estavam, marchando, homem após homem após mulher, em uma longa fila única. Passos pequenos, mas potentes. Sabres tilintando nos quadris.

E mais do que alguns bruxos ao centro; Aeduan sentiu o cheiro de tempestades e pedras, chamas e inundações.

Ele farejou o ar com mais força, só para ter certeza. Mas não, os lagos de águas limpas e os invernos congelantes tinham se perdido de novo. Àquela altura, ele deveria saber que perseguir aquele fantasma nunca o levaria à verdade. Uma incumbência fútil, toda vez. Uma distração.

Enquanto brincava com a ideia de livrar um daqueles lindos corcéis de um cavaleiro Baedyed, ele avistou vinte homens a cavalo entrando na fila. Passos desordenados, grupo desorganizado. Eles tinham chicotes, e os cavalos exibiam feridas abertas no flanco e nos membros.

Velas Vermelhas.

Na mesma hora, Aeduan se enraiveceu. Embora ninguém quisesse que seu vilarejo ou tribo sofresse um ataque pirata, ao menos os Baedyed seguiam um código moral. Os Velas Vermelhas, como Aeduan sabia em primeira mão, não.

O que o deixou carrancudo — o que o fez avançar mais para enxergar melhor — foi o motivo de aquelas duas facções estarem viajando juntas. Elas eram inimigas, sempre em guerra por mais territórios, mais escravizados, mais moedas. No entanto, havia ali um contingente inteiro delas marchando como um.

Uma resposta surgiu momentos depois, pois enquanto os Velas Vermelhas passavam embaixo do galho de Aeduan, um Baedyed marchou de volta para encontrá-los.

— Onde está o resto dos seus homens? — o Baedyed falou para o Vela Vermelha mais abominável de todos.

Dentre todo tipo de perversidade, aquele homem se encantava mais com a repulsa. Estava lá, nas ranhuras do cheiro de seu sangue. *Juntas quebradas e unhas arrancadas.*

O sangue do homem o marcava como um monstro; a sela vermelha o marcava como o líder.

— Encontramos pistas de nossa caça — o homem disse, com completo desdém e desinteresse.

Qualquer que fosse a aliança que estava acontecendo ali, ela não era muito forte.

— Que os fogos do inferno o queimem! — o Baedyed cuspiu. A égua dele bateu o pé, ansiosa. — Nós precisamos estar no complexo purista amanhã. Por acaso devemos esperar?

— Se eles não se juntarem a nós de novo em breve, então sim.

O Baedyed xingou de novo, dessa vez em uma língua que Aeduan não reconheceu. Mas, quando ele guiou seu cavalo para dar meia-volta, cuspiu:

— O rei saberá disso. Eu prometo.

— E eu prometo que ele não vai se importar.

Logo depois de o Baedyed ter galopado de volta para o início da fila, outro Vela Vermelha apareceu a cavalo. *Cabelos queimados e carne fumegante. Piras de outono e gritos de misericórdia.*

Um Bruxo de Fogo. A pele de Aeduan formigou. O fogo... o perturbava.

O líder avistou o Bruxo de Fogo também.

— Você está atrasado — anunciou. — Vá ajudar os outros. Eles estão quase nas Cataratas, e eu quero aquela Bruxa dos Fios capturada hoje.

Bruxa dos Fios. Cataratas. As palavras se solidificaram na mente de Aeduan e, um segundo depois, ele estava em movimento. Voltando em silêncio pelo galho.

Até que algo se assustou entre as folhas — um pássaro escuro com asas enormes. A gralha voou, grasnando pelo céu.

O Bruxo de Fogo olhou para cima. Seus olhos encontraram os de Aeduan por uma brecha entre as folhas. Ele sorriu. Bateu palmas. O carvalho goshorn pegou fogo.

De repente, a árvore se incendiou e, em segundos, cada centímetro dela estalou, arrebentou e queimou. Se Aeduan não estivesse com a capa de salamandra, teria explodido também.

Mas ele *estava* com a capa e conseguiu pular para o chão. Lá, cobriu a boca com as lapelas contra fogo, os dedos tremendo.

Corra, meu filho, corra.

Ele olhou para trás. Um erro, pois o Bruxo de Fogo se aproximava, as mãos erguidas — e as chamas levantando como resposta. Elas lambiam e cuspiam tudo ao redor. Um incêndio para derrubá-lo.

Ele não poderia lutar contra aquilo. Mal conseguia pensar, mal conseguia enxergar, muito menos tentar matar o Bruxo de Fogo antes que as chamas vencessem. Suas pernas já estavam tremendo. O cenário já se parecia demais com o daquela manhã, todos aqueles anos atrás.

Sem outro pensamento ou outro olhar na direção do Bruxo de Fogo, Aeduan cambaleou e correu.

19

Ao som do sino da décima hora, Merik acordou com Cam andando pelo cortiço com suas botas novas. Ele as tinha deixado para ela ao lado da cama, antes de se arrastar para o outro lado e cair em um sono profundo.

A garota movia-se como um potro recém-nascido, dura e instável, com passadas estranhamente longas enquanto contava cada passo.

— Você nunca usou sapatos? — ele perguntou, a voz áspera como uma lâmina em uma pedra de amolar. — Ou eles são pequenos demais?

— *Quarenta e oito, quarenta e nove.* — Cam deu de ombros com indiferença. — Tamanho certo, eu acho. E já usei sapatos antes, senhor. Quando eu era mais novo. Só nunca tive muitos motivos para continuar com eles.

— E qual é o motivo hoje?

— O senhor está tentando me arrancar um "obrigado"? — Ela fez uma careta, o nariz se enrugando para cima, e Merik deu risada.

O que fez com que sua garganta doesse. E seu peito. *E* seu rosto. Mas pelo menos a risada arrancara um dos sorriso rápidos de Cam.

— Obrigado pelas botas, senhor. — Ela fez uma reverência. — Agora estou pronto para a rua Bosta.

— Eu não. — Merik se levantou com um impulso, os músculos e a pele nova resistindo. A pomada tinha ajudado, mas seu sono fora agitado. Cheio de sonhos das tempestades em Lejna, de prédios caindo, e de Kullen implorando "Me... mata".

Ele ficou agradecido quando Cam assumiu seu papel de contadora de histórias durante o café da manhã. Ficou agradecido, também, por ela não parecer notar as marcas novas nas juntas de seus dedos — nem o fato de ele ter fugido enquanto ela dormia.

— A melhor entrada para as Cisternas — ela explicou em meio a uma bocada de ameixas suculentas — é pelo Embarcadouro Norte. — Ela seguiu matraqueando, como amava fazer, sobre as melhores rotas por baixo da terra. Os túneis mais seguros. As gangues que competiam por espaço.

Merik ouviu, notando — não pela primeira vez — que ela raramente contava histórias sobre si mesma. Ele ouvira contos infinitos de coisas que ela vira ou histórias reaproveitadas de outra pessoa, mas nunca narrativas da vida dela.

Quanto mais encarava o rosto de olhos brilhantes de Cam, mais a antiga canção de ninar zumbia em seu crânio.

O irmão tolo Filip guiou o irmão cego Daret
para na caverna escura se aprofundar.
Ele sabia que lá dentro morava a Rainha Caranguejo,
mas isso não o iria assustar.

Ele não conseguia lembrar como era o restante da música e, por isso, aquele verso único ficava ressoando sem parar, ao ritmo da mastigação de sua ameixa.

Quando ele e Cam, ambos encapuzados, como sempre, saíram para as ruas da Cidade Velha, o décimo primeiro sino tocava. O tráfego do fim da manhã envolveu os dois em seu curso, e eles viajaram para o leste, com Cam guiando o caminho.

Uma névoa lânguida pairava sobre as ruas. A chuva da noite anterior, que subia enquanto o sol queimava mais forte, mais claro. Antes mesmo que eles tivessem passado pelas últimas casas decrépitas da Cidade Velha, suor pingava da pele de Merik.

Cam virou à direita, na escada frontal ensanguentada de um açougueiro, e então cruzou mais duas vias públicas movimentadas. Como sempre, ela se deixou ser guiada pelo instinto, virando para trás para puxar Merik toda vez que soldados se aproximavam demais.

Logo, eles chegaram ao embarcadouro mais movimentado de Lovats. Ali, nem um único trecho de água era visível entre os barcos. Se Merik quisesse, ele poderia atravessar o porto aos saltos, pulando do bote para a fragata e da fragata para o esquife, até, enfim, para uma rua de paralelepípedos repleta de lojas a quatrocentos metros de distância.

Era o tipo de desafio que ele teria amado quando garoto. Ele e Kullen. "Me... mata."

Cam acenou para que ele avançasse até uma escadaria íngreme no subsolo. Antigamente fora um mercado, onde mercadorias recém-saídas do rio eram vendidas — Merik lembrava-se de tê-lo visitado na infância. Antes de Jana falecer. Antes de Vivia se transformar para sempre.

Embora alguns comerciantes corajosos ainda tentassem vender seus produtos, Merik viu mais sem-tetos e famintos do que qualquer outra coisa, ao seguir Cam para dentro das sombras. Quase todas as arandelas fixadas nas lajes úmidas estavam vazias, as velas há muito roubadas ou os lampiões quebrados há muito tempo.

A algazarra de cima se suavizou, misturando-se a vozes mais altas. De crianças. De mulheres. Os olhos de Merik se acostumaram, e famílias se materializaram na escuridão. Água pingava do teto curvo, agrupando-se em poças espezinhadas que respingaram quando ele e Cam passaram.

Inaceitável. Aquele túnel, aquelas famílias, aquela vida com que todos eles haviam se conformado. *A ajuda está a caminho,* ele queria dizer. *Estou trabalhando o mais rápido que posso.*

— Por aqui, senhor. — Cam virou à direita. Dois idosos jogando tarô se afastaram apenas o suficiente para ela e Merik passarem. Então, a garota desapareceu em uma faixa escura, inalcançada pelo brilho dos fogos.

Eles andaram em meio à escuridão por cinquenta e seis passos (Cam contou, como sempre fazia) antes de um brilho amarelo pálido reluzir à frente. Mais cinquenta e dois passos e eles alcançaram o brilho: um lampião, enfeitiçado por fogo, que iluminava uma curva acentuada à direita no túnel. Depois, mais escuridão — dessa vez, por cento e seis passos, com água pingando o caminho inteiro.

Até que, enfim, ele sentiu uma mudança no passo de Cam. A garota desacelerou com um farfalhar, como dedos roçando em uma parede, antes de desaparecer.

Apenas desaparecer.

Em um instante, Merik ouvia a respiração cansada e as botas dela batendo no chão. No seguinte, não havia nada além do som dos pingos de água.

Ele imitou Cam, deslizando a palma pela parede do túnel e seguindo em frente...

Eletricidade o percorreu.

Durou uma única respiração, a temperatura caindo. O ar sendo sugado de seus ouvidos e pulmões. E então ele tinha atravessado. A luz voltou, irregular, mas clara. Um túnel baixo de tijolos estendia-se de fora a fora, enquanto sons atingiam Merik de todas as direções — gritos masculinos e batidas de pés.

E o estrondo de águas sendo conduzidas por algum túnel distante de tempos em tempos.

Cam brincou com o capuz por um momento, puxando-o tão para baixo que seu rosto ficou completamente escondido.

— Eu deveria ter avisado o senhor sobre os antigos feitiços de guarda. O objetivo deles é manter as pessoas longe, eu acho, mas é óbvio que eles não estão mais funcionando. Ah, me perdoe, senhor. Onde estão meus modos? — Ela abriu os braços. — Bem-vindo à minha segunda casa, senhor. Bem-vindo às Cisternas.

Era próximo do meio-dia quando Vivia teve a chance de voltar ao subsolo. O tempo era curto; havia muito a ser feito. *Conferir o lago, procurar os túneis.* As palavras eram recitadas, uma batida para acompanhar sua corrida. A lamparina investia contra o ar e estalava. *Conferir o lago, procurar os túneis.*

Ela corria quando alcançou o lago, e nem pensou no uniforme ao tirar as botas e o casaco, a calça e a blusa. Havia algo errado — ela podia *ver* na ondulação da superfície cintilante.

— Apagar — murmurou. E então mergulhou.

Água demais. Foi a primeira coisa que ela sentiu ao lançar-se sob a superfície. Havia água que ela jamais vira antes, retorcendo-se e entrelaçando-se pelos rios até as Cisternas. Vivia precisava descobrir por quê. Ela precisava descobrir de *onde*.

Embora o tremor do dia anterior não tivesse causado estragos significativos na superfície, ela temia não poder dizer o mesmo da parte de baixo.

Ela atingiu o centro do lago, onde as águas cristalinas eram geladas o bastante para agarrá-la. Onde as pedras eram afiadas o bastante para cortá-la. Mas apenas ali ela podia se conectar por inteiro com os desejos do lago, com os sentimentos dele.

Bem, bem no fundo, sob as águas, onde as raízes do planalto acresciam-se às Sirmayans e desenvolviam-se desde eras passadas, Vivia sentiu gotejos de água nova. Não vinha das tempestades recentes, mas do tremor, e não se limitava à planície, tendo, ao contrário, esgueirado-se por baixo do vale até as montanhas.

Lá, correntezas vazavam de uma rachadura no solo. Uma nova nascente, gélida e revigorada, avolumava aqueles túneis e o rio Timetz — acima do fluxo do rio. Acima da barragem.

Bem, bem para cima, a água movia-se como abelhas zumbindo em uma colmeia. Acima, ao redor e abaixo. Se não fosse desviada logo, a barragem transbordaria. A cidade inundaria. Seria algo lento. Meses, talvez até anos em preparação, porque as nascentes novas eram pequenas. Meras fraturas na pedra. Mesmo assim, se aquelas fraturas virassem fendas em algum momento, se outro terremoto sacudisse o vale de Stefin-Ekart, a água poderia se espalhar rápido demais para um contra-ataque. A cidade poderia inundar em dias.

Ou pior, se a barragem finalmente rompesse, poderia inundar em horas.

Com aquele pensamento, a última discussão de Vivia com Linday na Sala da Batalhas ecoou: "Nosso povo ficaria seguro, mesmo além das nossas fronteiras, se surgisse a necessidade.".

Não. Ela não podia fazer aquilo. Vincular Nubrevna aos puristas não era uma solução.

Mas... Serrit Linday. Por que tudo acabava voltando até ele? Desde que a fenda aparecera pela primeira vez na barragem, há três anos, *ele* fora aquele que resistira ao conserto. Agora *ele* era aquele lidando com os puristas, e *ele* era aquele com uma porta para o subsolo escondida em sua estufa.

Aquela porta era o motivo de Vivia estar ali. Ela pretendia encontrá-la, e suspeitava que estivesse logo do outro lado do desmoronamento.

Quando se arrastou para fora do lago, estava congelada até os ossos. Ela respirava com dificuldade, tremendo ao voltar para suas roupas. No entanto, quando se virou para pegar a lamparina apagada, um brilho trêmulo chamou sua atenção.

Como uma nuvem cruzando a lua, a extensão mais próxima de fogo de raposa se apagou.

Três dos seis raios brilhosos agora estavam apagados.

Tudo que acontece em cima acontece embaixo também. Na cola daquele pensamento, seguiu-se outro: *O Fúria disse que eu preciso encontrar o Poço Originário desaparecido.*

Vivia vacilou. Não, não — Linday não podia estar certo. Exceto que... cada Poço tinha seis árvores ao redor, e ali, havia seis raios de fogo de raposa incandescentes. Cada Poço também era uma fonte de magia, e ela não podia negar o poder imenso que vibrava naquelas águas.

Muito tempo atrás, os instrutores de Vivia a tinham ensinado que os cinco Poços Originários escolhiam os governantes das Terras das Bruxas. Ligavam-se, de alguma forma, aos Doze Paladinos e, embora ela não conseguisse se lembrar ao certo *como*, ela lembrava que o Poço da Água ao sul de Nubrevna fora o responsável pela independência de seu povo por tanto tempo, mesmo diante de três impérios em desenvolvimento.

Talvez, porém, os livros de história tivessem deixado algo passar. Havia, afinal, um Poço que não era considerado. Um poço para um elemento que ninguém acreditava existir.

O Poço do Vazio.

Mas Vivia não era uma Bruxa do Vazio — nem sua mãe fora nem sua avó antes disso —, então como o poder de sua família poderia originar dali? Não havia como ser um Poço Originário.

Não *havia* como.

Mas se fosse... Ela poderia curar seu pai. Aquele era o poder máximo do Poço Originário. O poder de curar qualquer doença. Ora, ela poderia levá-lo até lá embaixo para testar. Se ele se curasse, ela saberia.

Com aquele pensamento, o espaço vazio atrás do esterno de Vivia se encheu. Se entupiu. Quase como se ela não *quisesse* levar o pai até ali.

Sem arrependimentos. Continue em frente.

Ela agarrou a lamparina, dizendo "incendiar" e apertou os olhos ante a luz repentina. Havia dúvidas demais e pouco tempo. Ela teria de refletir sobre todas aquelas ideias, todas aquelas possibilidades enquanto procurava — porque a cidade subterrânea não se encontraria sozinha.

Nem a cidade de cima se *salvaria* sozinha.

<hr />

Sozinha.

Iseult estava sozinha de novo e perguntando-se o que poderia ser pior do que Bruxos de Sangue nas Terras Disputadas. Aeduan a deixara ao lado de um barranco coberto de vegetação. Era um terreno razoável, no caso de alguma coisa inesperada surgir. As linhas de visão eram boas; a cobertura era melhor, com troncos gorduchos e musgosos e placas de granito escuro, grossas e elevadas.

Após encontrar um penhasco plano onde se esticar, ela largou seus apetrechos e finalmente voltou sua atenção para o coelho que pegara naquela manhã. O dia todo, ele tinha sacudido flacidamente na mochila nas costas de Aeduan, e todas as vezes que Iseult o olhara, os olhos sem vida do animal a encararam de volta.

Ela esticou o coelho na pedra. O corpo dele estava rígido e gelado, exatamente como ela dissera a Aeduan que estaria. Sua esperança era que a carne não tivesse estragado.

Só havia um jeito de descobrir.

Ela arregaçou as mangas. O casaco do Bruxo de Sangue era grande demais e a lã coçava. Mas ela se sentia mais segura com ele. Tinha cheiro de fumaça e suor velho. Não um cheiro ruim, só... presente.

Após lavar as mãos com água do cantil, ela soltou o sabre de abordagem. Embora a lâmina fosse excelente para cortar os pés do coelho em cada junta, não era boa para o segundo passo: uma incisão minúscula nas costas do bicho.

Iseult estava tão absorta em não cortar fundo demais e acabar perfurando um órgão (*garantindo*, desse modo, o estrago da carne) que não sentiu os fios se aproximando até eles estarem quase em cima dela.

Na verdade, se ela tivesse esperado mais dois segundos para estender sua magia e sentir a trama do mundo, não teria notado os homens até que fosse tarde demais. Mas, graças à Mãe Lua, o hábito era mais forte que a atenção ao coelho.

Seis grupos de fios arrastavam-se em sua direção, roxos com um toque de cinza-aço. Com fome de violência, desejo de dor — e próximos. A meros segundos de distância.

A mente de Iseult ficou em branco. Sem tempo para reagir, sem tempo para planejar. Sua única opção era fugir, então ela agarrou o sabre de abordagem e saltou para o barranco, onde a base era plana e a vegetação escassa.

Os fios fulguraram com empolgação rosa e determinação verde. Eles se moviam com maior rapidez também, dando corridinhas atrás dela. Mas por quê, por quê, *por quê*? Quem eram eles e por que a estavam caçando? Ao contrário dos homens enviados por Esme, aqueles caçadores, sem dúvida, não eram destrinchados. Seus fios estavam inteiros e totalmente focados em machucá-la se a pegassem.

Ela saltou ainda mais alto. O tempo ficou turvo; a floresta, listrada. Tudo que Iseult via e tudo que Iseult era se resumia ao solo enlameado do barranco e o posicionamento das samambaias. Das pedras. De qualquer coisa que pudesse atrasá-la.

Um homem atrás dela berrou algo em uma língua desconhecida. Os fios queimaram ainda mais ardentes. Mais famintos. Um grito de guerra para intimidar os inimigos.

Com certeza a intimidou. Ela quase tropeçou, mas, de alguma forma, seu equilíbrio prevaleceu. Ela obrigou os calcanhares a irem mais rápido e agarrou o sabre com mais força.

Adiante. Árvores acabando. Céu se abrindo. Os pensamentos golpeavam seu cérebro, um após o outro. Espontâneos e sem tempo de serem examinados. Sem tempo de serem planejados.

Ela chegou ao fim da floresta. Seus pés pisaram em uma pedra exposta, borrifada pela água. Era o rio Amonra, espumoso pela velocidade, escuro pelo frio. O tipo de corredeiras que até mesmo um Bruxo da Água evitaria — e não havia como atravessá-las.

Iseult virou à direita. A margem era violenta, pedras, toras e erosão fluvial. Ela olhou para trás.

Um erro. Os homens estavam mais perto do que ela tinha percebido. Perto o bastante para que ela visse peles marcadas, cicatrizes e sorrisos sem dentes. Para ver fios de ligação escoando entre eles — um sinal de que todos seguiam o mesmo comando. Um sinal de que eles eram camaradas trabalhando juntos.

Ela se esforçou ainda mais, a respiração saindo em ofegos curtos e sufocados pela névoa. As Cataratas de Amonra zuniam à frente. Primeiro, uma mera cócega na base da coluna de Iseult. Uma bruma pairando no horizonte que crescia a cada passo, expandindo para um estrondo intenso no estômago da bruxa. Uma chuva que cobria tudo com gotas volumosas.

Equilíbrio, Iseult! Equilíbrio nos dedos das mãos e dos pés! Mas ela não conseguia recuperá-lo. Ela não conseguia desacelerar, não conseguia planejar. Estava contra uma parede de homens violentos e corredeiras violentas.

Mas aquela era uma parede que Safi saltaria em um segundo. Sem preparo. Sem preocupação. Apenas ação. Se Safi estivesse ali, não esperaria. Ela veria a oportunidade e a agarraria.

"Por mais estúpido que pareça", Safi lhe dissera certa vez, "a estupidez também é algo que eles nunca esperam".

"Sim", Iseult respondera na época, "e também é o motivo de eu sempre acabar salvando a sua pele.".

"Mas ei!" Um sorriso expressivo de Safi. "Pelo menos há uma pele a ser salva, Iz. Estou certa?"

Ela estava. Que a Mãe Lua a salvasse, mas Safi estava certa. A estupidez, às vezes, era a melhor saída.

E, às vezes, a estupidez era tudo que restava.

Iseult inclinou a cabeça para a esquerda enquanto corria, disparando seu olhar para a frente, para onde o rio chocava-se contra a margem. Nenhum entulho avançava na superfície agitada, porque aquelas corredeiras eram poderosas demais. O Amonra puxava gravetos, folhas e vida para baixo; e não os cuspia de volta.

Pela deusa, seria estupidez entrar naquele rio. *Tanta* estupidez.

Aja agora. Consequências depois. Iniciar, concluir.

Era chegada a hora. Os caçadores estavam saindo das árvores.

Iseult iniciou. Deu um pulo. Enquanto a margem lamacenta desaparecia e o ar úmido beijava as bochechas dela, gritos surgiram da floresta. Os fios se iluminaram em conjunto, com espanto turquesa e raiva carmesim. Então, ela atingiu o ápice e começou a cair.

Um único pensamento significativo a acertou naquele momento. Não era um pensamento tangível, não eram palavras entalhadas em sua mente, mas sim uma *sensação,* que iluminou cada parte dela enquanto o rio escuro se fechava.

Você já passou por isso antes, a sensação dizia. *E você sabe o que fazer.*

As mãos dela moveram-se instintivamente até o casaco de lã. Um puxão de dedos rígidos na gola, e então seus pés atingiram as ondas. Geladas, geladas, geladas, geladas — e rasgando-a. Esvaziando todo o ar de seu peito. Rompendo toda visão, som e sentidos.

O Amonra arrastou Iseult para baixo.

Enquanto afundava, ela lutou para se livrar do casaco. Ele se desenrolou na superfície, tanto uma distração como um escudo para escondê-la enquanto ela se movia rio abaixo em um mundo sem fôlego. Um mundo sem controle.

20

Após banharem-se sob o olhar vigilante de Lev, Vaness e Safi foram forçadas a vestir suas roupas imundas e rasgadas. A trovadora pediu desculpas com os olhos a cada uma na saída da casa de banhos.

— Zander foi encontrar roupas para vocês — disse. Depois, posicionou-se atrás das mulheres e pediu que elas marchassem de volta ao cômodo no quarto andar.

Elas encontraram o gigante esperando do lado de dentro, o rosto voltado na direção dos dedos dos pés.

— Peguei vários vestidos. Eu não tinha certeza do que damas como vocês gostariam de vestir.

Safi não precisava de magia para sentir a honestidade estremecendo na declaração de Zander. Contrariando seu juízo, ela se pegou sorrindo.

— Obrigada, trovador.

Então ela e Vaness foram deixadas sozinhas, enquanto Lev e Zander iniciavam uma conversa apressada no corredor. Caden não estava em lugar algum.

— Dois contra dois — Vaness murmurou em marstok, deslizando até a cama. — Se eu não estivesse com este colar — ela o sacudiu, a madeira escura pela água —, não haveria disputa.

Enquanto isso, Safi se lançou em direção à janela. As venezianas estavam abertas e, embora quatro andares fosse, sem dúvidas, uma queda longa, pelas tetas flamejantes de uma cabra, ela estava disposta a tentar.

Ela chegou na janela. A República Pirata estendia-se à sua frente, a arena erguida à distância. Ela tentou colocar a cabeça para fora...

Uma explosão de calor e luz a acertou. A testa de Safi acertou ar sólido — e o coração dela foi parar na boca. Magia. *Proteções*, percebeu, embora não fizesse ideia de o que elas protegiam ou *como* os trovadores do inferno podiam fazer magias.

Ela tentou de novo, e de novo, mas seu crânio apenas atingia uma parede invisível todas as vezes. Luz piscou, um pó dourado brilhando nas bordas.

— Então é *isso* que as proteções fazem — Vaness disse de seu lugar na cama. — Bom saber.

Safi grunhiu, amarrando a cara, e finalmente se afastou da paisagem marinha ensolarada do lado de fora. Na cama, ela se livrou rapidamente do vestido destruído, retirando-o em um único movimento. A imperatriz, é claro, despia-se com mais paciência, tirando o vestido sujo com cuidado e dobrando-o organizadamente sobre a cama.

Safi sentiu uma pontada no coração. Era algo tão típico de Iseult. Um equilíbrio tão familiar entre Safi agindo depressa, desatenta e apressada, e sua acompanhante hesitando e contemplando, organizando os pensamentos.

Ela vacilou, os dedos agarrando com firmeza um vestido verde-escuro enquanto sua mão livre ia ao encontro da pedra dos fios. A tira de couro que enlaçava a pedra repousava úmida em sua clavícula. Ela a puxou.

E foi tomada pelo pavor. A pedra estava piscando. *Iseult.*

— O que isso significa? — Vaness perguntou baixinho.

— Significa que a minha família está em perigo. — Sua voz parecia tão distante. Ela ficou girando em círculos, tentando estimar para qual direção a pedra dos fios a guiaria. Em qual direção Iseult poderia estar. — Algum lugar... para lá. — Ela virou-se para o noroeste.

Toda a exaustão tinha desaparecido. Ela queria se mexer. Queria correr.

A imperatriz pareceu entender, porque disse em marstok, e com uma falsa camada de indiferença por cima:

— Tenho um plano para nos tirar daqui.

Safi piscou, cercando Vaness.

— Mais cedo, você mentiu sobre os Baedyed quererem te matar.

— Menti. — Vaness pegou um vestido mostarda da pilha e o colocou sobre o corpo, conferindo o comprimento. — Um pouco antes da Conferência da Trégua, eu cheguei a um acordo com os piratas Baedyed. Eu devolverei boa parte do Mar de Areia para eles e, em retorno, eles se tornarão uma extensão da marinha marstok. Então, na realidade, eles não são meus inimigos de forma alguma, mas meus aliados.

A magia de Safi ronronou. *Verdade.*

— Então eles vão nos ajudar?

Vaness precisou dar três puxões para conseguir passar o colarinho do vestido pelo colar de madeira e, quando conseguiu, Lev espichou a cabeça para dentro do quarto.

— Prontas?

— Quase — a imperatriz respondeu, a voz aguda. Então, com um sussurro apressado de canto de boca, acrescentou: — Se prepare, Safi. Porque, em breve, os Baedyed virão atrás de nós.

— Ótimo. — Safi não conseguiu resistir a um sorriso sombrio, triunfante, enquanto puxava o vestido verde-floresta. Ele estava frouxo no corpete e a saia mal chegava ao meio das panturrilhas, mas ela preferia assim. Havia espaço para se mexer. Espaço para lutar.

Estou indo, Iz.

A porta foi escancarada, e Caden entrou. Ele olhou diretamente para Safi, os olhos percorrendo o vestido dela — e o queixo baixando minimamente em aprovação. Ele também estava limpo e com roupas novas. Sua armadura, porém, era inexistente. Nenhuma cota de malha ou brigantina, nenhuma manopla ou elmo de aço.

Mas uma espada ainda pendia de seu quadril, e o ombro dele parecia muito mais resistente do que uma hora atrás.

— Herege — disse, parando diante de Safi —, calce as suas botas.

Ela ergueu uma sobrancelha com calma.

— Por que, trovador?

— Por que você e eu vamos dar uma voltinha, e há um motivo para os locais dizerem que as ruas de Saldonica são pavimentadas com merda.

Embora Caden não a tivesse amarrado, ele manteve um punhal desembainhado e a forçou a andar bem à sua frente. À distância de um puxão, caso houvesse necessidade.

Não haveria, pois Safi não fazia a menor questão de sair correndo. A pedra dos fios podia ter parado de piscar, mas aquilo não anulava sua ânsia de fugir — e as probabilidades de sobrevivência eram muito maiores com um contingente inteiro de piratas Baedyed indo ao seu auxílio do que sozinha nas ruas de Saldonica.

Que, de fato, eram cobertas de merda e lixo, algo que ela notou assim que eles deixaram para trás as esquinas limpas do território Baedyed.

— Aonde estamos indo? — perguntou, a cabeça inclinada para trás para que Caden pudesse ouvi-la. Eles estavam novamente no mercado de rua, mas não havia como não ver as flâmulas escarlate dos Velas Vermelhas tremulando acima. — Achei que você tinha dito que os Velas Vermelhas matariam todos nós.

— E vão — Caden disse, intensificando sua voz sobre os barulhos vespertinos. — Eles fizeram um voto de matar todos os cartorranos imediatamente, e é por isso que não falaremos em cartorrano... nem ficaremos muito tempo.

Ficar muito tempo onde?, ela queria pressionar. *E por que me trazer?* Mas não teve a chance, porque eles já se aproximavam de um arco imenso, com homens à espera e em posse de mais lâminas do que dentes.

Os homens observaram Safi e Caden passar. Homens maus. Homens injustos. Os arrepios em sua bruxaria disseram tudo que ela precisava saber. Pelo menos nenhum deles fez menção de segui-los para o interior do mundo pantanoso e torpe que era o território dos Velas Vermelhas.

Os Baedyed tinham limpado a terra e criado uma verdadeira cidade ao reivindicarem a península, mas os Velas Vermelhas tinham deixado a selva por conta própria. O mundo deles era como Safi imaginara, um mundo como Habim descrevera. Cabanas em ruínas afundavam em raízes enormes ou aninhavam-se ao lado de ruínas cobertas de vinhas. Sem planejamento. Sem organização. E quase tudo construído sobre palafitas, como se aquele solo ensopado inundasse durante tempestades.

Pontes de corda estavam estendidas entre uma construção e outra, e ela via roupas lavadas penduradas em janelas tortas com a mesma frequência com que via corpos pendurados. Alguns estavam inchados, frescos; outros, decompostos até virarem um crânio brilhante.

Era aquilo que a liberdade completa permitia. Era *aquilo* que os homens faziam na ausência de regras ou de um jugo imperial.

"Cartorra tem seus defeitos, herege, mas também tem segurança. E comida, bem como recursos, estradas, educação. Eu poderia continuar, porque a lista é longa."

Maldito fosse o trovador, pois não havia como negar a verdade em suas palavras. Elas cantarolavam, nas profundezas da bruxaria de Safi, uma pulsação suave e dourada por baixo do comichão inconstante de maldade que a cercava.

Caden a guiou por uma rua estreita que atravessava ruínas e árvores. Música abafada, conversas e sons ouvidos apenas em um bordel antecederam uma placa em formato de flor que rangia na brisa pantanosa: A ROSA DOURADA.

Caden puxou Safi até um ponto no exterior da construção de tábuas.

— Tem uma almirante lá dentro que eu preciso... *entrevistar*. E você, herege, estará lá para garantir que ela seja sincera.

— Por cima do cadáver apodrecido da minha avó. — Safi bufou pelo nariz. — Eu jamais deixarei que você use a minha magia, trovador.

— Você não tem muita escolha. — Ele balançou o punhal. A luz do sol refletiu no aço.

— Ah, mas você não pode me obrigar. — Ela bateu os cílios, colocando os braços atrás das costas. — Como acredito ter mencionado antes, eu consigo sorrir até mesmo para o sapo mais feio sem que ele perceba uma única mentira.

Foi a vez de Caden bufar pelo nariz.

— Ah, herege, você não sabe mesmo, não é? — Ele enfiou o punhal na bainha em seu quadril. — Não foi o fato de eu ser um trovador do inferno que a entregou em Veñaza. Foi *você* mesma.

Safi enrijeceu. Então, contrariando seu juízo, mordeu a isca.

— O que quer dizer?

— Quero dizer — ele disse, diminuindo o espaço entre eles — que você dá pistas.

— Não dou não.

— Ah, sim, você dá. — Ele sorria. Um sorriso de Traidor Atraente que fez as entranhas de Safi ferverem. Fez seus calcanhares balançarem. — Então, não importa o que essa almirante diga, eu saberei se ela está falando a verdade ou não só de olhar para você. Agora... — Ele posicionou as mãos calmamente nos ombros de Safi, e a girou em direção à porta deplorável da Rosa Dourada. — Vamos entrar e terminar logo com isso antes que a gente se junte àqueles corpos pendurados para secar.

21

— Isso não está certo — Merik murmurou, enquanto ele e Cam se aprofundavam mais para baixo do solo com a luz de uma antiga tocha. Dois níveis úmidos abaixo da entrada das Cisternas e os invasores ainda não mostravam sinais de estarem chegando, nem os ratos, com seus olhos brilhantes. — Um sujeito precisa enxergar o céu.

— Eu não esperava que o senhor fosse se assustar. — Cam lançou um sorriso malicioso por cima do ombro.

— Não estou assustado — ele respondeu, carrancudo. — Não bate vento aqui, garoto. Não há ar. Me sinto... sufocado.

— Bom, nós mal saímos da superfície, então se acostume. A rua Bosta é muito mais baixa... e muito mais fedorenta.

A garota não estava exagerando, e, após descer seis níveis em círculos, um fedor começou a se reunir no ar. Mesmo quando os tetos se ergueram mais e as passagens se alargaram, o cheiro logo se tornou denso o bastante para sufocar e acentuado o bastante para queimar.

Cam se arqueou, tossindo, com ânsia de vômito, e jogando a luz da tocha em todas as direções.

— Bosta — ela disse, e Merik ficou na dúvida se a garota xingava pelo cheiro ou apenas nomeava a fonte. De qualquer forma, concordou.

Depois de três voltas no túnel, eles alcançaram a famigerada rua Bosta. Cam cobriu a boca com a mão, erguendo a tocha para o alto. Luz iluminou uma extensão grumosa de fluidos corporais (e sólidos corporais). Havia também algo oleoso e escuro pingando de uma rachadura em meio aos tijolos do teto.

Pior do que ver, porém, era ouvir o *plop! plop! plop!* que cada gota fazia na poça — e as bolhas que ganhavam vida logo depois.

— Você não pode nos atravessar voando, senhor?

Merik considerou a questão, respirando pela borda de seu capuz enquanto isso.

Mas, então, balançou a cabeça.

— Preciso invocar ventos para nos movimentar. E, embora eu pudesse tentar, não há ar suficiente para nos carregar muito longe.

— É melhor voar até a metade do que andar no meio de *tudo* isso — Cam ressaltou. — O túnel está quase cheio, senhor! Aquela linha — ela apontou para a parede oposta — é o máximo de altura que o esgoto atinge antes que a inundação venha limpá-lo. É da altura dos nossos joelhos, senhor!

Merik manteve-se em silêncio, refletindo sobre o quanto gostaria de respostas sobre as empreitadas de sua irmã nas Cisternas. Exceto que... não importava o que *ele* queria. O povo da cidade precisava de sua ajuda.

Ele apertou a mandíbula. O X no mapa ficava logo em frente, e, portanto, em frente ele precisava ir.

— O senhor está me ouvindo? — Cam exigiu. — O esgoto está quase nos nossos malditos joelhos, senhor! Isso significa que... — De algum jeito, ela conseguiu aparentar ainda mais enjoada. Seus olhos se fecharam. — As inundações avançarão a qualquer momento.

— Bosta — disse Merik, e a sua intenção *foi* xingar. — Cam, quero que você espere aqui perto. Em um túnel mais seguro.

Ela se enfureceu.

— Eu não vou deixar o senhor. Sei que estou reclamando muito, mas isso é minha culpa, entende? Eu disse que aqueles horários eram das inundações, mas eu pensei que significava o horário de *término*, não de chegada!

— Não se culpe, garoto. — A urgência endurecia o tom de Merik. — Fui eu que achei que era um horário de encontro... e talvez seja. Mas não é seguro para você seguir em frente.

— Não é seguro para o senhor também — ela retrucou. — Além do mais, se eu não for junto, o senhor vai acabar fazendo algo idiota. — Ela estufou o peito. — O senhor não pode me impedir.

Uma pausa tensa. Cam parecia tão pequena sob aquela luz. E tão detestavelmente obstinada.

O irmão tolo Filip guiou o irmão cego Daret
para na caverna escura se aprofundar.
Ele sabia que lá dentro morava a Rainha Caranguejo,
mas isso não o iria assustar.

— Se você se machucar... — começou.

— Não vai acontecer.

— ... vai estragar as suas botas novas.

— Nunca fui muito fã de sapatos mesmo.

— Ok — foi tudo o que Merik disse, e Cam exibiu os dentes em um sorriso vitorioso. Foi o indicativo de que a discussão chegara ao fim, embora ele quase desejasse o contrário, pois não restava mais nada a ser feito além de caminhar entre excrementos humanos.

Que as águas do inferno o levassem, ele nunca poderia imaginar que andar pelo esgoto subterrâneo seria, um dia, sua vida. É claro, ele também não pensara que seria um homem morto fugindo de sua própria família.

Quando, enfim, uma parede foi avistada — quando, enfim, Cam exclamou "o local de encontro é subindo aqueles degraus, senhor", Merik quase gritou de alívio. Ali, uma bifurcação no túnel fazia o esgoto se dividir em duas direções, e havia um arco baixo entalhado na parede, iluminado pela luz pálida de tochas. Merik lançou-se em uma aterrisagem na altura de sua cintura, antes de ajudar Cam a escapar das garras da rua Bosta.

Ambos estavam nojentos, cobertos por dejetos pegajosos demais para serem averiguados sem que ele tivesse ânsia de vômito. Embora tanto ele como Cam tenham batido os pés e tentado se livrar dos excrementos, não adiantou muito.

Logo, os dois cruzaram o arco, um silvo de magia roçando sobre eles, igual à entrada nas Cisternas.

Parecia, Merik percebeu, que os feitiços não serviam apenas para manter as pessoas longe; eles também serviam para manter a inundação do lado *interno*.

— As pessoas costumam ser pegas nas inundações? — perguntou.

Cam levantou um dos ombros, finalmente baixando o capuz.

— É claro que sim, senhor. É claro que sim.

Depois, ela moveu a cabeça em direção às escadas iluminadas pelo fogo e, sem esperar para ver se Merik a seguiria, se afastou.

***

Vivia andava em meio às ameixeiras dos jardins palaciais, tendo acabado de vestir o uniforme limpo que sempre mantinha escondido atrás dos mirtilos, quando ouviu um alvoroço.

Ela diminuiu o passo, virou-se e encontrou o rei dirigindo-se até o jardim da rainha. Guardas e criados corriam atrás dele, bem como dois curandeiros vestidos na cor marrom do estandarte.

Aquilo era estranho. O rei raramente deixava seus aposentos, e nunca entrava no jardim da rainha.

Nunca.

Quando Vivia alcançou apressada os muros cobertos de hera, cada membro da comitiva havia se posicionado diante deles. O rei e sua cadeira, empurrada por Rato, estavam lá dentro.

Rato corria para fora do portão. Ele evitou o olhar de Vivia ao mesmo tempo que fazia uma reverência impaciente, e ela evitou o dele enquanto corria para dentro.

O rei estava de costas para ela, sentado em sua cadeira de rodas diante do lago do jardim. Seu cabelo, que remetia a nuvens de chuva, mal cobria o crânio, e ele ainda vestia o roupão noturno — algo que Vivia não conseguia acreditar que ele estivesse fazendo em um local onde poderia ser visto por tantas pessoas. Era exatamente o tipo de coisa que ele repreendia a rainha por fazer.

Vivia manteve a coluna ereta e se aproximou de Serafin. *Tudo isso é normal*, ela queria que seu corpo dissesse. *Não vejo nada aqui que me preocupe.*

Uma mentira. Seu corpo era uma mentira. Sua cabeça estava a mil por hora, recapitulando todos os passos dados desde que saíra do subsolo meros minutos antes. Será que ela tinha fechado bem o alçapão? Ela tinha ajeitado os mirtilos do jeito certo? E os lírios, ela não tinha pisoteado em nenhum por acidente, tinha?

— Rayet? — Veio a voz débil do rei.

— Não, Vossa Majestade — ela disse. — É a Vivia.

— Ah, que surpresa agradável. — A cabeça do rei se inclinou para o lado, apenas o suficiente para ela enxergar a borda de uma orelha irregular. — Me ajude a levantar.

— Senhor? — Ela correu para a frente, rezando para que ele não tentasse se levantar sozinho. Ela alcançou a cadeira. — O senhor tem certeza de que isso é sensato?

Ele ergueu os olhos até a filha.

Vivia mal conseguiu abafar um suspiro. Na escuridão da ala real, ela não percebera como a pele do rei tinha amarelado. A fundura de seus olhos.

— Quero me sentar no banco de Jana — ele explicou. Mas, quando Vivia não se mexeu para ajudar, ele rosnou. — *Agora.* — O corpo de Serafin podia estar debilitado, mas sua mente ainda mantinha a fúria Nihar.

Ela escorregou uma das mãos até as costas do pai. Ele sibilou de dor, os olhos se comprimindo. *Um esqueleto*, ela pensou. Seus dedos não agarravam nada além de ossos.

Uma nova vergonha a invadiu. A resposta para a cura de seu pai poderia estar logo abaixo deles. Ela *não poderia* esconder aquilo dele.

Ela contaria sobre o lago. É claro que contaria.

Quatro passos desequilibrados depois, eles chegaram ao banco. Estava imundo, mas quando Vivia tentou limpar a sujeira, o pólen e as sementes, Serafin murmurou para que ela parasse.

Assim que ele se sentou, porém, ela viu sua expressão. Os lábios dele curvando-se para trás, as narinas inflando.

De início, Vivia pensou que o banco ainda estava sujo demais. Depois, ela percebeu que os olhos dele estavam fixos em seu casaco azul-escuro.

— Ainda sem o casaco de almirante?

— Não tive tempo — ela murmurou. — Vou procurar um casaco cinza hoje à noite.

— Ah, *eu* não me importo. — Ele levantou um dos ombros pontiagudos. — Só me preocupo com a *senhorita*, Vivia. Os vizires a chamarão de suja, e os criados dirão que você se parece com a sua mãe. Nós não gostaríamos que isso acontecesse, gostaríamos?

— Não — ela concordou, embora não pudesse evitar o pensamento de que era ele quem parecia verdadeiramente sujo, e *ele* era quem parecia levemente louco.

— Alguma novidade sobre a morte de Merik? — ele perguntou, enfim afastando os olhos em direção ao lago. — Com certeza não deve ser tão difícil para os nossos espiões descobrirem quem o matou.

Vivia *tinha* recebido novidades, em um emaranhado confuso que a levara de volta a Nubrevna. A um culpado escondido em algum lugar entre eles, e ela não estava pronta para dividir aquela informação com o pai.

Ao menos não por enquanto.

Então, tudo o que disse foi:

— Nenhuma pista nova, Vossa Majestade, embora tenhamos a impressão de que a imperatriz de Marstok foi morta da mesma maneira.

— Aquela sim era uma líder poderosa. Vaness, assim como a mãe dela.

Vivia engoliu em seco. *Eu consigo ser poderosa.*

— Jana sempre foi gentil demais. Dócil demais. — Serafin gesticulou para a filha se sentar ao lado dele. — Diferente de nós.

Ela se sentou, embora não pudesse impedir o tremor em suas mãos. Teve de mantê-las fechadas em cima das coxas. *Ficar sentado é uma via rápida para a loucura*, lembrou a si mesma — como se aquilo pudesse explicar o tremor.

No entanto, quanto mais seu pai criticava e encontrava problemas em Jana, mais Vivia se perguntava se, talvez, outra coisa estava causando o calor que descia por seus ombros.

Ah, ela já estava acostumada com os insultos direcionados aos outros. Normalmente, ela conseguia até se divertir com o fato de que, embora Serafin odiasse todo mundo, ele ainda parecia *amá-la*. Naquele dia, porém, ela estava tendo dificuldades em sorrir e rir.

— Idiotas — ele disse, e Vivia demorou um tempo para descobrir quem ele criticava. *Os curandeiros*, logo percebeu. — Mas eles me dizem que estou melhor. — Serafin sorriu. — É o sangue Nihar, sabe? A senhorita tem sorte de ter tamanha força correndo em suas veias.

— Eu sei — ela respondeu, e seu olhar perdurou na pele dele, frágil como as escamas eliminadas de uma cobra.

— A linhagem real precisava muito dos Nihar — Serafin continuou, empolgando-se com o assunto. — Até eu aparecer, Jana não tinha respeito algum. Nem dos civis, nem das Forças e, principalmente, nem do Conselho. Eu consegui isso para ela, sabia?

— Eu sei — Vivia repetiu.

— Eu vou conseguir para a senhorita também. — Ele sorriu com ternura, os olhos aquosos desaparecendo nas dobras de sua pele. — Assim que eu estiver bem de novo, vou ir até aquele Conselho e dizer para que coloquem aquela coroa na sua cabeça.

— Obrigada. — Ela sorriu em retorno, também com ternura e com sinceridade, pois só Noden sabia o que seria dela sem o pai ao seu lado. Ou sem o sangue Nihar em suas veias.

Ela se juntaria à mãe, provavelmente.

— Só quero o seu bem, Vivia. — A brisa sacudiu o cabelo fino dele. — E eu sei que a senhorita só quer o meu.

Vivia ficou tensa, a vergonha agitando-se com ainda mais intensidade. Seu pai estava *tão* frágil. Não importava o que os curandeiros dissessem, ele estava à beira da morte.

Então é claro que ela tentaria curá-lo. É *claro* que ela contaria a ele sobre o lago subterrâneo. Sim, algo desceu pela sua espinha ao pensar naquilo — e sim, sua mãe tinha dito para manter segredo, mas aquilo fora antes de Jana saltar para a morte e deixar Vivia sozinha. Fora antes de Jana decidir que sua própria melancolia valia mais que a filha.

Serafin tinha ficado com Vivia em todos os momentos. Ele era um bom pai, mesmo que ela não fosse digna.

Ela respirou fundo, pronta para apontar para os mirtilos e o alçapão, quando um sino começou a tocar.

O alarme do palácio.

Ela se levantou imediatamente — e imediatamente começou a gritar para que os guardas se agrupassem ao redor do rei. Depois, com nada além de um aviso ofegante para o pai permanecer calmo, ela saiu correndo dos jardins da rainha. Na metade da fileira de folhas de abobrinha, encontrou Stix.

— O que houve? — Vivia gritou por cima do alarme, tentando não notar o quanto Stix estava desgrenhada e com o rosto inchado. Como se a garota tivesse passado a noite toda fora.

— Os depósitos — Stix gritou de volta, acenando para que Vivia a seguisse. — Alguém entrou lá... e, senhor, eu acho que pode ser o Fúria.

***

Depois da agitação ensurdecedora das enchentes, o silêncio do túnel ascendente era perturbador. Como tão poucas pedras podiam abafar o estrondo lá de baixo, Merik não sabia. Principalmente quando ele ainda sentia o tremor em seus pés, em seus pulmões.

O cheiro ali era apenas ligeiramente melhor, pois, embora eles tivessem abandonado a rua Bosta, ainda carregavam a bosta com eles.

Quarenta e quatro passos dados, com Cam contando suavemente o caminho todo, antes de chegarem em uma parede de tijolos com uma rachadura irregular decrescente. A fissura parecia acidental.

Também parecia nova, as bordas afiadas. Os escombros recentes.

Era óbvio que aquele era o motivo de Merik e Cam terem ido até lá, então eles a atravessaram. Merik foi primeiro, saindo atrás de uma prateleira de cedro úmido. Espremendo-se para o lado, ele adentrou um porão.

Os depósitos reais. Eles estavam exatamente iguais à sua lembrança: prateleiras irregulares repletas de caixas, sacos, cobertores e garrafas — qualquer suprimento que pudesse ser necessário para administrar o palácio.

Merik respirou fundo várias vezes, esperando, ouvindo. Pressentindo respirações no ar envelhecido, semicerrando os olhos à procura de vultos na luz fraca que tremulava de lamparinas mágicas.

Não ouviu ninguém; não viu ninguém. O único som era o de água pingando em uma poça próxima. Condensação que vinha das paredes de granito úmidas, e talvez de um vazamento no alicerce.

— Estamos no nível inferior dos depósitos reais — Merik murmurou para Cam, por fim.

Ela ofegou, surpresa.

— Bom, foi fácil entrar.

Ele concordou, e não teve como não se perguntar se, talvez, o X no mapa indicasse não um encontro — mas um buraco nas Cisternas que precisava de conserto.

Mas ali estavam eles, e ele tinha toda a intenção de dar uma olhadinha. Em especial porque aquela era a primeira vez que ele via suprimentos no nível mais baixo. Os dois andares superiores costumavam ser bem estocados, mas os quatro inferiores estavam sempre vazios. *Sempre.*

Merik tinha entrado naqueles depósitos dois meses antes. Ele descera ao segundo andar, vira apenas ratos, e fora diretamente ao pai pedir que um representante comercial fosse enviado à cidade de Veñaza antes da Conferência da Trégua.

Serafin concordara.

Depois, o designara para aquela tarefa — não apenas a tarefa de reatar o comércio, mas também de representar Nubrevna como almirante da Marinha Real na Conferência da Trégua.

Os mais santos sempre sofrem as maiores quedas.

— Venha. — Merik levantou o queixo, acenando para que Cam seguisse em frente. As prateleiras do depósito ziguezagueavam em direção a uma interseção central, onde uma escadaria de pedra levava aos seis níveis superiores.

Eles passaram fileira por fileira, cada prateleira abarrotada de suprimentos.

— O que diz ali? — ela sussurrou, apontando para um saco volumoso. Eles estavam na metade do caminho até o centro da sala, e os suprimentos estavam rareando. — Não tem a aparência de letras nubrevnas.

— Porque não são — Merik respondeu. Ele brincou com as mangas imundas de sua roupa. — São palavras em dalmotti. Aquela diz "trigo". A outra diz "cevada". — Ele gesticulou para um caixote com tinta vermelha na lateral. — Aquela caixa em marstok tem tâmaras secas. Aquela logo ali diz "nozes" em cartorrano.

Os lábios de Cam se franziram para o lado.

— Mas, senhor... o que comidas estrangeiras estão fazendo aqui? Pensei que ninguém quisesse negociar conosco.

Merik se perguntava a mesma coisa, embora tivesse um palpite. Um que envolvia armas marstok, navios em miniatura e violência em alto-mar.

Calor desceu por seus braços.

A quantidade de armazenamento ali era muito maior do que duas semanas de pirataria poderiam proporcionar. Vivia devia ter introduzido os Raposas meses atrás — muito antes de trair Merik no mar e de deixá-lo para morrer.

A convicção do príncipe crescia, assim como sua fúria, conforme ele e Cam se aproximavam do centro do porão, onde a escada aguardava. Ali, todas as prateleiras estavam vazias como se, quem quer que tivesse abastecido aquele local, quisesse esconder as mercadorias.

— Para cima — Merik ordenou. Ele precisava conferir o quinto andar. Ele precisava ver se era mais do mesmo.

Era, e seus pulmões esquentaram ainda mais. O quinto andar estava ainda mais abarrotado com suprimentos que o sexto, sem nenhuma etiqueta em nubrevno.

E tudo aquilo *ali*, onde não ajudaria ninguém.

Aquela comida deveria estar alimentando *Pin's Keep* ou os desabrigados nas Cisternas — ou, pelas águas do inferno, o povo de Nihar a aceitaria de bom grado. Em vez disso, contudo, ela estava ali sem satisfazer ninguém. Exceto, talvez, Vivia.

Chega — ele tinha visto o bastante, era hora de eles irem embora do mesmo jeito que haviam chegado. Não havia nenhum encontro ali. Apenas um buraco na parede das Cisternas que precisava de conserto.

Os dois estavam na metade do caminho de volta à escadaria, contudo, quando um gemido flutuou em sua direção.

— Socorro.

Merik congelou no ar; Cam parou ao lado dele. O gemido se repetiu:

— Socorro.

Cam agarrou a barriga.

— Precisamos dar uma olhada, senhor.

Um aceno de cabeça de Merik. *Não.*

— Alguém está machucado, senhor.

Outro aceno negativo, mais forte dessa vez. Algo gélido subia pelas veias dele. Algo poderoso e sombrio, feito de peixes-bruxa e sombras. *Fuja enquanto há tempo,* seus instintos gritavam. *Você não está seguro neste local!*

O homem das sombras estava ali.

Merik agarrou a capa de Cam, ainda úmida e suja, e a puxou em direção às escadas. Eles deram três passos antes de alcançarem a fonte dos gemidos.

Um homem esticado nas lajes, com uma espada na barriga e o intestino reluzindo no chão. Seus olhos vibravam de dor, enquanto linhas escuras como as profundezas mais negras do mar entrelaçavam-se em seu rosto.

Muito parecida com uma outra morte. Um assassinato diferente — um que Merik havia cometido. *Fuja enquanto há tempo, fuja enquanto há tempo.*

Cam se soltou do agarro do príncipe e deixou-se cair ao lado do homem.

— Estou aqui — murmurou, em uma tentativa de conforto. — Estou aqui agora.

Os olhos do homem viraram-se para ela, e houve um lampejo de algo parecido com reconhecimento neles. Ele tentou falar, mas sangue borbulhou de sua boca. Do buraco em seu estômago também.

Não havia como o guarda sobreviver àquele ferimento, mas Cam estava certa. Até mesmo homens mortos mereciam compaixão. Então, embora cada fibra de seu corpo gritasse para que Merik corresse, ele se agachou ao lado da garota. Foi aí que ele viu.

O homem estava sem um dedo — o mindinho esquerdo, igual ao assassino Garren.

Era como se aquela noite no *Jana* estivesse se repetindo. Mas como? Quem era aquele homem? Não podia ser apenas uma coincidência aleatória.

Antes que Merik pudesse perguntar ao homem moribundo, cada parte do corpo dele ficou imóvel. Até mesmo o depósito e as partículas de poeira pareceram parar.

Morto. O homem estava morto.

O nó na garganta de Merik sumiu, e ele estava pronto para ordenar que Cam avançasse. Exceto que, naquele momento, um som rouco percorreu o porão. Ele rastejou pela pele de Merik como mil tatuíras.

O irmão tolo Filip guiou o irmão cego Daret
para na caverna escura se aprofundar.
Ele sabia que lá dentro morava a Rainha Caranguejo,
mas isso não o iria assustar.

Cam recuou, caindo sentada. Merik apenas encarou boquiaberto o corpo. A boca do homem morto não se movia, e os olhos dele continuavam imóveis e vítreos... Mas não havia como negar que as palavras saíram de sua garganta.

Impossível, impossível.

Cam se levantou, engatinhando e sibilando "Senhor, senhor" enquanto o corpo continuava a sussurrar:

O irmão cego Daret disse ao irmão tolo Filip:
a Rainha Caranguejo deixou de reinar?
Ouvi dizer que ela é cruel e gosta de comer peixes,
seu domínio é melhor evitar.

— Senhor, senhor. — Cam agarrou Merik.

Um sino começou a bradar. Com um volume de partir a orelha e com uma intensidade brutal; era o alarme do palácio.

Merik se moveu. De mãos dadas com Cam, ele correu para as escadas, mesmo enquanto o resto da música arrastava-se ao redor deles.

O tolo Filip ao seu irmão menor respondeu:
não o mantive sempre em segurança?
Sei o que estou fazendo, pois o mais velho sou eu,
jamais o deixarei se perder.

Impossível, *impossível.*

Guardas desciam da superfície. Merik sentia os passos martelando atrás dele e de Cam nos degraus de pedra. Ele sentia a respiração dos homens deslizando pelo ar da escada.

Ele e Cam chegaram ao último andar e correram para as fileiras de prateleiras. De alguma forma, porém, os guardas continuavam se aproximando.

É o cheiro, pensou, vagamente. *Os guardas conseguem seguir o cheiro.* Mas não havia nada a ser feito, a não ser continuar correndo. As prateleiras tornavam-se indistintas nos cantos de sua visão. Sua respiração, e a de Cam, se limitavam a ofegos curtos.

Eles alcançaram a parede traseira. Merik empurrou Cam para trás das caixas de cedro no instante em que a luz o atingiu. Dez guardas com tochas em mãos se aproximaram.

— O Fúria! — um gritou.

— Atirem nele! — vociferou outro.

Merik lançou-se nas Cisternas atrás de Cam. Ela o tinha esperado — garota tola —, e ele a agarrou mais uma vez. Segurou o braço dela com firmeza enquanto desciam o túnel escuro.

Sombras, gritos, bosta — tudo ricocheteava nas paredes de calcário. Então, Cam deu um grito:

— Bestas! — E uma rajada de vento foi sentida no peito de Merik.

Não, vento não. Aquela eletricidade, aquele estrondo — era a inundação.

Os soldados gritaram para que eles parassem. Mas eles não pararam. Eles *não podiam* parar. Aquele som, aquela tempestade iminente...

Eles precisavam passar pela rua Bosta antes dela.

Ambos chegaram ao esgoto. Cam despencou, e Merik caiu com ela, os joelhos dobrando-se. Mãos e peito submergindo. Mas o rugido e a inundação os fizeram se levantar mais uma vez.

Eles correram. Uma flecha de besta passou zunindo pela cabeça deles. Uma segunda flecha destruiu a lamparina mais próxima, envolvendo-os na escuridão e permitindo que apenas as tochas do soldados que se aproximavam iluminassem.

A inundação não se importou. Ela ainda avançava, o barulho tão alto que eles pareciam estar em Lejna. Parecia a morte destrinchada de Kullen. *Sem escapatória. Apenas a tempestade.*

Merik continuou correndo, os olhos cobertos pela escuridão. Sua audição consumida pelas correntezas. Adiante, adiante — ele só precisava chegar adiante.

Uma luz laranja tremulou. Novas lamparinas. Novos túneis. O fim da rua Bosta estava muito perto, com uma rampa brilhante visível ao fundo. Ele correu mais rápido. Quatro passos.

Dois.

Ele se atirou no chão, olhando ao redor e vendo Cam, ainda a dez passos de distância, sendo perseguida por uma montanha de água que avançava.

Sem pensar, Merik lançou uma *chicotada* de poder. Os ventos estalaram ao redor de Cam. Minúsculos, mas fortes. Assim como ela. Uma espiral de ar que a carregou pelos degraus restantes até a segurança.

A garota colapsou no chão ao lado de Merik, a respiração ofegante. O corpo tremendo. Coberta de estrume e só Noden sabia o que mais, enquanto a água espumava em um funil perfeito e enfeitiçado.

Preocupado, Merik foi até ela.

— Você está — arfou — bem?

Um aceno exausto.

— Aye... senhor.

— Não podemos parar.

— Jamais — ela ofegou e, quando Merik ofereceu a mão, deu um sorriso cansado. Juntos, eles deixaram a ferocidade da rua Bosta para trás.

22

Aeduan desceu correndo a margem do rio, sua magia em chamas. Seu corpo movendo-se rápido demais para parar, rápido demais para lutar. Diretamente para a caça dos Velas Vermelhas à Bruxa dos Fios, ele prosseguiu.

Eles sacaram lâminas em lampejos de aço e berros irados. Mas ele não tinha planos de lutar. Não naquele dia.

Um sabre sibilou, fazendo os instintos de Aeduan se avivarem. Ele mergulhou, rolou para a frente e escapou das árvores, encarando o Amonra.

Bruxa dos Fios, Bruxa dos Fios... Onde estava a Bruxa dos Fios?

Ele a avistou. Não muito longe, à margem. Ele poderia alcançá-la se ela apenas parasse de correr.

Ela não parou; em vez disso, agiu com tamanha burrice que Aeduan ficou se perguntando se ela desejava morrer. Porque ele já a vira agir daquele jeito antes, em uma estrada em um precipício ao norte da cidade de Veñaza. No entanto, desta vez, ele não a deixaria escapar.

Desta vez, ele a seguiria além dos limites.

Um cheiro de sangue que fedia a tortura e a respingos de entranhas atingiu o nariz do bruxo. Ele girou para trás no mesmo instante em que o homem atacou. Aeduan deu um chute, uma pancada na lateral do joelho do homem.

Um osso quebrou. O homem caiu, mas Aeduan já estava fora do caminho. Já estava correndo, pronto para mergulhar no rio como planejado... Mas ele congelou. Um casaco bege — o casaco *dele,* deixado com a Bruxa dos Fios — flutuava rio abaixo a uma velocidade impossível de ser igualada por alguém.

Exceto por ele. Ele se pôs a correr, impulsionado pela magia. Em segundos, alcançou o casaco. O tecido movia-se com a correnteza, dentro do alcance da margem.

Aeduan avançou em disparada, mais rápido e visando uma árvore ribeirinha. O aterro embaixo dela estava prejudicado, expondo raízes e servindo como o apoio perfeito.

O solo cedeu quando ele rastejou e enganchou o braço nas raízes. A água esguichou, o gelo esfolando suas bochechas.

O casaco era quase seu. Ele se esticou. Estendeu a mão... Estava longe demais. Sua mão agarrou apenas água gélida. Então, sem nenhum outro pensamento, ele deu impulso no aterro e mergulhou nas ondas...

Mas nenhuma Bruxa dos Fios estava à sua espera embaixo da lã. Nada além do frio e da fúria absoluta do Amonra.

<hr />

Iseult não fazia a menor ideia de como ainda estava viva.

Pela lógica e pela física, não deveria estar. O Amonra era indomável. Ele a cuspia e a chutava. Luzes, ofegos. Escuridão, morte. Nenhum som, nenhuma visão, nenhuma respiração, nenhuma vida. Por um século — ou talvez apenas instantes — a correnteza possuiu cada pedacinho da existência de Iseult.

Ela acertou pedregulhos, acertou substrato, acertou ondas com tanta força que elas pareceram sólidas. Seus tornozelos ficaram presos em pedras, em galhos. Centenas de garras invisíveis no leito do rio. Cada vez que as corredeiras espumosas a cuspiam para que pudesse respirar, elas instantaneamente a tragavam de volta.

Até que Iseult atingiu algo que a acertou *de volta.* O mundo foi expulso de sua mente. Depois, seu corpo girou para trás. De um jeito estranho, mas algo o agarrava com firmeza.

Iseult abriu os olhos, lutando contra as pancadas do rio em seu rosto. Ela não viu nada, mas sentiu mãos. Braços.

Ele. Só podia ser. Ninguém mais era sem fios.

Ninguém mais era tão forte assim.

Mas o Amonra era ainda mais forte. *Sempre* mais forte. O rio puxou o Bruxo de Sangue — e Iseult junto — para a frente. Os ergueu até a superfície... e os golpeou para baixo de novo.

Ar, ela pensou. Era o único pensamento que conseguia ter. Estrelas piscavam, estrelas explodiam. Um estrondo que enchia o seu crânio.

Mas alguma outra coisa se contorcia em sua consciência insignificante. Algo retumbante, algo violento.

Algo a que ela e o Bruxo de Sangue não poderiam sobreviver: as Cataratas de Amonra.

Quando os dedos dormentes de seus pés atingiram sedimento de cascalho, Iseult começou a cavar. O rio agitava-se contra ela, mas ela pressionava ainda mais fundo. Atrás dela, o Bruxo de Sangue percebeu sua atitude e a imitou, escavando com os calcanhares.

Ele a bloqueou da força da corrente, e Iseult esticou as mãos como blocos de gelo à procura de algo para segurar. Em desespero. *Ar, ar.* Suas juntas roçaram em pedra. À distância, ela sentiu a pele se abrir — e também sentiu o Bruxo de Sangue perder o controle. Logo, o rio os tomaria de volta.

Ar, ar.

O que quer que tivesse cortado os nós de seus dedos era uma saliência em uma alta coluna de pedra. Ela se segurou com dedos congelados. Bem na hora. O sustento de Aeduan no sedimento cedeu; o rio o *empurrou* para a frente.

Ele se segurou com firmeza em Iseult, e ela se segurou com firmeza na pedra. Seus músculos gritavam, suas cavidades estalavam.

Aeduan escalou ao seu redor. Uma das mãos, grande e áspera, se fechou sobre a dela — mantendo o aperto de Iseult no lugar e ancorando o bruxo enquanto ele se agarrava à mesma pedra.

Ar, ar.

Ele encontrou outro apoio. Deu impulso; Iseult empurrou; e eles subiram, centímetro por centímetro. Aeduan atracando. O rio rebocando.

Até que, enfim, o Amonra os soltou. Até que, enfim, eles romperam a superfície, e ar, ar, *ar* circulou ao redor deles.

Iseult só teve tempo de olhar em volta — afloramento escarpado, uma cachoeira abaixo, um Bruxo de Sangue tossindo ao seu lado — antes de colapsar no granito úmido e o mundo ficar abençoadamente quieto.

<hr />

Pelo que pareceram horas, Aeduan apenas ficou deitado no granito, respirando, enquanto o rio corria agitado e a mordida gélida do Amonra desaparecia de seus ossos. O bramido do Amonra, contudo, nunca definhou.

Em algum momento, a Bruxa dos Fios se sentou, então ele se sentou também. Os Velas Vermelhas que os caçavam tinham sumido. Nenhum cheiro espreitava ali perto — deles ou de qualquer outra pessoa.

— Espere aqui — disse, a voz encharcada. — Volto logo.

Diante do aceno silencioso da garota, ele forçou sua magia ao máximo alcance, explorando a área em busca de um esconderijo seguro. Um local onde seu nariz não farejasse sangue humano, onde nenhum homem houvesse andado há eras.

O que encontrou foi ruínas antigas. Construídas no precipício, mais floresta do que fortaleza, e quem quer que tivesse deixado aquelas paredes e colunas de granito já estava perdido no tempo. Entalhes antigos corroeram até virarem ranhuras impenetráveis. Pisos e telhados foram substituídos por raízes e galhos, azulejos e mosaicos foram substituídos por líquen e fungos.

Mas era adequada, envolvendo a falésia daquela forma, e era escondida. Uma farejada minuciosa ao redor do local rendeu nada além de odores de animais. A gralha havia passado por ali, mas nenhum homem. Nenhum escravocrata.

Quando Aeduan voltou ao granito escorregadio, apenas murmurou as palavras "Por aqui", mas ela entendeu. Ela o seguiu. Para longe da cachoeira, longe do rio, longe de qualquer cheiro de sangue pertencente a homens.

Descer a encosta íngreme era demorado. Um ir-e-voltar constante do único jeito que o terreno permitia. Por fim, os primeiros monólitos surgiram da terra, e o solo se achatou em estepes estreitas e cobertas de vegetação. Ali, homens haviam esculpido a falésia ao seu gosto. Ali, enormes ciprestes haviam se enraizado sem impedimentos.

A Bruxa dos Fios não falou sequer uma vez durante a caminhada. Sua respiração saía em inspirações breves. Era evidente que ela precisava descansar; era evidente que ela precisava comer. Então, embora os músculos de Aeduan zumbissem com a necessidade de mover-se mais rápido, ele manteve seus passos devagares. Flexíveis.

Até que eles alcançaram o coração das ruínas. Era o único lugar com quatro paredes ainda de pé. Para ser sincero, heras e cogumelos haviam tomado conta do granito e não havia telhado, mas paredes eram paredes. A maioria das pessoas gostava delas.

Por outro lado, a Bruxa dos Fios não era a maioria das pessoas.

Ela afundou no solo de pedra e lama e abraçou os joelhos contra o peito. Apesar do calor sufocante, ela tremia.

— Por que ele te persegue? — As palavras ásperas de Aeduan interromperam o silêncio vivo do local.

— Quem? — a Bruxa dos Fios perguntou, a voz exausta e abafada pelos joelhos. Ela levantou a cabeça. Havia um corte em sua testa que ele não vira antes.

— O padre purista — respondeu. — Corlant.

Para sua surpresa, ela inspirou fundo. Iseult apertou o próprio bíceps direito, e algo parecido com medo reluziu em seu rosto.

Ele nunca vira a Bruxa dos Fios ser tão expressiva. Um sinal de que o controle cuidadoso dela havia sido desfeito pelo cansaço. Algo que ele não considerara possível.

Aquela garota tinha lutado contra ele — o enganado e quebrado a sua coluna. Ela tinha combatido guardas da cidade e encarado Bruxos do Veneno destrinchados de cabeça erguida, mas ele nunca a vira demonstrar medo.

— Você o conhece, então — ele disse.

— *Como* — ela claramente precisou se concentrar para pronunciar aquela palavra — *você* conhece ele?

Aeduan hesitou. Por vários instantes, não houve som algum além da cachoeira distante. Nenhum movimento além da brisa que puxava os galhos acima.

Ele pairava sob a faca da Senhora Destino. A questão era, qual lado da lâmina doeria menos? Contar a verdade sobre Corlant e a ponta da flecha para Iseult significaria que qualquer traição planejada por ele seria impossível.

Mas manter a ponta da flecha em segredo garantiria a perseguição de mais homens como os Velas Vermelhas. Ele não podia ficar o tempo todo ao lado de Iseult, e se algum dos outros capangas de Corlant os alcançasse novamente — se ele a perdesse para os Velas Vermelhas... para aquele Bruxo de Fogo —, suas moedas seriam perdidas também.

Ele tirou a ponta da flecha do bolso.

— Fui contratado por Corlant — explicou bruscamente — antes de eu te encontrar. Ele queria que eu te encontrasse e te levasse até ele. Viva. — Com cautela, Aeduan se aproximou da Bruxa dos Fios, esperando que ela se encolhesse.

Ela não se encolheu. É claro que não. Apenas esfregou o braço e, assim que o bruxo estava perto o bastante, arrancou a ponta da flecha da mão estendida dele.

— Por que você está me contando isso? — ela perguntou.

— Porque minhas moedas de prata valem mais do que a oferta do padre. E porque eu não sou a única pessoa que Corlant contratou para te encontrar. Aqueles homens trabalham para ele, e eu acho que outros virão atrás de você.

Iseult olhou para Aeduan, sua postura oscilando. O rosto enrugando. Então ela começou a rir.

Era diferente de qualquer outro som que Aeduan já ouvira. Não um riso bonito como o das mulheres ricas de Veñaza, que mantinham o divertimento contido e o empunhavam como uma arma. Não uma gargalhada estridente de alguém que ria livremente, abertamente, frequentemente.

Aquele era um som agudo e ofegante, metade um trinado estridente e metade um suspiro frenético. Não era um som agradável; não era convidativo.

— Maldita sorte — ela disse com dificuldade —, é isso que continua me salvando, Bruxo de Sangue. Apenas. Uma. Maldita. *Sorte.* — Pela primeira vez desde a parceria deles, a Bruxa dos Fios começou a falar em dalmotti. — Pela deusa lá de cima, está na própria frase, não está? "Maldita sorte." Escolha a opção mais estúpida, e a Senhora Destino o recompensará.

"Eu deveria estar morta, Bruxo de Sangue. Eu deveria estar retalhada em cima das pedras ou esmagada embaixo da cachoeira. Mas não estou. E Corlant? E-ele tentou me matar antes. Com esta flecha."

Iseult a levantou, mantendo os olhos fixos nela.

— E ele a amaldiçoou também. Para que a *m-m-maldição* me matasse caso eu não morresse pela ferida. Mas, de algum jeito, eu sobrevivi.

A risada de Iseult ficou mais fraca antes de cessar por completo.

— Você esteve aí o tempo todo, Bruxo de Sangue. Em algum lugar, à e-espreita. *Você* é o motivo de eu ter precisado ir até a minha tribo, o que significa que *você* é o motivo de Corlant *p-p-poder* atacar. Então, se eu nunca tivesse te conhecido, eu estaria aqui neste exato momento?

Os olhos de Aeduan se estreitaram — não pelo que ela disse, mas por como ela escolheu dizer. Ela o estava culpando pelo padre purista Corlant. Culpando-o por tudo, mas não era como se tudo aquilo o deixasse contente.

— Se eu nunca tivesse te conhecido — ele respondeu friamente —, a minha coluna nunca teria quebrado, e Leopold fon Cartorra nunca teria me contratado. A monja Evrane não teria quase morrido, e eu não teria sido forçado a trabalhar por...

— A monja Evrane está viva? — A Bruxa dos Fios se levantou, uma nova expressão apagando sua histeria: olhos arregalados, lábios separados. *Esperança.* — Eu achei que o destrinchado a tivesse pegado em Lejna. Mas... ela está viva?

Com o aceno afirmativo de Aeduan, a cabeça dela pendeu para trás. Os olhos dela se fecharam. Quando voltou a falar, foi em nomatsi de novo, e sem nenhuma gagueira embolando suas palavras.

— O que quer que tenha acontecido entre nós — disse, com calma —, o que quer que tenha nos trazido até aqui, não pode ser desfeito. E agora eu devo a minha vida a você. Duas vezes.

Aeduan ficou tenso com a menção a uma dívida de vida. Mas ela não tinha terminado.

— Em Lejna, você prometeu me matar se nos encontrássemos de novo. Você disse que a sua dívida de vida tinha sido paga. Seguindo a sua lógica, eu te devo uma por não me matar ontem à noite. Duas, por me salvar do Amonra. Talvez até três, por me alertar a respeito de Corlant. — Ela riu, aquele mesmo som histérico, que sumiu em um instante, o rosto gélido e sombrio ao dizer: — Não sei como te recompensar, monge Aeduan, mas eu sei que a Mãe Lua gostaria que eu tentasse.

Os músculos da mandíbula do bruxo se contraíram. Ele se afastou dela com força demais.

— Não sou mais um monge — foi tudo o que disse antes de sair das ruínas.

Alguém precisava resgatar os suprimentos esquecidos.

Sua caminhada cuidadosa logo tornou-se uma corrida. Um galope, com samambaias estalando contra suas panturrilhas. Galhos arranhando sua pele.

Alguém tinha uma dívida de vida com ele. Era...

A primeira vez.

Uma primeira vez que ele não sabia como engolir. A Bruxa dos Fios Iseult estava viva porque ele se certificara daquilo. Ela podia respirar o oxigênio atual e sentir o gosto da água do rio porque ele havia salvado sua vida.

Embora ela também tivesse, de certa forma, salvado a dele. Primeiro, ela não o matara enquanto ele estava inconsciente na armadilha de ursos. E segundo, *ela* os tinha prendido àquela pedra antes das Cataratas.

Mas Aeduan decidiu não mencionar nada daquilo, pois se a Bruxa dos Fios acreditava lhe dever três vidas, aquilo dava a ele certa vantagem. *Aquilo* ele poderia usar. Ele não sabia como, ele não sabia quando, sabia apenas que usaria.

23

A pesar de seu exterior duvidoso, o A Rosa Dourada atendia os Velas Vermelhas mais ricos. Prova disso eram os escravizados: seus rostos limpos, suas roupas sob medida.

O ar pareceu tornar-se mais limitado quando Caden e Safi entraram, e a magia da garota despertou instantaneamente em sua nuca. Havia algum tipo de esplendor em ação ali. Um feitiço para suavizar defeitos, abrandar a verdade e inundar todo mundo em um brilho artificial, mas lisonjeiro.

Falso, falso, falso.

Os casais no sofá baixo e as pessoas jantando nas mesas pareciam saídas de uma pintura.

Beleza, ela percebeu, seguindo Caden até uma porta coberta por cortina nos fundos. Qualquer que fosse o feitiço em ação, deixava *todos* bonitos.

Mas não Caden. O esplendor da sala não reluzia nele, e toda a beleza que ele possuía — era impossível negar sua existência — era uma obra da natureza. Eles atravessaram a cortina, chegando em um espaço com mesas na altura dos joelhos que espalhavam-se uniformemente em cima de tapetes sofisticados, além de almofadas no chão. Cada mesa estava abarrotada de cartas e moedas, e fumaça densa de cachimbos encaracolava-se sobre o corpo exposto dos escravizados do A Rosa Dourada.

A magia de Safi chiou e arranhou enquanto eles atravessavam a sala. *Inadequado* nem chegava perto de descrever o que era aquele local. O que os Velas Vermelhas eram.

Caden gesticulou para uma mesa no canto mais distante, onde uma mulher estava sentada sozinha. O cabelo grisalho dela estava empilhado no topo da cabeça e, como todo mundo no estabelecimento, sua pele negra brilhava com perfeição. Ganhos e cartas espalhavam-se diante dela, e um sorriso presunçoso indicava que ela havia acabado de mandar uns perdedores para casa.

A mulher estava tão absorta com suas moedas que não percebeu a aproximação de Caden ou de Safi até o trovador sentar-se no banco ao lado.

Uma careta.

— Quem é você... — ela se interrompeu, a careta se aprofundando. — Isso espetando meu rim é uma faca?

— É — Caden respondeu em dalmotti, assim como a mulher. — Só tenho algumas perguntas a fazer, almirante Kahina, e então minha acompanhante e eu a deixaremos com o seu jogo de cartas.

— E se eu não responder... e daí? Você vai me estripar? — Com uma sacudida indiferente dos punhos, ela arrastou as palavras: — Ah, não. Alguém me proteja do homem mau com uma faca.

Safi gostou da mulher no mesmo instante.

— Você compreende — Kahina continuou — que eu comando a maior frota dos Velas Vermelhas no Jadansi? Se você fosse burro *de verdade* e apontasse esta faca para as minhas costas, estaria morto antes mesmo de alcançar a porta.

— Então, se você prefere — Caden ofereceu, sua expressão inalterada —, nós dois podemos continuar esta conversa no fundo dos portões do inferno. Ouvi dizer que ferimentos no rim sangram rápido. Podemos nos encontrar lá antes mesmo do próximo sino.

Kahina observou Caden por longos instantes, os dedos tamborilando na mesa. No polegar direito estava um volumoso anel de jade que batia e batia contra a madeira. Um sorriso surgiu em seu rosto.

— Quem *é* você? Não estou acostumada a homens com línguas tão atrevidas quanto suas aparências. E você — seu olhar migrou para Safi —, sente-se, garota. Eu juro que não mordo.

Não havia como negar a verdade naquela afirmação, e Safi fez como lhe foi mandado, assumindo o lugar do outro lado de Kahina. De perto, o baralho de tarô estava completamente exposto na mesa. Versos azul-petróleo, bordas gastas.

As mãos da Bruxa da Verdade começaram a batucar nos joelhos, loucas para embaralhar. Para jogar. Mas ela se forçou a desviar os olhos e examinar a almirante — a quem ela agora podia enxergar por trás da magia do esplendor. A almirante, embora naturalmente deslumbrante, não era jovem, e seus dentes tinham manchas cor de lama. Ela percebeu o motivo quando Kahina disse:

— Me alcance aquele cachimbo, garota.

Safi o entregou a ela; Caden lançou-lhe um olhar.

— Não estamos aqui por diversão, almirante. Estamos aqui por um navio do qual você se apossou três dias atrás.

— Incendiar — Kahina murmurou para o cachimbo, antes de dar uma longa tragada. Fumaça lívida deslizou entre os dentes quando ela ronronou: — Preciso de mais contexto. Eu me aposso de muitos navios. Eu mencionei que tenho a maior frota dos Velas Vermelhas? — Ela se inclinou, sedutora, na direção de Caden.

Para espanto de Safi, ele também se inclinou, sedutor. Diante de seus olhos, Caden se transformou no Traidor Atraente. Era incrível como o contraste era brutal — e como a mudança era rápida. O trovador do inferno chamado Caden, tão ligado às suas obrigações e intenso, relaxou e tornou-se o Traidor Atraente, cheio de charme e sorrisos doces.

Ele deu um sorriso, e Safi foi tomada por calor. Calor de fúria. Calor de atração. Calor de *confusão*. Pois fora aquele sorriso perfeito e maldito que a deixara com tantos problemas na cidade de Veñaza.

— O navio que estou procurando é uma chalupa de guerra. Tripulada por homens de verde.

— Verde marstok ou verde cartorrano? Ah, mas que besteira. — Ela tragou seu cachimbo, antes de voltar sua atenção para Safi. Os dedos da garota batucaram com mais rapidez. — Eu nunca vi duas pessoas mais cartorranas na minha vida. Esse cabelo claro e essas *sardas*. Vocês têm sorte de ainda não terem sido esfolados no nosso território.

— Responda à pergunta. — A voz de Caden estava mais dura, seu charme se esgotando. — Onde está a chalupa *cartorrana*?

— No fundo da baía.

Bem, *aquilo* era mentira — e o momento perfeito para Safi intervir. Afinal, ela também poderia jogar aquele jogo.

— Foi lá que você escondeu a sua beleza e a sua juventude também?

Kahina se engasgou com uma lufada de fumaça. Depois riu.

— Vocês — disse, entre risadinhas — são mais divertidos que as minhas companhias habituais. — Ela mordiscou o cachimbo, mantendo-o no lugar, e então agrupou o baralho de cartas de tarô. — Você compreende que, mesmo que esse navio estivesse por perto, você nunca conseguiria fazê-lo zarpar?

— E é por isso que você também vai nos contar onde a tripulação está.

Kahina fungou com desdém.

— Amanhã é o Massacre de Baile. — Vendo as caretas confusas de Safi e Caden, ela acrescentou: — Lady Baile... ela não existe em Cartorra, eu imagino. Mas, aqui nesses cantos, ela é a santa padroeira dos mares, e os marinheiros levam suas regras muito a sério.

— Regras? — Safi perguntou, embora Caden a olhasse de um jeito que dizia "não agrade ela".

— Três regras ela tem para dar — a almirante cantou, embaralhando as cartas. — Nossa Senhora do Mar. Ao avistar uma tempestade, não é para assoviar. Os ratos, os gatos de seis dedos vão afastar. E sempre, sempre, passe a noite para a Arena de Massacre de Baile acompanhar.

Bom, Safi pensou, *isso explica a placa na estalagem.*

Kahina não tinha terminado.

— Vocês compreendem, amados? Nenhum navio tem *permissão* de deixar o porto até que a luta na arena aconteça. Mesmo então, pouquíssimos deixam. Todo mundo estará enchendo a cara hoje à noite, e o dobro amanhã. É a maior luta do ano, afinal. — Com um sorriso, ela fez um leque com as cartas, um movimento chamativo para desviar a atenção.

Nem Caden nem Safi caíram no truque. Na verdade, Caden empurrou a faca com um pouco mais de força e disse:

— Almirante, minha paciência está acabando rápido. Onde. Está. A chalupa cartorrana?

Ela fez um beicinho.

— Ah, vocês dois são tão obstinados. Que tal isso... — Ela ofereceu as cartas a Caden. — Eu direi onde o navio está se você ganhar no tarô.

— Não, almirante — Caden respondeu. — Você nos dirá agora.

— Uma rodada é tudo o que peço. A melhor mão vence.

— Eu jogo. — As palavras escaparam da boca de Safi antes que ela pudesse ponderar sobre o assunto. Antes mesmo que pudesse avaliar que tipo de oponente Kahina seria. Ela só sabia que a mulher falara a verdade: ela *contaria* a eles sobre o navio desaparecido se perdesse.

E Safi também sabia que, no instante em que o acordo foi feito, seus dedos finalmente pararam quietos.

A almirante dos Velas Vermelhas sorriu. Fumaça se entrelaçou aos seus dentes marrons. Então, em um movimento de cartas, ela embaralhou duas vezes e tirou quatro cartas para cada uma delas. Seu anel brilhou e cintilou.

— Vire — ordenou.

Safi virou. Era uma boa mão, e embora tivesse absoluta certeza de que não dava pistas, ela ainda tomou um cuidado extra para manter o rosto impenetrável.

— Troca? — Kahina perguntou, a voz acetinada. Suas narinas se inflaram, uma expressão de vitória.

Era um blefe. Uma mentira. Safi conseguia sentir a mentira arranhando com um único olhar.

— Troca de duas cartas. — A garota movimentou suas duas piores antes de pegar mais no baralho. A Imperatriz e a Bruxa. Uma combinação *excelente.*

Mas, quando Kahina trocou apenas uma de suas cartas, o desânimo sacudiu seu coração. Será que ela estava errada? Será que o episódio em Veñaza estava se repetindo? Será que ela estava interpretando mal e caindo em uma armad...

— Revelar.

Ao comando, o instinto assumiu. Safi revelou suas cartas enquanto Kahina revelava as dela.

Safi tinha vencido. *Por muito pouco.* A carta do Monge Sem Nome da almirante duplicava o poder de sua mão — mas a combinação de Bruxa, Imperatriz, Sol e Nascimento de Safi era vitoriosa no fim. A garota finalmente permitiu que seus olhos seguissem na direção de Caden.

Os olhos dele brilhavam, e quando ele se inclinou na direção de Kahina, foi com um sorriso e energia renovada em seus movimentos.

— Agora, sobre aquele navio, almirante...

— *Tudo bem.* — Um suspiro dramático. — Eu o adotei em minha frota, como qualquer pessoa com meio cérebro faria. Ele é uma criatura boa e veloz, e espero que vocês não o queiram de volta. — Ela fez uma pausa para tragar mais fumaça. Então, as palavras saíram em meio a uma baforada nebulosa: — E quanto à tripulação, eu os vendi para a arena. Todos os bruxos estarão na luta de amanhã, e todos os outros, bem... Toda boa luta precisa de ovelhas para o abate.

Verdade, verdade, verdade.

Ainda assim, mesmo quando a calidez da verdade se assentou sobre a pele de Safi, seu estômago revirou.

Caden pareceu sentir o mesmo, pois sua expressão se tornou glacial. Nem sinal do Traidor Atraente, apenas a concentração gélida do trovador do inferno. Ele se levantou; Safi também.

A almirante deu um sorrisinho a ambos.

— Espero de verdade que a gente se veja de novo.

— Não vamos — Caden prometeu, aproximando-se de Safi. Ele não a tocou, apenas gesticulou que ela fosse na frente para voltarem à porta.

— Mas e o nosso — Kahina gorjeava atrás deles — encontro no fundo dos portões do inferno? Eu estava ansiosa.

Nem Safi nem Caden olharam para trás. Não precisaram, pois a risada zombeteira da pirata os seguiu até a saída.

24

Vivia examinou o buraco na parede do depósito real. Ela manteve a testa enrugada na famosa careta de desagrado dos Nihar — aquela que Merik sempre dominara tão facilmente — enquanto seus dedos apertavam o nariz com força.

Tudo fedia a excremento.

Ao lado dela, uma guarda bonita tagarelava sobre seu desconhecimento de um buraco no alicerce.

— Nós teríamos consertado muito tempo atrás, se soubéssemos — ela insistia.

Ao que Vivia apenas podia assentir e parecer, adequadamente, furiosa. A verdade era que a princesa sabia que o buraco estava ali. Na verdade, ela *fizera* aquele buraco ali, por saber que as inundações e a imundice da rua Bosta manteriam os intrusos afastados. Até aquele momento, tinha sido a solução perfeita para levar mercadorias dos Raposas para dentro do depósito sem serem vistas. Vivia ou Stix iniciavam uma inundação nova para limpar o túnel, então, um por um, os produtos roubados eram carregados.

As garotas haviam tentado aquele truque cinquenta vezes, e todas as vezes ele saíra como o planejado.

Até, é claro, aquele momento.

— Maldito Fúria — ela cuspiu, e um veneno genuíno envolveu as palavras.

Não somente porque o homem havia matado um guarda real, mas porque seu plano fora desvendado. Pessoas demais tinham visto os alimentos secretos e inegavelmente estrangeiros escondidos nos andares mais baixos, e aquele método de entrada nos depósitos fora ideia *dela* — uma a que seu pai se opusera.

Ah, Serafin não ficaria feliz.

Vivia se virou para ir embora. A guarda a chamou.

— Devemos consertar o buraco, senhor?

— Deixem assim — gritou. — Por ora, quero que o vigiem. Dez homens, o tempo todo. — Uma concordância breve, e Vivia deixou a guarda para trás, visando à escadaria. Ela contornou criados, soldados e oficiais, cada um deles procurando por mais buracos no palácio. Por mais áreas onde mais criminosos poderiam entrar.

Foram pessoas demais, ela pensou ao alcançar os degraus. Não havia como esperar que todos eles mantivessem o segredo dos Raposas. Uma pessoa — era tudo o que precisava. A pessoa fofocaria para uma amiga enquanto bebia chá de boi no Destrinchado: "Eu vi grãos marstok no depósito!". Então a amiga tagarelaria para a mãe, e a história seguiria, até que todos soubessem sobre os Raposas antes que Vivia ou Serafin estivessem prontos para compartilhar. O Conselho Superior consideraria um alto risco, um risco *insano*, e Vivia jamais conseguiria a coroa de sua mãe...

— *Não* — ela sibilou para si mesma, subindo dois degraus por vez. — Sem arrependimentos. Continue em frente. — Ela chegou ao patamar do andar seguinte e saiu. A cabeça branca de Stix flutuava acima do resto dos guardas, todos em um círculo ao redor do cadáver.

Vivia tinha apenas espiado o corpo, mas uma espiada era tudo que ela precisava. O homem estava exatamente igual ao cadáver no jardim de Linday. O Fúria tinha, de fato, estado lá; o Fúria tinha, de fato, matado novamente.

No entanto, um oficial, careca e com voz de barítono, se colocou na frente da princesa. Ele sacudia a cabeça.

— Não é um dos nossos, senhor.

Vivia piscou, confusa.

— O que quer dizer?

— Quero dizer que ele não é um guarda real. — O oficial abriu caminho com os cotovelos até o corpo, até que ele e Vivia pudessem olhá-lo. — Este uniforme não é nosso, senhor. É difícil notar com todo esse sangue escurecido, ou o que quer que seja. — Ele se retraiu. — Mas, por baixo, é uma roupa completamente diferente. Note também como ele só tem nove dedos.

Com uma das mãos cobrindo a boca e o nariz, Vivia se inclinou para a frente. Dito e feito, nove dedos. *Igual ao corpo do Linday.*

— Você está sugerindo — ela perguntou, endireitando-se — que ele fazia parte dos Nove? Achei que aquela gangue tivesse desaparecido anos atrás.

— Talvez não. — O oficial deu de ombros. — Ou talvez ele *costumasse* fazer parte dos Nove. Não é como se os mindinhos crescessem de volta.

— Certo — ela murmurou, sua careta Nihar tornando-se completamente real. Nada daquilo fazia sentido. Membros do Nove nos depósitos, ou membros do Nove vigiando a estufa de Linday.

— Senhor — Stix disse.

Vivia fingiu não ouvir e, em vez disso, marchou de volta às escadas. Ela *sabia* que era egoísta de sua parte, mas muita coisa estava acontecendo ao mesmo tempo. Ela não estava certa se tinha forças para continuar encarando o cabelo bagunçado de Stix ou seu uniforme amassado.

Boa demais para mim.

— *Senhor.* — Stix colocou uma das mãos sobre o bíceps dela. Sobre a faixa de luto. — O Fúria tem um parceiro... e eu sei onde o garoto mora.

Agora Vivia deu ouvidos. Agora ela parou de andar, três degraus acima. Ela se virou, os olhos na mesma altura dos de Stix. A primeira-imediata tinha parado um degrau abaixo.

— Na noite passada, foi o Fúria que destruiu seu escritório. Eu não tive tempo de limpar nada, ou de esperar pelo senhor, porque segui o Fúria.

A princesa soltou o ar, odiando o quanto o alívio fazia seu estômago relaxar. Pois, embora Stix não tivesse passado a noite fora com alguém, aquilo ainda não a tornava um par apropriado para Vivia.

— Seguiu para onde? — ela perguntou com firmeza.

— À estufa do vizir Linday.

Que Noden a enforcasse. Ela voltou a subir.

— Por que você não impediu o homem? Por que não o prendeu? Ele matou duas pessoas, Stix!

A primeira-imediata levantou as mãos.

— Eu não sabia que ele iria matar! Pensei que talvez estivesse trabalhando com o vizir Linday, então esperei do lado de fora, na esperança de que ele reaparecesse. Quando o homem não voltou, eu retornei para *Pin's Keep...* onde uma *segunda* pessoa estava no seu escritório.

Elas passaram pelo patamar do quarto andar, ambas subindo de dois em dois degraus.

— Um garoto — Stix prosseguiu. — Era magricelo, com dois tons de pele, e era óbvio que estava procurando por alguém. Então eu o deixei procurar... e o segui. Primeiro até um Templo de Noden no Caminho do Falcão e, finalmente, até um cortiço na Cidade Velha.

O terceiro patamar passou como um borrão.

— Você o seguiu até o lado de dentro? Viu em qual apartamento ele entrou?

— Não. Não consegui me aproximar, ele tem reflexos incríveis. Do tipo que apenas as crianças das Cisternas têm.

Segundo patamar, e Vivia estava praticamente correndo. *Continue em frente, continue em frente.*

— Eu posso mandar soldados revistarem o cortiço, senhor.

— Não — ela ofegou. — Não quero correr o risco de assustar esse homem. Se ele tem o poder de matar... *daquele* jeito — ela gesticulou para baixo —, não podemos colocar todos aqueles civis em risco. Mas eu quero que vigiem a casa. Se o garoto aparecer, quero que o sigam. Se pudermos prendê-lo, talvez possamos atrair esse monstro que se autoproclama Fúria.

— Aye, senhor! — Stix bateu uma continência grosseira enquanto elas corriam para o patamar mais alto. Mas Vivia deu apenas dez passos antes de seus pés desacelerarem. Antes de ela precisar parar, se curvar e recuperar o fôlego.

Porque um pensamento repugnante acabara de fazer os pelos de seus braços se arrepiarem.

— Stix — ela bufou. — Se aquele cadáver... lá embaixo... não era um guarda — ela fez uma pausa, respirando fundo —, mas sim um dos Nove, então o que ele estava fazendo aqui? E o que o *Fúria* estava fazendo aqui?

A outra mulher ergueu as mãos em um gesto impotente.

— Eu... eu não sei. O senhor conferiu os estoques?

— Não... Que maldição, *não*.

Juntas, ambas voltaram às escadas. Elas desceram correndo, com o dobro de rapidez com que subiram. Vivia chegou ao quinto andar, abrindo caminho entre os guardas e com Stix em seus calcanhares enquanto elas seguiam até os sacos de grãos estrangeiros mais próximos.

Mas Vivia sabia o que encontraria. Ela sentia o incômodo em seu abdômen. Uma certeza que enjoava, uma certeza que machucava.

Ela abriu um saco de cevada dalmotti.

Preta, toda ela — coberta pelo mesmo óleo obscuro e carbonizado que cobria os corpos. Completamente não comestível. Assim como o saco seguinte e o outro depois dele.

Tudo pelo que Vivia trabalhara estava perdido. Meses de pirataria secreta sem armas suficientes para proteger seus homens... Meses de carregamento e descarregamento furtivo para dentro dos depósitos... E *meses* escondendo, mentindo e rezando para que tudo valesse a pena. Mas para quê? Para que tudo fosse arruinado pela mácula desagradável da magia corrompida.

Ela jamais deveria ter ouvido o pai. Ela deveria ter confiado em seus próprios instintos e usado aquela comida em *Pin's Keep*.

E ela jamais, *jamais* deveria ter arranjado aquelas malditas armas dos malditos marstoks e ter deixado Merik para trás.

Vivia não conseguia evitar. Mesmo com Stix ali ao lado e outras centenas de soldados, mesmo ela sabendo que aquela história chegaria ao Conselho Superior, ela levou as mãos à cabeça e gritou.

No calor semelhante ao de um forno, do meio da tarde, Cam transportou Merik por becos e ruas laterais até uma casa de banhos pública na Cidade

Velha. Era decadente como todo o resto daquela região, mas ao menos as águas da parte interna estavam limpas.

Melhor ainda, ninguém as visitava naquela hora do dia, e a atendente mal despertou de seu cochilo para aceitar as moedas de Merik. Se ela notou o fedor ou a sujeira deles, não deixou transparecer.

— Precisamos de roupas novas — Cam deixou escapar, meros segundos após entrar na cabana de madeira escura. — Deixa comigo, aye? Vou tomar banho quando voltar! — Ela não esperou por uma resposta antes de voltar para a luz do sol.

Ele a deixou ir. Entendeu a necessidade dela de proteger o segredo *Camilla* e, no fim das contas, ela estava certa. Eles precisavam *mesmo* de roupas novas.

Merik se banhou sozinho, deleitando-se com a dor do sabonete contra a pele ferida. Com as águas quentes e enfeitiçadas passando por sua cintura. *Quantas esfregadas seriam necessárias*, ele se perguntou, *para limpar toda a raiva?*

Ou para limpar as sombras.

Ele esperava ter imaginado as linhas ao amanhecer, quando aplicara a pomada curativa — que as linhas em seu peito fossem ilusões da luz. Mas agora... não havia como ignorar os traços escuros que irradiavam de seu coração como vidro quebrado.

Se aquilo tivesse acontecido um mês atrás, Merik teria perguntado à sua tia o que diabos estava acontecendo com ele. No entanto, ele não tinha ninguém com quem contar. Apenas Cam, que sabia menos sobre magia que um sapo em um poço sabia do mar.

Como se invocada por seus pensamentos, a porta de ripas de madeira do cômodo foi aberta. A cabeça escura de Cam surgiu.

— Roupas, senhor. — Ela as deixou cair no chão, junto com um par de botas de couro ásperas. Então recuou, a porta guinchando ao fechar.

— Garoto!

A porta parou.

— Os tambores de vento ainda estão tocando?

— Aye, senhor — veio a resposta tensa. — Mas não há nenhum soldado na Cidade Velha.

Ainda, ele pensou antes de a porta se fechar por completo. Ele se apressou pelo resto do banho. Sombras e homens mortos — ele lidaria com tudo aquilo depois.

Quando encontrou Cam na entrada da casa de banho, contando tábuas na parede, a pele da garota brilhava, o cabelo preto com um aspecto macio como um ganso. Assim como Merik, ela usava uma túnica branca lisa e calças bege folgadas, mas elas ficavam enormes nela, mesmo dobradas e com um cinto. Ao contrário de Merik, ela estava sem sapatos e sem uma capa com capuz, mas, pensando bem, não era necessário. Seu rosto não estava revestido de cicatrizes, e não era por causa dela que os tambores de vento ressoavam.

— Eu acho — disse ele, parando ao seu lado — que ainda estou fedendo a esgoto. Tenho certeza de que ficou grudado no meu nariz para sempre.

Em vez do sorriso previsto, tudo o que Merik recebeu foi um grunhido. Era tão incomum que ele voltou a olhá-la. Ela já tinha dado as costas e colocava uma das mãos na porta de saída.

A cidade fervia de umidade, humanos e calor, mas Cam também não tinha comentários a fazer sobre aquilo — nem sobre os soldados de quem ela precisou manter Merik afastado. Nem mesmo sobre a poça imensa de só Noden sabia o quê que ela pisara com seus calcanhares limpos.

A inclinação sinistra em seus lábios nunca se afastou. A ruga em sua testa nunca se suavizou.

Foi só quando eles estavam de volta ao cortiço de Kullen que Cam finalmente quebrou o silêncio.

Ela andou até o vidro opaco da janela, olhando para fora por duas respirações, e então vociferou para Merik. Suas bochechas estavam ruborizadas com o que ele esperava ser calor, mas suspeitava que pudesse ser raiva.

— Pensei bastante e por muito tempo sobre isso, senhor, desde que deixamos aqueles depósitos. Decidi que precisamos de ajuda.

— Ajuda — ele repetiu, tirando sua capa nova (grande demais) e a deixando sobre a cama — com o que exatamente?

— Homens mortos voltando à vida. — Ela empurrou o queixo para a frente, como se preparasse um argumento. — O que quer que fosse aquilo, o que quer que tenhamos visto nos depósitos, não era certo. Era... *diabólico!*

— E eu tenho certeza de que os guardas vão lidar com aquilo.

— Mas e se não lidarem? E se não *conseguirem?* E se eles não tiverem visto o que nós vimos? Alguém precisa saber que há magia sombria acontecendo nas Cisternas, senhor.

— Alguém? — ele perguntou com cautela, embora já percebesse a direção que aquilo tomava.

— As Forças Reais. Ou... ou o Conselho Superior.

— Ah, certo. — Merik deu um risada seca e cruel. — Você quer dizer as Forças Reais e o Conselho Superior que são governados pela minha *irmã*. Que, caso você tenha esquecido, tentou me matar.

— Nós não sabemos se ela fez isso. Não com certeza.

— Não sabemos mesmo? — Uma brisa quente e elétrica arranhou seu peito. Merik lutou contra ela. Ele não a libertaria, não em Cam. — Nós sabemos que ela nos deixou para morrer no mar.

— Ela fez isso pelos Raposas, senhor. Não estou dizendo que foi certo, mas ela arranjou aquelas armas para os Raposas, e nós acabamos de ver, claro como o dia, que a pirataria dela está funcionando.

Por meio segundo, tudo que ele conseguiu fazer foi encará-la. Então, com uma vagarosidade letal, disse:

— O que nós vimos foi Vivia acumulando comida. Para si mesma. Você está escolhendo o lado dela, Cam?

— Não! — A garota ergueu as mãos. — Não podemos enfrentar cadáveres que se levantam, senhor! Não sozinhos! E se — ela pressionou — a princesa *não* tentou matar o senhor? E se foi... alguém ligado àquele homem morto nos depósitos? — Ela cambaleou dois passos na direção de Merik.

Mas ele se virou. Não conseguia olhar para ela. A única pessoa em quem ele confiava, a única pessoa que havia ficado ao seu lado apesar de tudo... Agora estava contra ele também.

Ele fixou o olhar nos livros de Kullen. Em *O verdadeiro conto dos Doze Paladinos*. Seus pulmões se expandiram, pressionando suas costelas com uma fúria que implorava para ser usada. Para agredir e quebrar. Para confrontar sua irmã, de uma vez por todas.

— Foi a Vivia — esforçou-se a dizer — que tentou nos matar.

— Não — Cam rosnou. — Não foi. *Olhe* para mim, senhor.

Merik não a olhou, seus ventos girando. Sopros pequenos e turbulentos.

A garota chegou mais perto, sua camisa sacudindo como lona de vela no momento em que se aproximou.

— Olhe para mim!

— Por quê? — Ele precisou levantar a voz por cima dos ventos em formação. A capa de *O verdadeiro conto* se abriu. — O que você quer de mim, Cam?

— Eu quero que o senhor veja a verdade! Quero que o senhor a *encare*. Não sou cego, sabia? Eu vi as marcas no seu peito e nos seus braços! Iguais às do homem morto no porão. Nós precisamos de respostas, senhor, e eu acho que sei onde...

— E *eu* também não sou cego, Cam. — Merik finalmente se virou de frente para ela. — Eu consigo ver muito bem que você é uma garota.

Por meio segundo varrido pelo vento, ela o olhou boquiaberta. Surpresa.

— É isso que o senhor acha que eu sou? Esse tempo todo, e o senhor *ainda* não entendeu? — Ela deu uma risada vazia. — Por que estou surpreso? O senhor não me notou quando estávamos no *Jana*. Mal conseguia lembrar meu nome, então por que eu deveria esperar que o senhor entendesse... que me *visse* pelo que sou agora?

Cam se aproximou, até que não houvesse nada além do seu rosto a meros centímetros de distância. Perto demais até para os ventos quentes de Merik espiralarem entre eles.

— O senhor se acha tão abnegado — ela cuspiu. — Acha que está trabalhando para salvar todo mundo, mas e se estiver fazendo tudo errado? Pelo menos quando eu vivo como um garoto, ninguém se machuca. Mas o senhor, fingindo ser um mártir? Fingindo ser o Fúria? Isso machuca todo mundo.

Longe demais. Os ventos de Merik levantaram, espalhando-se entre eles. Derrubando Cam para trás e jogando livros em todas as direções. Mas ela não tinha terminado. Ela não estava nem mesmo intimidada.

A garota apenas se endireitou e berrou:

— Pare de ver o que *quer*, Merik Nihar, e comece a ver a verdade!

Então ela o ultrapassou, rumo à porta.

A porta bateu, deixando-o sozinho com seus ventos, sua fúria e os livros espalhados por todo canto.

25

Os Sonhos estavam diferentes naquela noite. Muito diferentes.

Iseult viu-se na torre de Esme, uma coisa decrépita e em ruínas, em Poznin, que ela já vira antes — exceto que, da última vez, tinha sido pelos olhos de Esme.

Naquele momento, ela via a torre pelos próprios olhos. Estava em Poznin, em seu próprio corpo, olhando para as costas de uma garota que ela podia apenas presumir ser a Marionetista.

Ela não fazia ideia de como havia chegado lá. Ela caíra no sono alguns instantes antes, enquanto o Bruxo de Sangue montava guarda ali perto. Então acordara — se é que podia-se dizer isso — naquela torre. Sua visão estava turva de início, os tijolos daquele andar superior borrados em uma massa cinzenta, a escuridão da noite lá fora, como um borrão preto no centro. Mesmo assim, Iseult reconheceu a torre.

Ela também reconheceu a Marionetista, mesmo nunca a tendo visto. Esme estava sentada em um banco, virada para uma mesa com livros empilhados em cima. Velas tremulavam na mesa, no peitoril da janela, em pedras salientes na parede, lançando uma hospitalidade cintilante ao local inteiro.

Seu cabelo longo e preto estava dividido em duas tranças e, quando a visão de Iseult tornou-se nítida, ficou perceptível que as explosões brilhantes de cor em meio ao cabelo de Esme eram, na verdade, tiras de feltro. Fios de miçanga. Flores secas também.

Quando enfim a garota se virou, ficou evidente pelo seu gritinho suave e olhos cor de avelã arregalados que ela não notara estar acompanhada.

Então seu rosto nomatsi pálido se iluminou.

— *É você* — sussurrou, antes de correr pelo chão desnivelado em direção a Iseult.

O corpo onírico de Iseult recuou dois passos. O cômodo ficou enevoado, desfazendo-se nas bordas. Esme a alcançou. Tudo se aprimorou em um foco perfeito e nítido, como se a Bruxa dos Fios estivesse mesmo parada na sala.

Mas, quando Esme se dirigiu a ela, suas mãos a atravessaram.

A Marionetista riu, um som tranquilo e cadenciado.

— *É como se você estivesse parada aqui, junto comigo! Você parece tão nítida. Como?* — Ela debandou para a esquerda, rodeando a recém-chegada. Seus olhos percorrendo-a de cima a baixo.

— Eu... eu não sei. — A língua onírica de Iseult parecia volumosa. Sua garganta, apertada demais.

— *Você é mais alta do que imaginei* — a outra interrompeu, batendo palmas. — *E mais musculosa.* — Ela agarrou o bíceps de Iseult, mas, é claro, seus dedos o atravessaram.

Outra risada satisfeita. Elas voltaram a ficar frente a frente e, desta vez, a atenção de Esme recaiu sobre o rosto da garota.

Uma carranca surgiu em sua testa.

— *Você tem uma cicatriz ao lado do olho. Como uma lágrima vermelha. Quando isso aconteceu?*

Lejna, Iseult queria vociferar. *Os Bruxos do Veneno que você destrinchou.* Mas engoliu suas palavras oníricas. Se Esme tinha ficado brava com a maneira como aqueles destrinchados tinham sido tratados na estrada nomatsi, como ela se sentiria sabendo daqueles que Iseult e Aeduan decapitaram em Lejna?

Felizmente, seu silêncio não foi notado. Em vez disso, a Marionetista abriu os braços e perguntou:

— *Sou como você imaginava?*

Iseult se forçou a assentir, embora não fosse verdade. A Marionetista era muito mais bonita — facilmente a mulher nomatsi mais linda que ela já vira, com seu maxilar delicado e sua pele branca luminosa. Os lampejos de cor em seu cabelo longo realçavam a beleza, assim como a covinha na bochecha direita que aparecia sempre que ela sorria.

— Você é... menor do que eu imaginava. — Aquilo, ao menos, era verdade. O tamanho pequeno de Esme não se equiparava à magia tremenda que ela controlava.

— *Que surpresa maravilhosa ter você aqui.* — A covinha se aprofundou ainda mais. — *Eu estava estudando, como sempre faço a esta hora. A noite é o único momento que tenho para mim mesma.* — A covinha desapareceu, mas apenas por um momento. Então seu sorriso se animou, e ela andou em direção à mesa. — *Você deve estar em um dos lugares antigos* — disse por cima do ombro. — *Algum lugar parecido com a minha torre, onde as paredes entre este mundo e Os Antigos são mais finas. Mas me pergunto: qual lugar?* — Ela agarrou um tomo esfarrapado de cima da mesa, acendendo as velas mais próximas.

Então, se virou na direção de Iseult.

— *ABRA OS OLHOS.*

A força — e a surpresa — daquela ordem atingiram Iseult. Era impossível resistir, não antes de a cena da torre se dissolver e se fundir às ruínas onde ela dormia.

Esme soltou o ar com ainda mais alegria. De alguma forma, ela estava parada ao lado de Iseult, segurando o livro com firmeza, e Iseult pairava acima do próprio corpo adormecido. Estilhaços de gelo percorreram o seu eu-onírico. Ela nunca vira magia como aquela. Tampouco *ouvira* a respeito.

Esme não notou a aflição da outra. A Marionetista estava, pela primeira vez, completamente separada da mente de Iseult. Sem ler os pensamentos da bruxa, sem roubar os segredos dela.

— *Este é, com certeza, um palácio dos tempos antigos. Aquelas estátuas entregam. Mas elas são corujas ou gralhas?*

Corujas? A Bruxa dos Fios olhou para onde Esme gesticulava. A luz das estrelas se derramava sobre os monólitos erodidos em cada canto do cômodo; para Iseult, eles não se pareciam com nada além de placas de pedra cobertas por líquen amarelo. Nada de corujas ou gralhas ou qualquer outra coisa.

— *E, é claro* — Esme continuou —, *a facilidade com que conseguimos nos falar também mostra a verdade deste lugar.* — Ela falava consigo mesma e, após se ajoelhar no centro da sala, abriu o livro. Não havia luz para ler, mas não era necessário. Era como se as velas de Poznin tivessem se transferido para lá.

Iseult se aproximou, os olhos indo do que quer que a Marionetista estivesse inspecionando para o seu próprio corpo adormecido. *Errado.*

Seu corpo nunca se mexia, e as páginas de Esme não faziam barulho. *Errado, errado.* Na verdade, nada além da voz de Esme percorria aquele local.

— *Eu não vejo este lugar* — a Marionetista disse, sentando-se com as pernas cruzadas. — *As anotações de Eridysi não o mencionam.*

— Eridysi? — O nome saiu antes que Iseult pudesse impedir. Antes mesmo que ela pudesse processá-lo, pois é claro que Esme não poderia estar se referindo à Bruxa da Visão Eridysi, que escrevera o famoso "Lamento" séculos atrás. Assim como a antiga boneca de pano de Iseult não fora nomeada por causa *daquela* Eridysi, mas apenas porque era um nome que ela achava bonito quando criança.

Exceto que Esme se referia à famosa Bruxa da Visão.

— *Sim* — ela respondeu. — *Ragnor me deu o antigo diário da Irmã Bruxa da Visão alguns anos atrás.* — Ela lançou um sorriso de lado para Iseult. Quase tímido. — *Tudo o que sei saiu dessas páginas. Desde destrinchar e reanimar até amarrar fantoches ao tear. E você também pode aprender tudo isso, Iseult.*

Ou talvez eu possa desaprender. Antes que ela pudesse perguntar como evitar aquele... sonambulismo, Aeduan entrou na sala.

Ele vagava como um animal enjaulado, e passou reto por Esme. Suas narinas se inflaram quando ele farejou, mas, seja lá o que tivesse sentido, era óbvio que ele não podia ver Esme ou Iseult pairando como fantasmas no meio das ruínas.

Esme se levantou, olhando enraivecida para a outra garota.

— *Você ainda está com ele. Eu te* disse *que ele era perigoso, Iseult.*

— Ele salvou a minha vida. — Ela mal ouviu as próprias palavras. Sua atenção estava presa ao Bruxo de Sangue, cuja atenção estava presa na Iseult adormecida.

Nenhum farejo. Nenhuma ronda. Ele apenas a olhava, a expressão ilegível.

— *Ele salvou a sua vida do quê?* — Esme exigiu. Ela se colocou na frente de Iseult, bloqueando a visão de Aeduan. Quando Iseult ainda não respondeu, ela repetiu: —*Salvou a sua vida do quê?*

A mão livre de Esme se ergueu, os dedos separados, e ela a depositou no crânio da Bruxa dos Fios.

Os Sonhos assumiram o controle. Nada mais de ruínas, nada mais de versões sombrias de si mesma, nada mais de Bruxo de Sangue. Iseult estava presa e, mais uma vez, Esme controlava sua mente.

Nada era particular. Em segundos, as lembranças desejadas eram encontradas.

— *Ah, pela benção da deusa.* — As palavras de Esme ecoavam em seu crânio. — *Aqueles homens quase a pegaram e o Bruxo de Sangue a salvou* mesmo.

Mais vasculhamentos. Larvas no cérebro de Iseult. *Nove vezes quatro, trinta e seis. Nove vezes quinze, cento e trinta e cinco...*

A multiplicação não impediu Esme.

— *Esses homens trabalham para... Corlant? Quem é ele? Um padre purista, mas...* — Esme se interrompeu, e pinceladas do azul da compreensão penetraram os Sonhos. — *Eu conheço aquele homem* — continuou por fim. — *Mas por um nome diferente. Se ele está te caçando, Iseult, então isso significa que... Significa que ele...* — A surpresa de Esme se apossou de Iseult. — *Ah, isso é inesperado. E, com certeza, um erro! Não é possível que você seja o Cahr Awen, é?*

— NÃO! — Iseult se forçou a dizer. Com ênfase demais. Mas atingir um equilíbrio era sempre tão difícil nos Sonhos. Principalmente depois da facilidade das ruínas fantasmas.

Fez-se uma longa pausa, sugerindo que Esme ponderava e devaneava. Os segundos misturaram-se aos minutos, e tudo o que ela podia fazer era esperar. Sozinha. Em um mundo de sombras infinitas, sufocantes.

Até que, enfim, Esme voltou a falar — e os pulmões oníricos e traiçoeiros de Iseult estremeceram de alívio.

— *Talvez você seja o Cahr Awen, Iseult. Ou talvez, não. De qualquer forma, você não deveria mais precisar ser salva pelo Bruxo de Sangue. Quatro homens, é fácil para pessoas como nós. Apenas destrinche eles e pronto. Olha, eu vou te mostrar como.*

Um lampejo de luz. Elas voltaram à torre, mas, desta vez, Iseult estava presa na mente da Marionetista. Forçada a ver pelos olhos dela.

A garota estava na janela, parecendo não se importar com as chamas da vela cintilando tão perto ou com a cera derretendo sobre seu vestido. Ela apontou para a escuridão, semicerrando os olhos até que fileiras de destrinchados — as mesmas fileiras que Iseult vira duas semanas antes — ficaram em foco. Silhuetas escuras na escuridão.

— *Tem um homem na frente* — Esme disse. — *Você o vê, com o avental? Ele costumava ser um ferreiro.*

Iseult via o homem — não havia como evitá-lo quando Esme fixava os olhos nele. O avental cinza do homem estava manchado de preto pelo sangue.

— *Ele era um Bruxo do Ferro fraco* — a Marionetista explicou, a voz bem tranquila. Bem calma. — *Em seu vilarejo, ele tinha um irmão de ligação. Um homem completamente incapaz. Quando eu destrinchei o ferreiro, o irmão de ligação tentou intervir. Não sei o que ele pensou que podia fazer. Quando um homem está destrinchando, pouca coisa pode curá-lo a não ser a Mãe Lua... e eu, é claro* — Esme falava com naturalidade, sem nenhum sinal de vaidade enquanto declarava que seu poder era igual ao da deusa. — *Por alguma razão, porém* — continuou, o cansaço surgindo em seu tom de voz —, *eu não deixei o ferreiro atacá-lo. Acho que eu ainda me sentia bondosa naquela época, e afastei o ferreiro antes que ele pudesse matar alguém. Mas veja, você vê os fios rosa? Eles brilham dentro dos fios interrompidos. Eles ainda continuam mesmo quando todos os outros fios já desapareceram.* — Esme examinou os fios girando acima do corpo do clérigo, esperando pela resposta de Iseult.

Então a Bruxa dos Fios fez sua versão onírica dizer:

— Sim, Esme. Eu vejo os fios da amizade.

— *É assim que eu os controlo. Interrompo todos os fios, menos um, e prendo aquele último fio ao tear. Mas isso é complicado. Uma técnica que vou te ensinar outra noite. Por enquanto, tudo o que você precisa saber é como matá-los.*

Com aquela declaração, as mãos da Marionetista se ergueram, os punhos tão finos, os antebraços tão frágeis. Àquela distância, porém, não havia como negar a similaridade entre os dedos dela e os de Iseult: finos ao ponto de serem nodosos, e amplamente separados quando flexionados.

248

A Marionetista se aproximou, os dedos curvando-se e esticando-se como um músico à harpa.

Ou como um tecelão no tear.

Os fios do ferreiro — os cordões da cor do entardecer que ainda o vinculavam ao seu irmão de ligação distante — flutuaram muito devagar em direção às mãos de Esme, alongando-se, cada vez mais finos, enquanto se moviam... depois, deslizando nos espaços entre os dedos dela.

Assim que os fios se alongaram, tão finos que eram quase invisíveis, e se agruparam tão densamente ao redor dos dedos de Esme que pareciam uma bola brilhante de fio rosa, ela levou as mãos ao rosto.

— *Agora tudo o que falta é um cortezinho.*

O rosto da Marionetista mergulhou para a frente, e Iseult teve a sensação de sua boca se abrindo, seus dentes à mostra, e os fios deslizando por entre...

Esme fechou a mandíbula. Os fios estalaram como um passo em falso em um lago congelado. Em um lampejo de luz, os cordões se enrugaram, encolheram, e desapareceram por inteiro.

O ferreiro começou a convulsionar. Ele caiu de joelhos enquanto pústulas novas espalhavam-se e estouravam por todo seu corpo. Esme se afastou da janela, e Iseult o perdeu de vista.

— *O destrincho vai consumi-lo completamente agora.* — Esme limpou as mãos como se pedaços de fios ainda estivessem grudados. — *Ele estará morto em segundos.*

Iseult não tinha nenhuma resposta. Calor subia em seu peito. Fervia em sua garganta. Aquilo não era magia dos fios. Aquilo não era magia do éter. Aquilo *não era* algo que ela conseguiria fazer.

Ela não era como Esme. *Ela não era* como Esme!

— *O que há de errado com você, Iseult?*

— N-nada — tentou dizer. Ela precisava fugir. Precisava acordar. — Eu... quero tentar o que você me mostrou — mentiu. Qualquer coisa para fugir dos Sonhos.

Funcionou. Esme sorriu — Iseult *sentiu* o sorriso se espalhar por um rosto que não era o seu. A outra bruxa assentiu, fazendo a visão da torre sumir.

249

— *Ótimo, Iseult. Pratique e logo estaremos juntas.*

Esme bateu palmas.

O mundo escureceu, e Iseult finalmente caiu em um sono real e sem sonhos.

A Bruxa dos Fios fazia barulhos demais.

Aeduan nunca teria esperado aquilo dela. Ela era tão estoica, tão durona. Mas ali estavam eles: ele tentando concluir sua rotina matinal, e a Bruxa dos Fios o interrompendo sem parar.

Ele havia saído dos cômodos internos da antiga fortaleza ao amanhecer, encontrando uma área aberta em uma das estepes mais altas. Fogo queimara ali, recente o bastante para ter removido mudas e arbustos em uma explosão de chamas.

Acontecia com frequência nas Terras Disputadas, quase como se os deuses atacassem de tempos em tempos, limpando o velho. Abrindo espaço para o novo.

Era como a cantiga de pular corda nomatsi.

O fogo desperta a grama morta,
a chuva desperta a terra.
Uma vida dará lugar à outra,
o ciclo recomeça depois que se encerra.

Era a música que a Bruxa dos Fios cantava naquela manhã. Cantarolando completamente fora de tom e distraindo por inteiro Aeduan que meditava com as pernas cruzadas em cima de uma coluna caída.

Ela parou assim que percebeu a presença dele, mas era tarde demais. A concentração dele tinha sido interrompida.

Ele teria xingado a garota se achasse que faria diferença. Porém, não faria, e, no instante em que ele se levantou e se libertou da capa carawena, ela retomou a música — um sussurro suave enquanto montava uma fogueira com a facilidade da prática.

Aeduan tentou começar seu aquecimento matinal como alternativa, girando os punhos e balançando os braços, mas não conseguia se concentrar. Não com todo o barulho que ela fazia.

— Quieta — rosnou, por fim.

— Por quê? — ela rebateu, a provocação no ângulo de seu queixo.

— Você me distrai.

A provocação se expandiu, descendo do rosto para os ombros dela. Ela se endireitou.

— Achei que você não fosse mais um monge. Então por que está meditando ou... seja lá o que for isso?

Aeduan a ignorou, iniciando seus chutes de aquecimento, as pernas frouxas enquanto ele as impulsionava para o alto.

— Como era ser um monge? — Ela se aproximou.

Mais três chutes, e ele passou aos agachamentos. *Um, dois...*

— Qualquer um pode virar um monge — ela afirmou, andando na frente dele — apesar da sua origem ou da sua — ela acenou para ele — bruxaria.

— Não. — Aeduan sabia que deveria deixar aquela conversa e a Bruxa dos Fios de lado, mas não podia permitir que as palavras dela, mentirosas como eram, pairassem entre eles. — Confie em mim, Bruxa dos Fios — ele bufou entre um agachamento e outro —, monges podem ser tão cruéis quanto o resto da humanidade. Eles apenas o são em nome do Cahr Awen.

— Você saiu por causa da crueldade?

Ele parou no início do próximo agachamento. O rosto da garota estava indiferente, e até mesmo seu nariz expressivo estava completamente imóvel.

Ele suspirou.

— Só porque eu deixei de acreditar no preceito não significa que o treinamento tenha perdido toda a sua utilidade.

Iseult inclinou a cabeça para o lado.

— E por que você não acredita no preceito?

No que ele tinha se metido? Uma pergunta gerava mais cem, e agora a garota tinha chegado ao último assunto sobre o qual ele queria conversar. Do mundo inteiro.

— Chega. — Ele se afastou. — Saia daqui ou fique quieta.

Ele foi para um caminho sombreado na clareira, onde a grama era mais curta e nenhuma fortaleza em ruínas poderia atrapalhar. Onde ele podia girar e rolar, chutar e se curvar.

Por alguma razão obscura, a Bruxa dos Fios o seguiu.

— Você pode evitar a pergunta agora, mas eu planejo continuar perguntando. — Havia uma urgência em sua voz. Não uma gagueira, como ele vira acontecer algumas vezes. Aquela era uma intensidade ardente.

E ela estava próxima demais. Invadindo o espaço pessoal dele de um jeito que ninguém jamais ousara.

— Se afaste — alertou —, ou eu vou entender que você quer participar do treinamento.

— Não vou sair até você me responder. — Ela deu mais um passo, e o desafio estava lá. Em seus olhos, em sua postura, em sua mandíbula.

Adrenalina subiu pelas entranhas de Aeduan. Então ele deu uma rasteira nela.

Ela já esperava — estava pronta para aquilo —, mas ele era rápido demais para ser parado. O pé dele girou, e ela caiu.

No entanto, antes que as costas dela pudessem atingir a grama, ele a pegou e a abaixou. Iseult agarrou a camisa dele com os punhos, com tanta força que os nós dos dedos ficaram brancos, enquanto suas costas repousavam no solo orvalhado.

— Você não deveria gastar energia — ela disse categoricamente — se exibindo. — Nenhum medo em seus olhos nomatsi amarelos, apenas um leve rubor nas bochechas.

Aeduan quase riu daqueles pontos de cor — e das palavras dela, pois aquilo não era se exibir. Aquilo era apenas o movimento mais básico do treinamento caraweno. Para provar seu ponto, ele agarrou o punho de Iseult com a mão oposta, enterrou os dedos nos tendões dela e girou o punho para dentro. As juntas dela não tiveram outra opção além de acompanhar.

Ela soltou a camisa dele, mas, para a surpresa de Aeduan, não se encolheu ou sacudiu os quadris em pânico. Apenas afastou bem os pés, enganchando os calcanhares nele. Tentando imobilizá-lo na grama. Lenta demais, ela era lenta demais. Uma lutadora iniciante encarando um mestre.

O bruxo apertou ainda mais forte, torcendo com vigor, e forçando-a a girar para o lado. Antes mesmo de completar uma respiração, ela estava de barriga para baixo, a cabeça para trás. Não havia mais como ignorar o que queimava em seus olhos. Nenhuma calma típica de Bruxa dos Fios restava.

Iseult pedira por aquilo; ela estava ciente e furiosa.

— Por que você se importa se eu deixei o monastério?

— Eu... não me... importo. — A tensão retornara às palavras, um som que Aeduan começava a reconhecer como um sinal de que ela lutava contra a gagueira. — Eu me importo... com o motivo. Você não acredita mais no Cahr Awen?

Ele hesitou, pego de surpresa com a pergunta mordaz. Então se lembrou.

— Ah. A monja Evrane encheu a sua cabeça de bobagens, e agora você acha que é o Cahr Awen. — Ele a soltou, rolando por cima das costas dela e ficando de pé. Ele estendeu a mão.

Ela não aceitou. Apenas se apoiou nas mãos e nos joelhos, encarando a grama.

— Por que... é bobagem?

— Você não é uma Bruxa do Vazio. — As palavras dele não tinham entonação, mas pareceram acertá-la como pedras.

Ela hesitou. Depois disse:

— M-mas... eu... *nós* curamos o Poço.

A cabeça de Aeduan se inclinou para o lado. Ele respirou fundo o ar úmido matinal enquanto grilos estridulavam na floresta, e, mais uma vez, houve um trovão distante.

— Sim — admitiu por fim —, alguém o curou. — Ele próprio vira o Poço Originário desperto, mas o poço não parecera completamente intacto; nada parecido com o Poço do Éter ao lado do qual Aeduan vivera a maior parte de sua infância.

Foi o que ele disse a ela, acrescentando:

— Era como se o Poço estivesse apenas parcialmente vivo. Como se apenas metade do Cahr Awen o tivesse curado, e eu não acho, Bruxa dos Fios, que você era aquela metade.

Foi a vez da garota de soltar o ar.

— Ah. — Ela se levantou. Seu corpo cambaleou, seu olhar agitado e desfocado.

Aeduan pôde ver na mesma hora que tinha cometido um erro. Ele deveria ter ficado quieto. Deveria tê-la deixado manter as esperanças em uma fantasia sem sentido e inútil.

Afinal, uma Bruxa dos Fios infeliz apenas os atrasaria.

— Primeira lição de um novato caraweno — ele ofereceu, agindo como se nada tivesse acontecido entre eles. — Não desafie alguém mais habilidoso que você.

As narinas de Iseult tremeram. O rosto dela endureceu. A provocação, a determinação, tinham voltado — e, contra a sua vontade, os lábios de Aeduan se curvaram para cima.

— Eu não te desafiei — foi a resposta fria.

— Aproximar-se demais é considerado um desafio na maioria das culturas.

— Então me ensine.

As sobrancelhas dele se ergueram.

— O que você acabou de fazer, me imobilizando daquele jeito. Me ensine, para que eu não cometa os mesmos erros de novo.

— Nós não temos tempo para isso. — Ele balançou a cabeça e, com muita ponderação, virou as costas para a Bruxa dos Fios.

Ela atacou.

E Aeduan sorriu.

26

Apesar de suas intensas tentativas, Safi tinha caído no sono. Por toda a noite até o dia seguinte, ela dormiu. Comida, banho e um jogo de tarô tinham sido demais para o seu corpo, e ela se enrolara na cama ao lado de Vaness. Seus olhos se fecharam. Então os trovadores do inferno, a imperatriz e a República Pirata de Saldonica desapareceram.

Até o som da batida na porta.

Aquilo a acordou tão depressa que ela caiu da cama. Seus membros se emaranharam nas novas cordas envolvidas em seda que Lev tinha, quase justificando-se, amarrado ao redor de seus tornozelos após o passeio ao território dos Velas Vermelhas.

Os trovadores do inferno tinham sacado facas e machadinhas antes que Safi pudesse se endireitar, e quando ela se levantou com dificuldade, Lev — a única com armadura completa — arrastou-se em direção à porta com uma lâmina estendida.

Uma segunda batida. Eficiente, determinada. Safi olhou para a imperatriz, que estava sentada calmamente perto das venezianas fechadas. As mãos dobradas sobre o colo, a postura perfeita em cima do banquinho solitário.

— Vocês não deveriam ter vindo aqui! — gritou um homem em marstok.

As narinas da imperatriz se inflaram com um sorriso mal escondido — o que significava que aquilo deveria ser parte do plano. Se apenas Safi soubesse o que o plano envolvia *de verdade*.

Os trovadores estavam tão perdidos quanto ela, pois Lev e Zander olhavam de esguelha para Caden, esperando por uma ordem que não aconteceria.

— Vocês falam marstok? — a imperatriz perguntou, cerimoniosa. Cerimoniosa *demais*. Ela se levantou, o colar em seu pescoço parecendo leve como dentes-de-leão, apesar de retardar sua subida. — Eles disseram que nós não deveríamos ter vindo aqui.

Caden ergueu uma das mãos, uma faca reluzindo. Então, farejou o ar, os olhos semicerrados fixos na janela.

— Fumaça — disse.

Ao mesmo tempo, todos viraram a cabeça em direção às venezianas onde, de fato, algo cinza começava a surgir.

— Pelas profundezas do inferno — Lev xingou no mesmo instante em que Zander retumbava:

— Eu coloquei proteção contra chamas de Bruxos de Fogo!

— Sim, mas essas não são chamas mágicas — Vaness acrescentou, radiante. Com um sorriso faminto. — Elas são alquímicas, porque isso é fogo marinho Baedyed.

— Mas não estamos no mar — Lev murmurou. — E por que queimar a estalagem inteira? Pensei que eles só quisessem você. — Ela deu uma olhada para a imperatriz.

— Vocês não querem a imperatriz de Marstok? — Caden gritou, ainda em cartorrano. — Ela vai morrer se vocês não nos soltarem.

— É o que ela merece! — veio a resposta abafada. Depois, uma exaltação: — Por que deveríamos ficar só com partes do Mar de Areia quando podemos ficar com Marstok inteira?

Um momento de silêncio crepitante enquanto o sangue parecia sumir do rosto de Vaness.

Então um grito sufocado separou seus lábios. Ela abandonou o banquinho com um solavanco e andou até a janela. Antes que qualquer um pudesse impedi-la, ela abriu as venezianas.

— *Desistam!* — ela gritou, a fumaça subindo. — Como sua imperatriz, eu ordeno que vocês desistam!

— *Pelo Mar de Areia! Pelo Mar de Areia!*

Um lampejo de luz rasgou o quarto, aproximando-se de Safi em uma explosão de magia. Mais três lampejos, e Zander rebocou a imperatriz para longe da janela. Apertando os olhos em meio ao ataque luminoso, Safi percebeu que virotes de besta voavam contra as proteções e ricocheteavam para trás.

A magia protetora estava funcionando — ao menos contra o ataque externo. Espirais de fumaça, porém, estavam entrando. Quentes, sufocantes e familiares demais. Recentes demais e novas demais, fazendo com que a garganta de Safi se fechasse. *Fumaça. Chamas. Morte.*

— Aumente as proteções contra fogo de verdade — Caden gritou para Zander. Em seguida, se virou para Lev. — Precisamos impedir a fumaça de entrar pelo máximo de tempo possível. — Juntos, ele e Lev arrancaram o cobre-leito de lã da cama e, com uma velocidade garantida pela prática, o ergueram como uma gávea.

Luz branca irrompeu no cômodo, e fumaça queimou nos dutos lacrimais de Safi. Ela se arrastou até a parede onde Vaness estava encolhida.

Nenhuma parte da máscara perfeita da imperatriz se mantinha. Em meio à névoa e às explosões de luz, Safi encontrou uma imperatriz de olhos arregalados. Os dedos dela estavam com os nós brancos ao redor do colar que ela puxava, sacudindo os braços. Sacudindo *tudo.*

— Eles me traíram — murmurou, fixando os olhos trêmulos em Safi. — Eles me traíram. — Era tudo que ela conseguia dizer, de novo e de novo, "Eles me traíram".

De forma abrupta, as luzes piscantes cessaram. Mais nenhum virote estalou contra a proteção, e Caden e Lev tinham chegado até a janela com sua bandeira tremulante. Safi mal notara porque, naquele momento, Vaness puxava o colar com tanto desespero que seu nariz tinha começado a sangrar. Um filete fluido que escorria de uma narina.

— Pare. — Safi se aproximou, agarrando os punhos da imperatriz. — Você não vai conseguir.

Os olhos de Vaness voltaram-se para cima, afinando em fendas furiosas.

— Você não percebe, Safi? Os Baedyed me traíram. Eles eram a *podridão* na minha corte esse tempo todo... e foram *eles* que destruíram o meu navio e mataram os meus... — A voz dela falhou, e ela se levantou, instável. — Me soltem — vociferou para os trovadores do inferno em cartorrano. Sangue escorria de ambas as narinas agora.

— Nossas proteções vão aguentar — Caden respondeu. No entanto, assim que aquela afirmação foi feita, dura e inflexível, Zander se afastou do seu lugar à porta e disse:

— Não consigo aumentar as proteções, senhor. Não enquanto estamos sob ataque... As chamas lá embaixo estão subindo rápido demais.

Lev se virou na direção de Vaness.

— Como você nos tiraria daqui?

— Eu posso extinguir as chamas. Já fiz isso antes.

— Ela fez mesmo — Safi disse, ficando rapidamente em pé. — É como sobrevivemos ao ataque no nosso navio.

Caden fixou o olhar na imperatriz, e seus dois trovadores do inferno fixaram o olhar no comandante. Esperando.

Até que, por fim, ele perguntou:

— Como vamos saber que você não vai nos atacar, Vossa Majestade?

— Porque não há tempo — foi a resposta. No entanto, mesmo em meio à loucura que atingia o quarto, mesmo em meio ao calor que subia pelo chão de tábuas, Safi sentiu a mentira nas palavras dela.

— Sua magia não pode nos matar — Caden continuou, embainhando sua faca. Um movimento cauteloso, como se ele ainda debatesse o que fazer. — Não há por que tentar.

— A sua morte — Vaness rebateu, mais rápido agora — não vai me ajudar. Fogo marinho queima muito mais rápido que chamas naturais, e estamos sem tempo! — Ela gesticulou com um dedo apontado em direção à porta, onde espirais de fumaça entravam pelas aberturas.

Zander xingou; Lev agarrou o cobertor de lã; as mãos de Caden se posicionaram em ambos os lados do colar da imperatriz. A boca dele se movia silenciosamente, até que um estalo percorreu o quarto. O colar de madeira se abriu.

Imediatamente, Vaness começou a andar. Sem o colar, que caiu no chão com um *baque* de tremer as tábuas, ela agarrou Safi e correu para a porta.

— Desarme as proteções — ordenou a Zander. — Não podemos sair enquanto elas estiverem ativas.

Zander olhou para Caden. O comandante assentiu.

— Faça isso.

Os braços do gigante se levantaram, e ele resmungou suavemente. O quarto tremulou e zumbiu, eletricidade desenrolando-se fio a fio, de um jeito que não fazia sentido para Safi — trovadores do inferno fazendo magia?

Então houve uma explosão prata e preta, listras borradas enquanto Vaness conjurava cada peça de ferro do cômodo até ela. Duas partes se reconfiguraram em lâminas, cortando facilmente as cordas dela e de Safi, antes de se transformarem em finas rapieiras a serem agarradas no ar. Uma para a imperatriz, outra para a Bruxa da Verdade.

A proteção cessou. Safi a sentiu em uma grande explosão de som e baques violentos dos virotes de besta chocando-se contra as paredes externas.

— Nos tire daqui! — Caden gritou para Vaness.

— Não — ela respondeu. Suas mãos se ergueram. As lâminas dos trovadores do inferno viraram-se contra eles e mergulharam em direção aos seus crânios.

Como peixinhos em um riacho, o ferro simplesmente chiou e lançou-se contra a nuca de cada trovador — e a corrente na garganta deles brilhou em vermelho.

Entretanto, Vaness parecia saber que aquilo aconteceria. Ela parecia *querer* aquela breve distração enquanto voltava sua magia para a porta.

Um gemido metálico fez Safi se afastar dos trovadores. As dobradiças da porta estavam sendo removidas. O trinco estava se soltando, se reconfigurando. Antes que qualquer um pudesse impedi-la, a imperatriz ergueu os braços.

A porta passou por Vaness e por Safi. Uma rajada de ar, fumaça e calor. Ela virou de lado antes de atingir os três trovadores. O movimento os fez voar contra a parede, com a facilidade de um mata-moscas em três insetos.

— Nós só estávamos seguindo ordens — Caden gritou. Com a fumaça avançando, ele parecia fantasmagórico. Esquelético. — Só estávamos fazendo o nosso trabalho.

— E eu — Vaness rosnou, o rosto listrado de sangue — só estou fazendo o meu. — Ela correu para o vão aberto da porta.

Mas a Bruxa da Verdade não a seguiu. Encarava Caden à esquerda. Lev no meio. E Zander à direita. Ela não confiava nos trovadores, não gostava dos trovadores, mas isso não justificava deixá-los para morrer.

— Espere! — ela gritou, e a imperatriz parou à porta com uma parede de ferro erguendo-se atrás dela, chumbada com dobradiças, pregos e qualquer coisa que sua bruxaria do ferro pudesse agarrar. — Solte-os.

— Eles vão tentar nos capturar de novo.

— Não! — Lev gritou. As cicatrizes em seu rosto cintilavam e brilhavam. — Nós vamos ajudar!

— Não podemos confiar neles — Vaness insistiu. Ela se esticou para pegar o braço de Safi. Sangue escorria de seu queixo. — Nós precisamos ir, Safi. *Agora.*

— Você pode confiar em nós. — Aquilo veio de Zander, o rosto pressionado à medida que a porta o espremia com mais e mais força à parede. — Nós podemos provar. Só me deixa tirar minha forca...

— Já fiz isso.

Todos os olhares se voltaram para Caden, cujos dedos surgiram por cima da porta, uma corrente de ouro entrelaçada em suas juntas. Era o colar que todos os trovadores do inferno usavam, incluindo o tio de Safi. E era, ela percebeu, o que todos eles queriam dizer quando se referiam à forca.

— Pela nossa honra — Caden coaxou, as palavras parecendo precisar de muito esforço (e parecendo causar muita dor) —, nós não machucaremos vocês.

Foi a primeira alegação de um trovador do inferno que repercutiu na magia de Safi, e era *verdade.*

— Nós não capturaremos vocês de novo — ele prosseguiu, o rosto sendo apertado com mais força. — Nós fugiremos juntos.

Ainda verdade, verdade, *verdade* — não havia como negar. A magia de Safi queimava com a honestidade das palavras dele e, embora não fizesse sentido, era impossível negar o que via. O que sentia.

— Solte-os! — ela gritou para Vaness. — Caden está falando a verdade, nós podemos confiar neles. Eles vão nos *ajudar.*

O mundo deu uma pausa. Fumaça, calor, faíscas. Tudo se fundiu enquanto a imperatriz ponderava.

— Depressa! — Safi tentou gritar, mas, naquele exato momento, a estalagem inteira *deu um estalo*. Depois, cedeu abruptamente.

O tempo tinha acabado, e a imperatriz sabia. Com um rosnado, ela deixou a porta cair. Caden caiu em cima de Lev, que o ajudou de imediato a recolocar a forca. Enquanto isso, Vaness conjurava todo o ferro da porta, faixas escuras para ocupar o ar. Para aumentar seu escudo antes de todos saírem para o corredor com uma parede de ferro afastando a fumaça, as chamas.

O escudo os protegeu passo a passo, Safi e Vaness à frente, três trovadores do inferno cambaleando atrás.

<hr/>

Foi bem quando Aeduan e Iseult estavam recolhendo suas coisas das ruínas que um *boom* cortou o ar. Um som distante, como um canhão disparado a quilômetros de distância.

Ela encontrou o olhar de Aeduan.

— Pessoas — disse.

Ele assentiu.

— Deveríamos dar uma olhada.

Ele assentiu de novo.

— Fique aqui.

Ela não ficou. E Aeduan soltou um suspiro — algo que se pegava fazendo com mais e mais frequência perto de Iseult. Contudo, ele não a impediu, e, em minutos, os dois voltaram à mesma estepe onde haviam discutido.

A grama permanecia pisoteada onde ele a imobilizara inúmeras vezes. Aeduan nunca a machucara — ele tinha sido cuidadoso para sempre parar, sempre observar o rosto dela em busca de dor —, mas também nunca a deixara ganhar. Assim como a monja Evrane *nunca* o deixara ganhar.

Da estepe, eles subiram, ziguezagueando pela falésia arborizada até encontrarem uma abertura nos carvalhos e pinheiros.

Até verem os barcos flutuando Amonra acima.

Aeduan soltou o ar bruscamente; o nariz de Iseult tremeu.

— Velas Vermelhas — ele adivinhou. — Baedyed também. Com o fim da Trégua de Vinte Anos, suspeito que eles tenham se aliado para um ataque. — Com rapidez, o bruxo explicou quem eram as duas facções piratas e como qualquer aliança que elas tivessem formado pairava sob a ponta da faca da Senhora Destino.

Enquanto falava, Aeduan tirou uma luneta de bronze do talabarte e analisou a paisagem. Cada navio estava apinhado de soldados, e cada soldado estava bem armado. Havia um enxame de pessoas na margem também. Quase invisíveis, mas se ele se concentrasse em um único local por tempo suficiente... *Lá.* Movimento. Cavalos. Mais soldados.

— Aonde eles estão indo? — Iseult perguntou assim que ele terminou sua explicação.

— Subindo o rio.

Foi a vez de Iseult suspirar, mas ela não disse nada. Na verdade, o silêncio perdurou por tanto tempo que Aeduan finalmente baixou a luneta.

E descobriu que ela o observava, o corpo imóvel. Pela primeira vez, contudo, o rosto dela não estava inexpressivo. Estava apertado de dor, os lábios comprimidos e o nariz enrugado. Ele engoliu em seco. Talvez ele a *tivesse* machucado. Manchas de grama cobriam os ombros dela, os joelhos, e um hematoma arroxeava em sua bochecha.

Mas não. Quanto mais ele mantinha o olhar nos olhos cor de avelã dela, mais ele discernia. Aquilo não era dor — era pesar. Pela segunda vez naquela manhã, ele desejou não ter dito nada sobre o Cahr Awen.

Ele se inclinou para longe, devolvendo a luneta ao talabarte, e pigarreou.

— Eles terão de desembarcar antes das Cataratas, Bruxa dos Fios. Precisamos ir antes que isso aconteça.

— Então vamos — ela disse, a voz monótona.

— Precisaremos andar rápido. Você está pronta para isso?

Iseult bufou pelo nariz, e quando Aeduan olhou para trás, percebeu que o rosto dela havia suavizado. Um relance mínimo — quase impercep-tível — de travessura pairava nele.

— Acho que nós dois sabemos a resposta para isso, Bruxo de Sangue.
— Ela o ultrapassou, o queixo erguido. Desafiante. — A pergunta é se *você*
consegue me acompanhar.

Então ela desandou a correr, Aeduan correndo atrás dela.

27

Na manhã do dia seguinte, Cam ainda não havia retornado. Merik vasculhou as ruas da Cidade Velha, assim como as ruas mais distantes — as Cisternas também —, mas não encontrou nenhum rastro dela.

"Pare de ver o que quer, Merik Nihar, e comece a ver a verdade!" As últimas palavras da garota chiavam em seus tímpanos. Sem parar. Rindo. Insultando. Um fantasma que queria ser liberto. *Pare de ver o que quer!*

O que ele *queria* ver era Cam, a amiga que ficara ao seu lado durante inundações e águas infernais. Durante a ida e a volta da rua Bosta.

Antes de ele afastá-la.

Tudo o que conseguia imaginar era que Cam saíra em busca de respostas sobre o homem morto nos depósitos... E então dera de cara com algo com o qual não podia lutar. Como o homem das sombras.

Merik puxou o capuz mais para baixo, apressando o passo pelo Caminho do Falcão. *Pare de ver o que quer!* O ataque martelava em seu peito, em seus tímpanos. Inevitável e verdadeiro demais.

O príncipe vira uma transação em potencial para Nubrevna onde não havia nenhuma. Ele vira uma marinha que "precisava de sua liderança", quando era o contrário. Ele vira uma domna egoísta em Safiya fon Hasstrel, uma Bruxa dos Fios decepcionante em Iseult det Midenzi, e um grumete inconsequente em Cam — mas nenhuma daquelas suposições provara-se verdadeira.

Pior ainda, em toda a sua santa presunção, ele vira um trono que pensou dever ocupar — que Kullen insinuara que ele deveria reivindicar algum dia, muito embora aquela "grandeza" fosse o legado de sua irmã.

Merik avançava, devagar. Devagar demais. Carroças, refugiados e aquelas malditas mulas estavam em todos os cantos onde ele tentava pisar.

Um homem esbarrou contra as suas costas e, quando Merik não se mexeu, ele o empurrou.

— Saia da frente...

Merik segurou o punho do homem em um instante, torcendo-o até sentir os ligamentos e o osso distenderem. Mais um pouquinho e eles quebrariam.

— Eu vou te matar — foi tudo o que disse.

— Por favor — o homem balbuciou.

O príncipe o soltou. O enxotou para longe. Ele queria rugir. *Eu sou perigoso!*

Mas as palavras nunca saíram, pois, naquele momento, um vento gélido girou em volta do seu corpo. Uma brisa que ressoava em sua bruxaria.

Morte. Sombras. O chamavam para o... sul. Para mais além no Caminho do Falcão. A mesma escuridão gélida que se comunicara com ele nos depósitos — e a mesma maldição congelante que ele temia ter se apoderado de Cam.

Merik abandonou o cais, seguindo para um beco escuro. Lá, ele pulou, um pé de cada vez. Saltando de uma parede para a outra, com ventos o empurrando mais para cima. De um lado ao outro, até ele finalmente atingir uma cobertura de telhas.

A luz do sol queimava. Ele se agachou e flexionou os dedos, observando enquanto poeira subia, carregada por seus ventos. Ele procurava qualquer coisa que pudesse se conectar ao seu ar elétrico.

Lá. Logo em frente.

Ele partiu, a capa voando ao redor. Seu capuz caiu para trás. Suas botas batiam nas telhas com pancadas. Quebrando. Esmagando várias.

Ele chegou ao fim do prédio. Reunindo fôlego e poder, o bruxo saltou sobre uma faixa de beco escuro. Telhado após telhado, a distância entre ele e aquela escuridão — uma sombra que *ressoava* em seu sangue — diminuía a cada salto ventoso. Até que os telhados terminaram, forçando-o a parar. O Embarcadouro Sul estendia-se à sua frente, e mais além, o aqueduto atravessava o vale nublado em direção aos Sentinelas.

Tão lotado. Barcos abarrotados de proa a popa, restando nenhuma água visível. Nenhum espaço entre as pessoas que chegavam.

Merik afundou no xisto inclinado e serpenteou até a borda. O instinto o mandava pegar a luneta em seu casaco de almirante...

Mas, é claro, ele não tinha um casaco. Uma luneta. Uma arma.

Não importava. Aquilo não era necessário — não quando seu sangue estava *faminto* por aquele vento sombrio.

Uma exploração rápida do embarcadouro mostrou etnias e idades variadas, assim como vozes, assim como níveis de desespero. Eles não eram nubrevnos apenas, mas pessoas de fora da fronteira também. Pessoas das Terras Disputadas ou das instáveis Sirmayans.

Seu olhar fixou-se em um homem careca que pairava onde as docas projetavam-se para o porto artificial. Ele era tão cheio de cicatrizes quanto Merik, ao menos no couro cabeludo — e na mão que, naquele momento, erguia sobre a cabeça. Uma mão sem mindinho.

Arrepios subiram pelo pescoço e pelos braços de Merik enquanto ele se perguntava se poderia ser um homem parecido com aquele dos depósitos. Então o homem se virou, e era Garren. O assassino do *Jana*.

Por vários batimentos vigorosos, o embarcadouro pareceu desaparecer. Tudo o que Merik via era o assassino, e tudo o que ouvia era seu sangue martelando nos ouvidos. Nenhum vento alcançava suas bochechas, nenhuma voz chegava aos seus ouvidos.

O mundo inteiro era um cadáver andando.

Naquela noite, na escuridão de sua cabine, Merik tinha enfiado um sabre de abordagem nas entranhas de Garren. Sangue jorrara; vísceras caíram. Ainda assim, o homem estava de pé.

O príncipe semicerrou os olhos. Pontos de luz mancharam sua visão, mas ele ainda conseguia ver as linhas ásperas e escuras pulsando no pescoço do homem.

Marcas como as suas.

Marcas que o chamavam.

Mais cedo, ele não sabia o que aquelas linhas representavam. E no momento atual, ele ainda não sabia. Sabia apenas que Cam estava certa: eram ruins.

E ele sabia que, se seguir Garren poderia levá-lo até Cam, ele não podia parar.

Garren se afastou de Merik, abrindo caminho em meio ao caos com empurrões. Ele visava um bar chamado "Destrinchado" que envolvia o canal. Uma construção grande de pedra, repleta de marinheiros, de soldados e daqueles que precisavam de uma bebida barata.

Em instantes, Merik tinha descido do telhado e se aproximava da taberna decrépita. A multidão se transformou em um ruído de fundo, superficial, cores vagas e sem importância.

Então, lá estava ele, no Destrinchado e encarando a placa que rangia à brisa. O globo ocular escurecido pintado na madeira parecia um pouco familiar demais. Um pouco... *real* demais.

A porta se escancarou. Ele abaixou a cabeça quando dois marinheiros cambalearam para a luz do dia, bêbados mesmo àquela hora. Atrás deles, porém, estava o que lhe interessava. Porque, em algum lugar lá dentro, a escuridão deslizava e cadáveres andavam.

Merik encontrou a entrada de acordo com suas lembranças de visitas passadas, metade das lamparinas estava apagada, os tapetes azuis estavam marrons de lama, e o brilho do chá de boi recobria tudo. O Destrinchado fermentava muitas variedades de álcool no porão, mas o mais famoso era o chá de boi, que não era nem chá nem relacionado a bois.

Mas embriagava. Rápido. E, em um mundo dilacerado por inimigos e estômagos vazios, os clientes queriam ficar embriagados. Rápido.

Ele chegou à área principal do bar. Ela estendia-se diante dele, velas tremeluzindo de candelabros rechonchudos. Cera pingava nas pessoas em dezenas de mesas raquíticas. Ele estava na metade do caminho até uma porta no canto traseiro quando percebeu que o local ficara em silêncio. Os foliões haviam parado de fazer folia, e, na mesa mais próxima, um marinheiro estava sentado imóvel com um jarro de chá de boi a meio caminho dos lábios.

Uma cotovelada do vizinho. Uma tosse vinda das proximidades. Então, ao mesmo tempo, a madeira resmungou, vibrando pelo chão quando todas as pessoas sentadas decidiram se levantar de súbito.

— Eu disse que ele viria — a voz de um homem, gordurosa e familiar, serpenteou em meio ao silêncio.

Merik se virou na direção do bar, onde um Serrit Linday suado mantinha o braço estendido.

Pela minúscula fração de um instante, o mundo parou. Parou por inteiro. *Eu vi você morrer*, Merik pensou. Mas, lá estava Linday, um segundo cadáver andando — e falando também, com uma satisfação quase inebriada:

— Prendam-no, soldados. Prendam o Fúria.

Safi, Vaness e os trovadores do inferno dispararam para fora da estalagem meros minutos antes de ela desabar em uma cacofonia de fogo marinho escuro. Eles correram pela casa de banho, usando nuvens de fumaça para se esconder, antes de saírem ao meio-dia escaldante que não tinha o direito de ser tão ensolarado e azul.

Zander guiava o caminho, embora, até onde Safi pudesse ver, todas as ruas parecessem iguais. Mais construções em ruínas de um passado esquecido. O sangue do nariz de Vaness jorrava a uma velocidade insustentável a qualquer corpo, principalmente durante uma corrida em alta velocidade por uma cidade hostil. Com Lev de um lado e Safi do outro, a imperatriz conseguia manter, pelo menos, uma corridinha aos tropeços.

Caden ficou na retaguarda, uma montante de ferro — criada com as duas rapieiras, por Vaness — nas mãos.

Enquanto o gigante os guiava para um cruzamento com cinco vias, com o elmo abaixado e o emblema dos Baedyed, como todos os outros no distrito, a imperatriz parou.

— Preciso... parar — ela ofegou, curvando-se.

Safi deu a volta junto com Lev, e foi tomada pelo horror. Atrás deles, o sangue do nariz de Vaness deixara uma listra, um rastro que qualquer idiota poderia seguir. *Pense como Iseult, pense como Iseult.* Em primeiro lugar: o sangue. Eles precisavam contê-lo.

Mas Lev já estava arrancando tecido de sua manga.

— Aqui. — Agachando-se, a trovadora o pressionou no nariz da imperatriz. — Precisamos continuar em frente.

— Eu sei. — A voz de Vaness estava densa sob o algodão escuro. — Eu vou dar um jeito. Só me deixa respirar... por... um momento...

— Nós não temos um momento! — Caden se apressou. Ele empurrou Lev para o lado e enganchou o seu braço, muito maior e mais forte, atrás da imperatriz. — Os Baedyed estão em nossa cola. Precisamos *continuar*. — Quando Safi soltou Vaness, ele puxou a imperatriz de volta à corrida.

Bem na hora, pois um homem usando o dourado dos Baedyed estava, com certeza, correndo na direção deles. *Rápido*.

Mas o comandante já estava sumindo, abaixando-se e puxando Vaness para a rua mais estreita entre as cinco.

— Encontro vocês depois — ele gritou, deixando Safi sem nenhuma escolha a não ser obrigar suas pernas a irem mais rápido atrás de Lev e Zander.

Só que eles haviam desaparecido também, perdidos na multidão, e agora um segundo Baedyed corria diretamente em sua direção.

— Canalhas comedores de esterco! — ela berrou, correndo para a única rota restante: bem à frente. Enquanto seus calcanhares batiam com força na terra compacta, seu temperamento queimava, subindo pelos dedos dos pés. Aqueles cabeças de merda a tinham deixado! E "encontro vocês depois" onde, exatamente?

Safi virou à esquerda, em meio a um grupo de homens curvados sob cestos de roupas rangentes. Quando eles dobraram em outra estrada, ela também dobrou, antes de empurrar o homem mais próximo. Ele tropeçou, seu cesto caiu, a roupa suja voou para a frente, fazendo os homens de trás tropeçarem. O tráfego parou, mas Safi já tinha passado.

Na próxima interseção, ela deu de cara com Caden e Vaness. Ah, e lá estavam Zander e Lev, avançando e abrindo caminho no trânsito.

Ela retificou sua opinião de *canalhas comedores de esterco*. Embora apenas de leve.

A estrada descia ladeira abaixo, oferecendo uma vista do mercado de rua, com sua paisagem marítima de barracas ondulando com a brisa. Sinos de alarme tocavam — quando aquilo começara? —, o que significava que, ou mais Baedyed os aguardavam em frente ou o fogo na estalagem havia se espalhado.

Ambas as coisas, provavelmente. Mas ninguém diminuiu o passo. Nem mesmo Vaness, a quem Caden praticamente carregava. Eles desceram apressados, trovadores do inferno, herege e imperatriz, idênticos. Interseções e pessoas ficando para trás.

Até que, de fato, exatamente como Safi temia, todos eles correram para o mercado e foram cercados por lampejos verdes e dourados que surgiam de todos os lados. Baedyed. Baedyed *furiosos*.

Eles deram a volta atrás de uma série de barracas, Zander na dianteira, Safi na retaguarda. Naquele momento, ninguém os seguia. Aquele bequinho — se é que podia ser chamado assim — estava vazio.

O que Iseult faria? O que Iseult faria?

Então ela viu, e ela soube. Não pôde evitar — um sorriso surgiu em seu rosto.

— Em frente! — gritou. — Para aquela carruagem depois das barracas!

Zander não precisou de mais nenhuma orientação. Uma carruagem estava presa na multidão, sua sombra estendendo-se pelo beco.

E com a porta bem destrancada, como Safi percebeu quando Zander a escancarou com um puxão. A mulher dentro do veículo abriu a boca para gritar, mas Lev levou uma faca à garganta dela antes que o menor pio pudesse escapar.

Então Caden, Vaness e Safi rastejaram para dentro, atrás dos outros dois trovadores. Eles subiram nos bancos, enquanto Safi fechava a porta com um baque.

Houve uma respiração irregular. Duas. Três. Mas se o cocheiro notou os recém-chegados com todo o caos do lado de fora, ele não demonstrou.

O que se seguiu, Safi se lembraria pelo resto da vida como um dos trinta minutos mais peculiares já passados. O silêncio elegante dentro da carruagem balançante conflitava com o tráfego e os alarmes externos, enquanto as paredes de feltro azul de muito bom gosto e as janelas com cortinas carmesim pareciam completamente incongruentes com os cinco visitantes indesejáveis, todos ofegantes e fedendo a fumaça.

Sem mencionar a anfitriã relutante, uma vovó com olhos de descendência do extremo oriente, que parecia imperturbável pela lâmina que Lev mantinha em seu pescoço.

A única coisa que falta neste quadro vivo absurdo, Safi pensou, *é uma valsa zumbindo ao fundo*. Aí poderia ser uma cena saída de uma das peças de comédia que Mathew tanto amava.

— Eu... sinto muito — Caden disse à mulher, por fim, ainda tentando recuperar o fôlego. — Nós precisamos... de um esconderijo.

— Também precisamos de ajuda para Vaness. — Safi virou-se para a imperatriz ao seu lado, que mal parecia capaz de manter-se consciente.

A mulher do extremo oriente também notou e, sem mover os braços, apontou um único dedo para um baú embaixo do banco de Safi.

— Um kit medicinal — Zander disse, e ele, já inclinado para caber no interior, se inclinou ainda mais para rebocar o kit por entre as pernas de Safi.

— Cuidado — Caden alertou, embora sua atenção estivesse na imperatriz. Em manter o tecido pressionado contra o nariz jorrante dela. — Essa mulher é uma escravocrata. Não podemos confiar nela.

— Uma escravocrata? — Safi zombou. — Acho que não. *Olhe* bem para ela.

Os olhos da mulher iam de um lado ao outro. Confusa pela linguagem cartorrana, talvez, mas sem medo.

— Estou olhando — ele retrucou. — Para o kit medicinal. É o que os escravocratas levam para a arena, já que tantos de seus competidores saem das lutas quase mortos.

— Ele está... certo — Vaness coaxou, e a magia de Safi zumbiu. *Verdade.* Ainda assim, mesmo sustentando o olhar sombrio da velhinha, ela não conseguia ver *como* aquilo era possível. Aquela vovó pequena parecia tão gentil e piedosa.

"Há graus de qualquer coisa", Caden a dissera no dia anterior, "que não se encaixam bem na sua visão verdade-ou-mentira do mundo.".

Com cuidado, e com seus músculos enormes preparados para uma armadilha, Zander abriu o baú. Nenhum fogo irrompeu; nenhum veneno jorrou. Em vez disso, eles encontraram exatamente o que lhes fora prometido: um kit medicinal.

— Posso? — ele perguntou à mulher com uma educação meticulosa, mais um absurdo para ser acrescentado à cena. Mas a mulher já girava os punhos na direção de Vaness como se dissesse "Se apresse, se apresse!".

Zander se apressou, inspecionando à procura de um tônico para engrossar o sangue. Safi se apressou, tomando a garrafa do gigante. Então Caden se apressou também, descartando o tecido encharcado e inclinando o queixo de Vaness para cima. Uma tintura grossa como xarope com cor de sangue velho deslizou para dentro da boca da imperatriz.

Todos na carruagem inclinada encararam — dura e implacavelmente — a imperatriz de Marstok.

Ela ofegou, tossiu, e baixou a cabeça. Nenhum sangue escorria de seu nariz. Os olhos, embora com margens avermelhadas, estavam abertos e alertas.

Ao mesmo tempo, a postura de Safi e dos trovadores relaxou. Eles soltaram o ar coletivamente.

Vaness, enquanto isso, percorreu com o olhar um trovador por vez. Zander, Lev, depois Caden.

— Obrigada.

— Não nos agradeça ainda. — Caden puxou a cortina para o lado, apertando os olhos ante um raio de sol. — Os alarmes ainda estão tocando, e estamos cercados por todos os lados. É apenas questão de tempo até eles começarem a vasculhar as carruagens.

— E o território dos Velas Vermelhas? — Safi perguntou. — Não podemos ir para lá? Nos esconder até que isso passe?

Embora tenha dirigido a pergunta a Caden, foi a mulher oriental que falou.

— Eles se uniram agora. — A voz dela era algo rouco e arredondado. — Os Baedyed e os Velas Vermelhas se uniram sob o estandarte do rei corsário. Em troca, ele lhes prometeu Nubrevna e Marstok inteiras.

Caden olhou para Safi, mas não havia nada que ela pudesse fazer além de assentir — pois as palavras da vovó tremiam com verdade.

— Pelas profundezas do inferno — Lev murmurou, ao mesmo tempo que Caden gemia.

Vaness se inclinou para a frente, a postura feito aço.

— Por que está nos contando isso?

— É ruim para os negócios. — O nariz da velha se enrugou, e o tom de voz dela se tornou gelado com condescendência. — Se os dois lados se tornarem um, o comércio deixará de ser controlado pela oferta e procura.

— Você quer dizer que a *arena* deixará de ser controlada por isso — Caden refutou, e a mulher apenas sacudiu um ombro, desinteressada. Como se dissesse "a ideia é a mesma".

Por todo o tempo, a carruagem continuou.

— Você está indo para lá agora? — Lev perguntou. — Para a arena?

O aceno da mulher fez Caden se recostar no banco.

— Já serve. — Ele deu um sorriso de Traidor Atraente para Safi e Vaness. — Nossos homens estão lá. Assim que os libertarmos, deixaremos esse pântano repulsivo para trás. Juntos. Como prometido.

28

Foram necessárias várias horas para descer as falésias junto às Cataratas de Amonra. A umidade e o calor, que subiam da ravina abaixo, eram sufocantes.

Iseult não proferiu uma única palavra a respeito e, é claro, Aeduan também não.

Ele andava na frente agora, como se Iseult tivesse passado em seja lá qual fosse o teste aplicado no dia anterior. Ou talvez ele tivesse apenas se esquecido sobre não confiar nela. Ela suspeitava de ambas as opções. Ele também lhe dera a capa de salamandra e retomara o casaco sem graça em que ela o vira da primeira vez.

Significava alguma coisa — ele ter lhe dado aquela capa uma segunda vez. E embora Iseult não soubesse exatamente *o quê*, ela sabia que estar de novo embaixo das fibras grossas causava uma sensação boa.

Especialmente desde que algo crucial se quebrara dentro dela.

Horas depois do acontecido e a quilômetros de distância, ela enfim compreendeu que devia ter sido o seu coração. Que, quando Aeduan dissera que ela não era o Cahr Awen, ela sentira um pesar tão violento que a derrubara e a deprimira. Mas, no momento, tudo o que ela sabia era que aquela era a sua confirmação. Aquela era a sua prova.

Ela era débil. Ela era inútil. Ela era a metade irrelevante de uma amizade. Aquela que viveria para sempre na sombra, independentemente do que fizesse. Não importava com quem lutasse. Iseult nunca pedira nada. Não desde que ela aprendera, quando criança, que fechaduras enferrujadas em uma porta eram o melhor que ela poderia ter.

Então ela conhecera Safi e, secreta, silenciosa e tão profundamente que ninguém jamais descobriria, ela começara a ter esperanças de que sua vida pudesse se tornar alguma coisa. Sonhos pequenos não eram tão ruins. Ela podia esbarrar neles de vez em quando e ninguém jamais saberia.

Apenas agora, que não poderia realizar aquele sonho imenso que ela sussurrava para si que era impossível ser verdade... Que *ela* era parte do Cahr Awen... Apenas agora ela percebia o quanto estivera faminta por aquilo.

O tempo todo, desde criancinha.

Fantasiosa também.

Atacar Aeduan tinha sido bom. Bom demais. Iseult se perdera na prática. Na luta. Nas explosões luminosas de dor toda vez que ele acertava um golpe.

Ao fim, ela ficara coberta de suor, arfando muito antes de seu corpo ter desistido; Aeduan também. Embora a habilidade dela tivesse progredido de forma irregular, instável, conforme a prática prosseguia, e embora ele a tivesse jogado, estrangulado, bloqueado cada golpe seu, o Bruxo de Sangue nunca facilitou ou se afastou.

Depois, disputar corrida com ele pela floresta — aquela sensação tinha sido ainda melhor. Mais diversão do que ela tivera em muito tempo. Muito, *muito* tempo, e sentia-se grata por aquilo. Mesmo agora, com vergões, hematomas e panturrilhas doloridas. Talvez assim que os músculos doloridos a limitassem por inteiro e ela estivesse dura demais para caminhar, Iseult mudasse de ideia. Mas suspeitava que não.

Afinal, a dor era a sua lição por sonhar grande demais.

O vale além das Cataratas estava abençoadamente gelado. Samambaias tremiam na brisa, junto com asfódelos de pétalas brancas e amarelas. Árvores eram raridade, substituídas por pilares de pedra gigantescos que cresciam do solo, esculpidos e estriados pela mudança de curso de um rio. As colunas eram de larguras, alturas e cores variadas.

E era sempre silencioso. Nenhum homem viajava ali.

Por fim, Aeduan guiou Iseult para fora da ravina estreita, onde a terra abria-se em várzeas planas. Carvalhos reapareceram, assim como sombras efetivas contra o sol.

Sinais de humanidade também reapareceram, mas não dos homens vivos que aguardavam adiante. Aqueles eram campos de batalha de um tempo muito antigo, muito esquecido.

Elmos e peitorais enferrujados. Espadas, lanças, pontas de flechas. Havia sinais de morte em todos os lugares em que o olhar de Iseult recaía, algumas peças tão antigas que o solo e as samambaias haviam se apossado delas. Descobertas apenas quando se fragmentavam sob os pés da bruxa. Outros restos eram novos o bastante para reluzir, intocados onde haviam caído, deixados para cozinhar sob o sol fervente.

Havia esqueletos também, a maioria envolta em musgo. Embora nem sempre.

— Por que isto está aqui? — Iseult perguntou, enfim. — Por que ninguém enterrou ou queimou os mortos?

— Porque não havia sobreviventes suficientes para fazer isso. — Aeduan virou à direita, levando-a para o sul. Para mais perto do Amonra. Rochedos enormes e lisos rompiam o solo macio, e mudas buscavam o céu em ângulos estranhos.

A floresta estava assustadoramente quieta, como se até os animais soubessem que aquele local estava condenado. Como se soubessem que piratas se aproximavam em barcos.

Então Iseult manteve a voz baixa.

— Por que tanta luta? A terra é valiosa?

— Não há nada de valor aqui — Aeduan também falava com suavidade. — Mas os homens sempre acreditaram saber mais que aqueles que vieram antes deles. Que serão *eles* a se apossar das Terras Disputadas.

Ele saltou uma subida pedregosa e virou-se para trás, oferecendo a mão a ela. Ela aceitou, grata pela ajuda, mesmo que suas juntas doloridas protestassem. Os dedos dele eram quentes contra os seus.

— No monastério — ele continuou a falar, soltando-a —, eles nos ensinaram que, quando os Paladinos traíram uns aos outros, a batalha final foi travada aqui. As mortes deles amaldiçoaram esse solo, para que nenhum homem pudesse reivindicar essas terras. Mas eu acho que isso é tudo mentira.

— Por quê?

Ele demorou um tempo para responder, flexionando a mão, como se Iseult tivesse apertado forte demais.

— Porque — disse por fim, uma leve carranca unindo suas sobrancelhas — é sempre mais fácil culpar deuses ou lendas do que encarar nossos próprios erros. Esta terra não é mais amaldiçoada do que qualquer outra. Ela está apenas imersa em muito sangue.

Com aquela afirmação, Aeduan retomou sua caminhada, e Iseult o seguiu. Por mais um quilômetro e meio, eles não encontraram nenhum sinal de vida humana. Apenas sangue antigo e esquecido. Até que o bruxo congelou abruptamente em meio a um passo.

— Velas Vermelhas — ele murmurou, se agachando, farejando. — Os que perseguiram você. Precisamos dar a volta para o norte. — Ele deu apenas três passos, porém, antes de parar uma segunda vez. Agora seus olhos brilhavam avermelhados de uma borda a outra.

Ele se virou de súbito para Iseult, o casaco movimentando-se como o rabo de um gato.

— Espere aqui — ordenou. — Preciso conferir uma coisa.

Ela não teve nenhuma chance de falar antes de ele desaparecer de novo na floresta. Ela torceu o nariz, mas não tentou segui-lo. Ele a guiara corretamente até aquele momento, e apenas a paciência a ajudaria.

Ou foi o que ela disse a si mesma quando as batidas de seu coração estremeceram — e o solo começou a tremer. Apenas um solavanco suave. Quase imperceptível, a não ser pela maneira como fez Iseult torcer os tornozelos. Fez mariposas voarem velozmente ao seu redor.

Então o solo tremeu de novo e, daquela vez, mais do que meras mariposas se libertaram. Um bando imenso de estorninhos abandonou os galhos e voou por sobre as árvores.

Um terceiro abalo fez a terra estremecer. Um grande golpe do solo que fez Iseult cair no chão. Ela se levantou de imediato, o coração acelerado, mas o chão ainda se movia. Galhos tremiam; folhas caíam; esquilos, martas e turdídeos passavam apressados.

Uma sombra mergulhou sobre a floresta. Imensa. Veloz. E pulsando com fios prateados brilhantes. Apenas uma vez Iseult vira fios como aqueles.

Em raposas-do-mar.

Há coisas piores nas Terras Disputadas do que Bruxos de Sangue.

Ela presumira que Aeduan se referia a *humanos* piores do que Bruxos de Sangue — homens como os Velas Vermelhas. Mas quando a sombra se aproximou, fios prateados reluzindo junto ao coração, ela percebeu que ele não se referia, de forma alguma, a humanos.

Ele quisera dizer morcegos-da-montanha, aquelas criaturas imensas e serpenteantes do mito. Aqueles antigos necrófagos do campo de batalha.

Iseult se pôs de pé e correu.

Havia apenas um motivo para Aeduan seguir em direção aos exércitos à frente — e ele tinha certeza de que havia exércitos.

Ele tinha farejado juntas quebradas e unhas arrancadas, um fedor que se destacava em meio aos outros. Um sinal de que o líder dos Velas Vermelhas andava à espreita em algum lugar nas redondezas. Ainda assim, era o cheiro que perdurava por baixo daquela miséria que perseguia Aeduan. Que o impelia adiante, fazendo-o se esquecer por completo da Bruxa dos Fios.

Água de rosas e canções de ninar embrulhadas em lã. Uma criança.

Gelo percorreu suas entranhas. Seus pulmões, seus punhos; ressoou em seus tímpanos. Apenas duas vezes na década passada aquele sentimento — aquela lembrança — subira totalmente à superfície. Duas vezes, Aeduan havia olhado para a lembrança diretamente nos olhos e dito "Sim. Hoje você pode vir à tona".

Em ambas as vezes, pessoas tinham morrido em suas mãos. Em ambas as vezes, ele sentira uma necessidade inevitável de pagar uma dívida de vida por outra pessoa.

Aquela seria a terceira vez.

Corra, meu filho, corra.

Ele se moveu com extrema cautela pelo terreno arenoso e macio devido à proximidade com o rio. Seus músculos — sua bruxaria — gritavam para inflamarem-se. Com velocidade. Com poder. Mas sangue habitava o ar ali, saturando a várzea como o fedor de um lago infestado de mosquitos. Aeduan se forçou a avançar com uma lentidão agonizante.

Ele chegou ao rio e parou ao lado de uma bétula-branca descascada. Os cheiros que seguia — a criança e o líder dos Velas Vermelhas — iam para o norte, para longe do rio. Ele seguiu, sua bruxaria fluindo pelos músculos. Criaturas saíram do seu caminho. O solo tremeu, uma distração distante.

Tudo o que ele sentia era o gelo em seus punhos, a matança em suas veias.

Ele enfim chegou, em um acampamento ao lado do fluxo de um córrego. Era tão familiar. Tão parecido com aquele dia há catorze anos.

Sete homens estavam lá, a maioria aguardando dentro de uma tenda bem-feita com faixas douradas enroladas nas bordas. O tipo de tenda que ele via famílias ricas levarem em piqueniques.

Aqueles eram os homens que Aeduan encontrara no dia anterior. Os homens que tinham perseguido a Bruxa dos Fios.

Ele entrou na clareira, remotamente satisfeito quando o solo decidiu tremer, duas respirações depois. O guarda solitário do lado de fora o avistou. A barba do homem era gordurosa, e sua capa refinada e oleada tinha, obviamente, sido tomada das costas de um viajante. Ele deu olhadas ansiosas para o céu antes de avançar até o bruxo.

Mas o idiota não sacou sua arma. Pensando bem, Aeduan também não.

O homem avançou, cascalhos de silicato sendo triturados sob seus pés, enquanto seu olhar percorria o intruso. Seja lá o que ele tenha visto, não o impressionou.

O que era bom. Quanto mais ele se aproximasse de Aeduan e se afastasse da tenda, mais fácil seria aquela luta.

— Você não deveria estar aqui. — O guarda estava perto o bastante para ser ouvido por cima do tremor da terra, do chiado da floresta. A barba dele estava aparada com uma ponta comprida, uma preferência dos homens das terras ao norte. — Dê meia-volta e vá embora.

Mais uma vez, uma olhada incisiva ao céu. Uma sombra surgiu, fazendo ventos soprarem e atraindo o olhar de Aeduan.

Um morcego-da-montanha pairava acima deles. Vagamente, ocorreu ao bruxo que ele nunca vira uma criatura como aquela antes. Era igualmente maior e mais magra do que ele esperava, com uma cauda comprida golpeando as costas. Fora isso, contudo, o morcego monstruoso parecia exatamente igual aos pequenos morcegos frutíferos das selvas do sul.

O Bruxo de Sangue presumiu que deveria sentir medo.

Mas não sentia. O gelo em seu sangue precisava ser liberto, e a criança presa dentro daquela tenda precisava de ajuda. *Aquilo* era tudo o que importava.

Ele voltou-se para o escravocrata, que estava claramente confuso quanto a quem representava uma ameaça maior: Aeduan ou o morcego-da-montanha. Para Aeduan, a resposta era óbvia.

— Você deveria correr agora — ele alertou o homem. — Ou eu vou matá-lo.

Os lábios do guarda curvaram-se para baixo.

— Somos sete e você é apenas um. — Ele agarrou a camisa do bruxo.

— Exatamente. E é por isso que você deveria estar correndo.

Então, com uma velocidade que nenhum homem poderia igualar, ele envolveu a mão do homem em seu peito, e o golpeou. Seu punho atingiu bem acima do cotovelo do homem, quebrando a articulação e fraturando o úmero em dois.

O osso rasgou a carne; o guarda gritou.

E foi apenas o começo. Com o braço do soldado em um ângulo que jamais deveria estar, Aeduan empurrou o cotovelo amolecido em direção ao pescoço do homem. A ponta dentada de osso que irrompera para fora agora perfurava uma garganta macia.

A barba do Vela Vermelha ficou instantaneamente vermelha e, com um movimento suave dos punhos, o Bruxo de Sangue empurrou o corpo.

Depois daquilo, tudo virou um borrão de tremores de terra, gritos e sangue. Do pavor expandido nas pupilas dos homens quando eles perceberam que iam morrer.

Mais seis soldados. Aeduan matou cada um deles em um tempo menor do que levava para amarrar suas botas. Mas, com o último, o líder que fedia a juntas quebradas, ele se demorou.

Ou era o que planejava fazer, mas, quando pressionou o joelho nas costas do homem, o córrego batendo no cascalho ao redor do seu rosto, quando agarrou o cabelo do homem e jogou a cabeça dele para trás, revelando um queixo esburacado e salpicado de feridas abertas, o lixo humano começou a falar.

— O rei — ele ruidou — está nos esperando.

— Duvido. — Aeduan desafivelou uma faca, a primeira arma naquela luta, e a posicionou em um ponto de pressão logo atrás da orelha do Vela Vermelha.

O homem tremeu, embora não com medo. Um monstro daqueles não era capaz de sentir medo, e Aeduan conseguia farejar prazer pulsando nas veias dele. Ele parecia se deleitar com como a ponta da faca penetrava lentamente na pele, como ela se afundava em um aglomerado de nervos que fazia a dor gritar pelo seu corpo inteiro.

— O rei... do norte. Ragnor.

Com aquele nome, a lâmina de Aeduan ficou estática.

— Ragnor — o homem repetiu. — Ele é... o rei corsário, e está esperando por nós. Pela nossa mercadoria.

Um longo momento se passou. O morcego-da-montanha seguia naquela direção, levantando vento, folhas e galhos.

Mas o bruxo continuou imóvel, observando o sangue do escravocrata escorrer pelo pescoço e misturar-se ao córrego.

Então, ele enfiou a faca até o fim. Um furo, entrando e saindo. Sangue jorrou. O mau cheiro se apossou dele.

Antes de se levantar, ele limpou cuidadosamente a lâmina nas costas do homem. A escuridão em suas entranhas estava mais gelada.

Corra, meu filho, corra.

Ele olhou para o céu, embainhando a faca. O morcego-da-montanha seguia em sua direção, as asas com membranas quase transparentes.

O animal gritou, fazendo Aeduan ranger os dentes. Mas ele ainda não podia correr. Não sem a criança que o atraíra até ali, para começo de conversa.

Ele virou na direção da tenda. A menina — pois era o que ele sentia em meio às rosas e às cantigas — estava lá dentro.

O espaço interno era apertado com suprimentos e caixotes. Enfiado atrás de uma das caixas estava um vulto minúsculo encolhido como uma bola. Suas mãos nomatsi pálidas estavam amarradas, um saco sobre a cabeça.

Aeduan caiu ao lado dela, os dedos correndo para desprender a menor lâmina que possuía. Enquanto cortava as cordas nos punhos dela, ele falava em nomatsi.

— Não vou te machucar. Estou aqui para ajudar, irmãzinha.

Acima, o morcego-da-montanha gritou de novo. Vento agitava a tenda, sacudindo as laterais com golpes rítmicos, como se a criatura pairasse logo acima.

Porém, não havia ataque, então Aeduan a ignorou.

O vestido verde-sálvia frágil da menina estava encharcado pelo chão enlameado. Sua pele estava gelada, os dedos dos pés descobertos, quase azuis. Ela estremeceu, mas não lutou quando o bruxo se voltou para o saco amarrado sobre sua cabeça.

Ela era ainda mais nova do que ele imaginava — e suja também, o cabelo preto molhado e emaranhado.

Seja lá qual fosse sua tribo, sua captura pelos Velas Vermelhas acontecera pelo menos alguns dias antes. O que não fazia sentido para Aeduan. Certamente seu pai não trabalharia com escravocratas. Não depois de tudo.

Corra, meu filho, corra.

— Não vou te machucar — repetiu. O idioma saía com tanta naturalidade de sua língua, mas soava tão estranho aos seus ouvidos. — Estou aqui para ajudar.

A menina não reagiu. Não deu nenhum sinal de ter ouvido as palavras dele. Quando ele tentou guiá-la em direção à saída da tenda, porém, ela permitiu. E quando ele disse "Eu vou te carregar agora", não houve resistência.

Aeduan a segurou e ficou de pé. Ela era tão leve, tão frágil. Um passarinho nos braço demoníacos dele.

Do lado de fora, os gritos do morcego-da-montanha cessaram do nada. A tenda balançou menos e menos... até parar.

A criatura tinha voado para longe.

— Feche os olhos — Aeduan disse quando eles se aproximaram da borda da tenda. Ele não queria que ela visse o rastro de morte deixado para trás.

Mas a menina se recusou. Assim como a irmãzinha da Mãe Lua não fechou os olhos quando o Trickster as traiu, aquela pequena coruja, mantinha os olhos bem abertos.

Ela fizera sua escolha, Aeduan decidiu, e ele saiu para a matança.

29

Bom, Merik caíra direto na armadilha. Ele vira o que queria ver — o assassino morto — e entrara em uma sala cheia de Forças Reais. Em um segundo, ele contou vinte soldados bloqueando a saída do bar, com, pelo menos, o mesmo número de lâminas no total.

As probabilidades eram excelentes. Para os soldados.

Mas Merik tinha uma vantagem: sua magia. Ele respirou uma vez, e o calor se inflamou. Duas, e ele se moveu, girando e chutando uma xícara de chá de boi fumegante na mesa mais próxima. Com lufadas de vento e de raiva, o álcool fervente foi lançado pelo ar.

Uma chuva sibilante de bebida queimou os soldados próximos.

Um homem estava claramente pronto para aquele truque. Ele tinha mergulhado no chão e se aproximava, pronto para atacar.

Merik o deixou avançar. Quando o homem o atingiu, ele se lançou sobre as costas do soldado e o agarrou com firmeza. Eles deram uma cambalhota, sendo carregados pelo impulso do homem... com Merik balançando de um lado para o outro no topo. Um soco no nariz. Sangue irrompeu. Um soco na orelha, com os ventos do príncipe girando em um golpe de vento. O tímpano do homem rompeu; ele gritou.

Ótimo. A palavra formigou nos dedos de Merik enquanto ele soltava o sabre de abordagem do oficial. Era uma sensação boa. Perversa. Vingativa.

Ele se virou. Sua lâmina se ergueu, chocando-se contra uma espada naval equiparável. Ele girou o pomo ao redor do punho do soldado novo.

Um único puxão e o homem desabou. O sabre de abordagem caiu e foi pego com facilidade.

Agora ele tinha duas espadas. As probabilidades estavam melhorando.

Exceto, é claro, pelas bestas que inúmeros soldados apontavam em sua direção naquele momento.

O pé de Merik avançou. Uma mesa fez *crack!* em direção ao chão, e mais duas xícaras de chá de boi voaram. Ele caiu atrás da mesa derrubada quando virotes vibraram. A mesa estalou, jarros se estilhaçaram, e um lampejo de calor e luz se acendeu.

Uma das velas havia caído do lustre, faiscando no chá próximo. Logo haveria uma parede de fogo entre ele e os soldados.

O que queria dizer que *aquele* era um bom momento para mergulhar até o bar. Ele deixou ambos os sabres de abordagem caírem antes de se atirar para trás do balcão, a tempo de sentir o calor e ouvir o som de quando a verdadeira fúria se libertou.

Em questão de segundos, o Destrinchado estava pegando fogo.

Estreitando os olhos pela fumaça e o fogo, Merik procurou atrás do bar por qualquer sinal de Garren. Na lateral do Destrinchado, a porta escura ainda o chamava. Sombras ainda zumbiam.

Com aquele pensamento, seu poder despertou à máxima extensão. O ar se afunilou, carregando faíscas. Ele saiu de trás do bar. Tão rápido quanto seus músculos e a sua magia podiam carregá-lo, ele se jogou em direção aos quatro soldados, tudo o que havia entre ele e a porta na lateral traseira.

Um soldado tentou correr. Merik estalou seus ventos como um chicote. Dois homens caíram.

As probabilidades voltavam a melhorar. Ele não conseguia deixar de sorrir, engolindo um ar denso e abrasador. Luz, fumaça, chamas — aqueles eram os seus elementos. Seus amigos. Nascera deles, uma criatura metade carne, metade sombras. E ele retornaria àqueles elementos.

Afiado como qualquer ponta.

Os últimos dois homens atacaram, disparando bestas. Rápidos demais para Merik esquivar, os virotes atingiram seu abdômen, sua coxa. Mas, em um lampejo de poder que oscilou pelo seu corpo, sombras uniram-se em suas veias.

Ele só teve tempo suficiente para pensar "Sem dor" antes de arrancar ambos os virotes e continuar andando. Então entrou pela porta lateral, quase impenetrável pela fumaça e pelo fogo.

O Fúria estava chegando.

<hr>

Vivia sentou-se em sua mesa em *Pin's Keep*, recalculando os números registrados alguns dias antes. O antigo total, desolador e negativo, logo seria gloriosamente positivo. Embora, sim, seu estômago doesse um pouco ao pensar em esconder do pai o último carregamento dos Raposas, a calidez crescente em seu peito logo drenou a culpa.

Afinal, esconder suprimentos no depósito havia se mostrado um prejuízo tremendo, e ela não via motivos para continuar acumulando. *Pin's Keep* estava faminto *naquele* momento. Fim da história.

Com um risco satisfatório, ela marcou a quantidade de suprimentos recebidos. Depois, escreveu o novo total.

Passos soaram na escada, rápidos e saltitantes. Stix entrou apressada.

— Senhor! — Ela estava ofegante. — Eu segui o garoto... o parceiro do Fúria. O senhor precisa vir comigo. Agora.

Vivia se levantou velozmente. Papéis espalharam-se.

— Onde ele está?

— Aqui. Dentro de *Pin's Keep*. — Ela não esperou ser seguida, e sua cabeça branca sumiu de vista antes mesmo que Vivia pudesse chegar até a porta. Quando a princesa chegou ao fim das escadas em espiral, Stix e suas pernas compridas estavam quase desaparecendo no corredor.

Vivia metade andava, metade corria atrás dela, alcançando-a quando Stix entrou na cozinha. Vapor, calor e o *clack-clack-clack* monótono de facas recaíram sobre a princesa. As pessoas paravam para sorrir, para fazer uma reverência, uma mesura ou bater continência. Mas Stix não estava diminuindo o passo, então Vivia a acompanhou.

Elas passaram pelos fogões fumegantes e pelas estantes com os suprimentos diários. Até que, enfim, chegaram à porta do porão no canto mais escuro. Dois soldados estavam de sentinela.

— O garoto saiu? — Stix gritou.

— Não, senhor! — um deles berrou, enquanto o outro gritava:

— Ninguém passou, senhor!

— Ótimo. — A primeira-imediata se inclinou, passando pelo vão arqueado. Vivia a seguiu, as pedras roçando no topo do seu cabelo. Sombras cobriam seus olhos. — O garoto desceu aqui — Stix sussurrou conforme elas se arrastavam, com maior silêncio e lentidão. — Talvez a gente consiga cercá-lo. Usá-lo como isca para o Fúria... Não tem ninguém aqui. — Ela saltou o último degrau. Depois, girou. — Ninguém mesmo.

Ela estava certa. O porão quadrado e iluminado por lamparinas estava vazio, o espaço pequeno demais para qualquer um se esconder. Não havia nenhum lugar nas prateleiras fracas nas paredes ou atrás delas em que pudesse caber uma pessoa.

— Eu juro — Stix sibilou, mais para si mesma do que para Vivia — que o garoto desceu aqui. Meus homens devem tê-lo perdido. — Ela voltou para as escadas.

— Espere. — Vivia andou, o pescoço esticado, em direção a uma estante bem à frente. Estava torta, e na fenda entre ela e outra estante, rastejavam aranhas. Uma por uma. Uma centopeia também.

Em segundos, a princesa estava com os dedos enfiados atrás da madeira. Ela puxou. O revestimento escorregou facilmente para a frente — fácil demais. Como se rodinhas estivessem escondidas embaixo de suas tábuas de pinho.

Uma passagem em arco escancarava-se nas pedras, água pingando da pedra-chave. Uma barata correu.

— Pelas águas do inferno — Stix sussurrou, parando ao lado de Vivia. — Para onde o senhor acha que isso leva?

— A escuridão nem sempre é desfavorável — Vivia murmurou. — Encontre a entrada de baixo.

— Entrada de... onde?

A princesa não respondeu. Não podia, pois naquele momento algo borbulhou em seu peito. Algo caloroso que poderia ser uma risada, ou então um soluço. Porque *é claro* que a resposta para a cidade subterrânea estaria ali. Bem embaixo de seu maldito nariz — e bem embaixo do maldito nariz de sua mãe. Todos aqueles anos, elas acreditaram que a cidade estava perdida, e todos aqueles meses, Vivia perdera seu tempo procurando.

Lágrimas surgiram, mas ela cerrou os dentes para impedi-las. Ela poderia rir, poderia chorar, poderia *sentir* tudo aquilo depois. Por ora, precisava continuar seguindo em frente.

— Pegue a lamparina — disse, grosseira. Então, entrou na escuridão.

Vivia guiava o caminho, embora Stix segurasse a lamparina atrás dela. As sombras de Vivia flutuavam alongadas pela túnel de calcário, que corria em um único sentido: para baixo.

Com exceção das primeiras perguntas, Stix — sempre uma primeira--imediata perfeita — não questionou mais, e a princesa não ofereceu nenhuma explicação.

Quanto mais fundo elas iam, mais um brilho verde familiar tomava conta. Até que a lamparina não era mais necessária. Fogo de raposa iluminava tudo, seguindo sempre em frente, uma constelação no céu pela qual se guiar. O túnel terminou, e uma porta de pedra as aguardava, entreaberta.

Entalhados no calcário brilhante, seis rostos espreitavam do centro da porta. Um em cima do outro, suavizados, mas mesmo assim inconfundíveis. Os peixes-bruxa de Noden.

Vivia parou ali, engolindo em seco, respirando fundo e engolindo de novo, pois um redemoinho escuro abrira-se em seu estômago.

Tudo o que precisava fazer era avançar. Ela, então, teria respostas. Ela, *então*, teria aquilo que estivera perseguindo aquele tempo todo.

A princesa respirou, criando forças. Depois, avançou. A pedra rangeu na moldura, os rostos escurecendo enquanto o brilho esverdeado se dissipava.

E lá estava ela. *A cidade subterrânea.* Ela abrangia a caverna diante de Vivia, caminhos estreitos que irradiavam para fora, com construções — de três andares — erguendo-se em ambos os lados. Algumas projetavam-se das paredes da caverna; outras brotavam diretamente do chão de calcário.

Janelas e portas abertas e vazias, a não ser pelas teias de aranha esticadas lá dentro.

Tudo era iluminado por fogo de raposa. O fungo subia pelas paredes e pelo teto dentado, enrolava-se em colunas e espalhava-se pelas portas. Um pouco até brilhava dentro das casas vazias.

Vazias. Habitáveis. Vivia poderia instalar milhares — dezenas de milhares — de nubrevnos ali. Os movimentos em sua barriga recomeçaram. Com o dobro de velocidade. Uma dor feliz que inflava seus pulmões e pressionava seu esterno.

Stix posicionou uma mão gentil em cima do ombro dela.

— Que lugar é este, senhor? É grande como o Caminho do Falcão.

— É maior. — Ela agarrou a mão de Stix, puxando a mulher para a frente. — Venha. — Ela *precisava* continuar seguindo. Ela *precisava* conseguir respostas.

Elas exploraram mais além, passando por sinais de vida. Pegadas nas teias empoeiradas ou borrões no fogo de raposa, como se pessoas tivessem passado desajeitadamente as mãos nele. As casas eram todas iguais, uma após a outra. Cortiços construídos de forma idêntica às estruturas mais antigas acima do solo. Tanto espaço — finalmente, *finalmente.*

Mas, quando Vivia e Stix arrastaram-se por uma interseção, um *clank!* soou pela cidade. Como ferro sobre pedra. Como uma lâmina antiga caindo em um chão distante.

Vivia ficou tensa. Stix congelou. Ali elas esperaram, sem respirar, enquanto luz verde e teias de aranha sussurravam ao redor.

Então, surgiu uma voz. Gritando e perto — perto demais. Vivia e Stix mergulharam para a casa mais próxima. Bem na hora, pois o orador gritão logo passou, sendo arrastado.

Vivia espiou pela porta antiga atrás da qual ela e Stix pairavam. Um garoto, de cabelo curto e esguio, lutava contra as duas pessoas que o puxavam pela estrada. Ele estava com os punhos amarrados, mas chutava. Puxava. Cuspia. E o tempo todo gritava:

— Não precisa ser assim! Não precisa ser assim!

Vivia encontrou os olhos de Stix na escuridão.

— É este o garoto? — indagou, articulando as palavras com a boca.

A primeira-imediata assentiu.

Um dos homens, um brutamontes nubrevno barbudo, logo perdeu a paciência com o garoto. Ele o agarrou pelo colarinho e o socou com força no nariz.

O garoto tossiu — e tossiu mais, mas logo a tosse se transformou em uma risada frenética.

— Você vai... se arrepender disso — ele disse, entre risadinhas ofegantes.

— Acho que *você* vai se arrepender — o brutamontes rosnou. — Voltar aqui foi a coisa mais estúpida que poderia ter feito, Cam. Ele vai fazer você pagar, você sabe.

— Vai ser divertido de assistir — disse uma segunda voz. Feminina e rouca. — Dessa vez eu duvido que ele deixe você ir embora.

— Para quem vocês trabalham? — o garoto exigiu, sem mais risadas. — Quem contratou vocês para matar o pr...

Crack! A voz do garoto falhou. Houve o som de um baque, como se os joelhos dele tivessem cedido.

— Seja uma boa garota, Cam — disse o homem enorme —, e cale a sua maldita boca.

Nenhuma resposta, e quando Vivia deu mais uma espiadela, o homem imenso estava levantando a *garota* flácida por sobre o ombro.

A princesa esperou até que eles estivessem fora de vista antes de se virar para Stix, que murmurou:

— O senhor notou algo nas mãos deles? — Diante das sobrancelhas franzidas de Vivia, ela sacudiu a mão esquerda. — Nenhum mindinho.

A testa de Vivia relaxou.

— Igual aos corpos que o Fúria matou. Acho que os Nove *estão* de volta.

— *Ou* — a outra disse com obviedade — eles nunca foram a lugar algum. Eles podiam estar escondidos aqui esse tempo todo... — Ela parou de falar, os olhos se arregalando. Mais vozes se aproximavam. Mais luz também, laranja do jeito que apenas o fogo de lamparinas poderia produzir.

Pessoas. *Muitas* delas. Na cidade de Vivia, e supostamente trabalhando com o Fúria.

Então, ela tomou uma decisão. Aproximou-se rapidamente de Stix. Perto o suficiente para que ninguém mais pudesse ouvi-la dizer:

— Volte para *Pin's Keep*. Precisamos de soldados.

— O que Vossa Majestade vai fazer?

— Nenhuma idiotice.

Stix a fitou, o rosto cansado.

— Não acredito. Vossa Majestade parece... diferente hoje.

As sobrancelhas de Vivia saltaram de surpresa — então ela percebeu o que a primeira-imediata queria dizer. Ela *estava* diferente. Estava tão preocupada, tão focada, que não se preocupou em ser uma Nihar.

Por algum motivo irracional, aquilo a fez sorrir. Um entusiasmo estranho surgiu atrás de suas costelas.

— Vá, Stix. — Ela cutucou a outra. — Só vou observar os Nove. Ver o que posso descobrir.

— Está bem — a primeira-imediata respondeu, embora ainda estivesse imóvel. Seu rosto se franziu ainda mais, como se estivesse presa na indecisão...

Ela decidiu, inclinando-se até que seus lábios roçaram na bochecha de Vivia. O mais suave dos beijos.

— Tome cuidado.

E desapareceu.

Por vários batimentos irregulares, Vivia não conseguiu respirar. Stix enxergara através de sua máscara, e mesmo assim não saíra correndo. Não julgara. Não odiara.

Pelas águas do inferno, o que poderia ter acontecido se ela tivesse mostrado o seu verdadeiro eu anos atrás? Talvez ela e Stix poderiam ter...

Não. Ela esfregou os olhos. *Sem arrependimentos.* Ela poderia analisar e reprisar aquilo mais tarde. No momento, precisava continuar seguindo em frente.

Após um instante para se situar, avançou. Sozinha. Os barulhos à frente cresciam — ao menos dez pessoas —, assim como o brilho de lamparinas demais em um único espaço.

Ela alcançou o grupo reunido em um largo extenso. Entrou em uma casa de frente para a movimentação. Subiu, andar após andar, até chegar ao topo. Lá, ela tinha a visão perfeita. Lá, poderia manter-se na sombra e observar os Nove abaixo.

Porque Stix estava certa. Aqueles *eram* os Nove. Ela conhecia o homem ao centro — ela o havia *contratado*. Garren Leeri, da Praça do Julgamento. Ele tinha sido tão descuidado no trabalho, porém, que ela o trocara assim que possível.

Ele estava com uma aparência *horrível*. Pele e osso. Cicatrizes escurecidas por todos os cantos.

— Afastem-se — ele grasnou. — Deem espaço para a minha irmã!

As pessoas se afastaram, permitindo que Vivia tivesse uma visão clara da garota que acabava de acordar.

— Garren — a garota murmurou, um som surpreso.

Então, de repente, ela virou um ciclone. Ela se contorcia, agredia, girava. Tentando se levantar, tentando lutar contra as cordas. Até que Garren soltou um cutelo de uma bainha em sua cintura.

Cam ficou parada, mas não quieta.

— Você me usou. — As palavras quicaram no calcário, altas o suficiente para todos no largo ouvirem. — Eu confiei em você, e você me *usou*.

— Eu só recebi o que me era devido, Cam, já que você foi embora sem pagar suas dívidas. — Ele sacudiu a lâmina para ela. — Posso te soltar? Você vai se comportar?

Os lábios dela se franziram para o lado. Ela assentiu.

Garren cortou as cordas, um gesto surpreendentemente carinhoso. Assim que a última fibra arrebentou, Cam se afastou com rapidez.

— O *que* você é?

— Eu poderia te perguntar o mesmo. — Ele riu, e dois outros Nove riram com ele. — Menino, menina... você já se decidiu, Cam?

Ela se recusava a aceitar aquilo. Seus lábios se ergueram em um rosnado.

— Eu *vi* você morrer, Garren.

— Aye. E você também viu o seu príncipe morrer. Mas a morte... não é mais um limite para mim. Também não precisa ser para você, Cam. Agora me dê a sua mão esquerda. Precisamos terminar o que começamos antes de você fugir.

— Não. — Cam tentou correr. O homem barbudo a agarrou, empurrou as suas costas. — *Não!* — ela gritou. — *NÃO!*

Vivia se levantou. Ela estava em desvantagem, e tinha apenas aquela lâmina para protegê-la, já que não havia água por perto. Mas não importava. Aquela menina estava em perigo; ela a ajudaria.

No mesmo momento em que Vivia virou para correr de volta às escadas, ela avistou outra figura. Encoberto pela escuridão, ele aguardava no topo do prédio oposto ao dela. Havia um redemoinho de vento ao seu redor. Suas roupas voavam. Sombras entrelaçavam-se.

Ele pulou para o largo, e luz fluiu pelo seu rosto.

Era Merik.

Era o irmão de Vivia.

***

Merik havia encontrado o inimigo: quinze pessoas, com os olhos em Garren e Cam no centro do largo. *Os Nove,* ele agora sabia, e encontrá-los tinha sido tão fácil. Ele fora um peixe na isca, e as sombras o puxaram sempre em frente.

Por passagens sinuosas, passando por longos trechos de inundações, descendo por buracos apagados e escadas suspensas, até que, enfim, ele estava lá. Por Cam, ensanguentada e ajoelhada diante do assassino do *Jana.* Diante do irmão dela, Garren.

Fazia sentido agora — o motivo de ela ter se escondido naquele beco, o ataque perto de *Pin's Keep,* e por que ela continuava insistindo que talvez Vivia não estivesse por trás do atentado.

Ele perguntaria a ela sobre aquilo depois, conseguiria respostas. Decidiria se poderia perdoá-la.

Por ora, porém, Cam estava em perigo.

Em um salto, ele desceu até o largo. Seus ventos serpentearam para um combate corpo a corpo. Um homem se virou. Merik bateu no peito dele, derrubando-o de uma só vez. Mais dois homens avançaram, os sabres de abordagem expostos. Merik apenas riu — como se lâminas tivessem importância contra seus ventos. Contra sua *fúria.*

Ele ergueu ambas as mãos, afunilando seu poder em uma bola. Com um movimento dos punhos, cada partícula de poeira nos arredores voou para o rosto dos homens. Para os olhos deles.

Eles gritaram.

Merik girou habilmente de volta, os ventos espalhando-se como uma extensão de seu corpo. A maior parte dos homens corria, incluindo aquele que arrastara Cam para o largo. Mas o bruxo não o deixou ir. Em três passadas compridas, ele havia alcançado o homem e o chutado na parte de trás do joelho. O Nove caiu no chão, uma nuvem de fumaça subindo e sendo rapidamente envolvida pelos ventos do bruxo.

Merik virou o homem para que ele ficasse com as costas no chão. Palavras ininteligíveis eram balbuciadas em sua garganta. Ele não era muito mais velho que Merik, apenas barbudo. Faminto também, se suas bochechas fundas significassem alguma coisa.

O príncipe se endireitou, levantando o sabre de abordagem do homem com ambas as mãos. Preparado, *faminto* pela vingança que vivia dentro daquele aço. Ele cortaria o pescoço, as artérias, a coluna...

— *PARE, ALMIRANTE!*

As palavras penetraram o crânio de Merik. Ele ficou imóvel, a lâmina para trás. Ventos chocando-se ao seu redor. O homem barbudo tremeu, os olhos se fecharam.

Merik se virou e encontrou Cam a vinte passos de distância — um cutelo em sua garganta. Garren a agarrava por trás.

Na mesma hora, seu corpo gelou. Na mesma hora, seus ventos pararam.

— Deixe ela ir — tentou dizer, mas sua voz era algo bruto e intangível. Um raio quando uma tempestade completa era necessária.

Garren entendeu. Sorriu, o rosto destruído esticando-se de maneira estranha.

— Fique onde está, ou a menina morre.

Merik deixou o sabre cair e ergueu as mãos na defensiva. Ele precisava se mover com a corrente, se mover com a brisa. Não tinha dúvidas de que, se Garren se assustasse, acabaria matando a própria irmã.

Com a explosão no *Jana*, ele chegara bem perto.

— Deixe ela ir — Merik ordenou, a voz mais alta. — Sou eu que você quer morto.

— Verdade. — O sorriso de Garren se alargou. — Mas você provou ser um homem difícil de matar.

— Eu poderia dizer o mesmo de você.

O homem riu, um som penetrante que fez Merik se assustar.

— Eu sei quem você é, príncipe Merik Nihar. Mas me pergunto, você sabe quem *ela* é? — A lâmina fez um movimento súbito. Sangue aflorou.

O coração do príncipe saltou do peito, mas ele continuou onde estava. Sua fúria enfraquecia rapidamente com o sangue que escorria pelo pescoço de Cam. *Mover-se com a corrente, mover-se com a brisa.*

— Você deveria ter se juntado aos Nove, Cam. — O tom de Garren era sedoso enquanto ele a examinava. — Ocupar o meu lugar e reconstruir esta cidade com o único vizir que se importa conosco. Em vez disso, você fugiu como uma covarde. E depois, como uma covarde, você me deixou entrar no navio do príncipe...

— Não foi assim! — Cam deixou escapar.

— Foi *exatamente* assim. — E com aquelas palavras finais, Garren agarrou a mão esquerda dela e cortou seu mindinho.

Sangue jorrou, uma linha escura. Ela gritou. O dedo caiu no chão.

Merik já estava lá, pronto para atirá-la para o lado antes que pudesse sofrer mais danos.

Garren riu, tropeçando para trás, antes de meter o rabo entre as pernas e correr.

Ótimo. Merik apreciou a perseguição. Ele levantou voo. Calma, calma — sem fúria agora. Apenas a morte, fria e calculada.

Ele aterrissou duas ruas depois, bem na frente de Garren, que tinha acabado de dobrar a esquina. O rosto dele mal demonstrou surpresa antes de as mãos de Merik estarem em volta do seu pescoço. O bruxo o ergueu. Os pés de Garren ficaram suspensos. Então Merik fez o homem retroceder, *retroceder* até acertar uma parede.

Grupos de cogumelos brilhantes descascaram. Ainda assim, o homem riu.

— Você não pode me matar. — Ele engasgou, agarrando os dedos do bruxo. — Eu sou... como você, príncipe.

— Não. — Merik ofegou por ar, e ventos fluíram em sua direção.

— Eu sou, eu sou! — O outro homem sorriu. — Nós somos marionetes agora, você e eu! Podemos voltar de *qualquer lugar*!

— Você tem certeza disso? — veio uma nova voz. Uma que Merik conhecia, uma que ele passara tantos anos odiando. No entanto, enquanto se permitia virar a cabeça, enquanto permitia que seus olhos assimilassem alguém além de Garren ou Cam, ele não sentia nada além de um alívio violento.

Porque Vivia corria naquela direção. Os olhos dela queimavam, o rosto em chamas com a familiar força Nihar. Houve um lampejo de prata. Ela se aproximou mais. Então, em um único movimento, decapitou Garren.

A cabeça dele se inclinou, caiu, e meio segundo depois, o corpo seguiu, em uma lufada de poeira de calcário antigo.

— Experimente voltar *disso* — ela rosnou, antes de erguer o olhar para o irmão. Antes de uma nova expressão tomar conta de suas feições. Uma que ele nunca tinha visto antes. Uma que quase lembrava... arrependimento. — Merry — ela disse por fim, um som ofegante, quase um riso abafado —, você está *horrível*.

30

Safi havia desistido de tentar manter seus dedos tamborilantes e seus calcanhares nervosos parados. Caden havia desistido de mandá-la parar.

Após o que pareceram ser horas na carruagem, todos estavam nervosos. Até mesmo a mulher oriental começara a tirar sujeira debaixo das unhas, um movimento furioso que se tornou mais animado, mais impaciente, a cada minuto passado.

Ainda assim, a carruagem não podia ser acelerada. Assim que se livraram do mercado abarrotado, viajantes indo para a arena enchiam cada estrada enlameada em meio aos pântanos, cada ponte raquítica que atravessava o lago em formato de ferradura. A maioria das pessoas estava horrivelmente bêbada — como a almirante Kahina tinha descrito — e, embora Caden raramente espiasse por trás da cortina, não havia como ignorar os sons de folia do lado de fora. De rixas mesquinhas se acalorando, de apostas de escravos passando de mão em mão.

A paisagem também mudou. O solo firme se transformou em lama desigual e pontes trêmulas. O fedor desagradável de uma cidade suavizou para o fedor sulfúrico de um pântano. Ao mesmo tempo, a temperatura dentro da carruagem mudou de um calor suportável queimado pelo sol para uma umidade sufocante e insuportável.

A única pessoa que parecia imperturbável por tudo aquilo era Zander, que até tentou conversar.

— Ouvi dizer que o continente oriental é até maior do que as Terras das Bruxas. De qual nação você é?

Aquilo lhe rendeu um olhar severo da escravocrata e um dar de ombros arrependido por parte de Caden.

Quando enfim o cocheiro bateu na capota e gritou: "Quase chegando!", ninguém estava triste pelo fim da viagem.

A carruagem deu uma guinada e sacolejou em uma descida desajeitada. O ruído externo diminuiu para um estrondo de algemas de pedra, e qualquer luz que penetrara a extremidade das cortinas havia desaparecido por completo. Eles estavam no subsolo.

— A entrada dos escravos — explicou a senhora oriental, desdenhando da faca ainda colada à sua garganta. — Fica embaixo da arena. Muitos homens armados estarão lá. — Ela ofereceu aquilo menos como um aviso e mais como uma ameaça.

O que motivou Caden a endireitar a postura.

— Zander — gritou —, quero que você saia primeiro. Lide com qualquer soldado que estiver aguardando...

— Por favor — Vaness interrompeu, pingando autoridade bem como suor. — Permita que eu faça isso. — Ela não esperou uma resposta. A carruagem já tinia em uma parada, e a imperatriz já se inclinava para a saída.

Ninguém a impediu. Quando Safi saiu do veículo, todos os doze guardas da arena tinham sido algemados ao chão e amordaçados com ferro.

As únicas pessoas que escaparam do ataque foram o cocheiro e a oriental, o primeiro mergulhando em direção às pedras cintilantes embaixo da carruagem, e a última ainda sentada no banco, sibilando xingamentos a eles.

Enquanto os trovadores do inferno recolhiam as lâminas dos guardas vencidos, Safi examinava a entrada da arena cavernosa com seu teto esburacado e tochas crepitantes. Água infiltrava-se entre as lajes assimétricas. Como se a arena estivesse afundando muito lentamente.

Provavelmente estava.

Duas entradas em arco chamaram sua atenção. Uma fervilhando de sombras; a outra fervilhando de ruídos. A cada poucos segundos ouviam-se berros e ovações. Um massacre vivo que fazia as pedras sussurrarem.

Qualquer que fosse a luta que acontecia acima do solo, era boa. E significava que o túnel silencioso era o que levava até a baia dos escravizados.

— Herege — Caden murmurou, aparecendo ao seu lado. Ele ofereceu uma espada curta e grosseira. Pesada, mas serviria. — Algum palpite de onde a tripulação possa estar?

— Lá. — Ela apontou para a porta mais escura.

Um meio-sorriso de aprovação do comandante e, após agarrar uma tocha do candelabro ao lado da entrada, ele partiu com uma corridinha acelerada para o interior da arena. Safi o seguiu, tentando conciliar seu tato com a lâmina estranha, enquanto Vaness apressava-se atrás deles. A imperatriz estava sem armas, é claro, embora dois braceletes novos ondulassem ao redor de seus punhos como filhotes de cobra. Lev e Zander estavam por último, e apesar de olharem para trás para conferir se havia mais guardas, ninguém apareceu.

Pelos deuses, Safi sentia-se bem voltando a se movimentar. Era bom esticar as pernas sem trovadores a provocando ou quando não estava sendo perseguida pelos Baedyed. Era bom segurar uma espada de novo, mesmo se a arma tivesse sido feita para alguém com mãos duas vezes maiores que as dela. Nada daquilo importava.

Também não importava que, de tempos em tempos, suas botas chapinhassem em poças enquanto água pingava em sua cabeça, gélida e com força. Ela estava se *movimentando*.

Logo, todos os sons de cima silenciaram, substituídos por murmúrios, ecos de conversas e o chafurdo eterno de uma fortaleza metade submersa. Ali, o chão inteiro estava submerso até a altura dos tornozelos em água grossa e sulfúrica.

Quando os túneis finalmente se ramificaram em uma colmeia de opções, seis guardas apareceram. Antes que seus rostos pudessem indicar surpresa, Vaness os prendeu contra as paredes úmidas. Cintos estreitos nas cinturas, mordaças de ferro em suas bocas.

— Cartorranos? — Caden perguntou ao homem mais próximo, que pendia tortamente de um cinto a sete centímetros de altura. Os olhos dele dispararam para a ramificação central de passagens, um olhar de pavor tão real que fez a magia de Safi se aquecer.

— Por aqui — ela gritou, já voltando a correr.

Lev cortou à sua frente.

— É melhor me deixar ir primeiro. Só para o caso de encontrarmos algum bruxo.

Justo.

Fogo flamejava adiante, e as conversas pararam ante os chafurdos iminentes. Então, lá estavam eles: em um calabouço baixo exatamente como algo saído de um conto de fadas tenebroso. O calabouço espalhava-se adiante, iluminado por tochas primitivas. Celas de pedra com rostos de todos os tons, idades e tamanhos pressionados contra as barras grosseiras. Muitos usavam colares similares àquele que os trovadores haviam forçado Vaness a usar.

— Cartorranos? — Caden gritou, erguendo sua própria tocha.

A resposta foi instantânea. Quase todas as pessoas à vista enfiaram os braços por entre as barras.

— Eu sou cartorrano!

— Não, eu sou cartorrano!

— *Cartorra!*

Era óbvio que não eram, e embora Safi odiasse a ideia de deixar todos aqueles homens e mulheres escravizados para lutar — para *morrer* — em um esporte para piratas apostadores, ela também não era ingênua a ponto de achar que todos poderiam ser ajudados.

Escapar. Era o que importava.

— *Aqui, senhor!* — Lev gritou, mais adiante na fileira, e, de fato, quando Safi chegou lá, Caden falava com um homem vestido com um uniforme verde cartorrano. Parecia que ele perguntava algo sobre "o príncipe, onde está o príncipe?", mas era quase impossível distinguir as palavras com os escravizados berrando e respingando água, furiosos por serem ignorados.

Escapar, escapar. Sua *própria* fuga. Era tudo o que importava.

Mas quando Safi olhou para a imperatriz de Marstok, viu algo um tanto diferente brilhando nos olhos dela.

— Majestade. — Caden gesticulou em direção à imperatriz e para as barras. — Esta é a nossa tripulação. Solte-os, por favor, para que possamos encontrar o nosso navio e sair desta terra amaldiçoada.

A imperatriz não se mexeu, e os escravizados rugiram. Água respingou nela, em Safi. Elas estavam encharcadas, os vestidos pesados. Não mais mostarda ou verde-floresta, apenas uma escuridão saturada.

— Vossa Majestade. — Safi tentou, aproximando-se.

A imperatriz lhe lançou um olhar penetrante.

— Não confio neles. Eles vão levar nós duas para o Henrick.

— Não vão — Safi argumentou. — Eles falaram a verdade na estalagem.

— Motivados por um incêndio. — Os olhos dela brilhavam como os dos crocodilos do lado de fora. — Quero outra garantia, trovador. Tire a sua corrente e deixe Safi analisar você de novo. Se recusar, não vou soltar ninguém.

Os ombros de Caden murcharam, um gesto quase invisível, não fosse pelo modo como sua tocha vacilou.

— Eu faço isso, senhor. — As mãos de Zander subiram até a forca no próprio pescoço.

— Não. — A palavra explodiu simultaneamente de Caden e de Vaness.

— Eu faço — Caden concluiu, no mesmo instante em que Vaness declarou:

— Eu quero a palavra do comandante.

O gigante se retraiu, mas pegou a tocha quando Caden a ofereceu. Então ele e Lev se afastaram, com tristeza nos olhos.

Olhos realmente tristes. Safi não precisava de magia para saber a verdade.

O comandante avançou, parando a alguns passos de Vaness e de Safi. Depois, repousou a lâmina contra a perna e, tateando desajeitadamente — como se nunca tivesse feito aquilo antes, como se não tivesse acabado de fazer uma hora antes —, desatou a forca.

Vaness se mexeu. Seus braços se levantaram. Os braceletes se soltaram. Eles chicotearam ao redor do pescoço de Caden, enquanto a lâmina na perna dele se enrolava como a raiz de um mangue. Ela o puxou para baixo. Ninguém podia se mexer. Ninguém podia impedir. Em meio segundo, o comandante dos trovadores do inferno estava preso ao chão.

Água ondulava ao seu redor, e os escravizados rugiam em aprovação.

Zander e Lev correram para a frente, mas a palma erguida de Vaness os deteve.

— Fiquem onde estão ou ele morre. — Ela deslizou até Caden, como se em um salão de baile, e olhou para baixo. — Nós vamos zarpar para Azmir, comandante.

— E... se eu... recusar? — ele bufou, um som magoado, e com o rosto comprimido. *Comprimido* de tal forma que Safi pensou não ser possível os olhos dele, ou lábios, se comprimirem ainda mais.

— Vou deixar você assim. Vai acabar te matando, não vai? Já ouvi histórias da ruína de um trovador do inferno. É como o destrincho, mas lento... e com a sua mente funcionando o tempo todo. Você tem consciência, mas nenhum controle.

— Por favor — Lev implorou. — Por favor, não faça isso com ele.

Caden gemeu. Seus punhos se fecharam nas laterais do corpo, e embora o ferro mantivesse seus punhos presos, ele bateu. E bateu.

Porém, aquele foi apenas o começo, pois, quando Vaness se ajoelhou ao lado do trovador, algo preto começou a rastejar pelo rosto dele.

De início, Safi pensou que tivesse alucinado, com todas aquelas sombras ao redor deles. Depois, quando os lábios de Caden se separaram com outro gemido e a escuridão se desenrolou de seus dentes, ela soube que era muito real.

Era como a fumaça do cachimbo da almirante Kahina. Exceto que... aquilo era magia. Aquilo era *errado*. Fez a pele e a magia de Safi estremecerem. Seu estômago também se rebelou, porque aquilo era tortura. Simples assim. Seja lá qual fosse o objetivo daquela forca, sem ela, o trovador agonizava.

— Pare. — A voz de Zander martelou, ecoando pelas celas, celas que haviam ficado em completo silêncio. Cada escravizado, cada marinheiro, cada homem, cada mulher, espiava o comandante dos trovadores do inferno.

O tempo todo, Vaness parecia estar completamente imperturbável.

— Nós vamos zarpar para Azmir, comandante. Quero a sua palavra de que, assim que estivermos em um navio, você me levará para lá.

Caden disse algo, mas soou distorcido. Perdido nas pancadas de seus punhos na água. Nos seus pés que se contorciam contra o ferro. O que quer que ele tivesse dito, porém, zumbia com uma verdade desesperada.

Safi não pôde evitar. Ela foi até Vaness.

— *Por favor.*

Nenhum homem deveria suportar... o que quer que fosse aquilo.

— Não até que ele concorde. — A imperatriz se inclinou para mais perto de Caden, e a escuridão se contorceu ao redor dela como vapor saindo de uma panela fervente. — Diga que você vai me levar para Azmir, comandante.

— *Sim* — Caden ofegou. E de novo. — Sim, sim, sim, *sim, sim, sim, SIM SIM SIM SIM.*

Aquilo era um exagero.

— Ele está falando a verdade! — Safi abriu caminho, sem se preocupar quando seus cotovelos bateram na imperatriz. Sem se preocupar quando a magia perversa de Caden a percorreu de uma única vez, gelada como um beijo no meio do inverno, quente como areia preta em um dia fervilhante. Ela caiu ao lado dele, tocando em suas mãos à procura da corrente.

Ele não a segurava mais, então ela bateu na água, espirrando-a para todos os lados. Frenética. *Desesperada.*

Caden ainda gritava:

— *SIM SIM SIM SIM.*

A corrente caiu. Bem na clavícula dele, e quando Safi ergueu o olhar, encontrou Vaness com a mão estendida e indiferente. A imperatriz se afastou, e o ferro que prendia Caden a seguiu como um cachorro adestrado.

Lev mergulhou para levantar o comandante enquanto Safi colocava desajeitadamente a corrente ao redor do pescoço de Caden. Quando as duas pontas estavam próximas, houve um sussurro de magia entre elas. Elas se fundiram e, no mesmo instante, a escuridão regrediu, movendo-se em espirais difusas de volta para as cicatrizes no rosto, pescoço e mãos de Caden.

Uma de suas mãos, Safi acabara de perceber, segurava a dela com força. Com as juntas esbranquiçadas e trêmulas. Um aperto para aguentar a ida e a volta das chamas do inferno.

Os olhos dele se abriram, as pupilas engolindo tudo, e ele disse, a voz áspera e ferida:

— Obrigado... domna. Obrigado.

31

Iseult não tinha ideia do que fazer com a criança.

Quando Aeduan a encontrara, ela estava parada na margem do Amonra, observando o morcego-da-montanha seguir para o sul. Seu estômago tinha se revirado de surpresa. De medo.

O bruxo estava tão silencioso. Tão "sem fios".

Também estava coberto de sangue. Diante dos olhos arregalados de Iseult, ele disse:

— Esse sangue não é meu. — Depois, acenou para que ela o seguisse.

E ela o fez, até um aglomerado de arbustos de sabugueiro escondidos embaixo de um imenso carvalho goshorn próximo à costa. Fios pulsavam lá dentro, de um cinza constante e assustado. Iseult se enfiou em meio aos galhos e encontrou uma menina encolhida contra as raízes prateadas do carvalho, quase misturando-se à árvore. Um truque de luz, sem dúvidas, mas Iseult precisou piscar três vezes e esfregar os olhos para conseguir dar uma boa olhada. Para determinar a idade da menina, sua fragilidade, seu desapego anestesiado.

A menina parecia ter seis anos de idade, talvez sete. Ela também parecia perdida e abalada. Seus fios pairavam com tons infinitos de medo cinza-pálido.

Nenhuma outra cor. Nenhuma outra emoção.

Aeduan caminhou pelos sabugueiros atrás de Iseult. Ele a ultrapassou para agachar-se ao lado da menina.

— De onde você vem, irmãzinha? — ele falava um nomatsi confiante. — Os Velas Vermelhas pegaram a sua família?

Nenhuma resposta. A criança encarava Iseult com grandes olhos cor de avelã.

Uma criança. Uma *criança*. Ela não tinha *ideia* do que fazer com uma criança.

Ela largou a mochila no solo nodoso. Eles precisavam de um abrigo adequado e a menina precisava de roupas. Sapatos. Uma fogueira também não seria ruim — isso se eles conseguissem gerenciar uma em segurança com a aproximação dos exércitos.

Quando Iseult inclinou-se em direção a Aeduan, os fios da criança brilharam mais, pinceladas de pânico branco dentro do cinza. Ela se retraiu mais a fundo nas raízes.

— Não vou te machucar — Iseult disse, instruindo seu rosto ao que ela imaginava ser uma expressão de tranquilidade.

Os fios da menina não mudaram.

— Monge. — Ela não sabia ao certo por que usara a designação de Aeduan. Imaginava que fosse porque não queria pronunciar "Bruxo de Sangue" na frente da menina.

Aeduan se levantou. A criança ficou tensa e, quando ele se virou, ela o agarrou. Seus dedos apertaram a capa dele.

A expressão do bruxo não mudou quando ele voltou a olhá-la. A quietude inflexível continuava, mas ele ofereceu, gentilmente:

— Não vou a lugar algum, pequena Owl. — O aperto dela se desfez.

E rosa, da cor do entardecer, suavemente zumbiu pelos fios da menina. Uma mancha deslumbrante em meio ao cinza. *Os fios que unem.*

— O que foi? — Aeduan perguntou, chamando a atenção de Iseult de volta aos ângulos de seu rosto. Os olhos azuis pálidos dele pareciam quase brancos naquela luz fraca.

— P-por que... — ela começou, apenas para fechar os lábios de imediato. Estava cansada. O morcego-da-montanha a tinha inquietado. — Por que — tentou de novo, com mais estabilidade — esta criança está aqui? O que você planeja fazer com ela?

— Não sei.

Ela olhou de soslaio para a menina, cujos olhos arregalados estavam grudados nos dois. Com lama salpicada em sua pele nomatsi pálida, ela estava igual a como Aeduan a chamara: com a irmãzinha da Mãe Lua, Owl.

Ela precisa de um banho, Iseult pensou.

— Você a encontrou com os Velas Vermelhas? — Ela voltou a olhar para Aeduan.

Ele assentiu.

— Os mesmos que perseguiram você.

— E... *o-onde* eles estão agora?

— Longe — foi tudo que o Bruxo de Sangue disse, mas ela não precisava de mais. Ele os tinha matado, e aquilo explicava o sangue.

Iseult sabia que deveria ficar chocada. Horrorizada. Enojada. A vida não deveria ser tomada por ninguém além da Mãe Lua, mas... ela sentiu apenas um alívio tranquilo. Os homens de Corlant não poderiam mais persegui-la.

— Você consegue farejar a família da menina? — pressionou. — Ou a tribo dela? Talvez possamos devolvê-la.

Quando não houve resposta, Iseult voltou a olhar para ele. Ele a observava, o rosto imóvel. O peito imóvel também, sem respirar. Seja lá o que estivesse pensando, ela não conseguia adivinhar.

Um lampejo de calor percorreu sua espinha. Ela surtou.

— *O quê?* Você consegue ou não consegue rastrear a família dela?

O canto da boca de Aeduan se curvou para baixo.

— Eu consigo rastreá-los. Há vestígios de uma tribo no vestido dela. Mas... — A atenção dele foi para um ponto além de Iseult. Suas pupilas pulsaram. — A família dela está no norte. Lá de onde viemos.

O nariz da bruxa tremeu.

— Mas, se não continuarmos agora, não conseguiremos passar. Os navios do corsário vão atracar, os exércitos deles vão bloquear o nosso caminho.

— Eles vão bloquear o *seu* caminho, sim.

O coração de Iseult bateu três vezes até ela entender o que ele queria dizer. E assim que entendeu, seu estômago gelou. Um ofego suave escapou de seus lábios.

Aquilo, então, era o fim das viagens. A estranha parceria deles acabaria, provavelmente para sempre.

— Não posso deixar a criança — Aeduan disse, sem nenhuma inflexão na voz, nenhuma expressão no rosto. Ainda assim, de alguma forma, ela sabia que ele falava na defensiva.

— Não — concordou.

— Ela vai ser um fardo para nós se continuarmos.

— Sim.

— A Bruxa da Verdade está ao sudeste. — Ele apontou em direção ao rio. — É provável que ela esteja no fim da península. Ou talvez até mesmo além do mar.

Ela assentiu. Não havia o que argumentar — nada que ela pudesse dizer... nada que ela *diria* para tentar manter Aeduan viajando ao seu lado. Aquilo era uma divergência de caminhos, e só isso.

— Se você seguir o rio, será a rota mais direta. Embora você deva se apressar se quiser chegar antes dos Velas Vermelhas. Eu vou levar a Owl... — Ele tinha começado a falar algo sobre comida. Algo sobre dividir rações, e quem deveria ficar com a capa carawena.

Iseult não estava mais escutando.

Ela voltou a olhar para a menina. Owl. A irmãzinha da Mãe Lua. Mais animal do que humana, ela seguia em silêncio para onde quer que a Mãe Lua fosse. Em todos os contos antigos, a bravura de Owl aparecia apenas à noite, e, durante o dia, ela escondia-se nos cantos mais escuros da floresta — igual àquela criaturinha estava fazendo.

Por que ele teve de encontrá-la? Iseult se perguntou, calor espalhando-se pelas suas omoplatas. Se Aeduan não tivesse encontrado aquela criança, ela não precisaria continuar sozinha.

Safi estava ao sudoeste; Safi era tudo o que importava. Safi era a rosa à luz do sol, e Iseult era a sombra atrás dela. Sem Safi, Iseult era apenas um conjunto desajeitado de pensamentos que constantemente a conduziam mal.

Safi era o Cahr Awen. Iseult era apenas a garota que desejava poder ser.

Ela se odiava por aquele fato, mas lá estava. Ela queria ir atrás de Safi; ela queria que Aeduan guiasse o caminho; ela desejava que aquela criança pudesse simplesmente desaparecer.

Monstro, disse a si mesma. *Você é um monstro.*

Foi naquele momento que ela percebeu que Aeduan tinha parado de falar. Ele a encarava; ela o encarou de volta. Respiraram uma vez. Duas. E assim por diante, enquanto uma brisa soprava pela sebe e os insetos zumbiam.

Ela sabia o que precisava fazer. Ela sabia o que Safi faria em seu lugar. O que Habim ou Mathew ou sua mãe ou *qualquer um* com coragem faria. Então por que ela achava tão difícil reunir as palavras?

Ela engoliu em seco. O bruxo se virou para partir. Não havia mais nada a dizer, mesmo, e em segundos ele tinha colocado Owl de pé.

— Você prefere caminhar, pequena Owl, ou ser carregada?

A menina não deu nenhuma resposta falada, mas ele assentiu como se fosse ele que pudesse ver a determinação verde tremeluzindo nos fios de Owl. Um sinal de que ela queria caminhar com os próprios pés.

Iseult se virou e mergulhou para fora do emaranhado de sabugueiros. Algo lutava em seu peito. Algo que ela não reconhecia, ao mesmo tempo ardente e gélido. Se Safi estivesse ali, ela saberia o que era.

E era por isso que precisava continuar avançando.

Houve um tamborilar atrás dela. Owl se libertou das folhas. Então surgiu Aeduan. Ela não olhou para nenhum deles, seus pensamentos no sul. Na melhor rota para ultrapassar os Velas Vermelhas.

Um instante depois, silenciosamente — muito silenciosamente —, o Bruxo de Sangue apareceu bem ao seu lado. Em sua mão esticada estava a ponta da flecha.

Quando Iseult não se mexeu para pegá-la, ele segurou o punho dela com gentileza e o virou para cima. Depois, depositou o ferro na palma estendida. O metal era quente contra a sua pele, assim como os dedos dele — dedos que agora ele esticava.

Nenhuma palavra saiu dos lábios dele, e nenhuma palavra saiu dos de Iseult. Ela apenas examinou, quase entorpecida, a ponta de ferro cintilar ao sol salpicado.

O bruxo já tinha voltado para o lado de Owl antes que Iseult pudesse se virar na direção dele, e eles já estavam sumindo de vista, um fragmento de movimento em meio ao verde sussurrante, quando Iseult finalmente encontrou sua voz.

— Aeduan. — Ela nunca dissera o nome dele em voz alta. E se surpreendeu com a facilidade de pronunciá-lo.

Ele olhou para trás, a expressão impenetrável como sempre. Mas entrelaçada a... a *algo*. *Esperança*, ela se pegou pensando, embora soubesse ser fantasioso.

Aeduan não era o tipo de homem que tinha esperanças.

— As moedas — ela prosseguiu — estão em Lejna. Tem um café na encosta, e eu encontrei um cofre cheio de moedas no porão. Não sei como elas foram parar lá. Eu apenas encontrei, e fiquei com elas.

O peito dele murchou com um suspiro. Ele queria fazer mais perguntas — Iseult podia ver na maneira como os lábios dele se apertaram. Preparando-se para as palavras.

Mas então ele mudou de ideia e se virou.

Ela imitou o movimento, girando em direção ao rio e partindo.

Sem olhar para trás.

***

Merik caiu de joelhos ao lado de Cam, esquecendo-se de todos os pensamentos sobre Vivia, Garren ou qualquer um dos Nove. Cam estava encolhida, a mão esquerda apertada contra a barriga. Sangue jorrando.

— Precisamos buscar ajuda — disse. Ele tentou levantá-la, mas ela resistiu e balançou a cabeça.

— Me desculpe, senhor — sussurrou. — Eu não sabia o que o Garren ia fazer...

— E eu não me *importo* com isso, Cam. Fique de pé, caramba. Precisamos de ajuda.

A sombra de Vivia esticou-se sobre eles.

— *Pin's Keep* — disse. — Podemos conseguir um curandeiro lá, e é por aqui. — Ela gesticulou ao longo do largo.

— Então vamos. — Ignorando a argumentação de Cam, Merik colocou uma das mãos atrás da garota enquanto Vivia ia para o outro lado.

Mas Cam, teimosa como sempre, os afastou. O rosto dela estava pálido. Tudo estava manchado de sangue.

— Eu consigo andar — bufou. — Dói pra caramba, mas eu conheço o caminho mais rápido. Vamos. — Ela cambaleou por cima dos corpos, deixando Merik e Vivia sem outra opção além de correr atrás dela.

Foi então, enquanto a garota os guiava por uma rua lateral, que Merik sentiu — uma corrente gelada vinda de uma lareira apagada. Uma geada que escorria por sua fúria, sempre presente.

Ele se virou na direção da sensação, e assim como sabia que encontraria, assim como *sentia* o puxão em seu estômago, uma parede de sombras encontrou seus olhos. Ela ergueu-se por cima dos prédios. Deixou a cidade inteira, a caverna inteira, às escuras.

A parede seguia em sua direção.

— Corram — a ordem escapou de sua língua, viva. Ondulando como a criatura que ele sabia ir na direção deles. Então mais alto: — *Corram!*

Ele agarrou Cam, puxando-a com maior velocidade na direção de *Pin's Keep* — ou do que quer que os aguardasse adiante. Mas, sem dúvidas, para *longe* do homem das sombras.

Ninguém argumentou. Todos correram.

A cada passo, o peito dele se apertava. Ele era um peixe na linha sendo puxado para o lado errado. Quadra após quadra. Tentando impedir o pânico.

Uma voz distante começou a cantar.

Ela transportava aquelas palavras que haviam se tornado familiares para Merik, a música que vivia dentro dele. Aqueles eram os versos que ele esquecera, ou que talvez nunca ouvira, e a música saía do núcleo da cidade. Distante, mas cada vez mais perto.

Eles nadaram para o fundo, até a escuridão se apossar
e o único som, "click-click", soar.
Daret temia ser o som das garras dela,
mas Filip garantiu que não era.

Cam quase caiu. Merik a segurou, mantendo o braço firme em suas costas.

— O que foi isso? — Vivia perguntou.

Ele não respondeu. Apenas as incitou adiante, porque a parede de escuridão os alcançava.

Então o irmão tolo Filip nadou na frente,
esquecendo que seu irmão era cego.
Pois o irmão tolo Filip ouvira histórias de ouro
que a Rainha Caranguejo acumulava como tesouro.

A voz havia atingido uma rua próxima. As sombras ficavam mais densas. A qualquer momento, elas se lançariam sobre Merik, Vivia e Cam, deixando-os cegos. Deixando-os presos.

A Rainha Caranguejo, peixes evitava; apenas riquezas ela acumulava
— ao menos era o que Filip acreditava.
Ele também acreditava que o dinheiro comprava amor,
e que as riquezas o tornariam um rei.

A estrada terminava adiante, e uma onda de ar beijou o rosto de Merik. Uma brisa. Gelada, refrescante...

— Virem à direita — gritou, e Vivia e Cam obedeceram.

Mas este é o segredo do reinado da Rainha Caranguejo:
ela sabe o que todos os peixes querem.
A sedução do que brilha, o poder de ter mais,
a fome de amor que todos sentimos.

Mais duas ruas, mais duas voltas, e mais vento gelado deslizou sobre ele. Mas, quando seus lábios se separaram para gritar que virassem à esquerda, ele percebeu — com uma pancada de pavor no estômago — que as tinha guiado em círculos. Que naquele momento, de alguma forma, a parede escura os aguardava bem à frente.

Aquilo era uma armadilha. A linha com isca da Rainha Caranguejo, e ele era mesmo o irmão tolo. Aquele vento que ele perseguia pertencia ao homem das sombras.

— *Parem.* — A palavra escapou de sua garganta enquanto ele fazia uma parada desajeitada, puxando Cam para mais perto. — Eu guiei errado.

Cam manteve a calma mesmo sangrando.

— Por ali. — Ela inclinou o queixo em direção a uma rua nova. Trinta passos depois, eles alcançaram a parede mais distante da caverna, onde uma porta os aguardava.

Bem na hora, pois as sombras estavam quase chegando. Gavinhas estendiam-se para a frente, como a morte no fundo do mar. Pesadas. Famintas. Artificiais.

Vivia passou pela porta primeiro, com Merik e Cam logo atrás. A passagem de pedra dava voltas em espirais acentuadas antes de encontrar abruptamente uma enxurrada de inundações. Igual nas Cisternas, o funil de água passava a uma velocidade inigualável a qualquer um. Vivia se inclinou para a frente, como se fosse tentar.

— Espere! — Cam gritou. — A inundação para! A cada dezesseis batimentos, ela para por dez! Você só precisa saber como contar!

— Mas nós não sabemos quantos batimentos já passaram! — Vivia gritou. — Caso você ainda não tenha percebido, tem um *monstro* nos perseguindo!

Como se respondesse, a risada do homem das sombras escorreu pelo túnel.

— Vocês não precisam ter medo de mim.

— Não tenho — Merik disse, embora não tivesse certeza do motivo de ter respondido. Ele não tinha certeza do motivo de ter ouvido aquela voz por cima do estrondo da água.

Foi naquele momento que as inundações pararam. Uma cauda branca e agitada passou, deixando pedras e um túnel úmidos a dez passos de distância.

Cam se libertou de Merik e correu. Vivia a seguiu.

Merik não.

Ah, ele tentou seguir, mas seus pés pareciam parafusados ao solo. Foi preciso um esforço monumental para dar um passo. Dois.

Até que era tarde demais. O homem das sombras o alcançou.

Ele foi esmagado pela escuridão, igual tinha acontecido na estufa de Linday, mas dez vezes mais forte. Mil vezes mais forte. Aquilo não era o apagar suave de um pavio apertado ou a redução gentil de uma chama enfeitiçada. Aquilo era repentino, e era total. Um instante, Merik conseguia ver o túnel adiante, conseguia ver Cam e Vivia entrando nele.

No instante seguinte, estava preso na escuridão. Nada em cima. Nada embaixo. Nenhuma noção de onde ele terminava e as sombras começavam. *Eclipse.* Aquela sensação de luz onde não há nenhuma, de dor sem fonte.

Ele avançou, atrapalhado, mas não havia parede para guiá-lo. Nada que ele pudesse agarrar. Apenas as palavras escapulindo às suas costas.

— Aquela música não é nubrevna, sabia? — A voz estava tão perto. Uma garra raspando em sua coluna. — Os irmãos tolos são mais velhos que esta cidade, a história deles foi trazida pelas montanhas. Na época em que eu tinha um nome diferente. Antes de eu virar o santo que vocês chamam de Fúria.

Um vento percorreu o rosto de Merik. Ele inspirou fundo, permitindo que o ar o circulasse. Permitindo que a magia se reunisse. Ele já conseguia sentir o túnel. Conseguia sentir as inundações se aproximando à sua direita. Tudo que ele precisava fazer era correr.

Ou foi o que ele pensou quando começou a correr. O homem das sombras riu.

— Ah, irmão de ligação, você não deveria ter usado sua magia perto de mim.

Com aquela afirmação, Merik se enrijeceu. *Irmão de ligação.* Não... podia ser.

Como se respondesse, a escuridão se afastou. A luz do fungo brilhante, mascarada pela tempestade do homem das sombras, retornou. Ela cobriu cada centímetro daquele túnel — e iluminou as inundações que se lançavam violentamente em sua direção.

Elas atingiriam Merik a qualquer momento. Ele deveria se mexer. Deveria voar.

Mas não. Em vez disso, ele virou a cabeça e observou enquanto, um por um, tentáculos de escuridão emaranhavam-se ao homem que andava em sua direção. Um homem alto. Largo. Com cabelo claro como cinzas, mesmo enquanto sombras fumacentas traçavam e dançavam em sua pele. Mesmo enquanto elas lambiam seus membros e neve escurecida circulava em volta da sua cabeça.

Kullen sorriu. Um sorriso comovente e familiar.

— Olá, velho amigo — disse. — Sentiu minha falta?

Merik só teve tempo suficiente para pensar *não pode ser,* antes de ser atingido pela inundação.

32

Não deveria ser daquele jeito. Não deveria ser a garota Cam gritando para Merik correr enquanto Vivia observava entorpecida.

Não deveria ser Merik a ser roubado por sombras e inundações.

Mas *era* daquele jeito, e se alguma vez houve um momento para continuar seguindo em frente, aquele momento era agora.

— Vá para o *Keep* — Vivia ordenou à garota. — Busque ajuda, e mantenha os soldados *longe* do subsolo.

Então, sem mais palavras, ela pulou para dentro da inundação.

A água a arrastou. Roubou sua visão, sua audição, seu tato. Amiga. Mãe. Ela própria. Tudo aquilo era uma parte de Vivia, e Vivia era uma parte de tudo aquilo.

Ela sentiu Merik na escuridão, no peso daquelas ondas subterrâneas agitadas e estrondosas. *Em frente.* O irmão dela estava em frente. Havia uma bifurcação nos túneis; ele estava em disparada. Girando para a direita.

Ela se atirou, uma criatura veloz e poderosa. Usou sua magia e seus instintos para ir mais rápido do que Merik. Mais rápido que aquela corrente capaz de quebrar seus ossos.

Ela era um tubarão surfando no maremoto. Uma raposa-do-mar caçando.

Na bifurcação, ela avançou para a direita. Seus pulmões queimavam, mas ela conhecia aquela sensação. A acolhia. A água era uma mãe para Vivia, mas uma tirana para todos os outros.

Ela se chocou contra Merik, os braços enlaçando-o com firmeza. Se ainda havia algum oxigênio no corpo do irmão, sua pancada acabara com ele.

Mas Merik estava consciente — graças a Noden —, os braços dele a envolviam, e ela estava no comando. Ela poderia usar a espuma e a violência para impulsioná-los.

À frente, o túnel se alargaria. Ela sentiu uma brecha de ar sobre as ondas.

Vivia os levou para cima. Eles transpuseram a superfície; a caixa torácica de Merik estalou nos braços dela.

Depois, ela o mergulhou mais uma vez antes de o túnel encolher novamente.

Vivia os empurrou com maior rapidez, grata pelo irmão não discutir. Por ele, instintivamente, ter alongado o corpo para atingir máxima velocidade. Era o Bruxo do Vento dentro dele, ela presumia. Ele entendia — ele *tornara-se* — uma criatura menos combativa.

Era a única coisa que ela sempre invejara nele. Tamanha facilidade, ele sempre conseguia tudo com tamanha facilidade. No entanto, naquele momento, *nada* era fácil.

Outra bifurcação. Desta vez, Vivia virou à esquerda. Uma plataforma aguardava em frente, e Vivia a percebeu apenas pelos respingos de água ao redor.

Teria de servir.

Ela apertou Merik com mais força, e ele a apertou com mais força — como se soubesse que, o que quer que acontecesse em seguida, não seria bom.

Maré, ela pensou. *Uma maré para nos carregar.* Ela imaginou a força destruidora de uma contracorrente. Embaixo e atrás dela.

E a água surgiu. Golpeou a sola dos seus pés. Agarrou suas botas antes de lançá-los para cima. A fúria completa da corrente os golpeou. Lutou para virá-los de cabeça para baixo.

Para cima! Vivia gritou mentalmente. Com sua bruxaria.

A maré enfim obedeceu.

Para cima eles foram, em direção a um teto que ela sentia estar perto demais. Um pouco mais devagar, porém, e ela perderia o impulso de escapar daquelas corredeiras.

Cabeça.

Corpo.

Pés.

Vivia e Merik transpuseram a água, seus braços ainda ancorados um ao outro. Então, foram soltos pela água e tombaram no calcário.

Ela se levantou. Sabia onde estava, porque conseguia sentir onde a umidade atingia a parede, onde o orvalho agrupava-se nas paredes. Onde a água abrira caminho em outros túneis, outras escadarias — e quais passagens permaneciam desobstruídas. Quais permaneciam seguras.

Aquele era o desmoronamento, e ali, em meio aos jatos de maresia, havia um buraco nos escombros que ela tinha acabado de cavar.

Ela ergueu Merik, sentindo-o se esforçar para forçar os músculos. Assim que ele ficou de pé, apoiado desajeitadamente no ombro dela, Vivia usou a névoa para guiá-la. Havia tanto que ela queria dizer enquanto eles bamboleavam em direção à superfície. Mil perguntas, mil desculpas e mil críticas impacientes de irmã mais velha. Mas, assim como a água que se formava com rapidez na planície, todas aquelas palavras que ela ansiava dizer não tinham para onde ir. Elas apenas pressionavam suas costelas, curvavam-se em sua mente.

Então, no fim, ela não disse nada.

Merik estava vivo. Ela não sabia como, não sabia por quê. Mas ele estava vivo, e pela primeira vez em sua vida — por um único dia — ela sentiu como se tivesse feito as escolhas certas. Como se pudesse seguir em frente sabendo que, verdadeiramente, não tinha arrependimentos.

Iseult estava quase no rio quando encontrou o primeiro corpo.

Aquele não era um esqueleto esquecido de alguma guerra antiga, mas um corpo novo. Um corpo jovem.

Ela tinha acabado de dar a volta em um carvalho caído, suas raízes expostas como casa para abelhas que zumbiam acima de tudo, mascarando todos os sentidos de Iseult. E era por isso que ela não estava esperando ficar cara a cara com o homem morto.

Ele estava caído do outro lado do carvalho, a pele marrom ainda sem inchaço. Uma morte recente, pois embora moscas zumbissem em cima do corte em seu pescoço, nenhuma larva retorcia-se no ferimento, ainda.

Ela olhou para o céu. Aves de rapina e corvos davam voltas, sugerindo mais mortes adiante, na margem do rio.

Ela se ajoelhou ao lado do homem. Um garoto, na verdade, não muito mais velho do que ela. Os olhos dele estavam abertos, um olhar vítreo frontal, mesmo enquanto as moscas voavam. Uma serpente dourada enroscava-se em seu cinto, algo que Aeduan descrevera como o estandarte dos Baedyed. Entretanto, ele não se parecia em nada com os marinheiros que ela e o bruxo haviam observado do precipício. Aquele garoto não tinha sabre, apenas facas e uma luneta.

Um vigia. Ela precisaria andar com mais cuidado. Envolvendo sua mão com a manga, ela se esticou para fechar os olhos do garoto. Não porque a Mãe Lua exigia que os mortos estivessem "dormindo" antes de entrarem em seu reino, nem porque o Trickster era conhecido por ocupar os corpos esquecidos na floresta.

Não, Iseult queria fechar os olhos do garoto morto apenas porque observar o rastejo das moscas estava revirando seu estômago. Com um dedo coberto pela manga, ela baixou a pálpebra esquerda do corpo.

Ela seguiu para o olho direito. Mas, quando a pálpebra desceu, fios emaranharam-se em sua consciência. Fios roxos famintos, fios carmesim furiosos. Eles moviam-se na extremidade de sua magia, uma borda desgastada se deformando ao redor dela. Fios azuis concentrados, verdes perseguidores.

Iseult se levantou e, pela primeira vez desde a descoberta do corpo, lhe ocorreu o que aquilo poderia significar. Um vigia morto no meio de uma aliança instável. Poderia aquilo ser o fim da paz frágil entre os piratas?

Não importa, decidiu. Porque, mesmo se os Baedyed e os Velas Vermelhas se voltassem uns contra os outros, não mudaria o rumo de Iseult. No máximo, significava que ela deveria andar mais rápido.

Ela se afastou apressada do corpo, desviando na direção do rio. Para longe dos fios perseguidores. Mais e mais rápido ela andou, e com muito menos cuidado. Ela sabia que ninguém a seguia, e o tempo necessário para esconder seu rastro não valia a pena.

Mais fios pulsaram em seus sentidos, cintilando do rio. Dos navios que ela sabia navegarem para lá, aqueles que ela precisava ultrapassar.

A vegetação se separou; a várzea deu lugar à raízes e à margem esponjosa do rio. Navios, soldados e fios. Três galeões imensos, seis embarcações menores — e mais à deriva, passando a curva seguinte do rio, onde outros já haviam zarpado. Uma eletricidade pairava no ar, um tremor na trama do mundo.

Iseult conhecia aquela vibração, embora nunca a tivesse visto — nunca a tivesse sentido — em uma escala tão grande.

Os fios que uniam estavam prestes a se romper.

Sem pensar duas vezes, ela se pôs a correr. Seus tornozelos viravam, seus joelhos estalavam, mas ela *precisava* ultrapassar aqueles navios, ultrapassar aqueles exércitos e aqueles pássaros rodeantes, antes que o mundo ao seu redor finalmente se partisse. Antes que os fios conectando os Baedyed aos Velas Vermelhas finalmente se quebrassem.

Iseult não tinha considerado que poderia encontrar mais corpos pelo caminho. Na verdade, ela já tinha esquecido de todas as aves de rapina e dos corvos. Seu mundo havia se reduzido aos seus pés, à sua rota, à sua velocidade.

O equilíbrio surgia tão naturalmente quando ela tinha um plano. Quando ela não estava apenas acelerando para fugir da morte. Seu plano, contudo, não era muito bom — algo que ela percebeu assim que tropeçou em cima de outro homem morto. O braço dele, tão marrom em meio à grama ribeirinha, parecia uma raiz. Ela tinha saltado... e seu calcanhar se cravara em costelas.

Iseult se estatelou. Suas mãos foram parar em um terceiro corpo — na perna dele —, e seu rosto se aproximou dos olhos abertos de um quarto homem.

Moscas entraram em sua boca. Um corvo grasnou no alto.

Antes que pudesse se endireitar, os fios que ela pressentira mais cedo — os cruéis, os furiosos — chegaram ao seu alcance. Eles estavam indo para a costa. Eles a alcançariam logo.

Ela tentou ficar de pé, os dedos afundando em carne morta. Ainda fresca o bastante para resistir, mas dura. Rígida.

Morto, morto, morto.

Assim que se levantou, procurou por um esconderijo... mas não havia nenhum. Nenhuma pedra grande o bastante para ocultá-la, nenhum galho baixo o bastante para ser escalado.

Uma olhada inquieta para o rio mostrou um escaler se aproximando, lotado de homens com fios violentos.

Sem lugar para onde correr. Sem tempo para planejar. Mas, pela primeira vez, nenhum pânico martelou na garganta de Iseult. Nem um desejo desesperado de que Safi estivesse ali para intuir um caminho para a liberdade. Em vez disso, sua respiração permaneceu tranquila. Seu foco, afiado. Seu treinamento, pronto.

Com sua mão direita, dê o que é esperado.

Em uma floresta cheia de corpos, a solução era óbvia. Ela caiu no chão ao lado do cadáver mais próximo, cobriu seu corpo com as pernas dele, e amoleceu.

Seus olhos fecharam assim que os Velas Vermelhas tocaram a margem do rio.

33

Enquanto Aeduan andava em meio aos carvalhos das Terras Disputadas, seu bolso parecia leve sem a ponta da flecha. Ele não tinha percebido o quanto se acostumara com o peso. Com a presença do ferro.

Mas chegara ao fim, e era isso. Nada de remoer o assunto. Apenas seguir em frente.

Seus músculos comicharam. Seus dedos flexionaram e dobraram-se no ritmo de seus passos, e cada vez que Owl tropeçava, ele precisava conter a frustração.

Não era culpa dela ser pequena e frágil. Não era culpa dela necessitar de atenção constante. Suas passadas eram curtas, seu corpo fraco. Ela se encolhia, se curvava, e encarava firmemente qualquer coisa que não fossem os olhos dele.

Para cada passo do bruxo, ela precisava dar três. A cada elevação no solo que ele subia com facilidade, ela precisava se curvar, escalar e examinar minuciosamente o passo seguinte.

Não havia nada a ser feito. Aquele era o caminho que Aeduan escolhera, e o levava ao norte. Voltando diretamente por onde ele e a Bruxa dos Fios haviam passado. Na verdade, ele suspeitava que os odores persistentes nas roupas de Owl pudessem levá-lo à mesma tribo nomatsi responsável pela armadilha de urso que destruíra a sua perna. Assim como o cheiro da Bruxa da Verdade, porém, os cheiros de sangue da tribo estavam distantes. Uma semana de viagem; provavelmente mais, no passo atual de Owl.

E não na direção das moedas dele.

Ele estava surpreso pelo quanto *não* se importava com elas. Na verdade, ele se viu pensando mais na pessoa que roubara as moedas do que nas próprias moedas. Ele queria saber como o dinheiro havia parado em Lejna. Como o homem — ou a mulher — que cheirava a lagos de águas limpas e invernos congelantes havia levado o dinheiro para lá, para início de conversa. Assim que Owl estivesse em segurança de novo, ele pretendia encontrar respostas para suas perguntas.

Com aquele pensamento, mais tensão inquietou-se em seus músculos. Ele queria correr. Lutar. A sensação já era bem conhecida àquela altura — ele a enfrentava com bastante frequência, sempre que a monja Evrane o repreendia ou o mestre Yotiluzzi o ensinava. Era uma parede que se solidificava em volta do coração de Aeduan e fazia seus calcanhares baterem mais fundo, com mais *força* no solo.

Até que Owl choramingou, a mão apertada na dele.

Ele parou. Estava arrastando-a. Porque ele era um demônio, e era isso que demônios faziam. Os olhos dele baixaram até os olhos grandes e tristes dela.

— Desculpe — disse, embora não precisasse. Ela confiava nele. Criança tola. Ele não conseguia acreditar que seu pai queria aquela menina. Por que, por que; depois de tudo, *por quê?*

Foi enquanto Aeduan encarava os olhos injetados dela que um canhão disparou à distância. Ao sul. Onde a Bruxa dos Fios já deveria estar.

Sem pensar, ele puxou o ar, longa e profundamente. Seu poder se expandiu; sua magia agarrou-se ao cheiro de sua própria moeda de prata, ainda pendurada no pescoço da bruxa.

Sim, ela estava ao sul. *Se apresse*, pensou, pois era óbvio que a violência estava comendo solta.

Era o que sempre acontecia nas Terras Disputadas.

Ele deixou que sua magia diminuísse, se enrolasse de volta como um pedaço de barbante, quando novos cheiros de sangue o atingiram.

Centenas deles, erguendo-se da floresta, marchavam naquela direção vindos do norte, alguns a cavalo. Alguns a pé.

Ele podia apenas presumir que eram os mesmos escalões de Baedyed por quem ele passara no dia anterior — ainda assim, por alguma razão, eles deveriam ter dado a volta, pois agora viajavam para o sul através da ravina cheia de pilares.

Ele parou. Bem ali na floresta, com Owl ao seu lado. Os homens a cavalo chegariam logo... Ele farejou, permitindo que sua magia crescesse e se estendesse.

Mais pessoas se aproximavam por trás, exatamente como ele e Iseult tinham visto das ruínas naquela manhã. Logo, os dois grupos se juntariam.

Ele baixou o olhar até Owl, que o observava em silêncio. Sempre em silêncio.

— Precisamos correr agora, irmãzinha. Eu vou te carregar. Pode ser? — Com o aceno dela, ele se ajoelhou. — Suba nas minhas costas.

Ela obedeceu.

Aeduan correu.

***

Safi planejava seguir os trovadores do inferno e a marinha cartorrana. Afinal, sair da arena era, sem dúvidas, o próximo passo lógico.

Parecia, porém, que os deuses tinham outra coisa em mente, porque enquanto ela corria atrás de Vaness e dos trovadores, avistou algo familiar.

Apenas um vislumbre de canto de olho, impossível de reconhecer de imediato. Ela apenas viu o maxilar quadrado do homem, e um reconhecimento débil comichou na base do seu crânio.

Foi apenas quando ela alcançou o túnel mais adiante que as palavras "adoradora de nomatsis imunda" percorreram sua coluna.

Nubrevnos.

Não apenas nubrevnos, mas marinheiros do *Jana*. Da antiga tripulação de Merik.

Safi deu meia-volta entre um passo e outro. Em dez passos determinados e com água saltando, ela chegou até a cela do homem.

De algum jeito, os escravizados começaram a rugir mais alto. Eles se agarravam nas grades e respingavam água. *Nos solte, nos solte, nos solte.*

— Você — Safi gritou em nubrevno. Ela avançou em direção ao homem de maxilar quadrado, que não se mexeu. Não reagiu. — Como você chegou aqui? — Quando ele não respondeu, ela se aproximou mais das grades. — *Como você chegou aqui?*

O homem ainda continuava em silêncio. Seus companheiros, no entanto, não. Um garoto com o peito desnudo e tranças se aproximou, apressado.

— Fazemos parte dos Raposas, senhora. De Lovats.

Aquilo não significava nada para ela.

— Vocês não fazem parte da tripulação do príncipe Merik?

— Não — outro marinheiro disse. Um oficial, Safi imaginou, pelo casaco da marinha e o colar bruxo preso ao seu pescoço. — Trabalhamos para a princesa Vivia. Nossa missão é reunir comida, sementes e gado... qualquer coisa que possamos levar para o nosso povo.

— Nubrevna apelou para a pirataria? — Vaness gritou.

Safi hesitou. Ela não tinha notado a aproximação da imperatriz. Não tinha visto ela se movimentar com a luz fraca da tocha e os respingos de água.

— Aye — o oficial respondeu. —, mas fracassamos, porque nosso navio foi tomado pelos Baedyed dois dias atrás. E a tripulação... nós fomos vendidos aqui para a arena.

— É pior do que isso. — O garoto interrompeu, gritando por cima da loucura do local. — Eles pegaram nosso navio e o encheram de fogo marinho. Está voltando para Lovats *agora mesmo*, pronto para matar todo mundo!

O queixo de Safi caiu, e até mesmo a Imperatriz de Ferro retrocedeu um passo.

— Nos ajudem — o oficial implorou, olhando primeiro para Safi, depois para Vaness. — Por favor. Só soltem a nossa Bruxa da Voz. Ela poderá mandar um alerta para a capital... É tudo o que pedimos.

— *Por favor.* — As tranças do garoto balançaram. — Os piratas mataram nosso príncipe, e agora vão matar as nossas famílias. — Enquanto ele falava, suas palavras zumbindo com verdade, um personagem novo abriu espaço entre as fileiras.

Uma mulher com um colar. A Bruxa da Voz. Mas Safi mal notou. "Os piratas mataram o nosso príncipe". Tão expressivo em sua fala simplória.

— O príncipe Merik — ela repetiu — está morto? — Quando o garoto não a ouviu, ela se aproximou mais, gritando: — *O príncipe Merik está morto?*

Ele se afastou, antes de assentir.

— O *Jana* explodiu. Fogo marinho.

Vaness se virou para ela.

— Igual ao meu navio — disse, embora nenhuma surpresa cruzasse seu rosto. Como se ela já soubesse. *A mensagem no navio de guerra.* Devia ser o comunicado sobre a morte de Merik.

No entanto, Safi não a confrontou — não naquele momento. Não havia motivo. Em vez disso, agarrou sua pedra dos fios.

Merik Nihar estava morto.

"Tenho a sensação de que nunca mais vou te ver." Aquelas tinham sido as últimas palavras dela para ele. Mas maldita fosse — ela não *quisera* dizer aquilo. Ela apenas expressara o que a andava incomodando depois de os lábios deles terem se tocado. Não deveria se tornar realidade. Merik Nihar não podia estar *mesmo* morto.

Um estalo estremeceu o ar. O colar caiu do pescoço da Bruxa da Voz e, no mesmo instante, a mulher cambaleou para trás. Seus olhos se tornaram rosa enquanto ela acessava os fios da bruxaria da voz. Seus lábios começaram a se mexer.

Os escravizados ali perto se revoltaram ainda mais alto.

— Por que — Safi gritou para o oficial — os Baedyed vão atacar Lovats? — No entanto, o homem ou não conseguia ouvi-la ou não sabia, pois deu de ombros. Havia impotência em seus olhos.

— Eles atacam para nos enfraquecer — a resposta ressoou do homem de maxilar quadrado. — Os Baedyed e os Velas Vermelhas estão marchando para as Terras Disputadas neste exato momento, e os exércitos corsários de Ragnor estão reunidos nas Sirmayans. Assim que Lovats estiver inundada e morta, nada os impedirá de tomar Nubrevna inteira.

— Como você sabe disso? — Vaness exigiu.

— Eu ouvi o homem que nos capturou.

— Eu também ouvi. — O garoto agarrou as grades. — Eles vão matar todos que amamos, destruir nosso lar. Como se fosse nada. — Ele sacudiu as grades para uma ênfase maior.

325

E enquanto as sacudia, as grades se alargaram. Largas o bastante para ele atravessá-las.

Ele ofegou, recuando. Todos os olhares voltaram-se para Vaness, mesmo os de Safi, mas a Bruxa do Ferro não reagiu, apenas deu uma ordem soberba.

— Avisem o seu povo — disse. — E impeçam o rei corsário. — Então, ela se virou para sair.

— Espere! — Safi gritou. — Você precisa soltar todos eles!

Vaness fingiu não ouvir; os rugidos duplicaram.

— *Por favor!* — Safi investiu na direção da imperatriz. — Ambas as facções piratas estão ancoradas para o Massacre de Baile, imperatriz! Eles não vão zarpar até amanhã... Poderíamos deixar este lugar um *caos.*

Ainda assim, Vaness continuou andando. Ela estava quase na entrada em arco. Quase sumindo.

— Pense nos seus víboras!

Diante daquele nome, ela finalmente parou. Finalmente se virou, o rosto sem expressão. Completamente ferrenho. A mão esquerda de Vaness foi erguida, como se ela fosse convidar Safi para dançar. Então, magia tomou vida. Ela se abateu sobre Safi, quente e viva, enquanto centenas de fechaduras abriam-se ao mesmo tempo com um gemido. De portas, algemas, colares.

Entre uma respiração e outra, a famosa arena de escravizados, onde guerreiros e bruxos lutavam por moedas, tornou-se uma luta apenas pela vida.

O Massacre de Baile havia começado.

34

Olá, velho amigo. Olá, velho amigo. Era um ritmo que o fazia cambalear enquanto Merik seguia Vivia para cima. Respirações irregulares e o estouro ocasional de ondas distantes interrompiam o silêncio, e fungos verdes e bruxuleantes iluminavam o caminho.

Olá, velho amigo.

Os pés dele pararam. Suas botas esmagando brita de calcário. Ele virou a cabeça de um lado para o outro, e pingos de água respingaram na pedra.

Vivia olhou para trás, mechas de cabelo molhado grudadas na testa.

— Você está machucado... Merry? — Eram as primeiras palavras ditas desde que ela o tirara da inundação.

Ele não ofereceu nada em troca. Não havia nada a dizer.

Olá, velho amigo.

Ele tinha *visto* seu irmão de ligação destrinchar em Lejna. Ele o tinha *visto* ser consumido pela deterioração, e tinha visto Kullen voar para morrer sozinho. Era impossível as pessoas voltarem daquilo. Era impossível as pessoas voltarem dos mortos.

Exceto... que sim. Elas *tinham* voltado. Garren Leeri, Serrit Linday...

Merik se sacudiu de novo. Com mais força. Quase frenético — *pernas!* Ele sentiu pernas percorrendo sua pele. Ele agarrou o couro cabeludo, o pescoço. Algo rastejava sobre ele. Sombras querendo assumir o controle, a escuridão que vivia dentro...

Vivia deu um tapa em seu ombro.

Ele cambaleou para trás, erguendo os punhos.

— Aranha — ela disse. — Tinha uma aranha em você. — Ela apontou para a coisa peluda que subia pela parede.

Por alguns batimentos distantes, Merik observou a criatura, o coração igual a um aríete em sua garganta. *Sombras. Escuridão. Aranhas.* Nada daquilo tinha sido real. É claro que não tinha sido real.

Ele se forçou a assentir para a irmã, um sinal para continuarem andando. Ela hesitou, abrindo os lábios como se quisesse dizer mais. Mas não havia nada a dizer, e ela pigarreou, voltando a correr.

O túnel chegou ao fim. Ela escalou uma escada de cordas. Então, surgiu uma luz forte, forçando Merik a apertar os olhos para uma abertura quadrada acima. Junto com o sol veio ar novo, vento novo, *combustível* novo para o calor e o temperamento que o mantiveram alimentado por dias.

Ele deixou extravasar. Permitiu a agitação ao seu redor como um trovão antes de uma tempestade. A escuridão talvez vivesse dentro dele, mas, *naquele* momento, ele podia ascender.

Merik subiu, rajadas de vento sob ele. Não era necessária nenhuma escada, e a corda foi deixada de lado. Até que a luz acinzentada do dia roçou em sua pele. Até que ele estava fora do túnel e cercado por sebes e heras.

Folhas balançavam, galhos quebravam. Ventos do seu próprio ciclone junto com os ventos de uma tempestade mais sombria que se agrupava logo acima. Merik voou mais para o alto, afastando as plantas antes de finalmente descer ao lado de um lago, que espirrava água a cada lufada de sua magia.

O jardim de sua mãe. Fazia tanto tempo que não ia lá. O terreno estava coberto de vegetação e cheio de sombras, o salgueiro-chorão mergulhando constantemente seus galhos no lago.

— Merry, você está machucado — Vivia disse. Ela estava parada ao lado do banco de mármore, o corpo alinhado com o portão, mas com o olhar voltado para trás. O vento soprava por entre as taboas atrás dela, embora seu uniforme encharcado mal se movesse.

Era mesmo a irmã de Merik diante dele? Quando ele a olhava, não via nada da sua confiança. Nada da sua força condescendente ou do seu temperamento Nihar hipócrita.

Ele via, na verdade, sua mãe.

Mas era uma mentira. Um truque. Assim como o que ele vira no subsolo não era Kullen.

— A sua barriga — ela acrescentou. — E a sua perna.

Os olhos dele desceram até um buraco em sua camisa, um buraco em suas calças. Marcas escurecidas, ensanguentadas, espreitavam. Aquelas flechas no Destrinchado o tinham atingido; ele se lembrava agora. Seus dedos pressionaram o sangue, mas nenhuma dor os acompanhou. Apenas a pele enrugada na parte de baixo era sentida. Já tinha cicatrizado.

— Estou bem — disse, por fim. Suas mãos despencaram. — Mas a Cam. Eu preciso... — Ele parou de falar. Não sabia do que precisava. Estava à deriva. Sem rumo. Afundando sob as ondas.

Os mais santos sempre sofrem as maiores quedas.

Por semanas, Merik andara caçando evidências de que sua irmã o tinha matado. Por semanas, ele *desejara* aquelas evidências, para que pudesse provar de uma vez por todas que a abordagem de liderança de Vivia era errada — e a abordagem dele, certa.

A verdade estava bem ali, não é? Ele vira o que quisera ver, muito embora, nas ranhuras mais profundas de sua mente, ele soubesse que sua irmã não era o inimigo. Ele só precisava culpar alguém por seus próprios fracassos.

O inimigo era ele próprio.

— A sua amiga — Vivia começou, trazendo-o de volta para o presente. — A garota? Eu a mandei para *Pin's Keep.* Podemos ir lá, mas preciso contar às Forças Reais o que está acontecendo no subsolo... — Ela se interrompeu, a testa enrugando de súbito. Ela se virou na direção do portão, na direção da cidade.

Então Merik também ouviu. Um tambor de vento ribombava, a música quase perdida em meio à tempestade escura no céu, onde raios crepitavam de um núcleo giratório.

Um segundo tambor se juntou ao primeiro, depois um terceiro, até que centenas de tambores de vento martelavam por Lovats. Mais alto que os ventos, mais alto que a loucura.

Ataque no Embarcadouro Norte, a cadência deles gritava. *Chamando todas as forças. Ataque no Embarcadouro Norte.*

Merik nem pensou. Ele invocou sua magia, um vento para fazê-lo voar com rapidez e para longe. O vento moveu-se embaixo dos pés de sua irmã, embaixo dos seus próprios pés.

Então, juntos, os Nihar voaram até o Embarcadouro Norte. Os jardins se encolheram, revelando terrenos cheios de humanidade. As ruas de Lovats também estavam cheias, como uma maré que atravessa a areia e deixa poças de água para trás.

Todos corriam na mesma direção. Para longe do Embarcadouro, longe da nuvem de fumaça — escura, sufocante, artificial — que recaía sobre o porto, apagando todos os detalhes. Uma nuvem que queimava tudo.

Contudo, quanto mais Merik e Vivia se aproximavam, mais Merik tinha vislumbres do motivo da fumaça — das chamas escuras que se espalhavam com rapidez, com núcleos de um branco puro e fervente.

Fogo marinho.

Ele ouvira histórias de frotas inteiras transformadas em cinzas em cima de ondas espumosas. O fogo marinho consumia tudo, e a água apenas aumentava o seu alcance. Seu próprio navio sucumbira — *ele* sucumbira —, e mais navios queimavam naquele momento. Docas também, e prédios que abrangiam o embarcadouro.

Se a tempestade em turbilhão no céu finalmente começasse, nada poderia impedir aquele incêndio de consumir a cidade.

Seus olhos se moveram enquanto ele esforçava-se para ver onde, em meio à fumaça e à selvageria, as Forças Reais investiam. Merik desceu um pouco, Vivia despencando atrás dele. Depois desceu mais, até avistar um bloqueio sendo formado no fim do Caminho do Falcão. Pilhas bem altas de pedra e areia bloqueavam o rio. Bloqueavam as ruas.

Retinham o fogo marinho.

Antes que o príncipe pudesse alcançar o bloqueio, um sussurro familiar desceu por sua nuca. Uma coleira sendo puxada. Um carretel sendo restringido.

Seu voo ficou mais lento. Ele olhou para trás. Na direção do olho da tempestade. Na direção de uma escuridão que deslizava como um tentáculo até a cidade.

O homem das sombras.

— *O que foi?* — Vivia gritou por cima dos ventos do irmão. O uniforme dela vibrava, já seco, e seu cabelo soprava em todas as direções. Ela cambaleou e agarrou o ar.

— É o homem das sombras — Merik respondeu. Ele não gritou, mas não precisava. Vivia já tinha visto, já tinha entendido.

Ela não discutiu quando ele os carregou mais para baixo — mais rápido, mais rápido, a fumaça avançando contra o rosto deles — apenas para soltá-la próximo ao bloqueio.

Nem discutiu quando Merik não aterrissou ao seu lado. Quando, em vez disso, ele deu a volta, montado em uma corrente ascendente de ar espesso e flamejante, de volta aos telhados.

Chuva começou a cair.

Vivia chegou ao chão. O choque atingiu seus calcanhares, tornozelos e joelhos. Ela quase caiu, mas havia soldados lá para pegá-la, para ajudá-la a se levantar. Eles a indicaram o homem mais próximo no comando.

Vizir Sotar.

O pai de Stix elevava-se sobre os outros, gritando ordens para oficiais Bruxos do Vento enfileirados ao lado do bloqueio.

— *Precisamos manter as pedras secas! Mantenham a fumaça afastada!*

Ao avistá-la, ele avançou. Linhas de chuva com fumaça escorriam por seu rosto.

— Me atualize — Vivia exigiu, enquanto soldados e civis passavam correndo, transportando pedras e tijolos para o bloqueio.

Eles transportavam corpos também. Alguns ainda vivos e gritando, mas a maioria carbonizada e irreconhecível.

— Nossos Bruxos de Voz receberam notícias de Saldonica — Sotar gritou —, de que um navio estava a caminho com os Baedyed e fogo marinho. Nós suspendemos todo o tráfego fluvial de imediato, mas demoramos muito. — Ele apontou para onde o rio desembocava no Embarcadouro Norte. — O navio já estava aqui e, quando tentamos embarcar para uma investigação, uma mangueira apareceu esguichando fogo marinho.

— Qual navio? — Vivia perguntou, precisando aumentar a voz. Precisando cobrir o nariz e a boca devido à fumaça. — Como ele passou pelos Sentinelas?

— É um dos nosso navios, Alteza! Um navio de guerra com dois mastros... um que a senhora mesmo autorizou.

Ela recuou.

— Eu autorizei? Eu não... — *Ah.* Mas ela tinha autorizado. Um navio dos Raposas com dois mastros. Um navio dos Raposas que desaparecera na costa de Saldonica.

— Está navegando para o aqueduto agora! — Sotar continuou. — Temo que esteja se dirigindo à barragem, mas não conseguimos impedi-lo! Nenhum dos Bruxos de Vento que mandamos para lá retornou.

Vivia assentiu, calada. A chuva, a fumaça, o calor e o barulho — tudo se transformou em um zumbido monótono de fundo.

Sem arrependimentos, tentou dizer a si mesma. *Continue em frente.* Precisava haver uma solução. Uma maneira de impedir o navio antes que ele chegasse à barragem. E ainda assim...

Por meio segundo enfumaçado, o mundo ao seu redor se transformou em uma vaga paisagem urbana sufocada por chamas escuras irregulares. Ela se curvou. O paralelepípedo do Caminho do Falcão vacilou.

Ela *tinha* arrependimentos. Milhares deles, pesados demais para que continuasse em frente. Ela era um navio incapaz de zarpar, pois sua âncora — suas *milhares* de âncoras — estavam presas ao fundo do mar.

— Alteza! — Sotar estava ao seu lado, dizendo algo. Tentando levantá-la. Ela não ouvia, não se importava.

Desde a morte de sua mãe, Vivia tentava ser algo que não era. Ela usava máscara após máscara, na esperança de que uma delas eventualmente se fixasse. Na esperança de que *uma* delas expulsasse seu vazio interior.

Em vez disso, os arrependimentos tinham se desenvolvido, se reunido e crescido.

Alimentando o vazio até que ele não pudesse ser negado.

E agora... *Agora* olha o que ela tinha feito. Aquele incêndio, aquelas mortes... eram obra sua. Ela implementara os Raposas. Ela roubara as armas que permitiram que sua frota se tornasse confiante demais.

E ela, Vivia Nihar, deixara seu irmão para morrer. Não havia mais como fugir daquele fato. Assim como não havia como fugir daquelas chamas.

— Arranjem um curandeiro para a Sua Alteza! — Sotar gritou. Ele tentou levantá-la mais uma vez, mas Vivia resistiu. Ancorada. Presa.

Até que ela o ouviu dizer:

— Já perdemos o príncipe Merik! Não podemos perder a princesa também... levem-na para um lugar seguro.

Príncipe Merik. O nome entrou em sua consciência, se acomodou em seu coração e imobilizou seus músculos. Porque eles não tinham perdido o príncipe Merik, e Vivia *não* tinha perdido o irmão.

Aquele com o verdadeiro sangue Nihar fervendo em suas veias ainda estava vivo e lutando, porque Merik, assim como ela, não conseguia ficar parado. Aquilo continuava sendo verdade e, ao menos naquela única característica, Vivia *era* como o pai. Ela *era* como Merik.

E aquela era a verdade — *aquela* era quem ela era. Em duas metades exatas, ela portava a força do pai, o ímpeto. Carregava a compaixão da mãe, o amor dela por Nubrevna.

Quando aquela certeza recaiu sobre o seu coração, Vivia soube exatamente o que precisava fazer. Era hora de ser a pessoa que sempre deveria ter sido.

Ela se endireitou, livrando-se do toque de Sotar e, em uma explosão de velocidade, avançou para o bloqueio. Havia uma brecha nas pedras à esquerda. Ela poderia passar. Poderia chegar ao embarcadouro. Poderia *alcançar* o navio antes de o fogo marinho e a fúria espalharem-se ainda mais.

Sotar gritou para que ela parasse.

— O fogo vai matar a senhora!

É claro que iria. Vivia sabia que a morte a esperava no aqueduto. Aquelas chamas escuras e artificiais atingiriam sua pele e queimariam, insatisfeitas, até atingirem o osso.

Mas ela também sabia que não podia deixar milhares de pessoas — o *seu* povo — morrerem. Se a barragem rompesse, o fogo marinho apenas se espalharia. Primeiro, a cidade queimaria. Depois, afundaria.

Vivia mergulhou de cabeça para o embarcadouro. Entre a fumaça, entre as chamas, até estar muito no fundo para que o efeito do fogo a alcançasse.

Depois, ela nadou o mais rápido possível, carregada por sua magia, na direção do aqueduto norte.

35

O coração de Iseult nunca bateu tão forte.

Certamente os homens ao seu redor conseguiam ouvi-lo. Certamente eles o *viam* pulsar em seu corpo, uma batida vigorosa atrás da outra.

Doze homens estavam ao seu redor. Nove vindos da margem, três das árvores. Um estava com a bota plantada a meros passos de distância, e um som parecido com aço em uma pedra de amolar estremecia nos ouvidos de Iseult. Ele estava afiando a faca.

Ela havia espalhado o cabelo e levantado a gola da melhor maneira possível para cobrir sua pele pálida. Mas aquilo não afastou as moscas. Elas rastejavam em suas orelhas e mãos. Até mesmo em sua nuca e para dentro da capa.

Ela não se mexia. Apenas respirava o mais fraco que podia por entre os lábios abertos.

Os homens estavam quietos, aguardando. Então o último soldado se juntou a eles. Mesmo com os olhos fechados, Iseult sentiu os fios em cinza violento e vermelho flamejante. *Bruxo de Fogo.* Era ele quem estava no comando, pois, assim que chegou, os outros fios tornaram-se verde--musgo com respeito.

O Bruxo de Fogo arrastou-se em meio ao massacre.

— Eles estão com a criança.

— Os Baedyed? — o homem perguntou com a bota próxima. Sua postura se inclinou mais; ossos estalaram.

— Quem mais seria? — Ondas de calor emanavam enquanto o Bruxo de Fogo falava, como se ele soltasse espirais de fogo com cada palavra. Seus fios certamente brilhavam com os tentáculos laranja da magia do fogo em ação.

— Eu achei — um terceiro homem falou, o sotaque carregado — que Ragnor tinha contado sobre a criança apenas para *nós*.

— E é óbvio que Ragnor mentiu. — O Bruxo de Fogo estava mais perto. Iseult sentia seus fios, ouvia sua respiração enquanto ele farejava em volta dos corpos, como um cachorro caçando.

O coração dela bateu mais forte. Ela tremia, com certeza. *Por favor, não venha para cá. Por favor, não venha para cá.*

— Talvez — o primeiro orador disse — os Baedyed não saibam o que encontraram. Talvez a tenham levado por acidente.

— E mataram sete dos nossos homens para pegá-la?

Owl, Iseult percebeu — e imediatamente veio outro pensamento: *Aeduan matou sete homens.*

O Bruxo de Fogo bisbilhotava mais perto. Ele tinha encontrado algo de que gostara. Seus fios brilhavam com interesse e desejo.

Então fogo sibilou. Calor queimou a lateral do rosto de Iseult.

O homem com a bota cambaleou para trás, xingando.

O Bruxo de Fogo apenas riu, e um cheiro parecido com cabelo queimado penetrou no nariz de Iseult. Ele estava queimando os corpos.

— Pare — o homem com a bota disse, seus fios empalidecendo para um bege de nojo. — Os Baedyed vão ver a fumaça.

— Isso importa? — o Bruxo de Fogo retrucou. Embora ele tivesse batido palmas e o fogo tivesse se apagado. Apenas o cheiro e um som explosivo permaneceram. — Podemos tomar os navios deles. E os cavalos. Até mesmo Saldonica inteira, se atacarmos agora. De uma única vez, enquanto os Baedyed estão despreparados.

Com aquelas palavras, cada conjunto de fios no local ficou manchado com tons famintos de violeta. Eles queriam o que os Baedyed possuíam.

— Mas e Ragnor? — uma nova voz perguntou. — E a criança?

— Nós recuperamos a criança e a vendemos. Se a magia dela é tão valiosa para que Ragnor queira tanto ficar com ela, com certeza outra pessoa vai querer também.

Outro tremor de concordância percorreu os fios deles. No entanto, embora os homens continuassem falando, Iseult tinha parado de ouvir. Ela *não podia* ouvir, porque o Bruxo de Fogo caminhava em sua direção.

O mundo inteiro se reduziu às botas do bruxo aproximando-se pela esquerda. Um passo, dois.

Até que ele chegou. Ele pisou no braço dela, e a mente de Iseult empalideceu. Seus pulmões se tensionaram. Ela não podia inspirar, não podia se mexer, não podia pensar. A vontade de abrir os olhos se assentou em seus músculos.

O Bruxo de Fogo se ajoelhou — era mais uma *sensação* do que qualquer outra coisa, porque ela não conseguia vê-lo. Não conseguia ver o joelho dele afundando em seu cotovelo, empurrando a articulação de um jeito que jamais deveria ser empurrada.

Ela ouvia cada uma das respirações do homem. Lufadas de ar pesadas que cheiravam a fumaça e coisas mortas. Mais perto. Ele estava se inclinando para mais perto, os dedos agarrando a capa de salamandra...

Uma corneta rasgou o ar. Profunda, estrondosa e cintilando com o desejo de sangue.

Em conjunto, os fios ao redor de Iseult brilharam com espanto turquesa. Depois, veio a confusão amarronzada. Tão rápido que quase se perdeu, antes de a fúria carmesim assumir o controle.

Então ouviu-se um canhão... uma vez. Duas.

O Bruxo de Fogo soltou a capa de Iseult e se levantou. Rosnando e soltando lufadas de chamas que a lamberam. Mesmo assim, ela não moveu um músculo.

Não até que ele se afastasse, não até que ele tivesse se juntado aos outros e eles tivessem rugido sua raiva para o céu.

No instante em que os homens foram embora — no *instante* em que Iseult soube que os fios estavam longe demais para vê-la —, ela se impulsionou para levantar.

A capa de salamandra estava intocada, mas suas calças estavam chamuscadas abaixo do joelho. Bolhas brilhantes e dissonantes já apareciam. Mas ela estava viva.

Que a Mãe Lua a abençoasse, ela estava *viva*.

Por várias respirações ofegantes, Iseult hesitou. Meio em pé, meio agachada, e com um corpo enegrecido ainda fumegando ali por perto.

Ela precisava correr. Imediatamente. Antes que uma batalha completa irrompesse. Para qual lado, porém, era a questão — e embora ela soubesse o que queria escolher, o que *precisava* escolher, suas vontades e suas necessidades não estavam mais alinhadas.

Ela agarrou a pedra dos fios desajeitadamente. A joia havia deixado uma marca embaixo de sua clavícula, assim como a moeda de prata presa na lateral. Iseult apertou as duas, os nós dos dedos ficando brancos. Sua lógica de Bruxa dos Fios dizia para ela viajar para um lado. Para se apressar, correr, *ultrapassar* seja lá o que estivesse por vir. Seu coração implorava que ela seguisse aquela direção também — os fios que uniam a puxavam para o sul.

Mas era apenas metade do seu coração. A outra metade... ansiava ir para o norte. O caminho insensato. Aquele em que a sobrevivência parecia impossível.

Mais canhões trovejaram à distância. Havia nuvens de fumaça no céu. A batalha havia começado, e logo chegaria até onde Aeduan e Owl deveriam estar. Se Iseult apenas seguisse para o sul, ela poderia deixar tudo para trás.

Foi então, enquanto ficava ali parada em uma indecisão agonizante, que magia rugiu sobre ela. Um furacão de fios poderosos e impetuosos que cobriu o céu, quente o suficiente para incendiar a floresta.

Naquele momento, ela soube o que precisava fazer. A lógica não importava, nem a praticidade de uma Bruxa dos Fios, nem mesmo as metades opostas de seu coração.

O que importava era fazer a coisa certa.

Assim, Iseult fez sua escolha e correu.

***

Aeduan carregava Owl nas costas. Ela balançava e lhe dava cotoveladas, seu medo algo palpável.

Mas como a sua xará, Owl era uma guerreira. Ela o agarrava com firmeza, sem resistir nenhuma vez à corrida adiante. O sangue de Aeduan, vivo com magia, o impulsionava a velocidades que nenhum homem poderia igualar. Que nenhum homem poderia impedir.

Ou assim ele esperava. Ele nunca tinha precisado correr daquele jeito ao proteger outra pessoa.

Uma corneta rasgou o ar com um toque único e demorado.

A-ooooo!

Fogo irrompeu à distância, um inferno provocado por magia.

Bruxo de Fogo. Ele não sabia se era o mesmo do dia anterior — e não importava. Uma conflagração extensa de calor e chamas lançava-se em sua direção. Ele precisava ultrapassá-la.

Então surgiram os cavalos, avançando pela floresta com Baedyed montados. Cores brilhavam em suas selas — abundantes e vivas em contraste à névoa cinza que pairava entre as árvores.

Aeduan virou Owl e a puxou para o chão. Uma flecha o acertou nas costas e ele cambaleou para a frente, agachando-se por cima da menina.

Mas nenhuma flecha a atingiu, e aquilo, ele pensou, era ao menos algo bom.

Ele a puxou para mais perto, protegendo-a enquanto catalogava a dor e os estragos. *Costela quebrada. Pulmão esquerdo perfurado. Coração perfurado.*

O coração empalado seria um problema — *aquilo* o atrasaria. Porque, sem sangue bombeando facilmente em suas veias, ele não poderia utilizar o máximo do seu poder. Ele ficaria lento, ficaria fraco.

E uma segunda flecha o atingiu. Bem no pescoço. Sangue jorrou.

Sempre. Sempre havia sangue em todo lugar que ele ia.

O fogo estava se aproximando. Fumaça entrou em sua garganta, em seus dutos lacrimais. Seus olhos lacrimejaram, e os carvalhos, os cavaleiros, os soldados que atacavam mais adiante — todos eles pareceram serpentear e virar um borrão.

Corra, meu filho, corra.

O rio. Se Aeduan pudesse apenas levar Owl até o Amonra, ele poderia escapar daquele incêndio crescente.

Ele se levantou, quebrando a haste da flecha do pescoço enquanto isso. Vozes e cheiros de sangue colidiam ao seu redor. Cervos, esquilos e toupeiras fugiam.

Sem uma palavra, ele puxou a menina para o ombro e retomou a corrida. Um cervo macho também corria, e o bruxo forçou-se a acompanhar o ritmo do animal. A seguir o percurso dele em meio às árvores.

Nenhuma vez Aeduan verificou Owl. Ele teria de virar o pescoço para olhá-la, e não havia tempo. Não quando cada passo precisava ser perfeitamente dado para mantê-los longe do fogo. Não quando cada fragmento de sua atenção precisava ser focado em segurá-la com firmeza.

Por fim, ele, Owl e o cervo ultrapassaram o rugido das chamas distantes. No lugar das labaredas, havia aço colidindo. Cheiros de sangue invadiam o nariz de Aeduan. A guerra havia chegado às Terras Disputadas, mais uma vez.

Ele não diminuiu o passo. Se fez algo, foi impulsionar suas pernas a irem mais rápido. A criança tremia, mas tanto ele quanto ela continuaram firmes.

Adiante, as árvores terminavam. O rio se abria, mas estava coberto de navios pegando fogo e canhões atirando.

O cervo chegou ao fim da floresta.

Flechas chocaram-se contra ele. A criatura recuou e sangue aflorou.

Aeduan mal teve tempo de parar. De girar, antes que mais flechas fossem disparadas e passassem zunindo. Duas atingiram seu braço esquerdo — mas ele se virou, soltando Owl no chão.

Nada a atingira. Ela estava segura, ela estava segura.

No entanto, ele não estava. Havia machucados demais; sangue demais escorrendo; fumaça demais em seus pulmões. Pior, ele estava no rio, e não via nenhum caminho.

Corra, meu filho, corra.

Ele puxou Owl de volta para as árvores. Com força demais — ele a puxou com força demais. Ela cambaleou e caiu.

Os olhos da menina, apavorados e cheios d'água, ergueram-se para encontrar os dele. Havia tanto medo ali, tanta confusão e confiança.

O solo tremeu, movendo-se quase no mesmo ritmo das respirações ofegantes de Owl. Tão repentino, tão estranho — o tremor fez as pernas de Aeduan cederem. Ele caiu, desabando das árvores para a margem.

Flechas o acertaram, uma após a outra.

Ele se virou na direção de Owl, na esperança de dizer a ela: *Corra! Se esconda!* Assim como sua mãe lhe dissera há tantos anos. Mas demorou muito. Um cavaleiro Baedyed a agarrou. Depois, meneou o cavalo e galopou de volta para as árvores enfumaçadas.

Aeduan se arrastou atrás dele. O solo ainda tremia, milhares de tremores secundários que enterravam cada flecha mais fundo em sua carne. Ele não podia removê-las, ou seu corpo começaria a se curar com força total — e se ele se curasse, desmaiaria.

Sua respiração falhou. Sangue esguichou de sua boca. Sua visão estremeceu, os cantos escurecendo.

Ele farejou, quase frenético, pelo sangue da menina. Ou pelo homem que a pegara, porém estava fraco demais, e não havia magia a ser gasta.

Ele se inclinou, oscilando por entre as árvores. Criaturas ainda corriam e pássaros moviam-se com rapidez, enquanto as chamas avançavam, lambendo tudo. Mas ele mal sentia o calor se aproximando. Owl tinha sido carregada para aquele lado, então era para lá que ele seguiria.

Até que uma figura apareceu diante dele.

Primeiro, Aeduan pensou ser uma aparição. Que o cansaço e a inalação da fumaça estavam brincando com seus olhos, criando sombras escuras para caminhar entre as árvores incandescentes.

Então, a figura surgiu do fogo. As mãos dela ergueram-se como as de um maestro, e sempre que seu punho virava, novas chamas irrompiam. Árvores, sebes e até pássaros — todos eles incendiavam em uma explosão de morte flamejante.

Aeduan sabia que deveria dar meia-volta, mas não havia para onde ir. A floresta queimava; ele estava encurralado.

O Bruxo de Fogo virou para incendiar uma bétula, e seus olhos — brilhando como brasas — avistaram o Bruxo de Sangue.

O homem sorriu, um lampejo branco em um mundo flamejante, e Aeduan o reconheceu. Era o mesmo de antes. O Bruxo de Fogo que tentara matá-lo.

Quando a compreensão daquilo se assentou, uma nova onda de energia rugiu nos músculos de Aeduan. Atada pela fumaça e chamuscada pelo fogo, era energia suficiente para fazê-lo avançar. Se conseguisse matar aquele homem, talvez o incêndio acabasse. Em três passos acelerados por magia, ele alcançou o Bruxo de Fogo e libertou sua espada.

O Bruxo de Fogo abriu a boca, e dela saiu fogo.

Aeduan mal conseguiu dar uma guinada para a esquerda antes do ataque. Tão alto que consumia todos os outros sons. Tão quente que queimava todos os sentidos.

Ele girou. Sua lâmina acertou apenas fogo — e piras começaram a incendiar embaixo dos seus pés. Faíscas e fumaça para cegá-lo. *Corra, meu filho, corra.*

Ele virou para a esquerda de novo. Mais fogo. Rolou para a direita. Chamas infinitas. Girou para recuar, mas encontrou apenas pedras. *Os pilares na ravina.* Sem escapatória.

Aeduan se virou para encarar o Bruxo de Fogo, que ainda portava aquele sorriso maldito. Soberbo e contente.

Então é assim que eu vou morrer. Ele nunca pensara que seria com chamas. Uma decapitação, talvez. Idade avançada, era mais provável. Mas fogo, não — não desde que escapara daquela morte todos aqueles anos atrás.

O mundo tremeu e virou um borrão diante dele. Ainda assim, seu treinamento assumiu o controle. Com a mão livre, ele conferiu se o talabarte ainda estava no lugar. Se as facas estavam prontas para serem agarradas.

Então, endireitou a postura, pois embora o sangue pudesse queimar, sua alma não queimaria.

O Bruxo de Fogo levantou as mãos para uma última labareda. Mesmo com a fumaça, Aeduan sentia o ataque se agrupando no sangue do homem. Seus músculos tensionaram, esperando pelo momento perfeito para atacar. Ele teria de atravessar diretamente as chamas se quisesse alcançar o pescoço do homem.

Mas o ataque nunca aconteceu. Enquanto ficava ali parado, preparado e a postos, sombras rastejaram sobre o fogo. Primeiro, ele pensou serem nuvens — uma tempestade —, exceto que, quanto mais ele observava, mais percebia que as sombras vinham do Bruxo de Fogo.

Linhas percorreram o corpo do homem, riachos de escuridão. Ele começou a convulsionar, gritando. Agarrou os próprios braços escurecidos, borbulhantes. Ele arranhava, rasgava a pele.

Destrincho, Aeduan percebeu, e enquanto aquele pensamento tremulava em sua mente, o Bruxo de Fogo enrijeceu. Seus olhos tornaram-se completamente pretos. As chamas apagaram-se uma a uma ao seu redor.

Uma figura de branco uniu-se a ele, vinda de trás. Ela andava rigidamente, as mãos estendidas e os olhos revirados. As lapelas contra fogo da capa de salamandra cobriam metade de seu rosto. Cinzas cobriam sua fronte.

Aeduan não sabia como a Bruxa dos Fios estava lá. Ele também não sabia o porquê. Só sabia que não conseguia desviar o olhar.

A Bruxa dos Fios caminhou, cada passo igualmente espaçado, até o Bruxo de Fogo. Àquela altura, ele já era um monstro destrinchado por inteiro, mas quando ele se contorceu e rosnou para Iseult, ela não demonstrou medo. Nenhuma reação.

Em vez disso, ela baixou as lapelas contra fogo da capa e depois, com a boca bem aberta... estalou os dentes no ar.

O Bruxo de Fogo desabou. Morto.

36

Vivia lançou-se à superfície da água na metade do caminho até o aqueduto. Ali, o fogo marinho havia cessado. Ali, nenhum navio navegava, e ela viajava no topo de uma maré criada por ela mesma.

Mesmo em meio à braveza das águas, Vivia reconheceu o navio de guerra dos Raposas à frente.

Seu peito esquentou ao pensar em piratas Baedyed a bordo. Algo intenso pressionava suas veias, sua pele, seus pulmões.

A fúria Nihar.

Enfim ela surgira. *Enfim* Vivia poderia explorar a raiva selvagem da linhagem de seu pai, poderia aceitar a força furiosa que consumia todo o medo.

A princesa disparou da água, com violência suficiente circulando em seu corpo para levá-la ao alto. Marinheiros a viram. Eles apontaram, abrindo a boca enquanto outros marinheiros lutavam para se proteger.

Mas eles eram lentos demais, e Vivia, enfurecida demais. Ela se lançou até o convés principal. No ar, cerrou os punhos e *golpeou* suas ondas. Homens caíram para trás. Em cima dos outros, no rio, e um homem caiu diretamente em cima de um sabre que ele tentava — tarde demais — desembainhar.

Vivia então pisou no convés, a madeira fragmentando-se embaixo de seus joelhos quando ela se agachou. Um golpe de sua mão esquerda e a maré se agitou, puxando mais homens para o mar. Uma pancada de sua mão direita e estilhaços de água cortaram corpos. Abriram pescoços.

Sangue, quente e glorioso, espirrou na pele de Vivia.

Ela mal notou, sua atenção já fixa na mangueira na popa. Era a primeira vez que via fogo marinho, mas podia reconhecer sua origem. Um tubo de couro imenso, com a largura de um carvalho, bombeava resina do convés inferior. Seu bico era um canhão modificado que podia ser girado e direcionado.

Uma espada voou na direção da cabeça de Vivia. Ela se abaixou. Lenta demais. O aço cortou seu ombro esquerdo, levando consigo pele, tecido e sangue. Calor — distante e sem sentido — subiu pelo seu braço. Mas ela já estava na mangueira, e não havia nada que aqueles marinheiros pudessem fazer. Com o braço esquerdo jorrando, ela girou o canhão e o apontou para o convés principal. Depois, ela puxou a manivela de abertura...

— Pare! Pare! — Uma figura mancou em sua direção, debatendo as mãos e com a túnica sacudindo.

Serrit Linday.

Ela parou, o choque imobilizando sua mão. *Ali* estava o culpado que se escondia em algum lugar de Nubrevna; *ali* era o local para onde o emaranhado de trapalhadas de seus espiões acabaria por levar. Era Linday quem estava trabalhando com os Baedyed, quem estava trabalhando com os Nove — e *ele* tentara matar Merik.

Vivia não sabia como, não sabia por quê, mas não podia negar o que estava à sua frente. Tudo voltava a Serrit Linday.

— Fique onde está — ela ordenou.

Linday parou. Sua túnica estava rasgada, o rosto manchado de preto. Cinzas, Vivia presumiu, exceto que a escuridão parecia se mexer. Rodopiar e retorcer.

— Se você disparar esse fogo marinho — Linday gritou —, vai incendiar centenas de recipientes com fogo nas cobertas. Eu vou morrer, e você também.

Ela não resistiu. Deu risada. Um som vazio e enferrujado.

— Por que você está aqui, Serrit? Nos entregar aos puristas não foi suficiente para você?

O rosto dele se contraiu. A escuridão pulsou em sua pele. Por longos instantes, sua garganta oscilou como se talvez fosse vomitar.

Em meio a tudo aquilo, o navio ainda avançava em direção à barragem. O vale enevoado abaixo, ainda tão verde e vivo, passava deslizando.

Então, por fim, Linday guinchou:

— Eu não queria trair Nubrevna. Ragnor me prometeu o seu trono. — A voz dele cessou. Ele se curvou. Tossindo.

Alcatrão escuro escorreu de sua boca. As sombras em sua pele giravam mais rápido. Borbulhavam de leve, como um destrinchado.

Vivia se afastou da mangueira e deu três passos na direção de seu vizir mais detestado. Os marinheiros investiram em conjunto, como se fossem atacar, mas Linday rosnou entre explosões de alcatrão preto.

— Recuem.

— O que está acontecendo com você? — Vivia perguntou. — Você está destrinchando?

Mais três tossidas e a cabeça do vizir se ergueu, os olhos brilhando. Quando ele voltou a falar, sua voz estava melosa. E com um sotaque.

— Os mortos não podem destrinchar, princesa. Não de verdade, porque os mortos... os fios deles já estão dilacerados. Eu apenas os pego antes que eles murchem.

— Quem os pega? Quem *é* você? — a pergunta foi tão suave que quase se perdeu na brisa dos aquedutos, no estrondo distante da tempestade e do fogo marinho atrás deles.

Mas Linday — ou seja lá quem o controlasse — não teve dificuldade em ouvir.

— Sou quem você deveria temer, princesa, porque assim que a barragem romper e a cidade morrer, serei eu a marchar e a se apossar de tudo. Incluindo aquele Poço que a sua família escondeu por tantas gerações.

Com aquelas palavras, o mundo pareceu se esticar em algo estranho e vagaroso. Centenas de pensamentos colidindo ao mesmo tempo. Centenas de detalhes minúsculos destacando-se.

A barragem agigantou-se com sua fenda imensa, estranhamente quieta. Estranhamente calma. Gaivotas voavam em círculos, e um falcão apanhou correntes de ar flutuando ao lado do aqueduto. A brisa acariciava a pele de Vivia, e os marinheiros observavam o céu como se aguardassem alguma coisa.

Ou alguém.

Em um movimento incômodo, com a paisagem se misturando como tinta fresca embaixo da chuva, Vivia olhou para trás. Para Lovats, onde a escuridão se amontoava em colunas contidas. Já mais fraca do que quando Vivia partira.

A tempestade também estava indo embora. Sem mais chuva, sem mais raios. Apenas nuvens escuras e giratórias afastando-se das paredes, como veneno sendo sugado de uma ferida.

Lovats sobreviveria àquele dia, mas apenas se ela conseguisse impedir o rompimento da barragem. *Apenas* se ela conseguisse impedir aquele navio de navegar para mais longe. E, embora ela não soubesse se a magia do aqueduto aguentaria, ela achava que as consequências de um vale inundado eram melhores que as de uma cidade inundada.

Ela virou a cabeça para a esquerda. Observando os mosaicos de fazendas tão lá embaixo. A mesma vista que sua mãe tivera antes de abandonar aquela vida para sempre.

Não era, Vivia decidiu, uma vista final ruim.

Com aquele pensamento, o tempo avançou. O mundo voltou, e Vivia saltou em direção à abertura do fogo marinho. Ela agarrou a manivela de ferro e posicionou a alça. Uma resina brilhante saiu da ponta. Depois, um fluxo inteiro avançou, jorrando pelas tábuas, o mastro, as velas.

Fogo irrompeu. Preto e branco, espalhando-se rápido demais para escapar.

Os marinheiros restantes correram. Linday não. Ele apenas ficou parado ali, deixando que a resina se lançasse sobre ele, mesmo enquanto seu corpo incendiava como uma tocha. Mesmo enquanto ele queimava, e queimava, e queimava.

Vivia virou-se para o baluarte e pulou. Ela mergulhou sob as ondas e nadou com sua magia impulsionando-a de volta a Lovats.

Mas muito lentamente — ela estava lenta demais.

O navio explodiu. Uma explosão de energia a atingiu, catapultando-a para a superfície. Depois veio o som, mas ela já estava sendo arremessada para cima. Arremessada para fora.

Enquanto seu corpo deixava o aqueduto e o vale aparecia abaixo dela, sarapintado por sombras e chamas, Vivia não pôde evitar sorrir.

Pois, embora pudesse estar caindo para a morte, ao menos o aqueduto havia aguentado.

E a barragem também.

<hr />

Safi queria quebrar alguma coisa. Ela queria quebrar, triturar, esmagar e matar.

Talvez assim o mundo voltasse a fazer sentido.

Porque Merik Nihar não podia estar morto. Aquele fato ribombava no ritmo do seu coração. No ritmo de seus trotes.

Escravizados passavam por ela por todos os lados, seus membros há muito não utilizados. Suas bruxarias prontas para serem libertas. Gritando, correndo, famintos. Explosões de fogo à direita; lufadas de vento à esquerda; pedra fazendo barulho sob seus pés. Um turbilhão de cor e violência, de fome e liberdade, tão verdadeiro, verdadeiro, *verdadeiro*. Os escravizados retumbaram para dentro dos túneis, cada caverna idêntica. Não havia como saber em que direção o trânsito circulava e em que direção o trânsito fugia.

Dedos agarraram o cotovelo de Safi. Ela ergueu a espada bem alto... mas era apenas Lev, com os olhos arregalados e as cicatrizes esticadas.

— Onde está a imperatriz?

Safi não sabia, então não respondeu.

— Precisamos ir — a trovadora continuou, apertando-a ainda mais. — Os escravizados estão libertando os outros e este lugar ficará infestado de guardas a qualquer momento.

Ótimo. Safi sorriu. Ela destruiria aquele lugar, começando com os Baedyed que mataram Merik.

Luzes se acenderam. Pedras de alarme abrigadas nas paredes piscaram, invocando guardas.

O sorriso de Safi se alargou.

— *Lev!* — Caden abriu caminho entre a multidão, marinheiros cartorranos se dispersando atrás dele. — Não podemos voltar pelo caminho que viemos. Zander foi encontrar outra saída... Onde está a imperatriz?

Aquela pergunta foi direcionada à Bruxa da Verdade, mas ela apenas sorriu mais. Zander, cuja cabeça elevava-se acima da desordem, acenou para que eles o seguissem.

Safi partiu imediatamente, contente por estar se movimentando. Por estar lutando. Ela abriu caminho aos empurrões, os cotovelos abertos e os dentes à mostra.

Enquanto isso, as pedras de alarme continuavam cegando-os.

A loucura a cuspiu diante do gigante, que esperava ao lado de uma passagem estranhamente quieta, estranhamente vazia. Alguns escravizados corriam até ela, mas a maioria passava bem *longe*.

— É o caminho para a arena! — O rugido grave de Zander quase se perdeu em meio ao caos. — Mas eu acho que tem um atalho que nos levará para fora!

— Mostre o caminho! — Caden ordenou antes de se virar para a tripulação cartorrana, contando-os conforme eles passavam.

Safi seguia Zander, perseguindo sua figura obscura. As poças diminuíram. Uma estranha vibração se apossou do chão.

Primeiro ela pensou ser apenas fruto de todo o barulho, de todos os escravizados lutando por liberdade. Mas, quanto mais perto eles chegavam da bifurcação adiante, mais um tremor percorria suas pernas. Ela o sentia até os pulmões a cada inspiração ofegante.

Mesmo as tochas estalavam em suas arandelas.

— O que é isso? — um dos marinheiros perguntou.

— Está vindo da arena — outro disse.

— E é por isso que nós não vamos *entrar*. — Lev tomou a frente e chegou ao caminho bifurcado primeiro. Depois, com um grito de "Esperem um instante", ela virou à esquerda no túnel mais escuro.

Os instantes passaram e todos se agruparam na bifurcação. A pulsação de Safi batia no mesmo ritmo das vibrações nas pedras — mais rápido, mais rápido — até ela ter certeza de que o corredor escuro que Lev escolhera estava errado, errado, *errado*.

Ela se virou para Caden.

— Chame ela de volta. Tem alguma coisa lá.

— O que... — o comandante começou.

Errado, errado. Ela o ultrapassou, as mãos em concha em volta da boca.

— Lev! Volte!

— Só um instante! — veio a resposta distante. — Eu estou vendo algo... — As palavras cessaram, engolidas por um grito de doer os ouvidos.

Então uma luz alaranjada brilhou no fim do túnel, e a voz de Lev surgiu retinindo nas pedras:

— FALCÃO-DE-FOGO! ELES TÊM UM MALDITO FALCÃO-DE-FOGO! CORRAM!

— Ah, merda — Caden disse. Ou talvez tenha sido a tripulação. Ou talvez a própria Safi tivesse dito. Com certeza era o que ela pensava enquanto colocava o rabinho entre as pernas e corria como se demônios do Vazio a perseguissem.

Falcões-de-fogo. Demônios. Quase a mesma coisa.

O barulho cresceu às suas costas. Um rugido crescente como uma cachoeira se aproximando rápido demais. Mas não. *Definitivamente* não, porque cachoeiras não faziam o chão oscilar, nem transformavam escuridão em dia.

Depois veio o calor. Ela o sentiu abrasante, agarrando e beliscando seus ombros, muito antes de o brilho flamejante a alcançar.

E quando o brilho *enfim a* alcançou — pelos portões do inferno, Safi nunca correu tão rápido em sua vida. Ela ultrapassou marinheiros, ultrapassou escravizados, ultrapassou Caden e Zander, e ah, lá estava a imperatriz, acabando de sair de uma entrada ensolarada.

— CORRA! — ela gritou, alcançando Vaness e agarrando o braço dela. Com toda a sua força, Safi empurrou a imperatriz. Para fora da entrada, para fora do caminho do falcão-de-fogo.

Mas o que Safi incutiu a si mesma e a Vaness não era muito melhor que o falcão-de-fogo. Elas haviam entrado na arena.

Por todo o dique com piso de cascalho, o Massacre de Baile se agitava. Um raio cortou o ar, chamuscando a bochecha de Safi antes de se chocar contra uma estalagmite que se erguia da terra. Um Bruxo da Tempestade lutando com um Bruxo da Terra. *Excelente.*

Ela virou à esquerda, mal conseguindo evitar um turbilhão de fragmentos de gelo que rapidamente chiaram contra uma parede de labaredas.

Todas as fronteiras entre amigo e inimigo, escravizados e escravocrata, Vela Vermelha e Baedyed, tinham desaparecido. Todos lutavam. Cada maldita pessoa que estava viva naquela arena atracava-se corpo a corpo, lâmina a lâmina, ou magia a magia.

Ah, e havia o problema do falcão-de-fogo. Ele chegara à superfície da arena e, naquele momento, avançava pelo túnel em uma linha de calor branco.

Graças aos deuses os músculos de Safi eram mais inteligentes que seu cérebro, pois, ao primeiro sinal do monstro — uma linha de fogo tão comprida quanto um galeão alado com o dobro de largura —, ela teria ficado parada ali, feliz e pasma.

Suas pernas, no entanto, queriam se *mexer*. Ela mergulhou até uma estalagmite, mas no instante em que se aproximou, a rocha se desfez. Safi continuou procurando — abrigo, abrigo. Ela precisava de abrigo. Porque o gavião circulava, gritando sua raiva para um céu azul intenso.

Até que ele dobrou as asas, fechando-as, e mergulhou. Diretamente na direção de Safi.

Ela tentou correr, se esquivar, girar bruscamente para o lado, no entanto, mesmo enquanto escapava, ela sabia — naquela parte fundamental e sobrevivente do seu cérebro — que ninguém poderia escapar de uma criatura daquelas apenas *girando rápido*.

Sua audição foi engolida pelo barulho, sua visão era um inferno enfurecido. Não haveria escapatória. Não daquela vez.

Um corpo vindo de trás a empurrou. Ela caiu no chão, o queixo batendo com força no cascalho.

— *Feche os olhos!* — Caden gritou.

Ela fechou. O falcão-de-fogo a atingiu.

A antiga vida terminara.

Quando ela era criança, Habim lhe contara que os marstoks acreditavam que falcões-de-fogo eram espíritos da vida. Do nascimento. Que encontrar um falcão-de-fogo — e sobreviver — era receber uma segunda chance. Um novo começo. Uma ruptura.

Safi acreditou naquilo, pois naquele espaço entre um batimento e o próximo, enquanto o monstro bramia acima dela com luz, calor e som, todo o seu ser focou um lampejo de pensamento. Uma lembrança, afiada como a melhor lâmina.

"Tudo o que você ama", seu tio dissera, "Safiya, é levado... e massacrado. Mas logo você vai descobrir. Em detalhes bem vívidos, você vai descobrir.". Depois, ele continuara: "Se você quisesse, Safiya, poderia forçar e moldar o mundo. Você tem treinamento para isso, eu já vi. Infelizmente, você parece não ter iniciativa.".

Bem, Safi considerava aquilo um monte de merda. Não é que faltasse iniciativa — ela *era* a iniciativa. Por inteiro.

Iniciar, concluir.

Ela estava pronta para forçar o mundo. Pronta para *quebrá-lo*.

E com aquele pensamento, uma nova vida começou.

O falcão-de-fogo passou gritando. Caden desceu das costas de Safi. O cabelo dela estava incinerado até metade do comprimento. E seu vestido tinha buracos enormes nas beiradas.

O trovador ofereceu uma das mãos. Como antes, uma escuridão transbordava de suas cicatrizes, sussurrando *errado*. Suas pupilas tinham aumentado até os limites de suas íris.

— Da próxima vez — ele ofegou, as palavras misturando-se às sombras — que você vir um falcão-de-fogo, tente *não* ficar no caminho dele. — Ele se virou, como se fosse se afastar.

Mas os dedos de Safi se agitaram. Ela agarrou a forca dele e o puxou para perto.

— O que — sibilou — você é? — enquanto perguntava, as sombras já recuavam. As íris derretiam de volta ao tom marrom, e nenhuma escuridão parecida com fumaça desenrolava-se da língua dele.

— Se nós sairmos dessa vivos — ele disse, voltando a se parecer, mais uma vez, com o Traidor Atraente que ela conhecera —, me lembre de te contar. Mas, por enquanto, domna, vamos continuar andando.

37

Merik conhecia aquela tempestade. Ele havia sobrevivido a ela em Lejna, voando contra os mesmos ventos elétricos à procura de um olho. À procura da fonte.

Naquele dia, quando ele encontrou o coração da tempestade, o mesmo homem voava. Naquele dia, contudo, Kullen não estava caído e morrendo, mas sim pairando, rígido como se estivesse em cima do pico de uma montanha.

Certa vez, na infância, um incêndio se espalhara por uma casa nas terras Nihar. As pessoas que viviam lá haviam escapado; o cachorro deles, não. O formato brilhante e carbonizado do corpo do animal em meio aos destroços ficara gravado para sempre na mente de Merik.

E ali estava ele, precisando enfrentar aquilo de novo. Escombros. Um corpo. Assustador, mas inconfundível, mesmo quando sua mente sussurrava: *Pare de ver o que quer.*

Kullen o avistou. Houve o clarão de raios, iluminando um sorriso com os dentes à mostra. Os lábios de Kullen esticavam-se de um jeito que era, ao mesmo tempo, familiar e completamente desumano. Ventos pretos espiralavam infinitamente às suas costas, carregando detritos, folhas do outono e sálvia.

— Nenhuma palavra de boas-vindas, irmão de ligação?

— Você não é meu irmão de ligação. — Merik ficou chocado com a uniformidade de sua voz. — Eu vi o meu irmão de ligação morrer.

— Você me viu *destrinchar*. — Kullen abriu os braços, quase com languidez, e raios saíram da ponta de seus dedos. — Mas o destrincho não precisa ser o fim.

— O que você é?

— Você sabe a resposta disso. Sou a vingança. Sou a justiça. Sou o Fúria.

Com aquelas palavras, gelo e raiva fincaram suas garras profundamente no peito de Merik. No entanto, vagamente, ele sabia que não lhe pertenciam.

— Eu pedi que você me matasse — Kullen continuou. Ele chegou mais perto. Tão perto que não havia como não notar como as sombras viviam dentro de sua carne. Dentro de seus olhos, brilhando a cada raio. — Lembra disso, Merik? Eu pedi em Lejna. Graças a Noden você recusou; do contrário, nenhum de nós estaria aqui hoje. Você estaria morto, eu estaria morto, e nós dois estaríamos valsando com os peixes-bruxa.

Merik tentou responder. Tentou pronunciar alguma resposta, mas nenhuma palavra saía. Nada além de: *Você estaria morto, eu estaria morto.*

O outro bruxo riu.

— "Entretanto, apenas na morte eles poderiam entender a vida. E, apenas na vida, eles poderão mudar o mundo." — Kullen inclinou a cabeça, aquele sorriso artificial alargando-se ainda mais. Um sorriso que não alcançava seus olhos completamente mortos. — As lembranças do Fúria sempre estiveram aqui, Merik. Eu apenas tive de morrer para desbloqueá-las. Agora, eu o tornarei um rei! — Frio irradiava dele. Poder, implorando para ser usado. — Juntos, nós podemos tomar esta cidade! Tomar esta nação inteira!

— Não. — O príncipe sacudiu a cabeça. Lágrimas voaram de suas bochechas, desaparecendo na tempestade. — Eu não quero isso, Kull! Eu não *quero* ser rei...

— Ah, quer sim. — Antes que Merik pudesse piscar ou resistir, Kullen o agarrou pelo pescoço. O ar foi extraído diretamente de seus pulmões. — Se você não se juntar a mim, irmão de ligação, eu me tornarei seu inimigo. E lembre-se, *sou afiado como qualquer ponta.*

— Por favor, Kull. — Merik batia nos braços de Kullen. — Você não é assim!

— Eu *sou* assim, Merik. Meu verdadeiro eu finalmente se libertou. — Os dedos dele apertaram ainda mais forte, queimando a pele do príncipe.

— Pare esta tempestade — Merik pediu, a voz rouca. — Vá embora, Kullen, *vá embora.*

— Não. — O outro riu, um som gutural que fez trovões ressoarem. Eles estavam alto, tão alto. — Eu fiz esta cidade, e vou destruí-la também.

— Não vou permitir — Merik arquejou. Seus pulmões estavam pegando fogo. Ele queimava de dentro para fora.

O aperto de Kullen se intensificou. Gelo preto penetrando na pele de Merik. Neve caiu ao redor dele.

— Você acha que pode me impedir, Mer? Estou preso ao tear, e você está preso a mim. Se você mandar minha alma para além da última plataforma, sua alma me seguirá. Irmãos de ligação até o fim.

Com aquela afirmação, ele soltou Merik. A respiração do príncipe ressoou e ventos sopraram sob ele. Mantendo-o no alto. Ele sabia serem os ventos de Kullen, embora sentisse seu próprio poder contorcendo-se ali também. Como se ambos controlassem a magia, como se aquela bruxaria — aquela *fúria* — fosse um rio estendido entre eles. Um poço de onde ambos faziam suas extrações.

E, naquele momento, Merik entendeu.

Ele *era* um homem morto. Assim como Garren. Assim como Linday. E, o pior de tudo, assim como Kullen que planava diante dele. O santo de todas as coisas danificadas, mais grotesco até do que os peixes-bruxa. Kullen era o Fúria, por inteiro.

— Vejo que você entendeu — Kullen disse, e embora as palavras tenham se perdido na tormenta, Merik as sentiu aturdindo sua alma. — A explosão no *Jana* te matou, mas nós temos um vínculo como irmãos de ligação. A mesma magia do tear que me mantém vivo te alcançou. Se um de nós morrer, porém, o outro também morre. Então, que escolha você tem além de se juntar a mim?

Houve um lampejo de luz atrás de Kullen. Tão claro que fez os olhos do príncipe se fecharem. Suas mãos se erguerem. Então veio um estrondo que abalou o solo. Quando Merik voltou a abrir os olhos, encontrou seu irmão olhando para baixo.

Em meio às nuvens e ao caos, o príncipe também viu: o navio com fogo marinho havia explodido.

A atenção de Kullen voltou-se para Merik, os olhos completamente escuros. Não havia mais nenhum raio. Apenas gelo, vento e fúria.

— Sua irmã pode estar achando que venceu, mas eu vou quebrar a barragem sozinho. Esta cidade voltará ao seu governante legítimo de um jeito ou de outro.

Merik não estava mais ouvindo. Em meio a olhos marejados e à tempestade, ele via vultos mergulhando no vale, manchas coloridas em um mundo de fumaça e chamas escuras.

Uma pessoa tentou puxar a água. Tentou se erguer de volta ao aqueduto. *Vivia.*

Ela caiu para a morte, deixando-o com apenas duas opções.

Salvar a cidade.

Ou salvar sua irmã.

A resposta, ele sabia, era óbvia. Um pelo bem de muitos — ele vivera a vida toda com aquela crença, se sacrificando, desistindo de Safi e, por fim, perdendo Kullen pelo que ele pensava ser um bem maior.

Mas não tinha funcionado.

Nunca funcionara. Ele sempre fora deixado de mãos vazias, com a escuridão aprofundando-se ainda mais. Logo, não haveria mais nada dentro dele, mais nada a oferecer.

Ele conseguia perceber aquilo agora. O que ele sabia sobre aquela cidade? O que ele sabia dos vizires ou da marinha? Ele tinha tentado — Noden *sabia* que ele tinha tentado ser o que o povo precisava, mas a recompensa fora apenas cinzas e poeira.

Vivia, no entanto... a irmã que ele nunca compreendera e que esquecera como amar, a Nihar que poderia liderar aquela nação à segurança, à prosperidade, que poderia — que *iria* — enfrentar os impérios com a mesma facilidade que enfrentava uma maré...

Ela deveria ser rainha. Ela nascera para aquilo; fora polida para aquilo.

— Venha — Kullen ordenou, chamando a atenção de Merik. Ventos e geada pulsavam nos fios que os uniam. — Chegou a hora de lembrar aos homens que estou sempre de olho.

A necessidade de obedecer se cristalizou nos ossos de Merik. A necessidade de se aproveitar do ciclone de Kullen, de sucumbir ao poder infinito. De quebrar e gritar e triturar e ruir.

Mas ele lutou contra tudo aquilo. Daquela vez, ele vasculhou as profundezas do seu ser. Até encontrar o temperamento. A ignição de sua fúria Nihar. *Aquela* era a sua magia — fraca e minúscula, mas inteiramente sua. Teria de ser o suficiente. Do contrário, ele nunca apanharia sua irmã antes dos peixes-bruxa famintos.

Com aquele pensamento, Merik se afastou de Kullen, usando apenas sua própria magia, sua própria vontade.

Muitos pelo bem de um.

<hr/>

A fuga do Massacre de Baile era um borrão de aço, sangue e magia. Aço de Safi. Sangue de outros. Magia de Vaness.

Próximo à saída principal da arena, eles se reuniram com Zander e Lev, que ainda estavam com a maior parte da tripulação cartorrana nos seus calcanhares.

— Mas que torta de xixi — Safi xingou assim que eles saíram para o exterior, pois, de alguma forma, a confusão em volta da arena era ainda pior do que a guerra interna.

— Que torta de xixi — Caden concordou. A única estrada para o embarcadouro estava transbordando de pessoas, fugindo e lutando. Duas pontes tinham desabado por excesso de peso, enquanto mais três eram engolidas por chamas.

A cereja do bolo, porém, eram as águas que rodeavam a arena. Elas espumavam com sangue e movimento. Com crocodilos contorcendo-se, atirando-se e agarrando qualquer pessoa, viva ou morta.

— Não tem a menor chance — Safi gritou — de nós chegarmos ao porto.

Caden deu-lhe um sorriso totalmente presunçoso.

— Isso não é nada — disse. Depois gritou: — Trovadores do inferno! Em formação! Todos os outros, para trás. *Você* — apontou para a imperatriz. — Precisamos de três escudos. Bem grandes.

Vaness imitou o sorriso dele e, com o mesmo controle que caracterizava todos os seus movimentos, toda a sua magia, ela ergueu os braços. Três escudos — bem *grandes* — amontoaram-se, criados a partir de qualquer ferro que houvesse nos arredores. A própria espada de Safi sacudiu em suas mãos antes de se transformar em um escudo curvado para o torso de Caden.

— Para trás! — ele gritou.

Safi foi para trás.

— Avançar!

Imediatamente, os trovadores se triangularam. Zander na frente, Caden e Lev logo atrás. Então eles avançaram em intensa velocidade.

Seguida por uma pausa.

Seguida por velocidade.

Safi nunca vira nada parecido. Eles moviam-se em perfeita consonância. *Velocidade. Pausa. Velocidade. Pausa.* Embora alguns poucos corajosos tenham atacado a formação pelas laterais ou por trás, os marinheiros eram bem treinados.

Com aquele esquema, os cartorranos cruzaram o pântano. O tempo perdeu todo o significado. Passou de segundos e ofegos a explosões e calmaria. A lâminas arqueadas e mandíbulas rosnantes próximas. *Velocidade. Pausa. Velocidade. Pausa.* Sempre em frente e debaixo de um céu perfeito e sem nuvens.

Até que, enfim, eles chegaram ao porto.

Até que, enfim, eles chegaram ao navio.

Mas não foram os únicos a alcançar a chalupa cartorrana ao final da doca. Marinheiros já se arrastavam pelo convés enquanto uma mulher com cabelo grisalho proferia ordens da popa.

Ela os viu se aproximando antes de sua tripulação. Sorriu — algo falso que alvoroçou a magia de Safi — e então trinou:

— Vocês estão atrasados demais para recuperar o navio, queridos!

Um por um, os homens dela se viraram para ver quem havia chegado. E um por um, sacaram facas, sabres de abordagem e pistolas enfeitiçadas por fogo.

Os braços de Vaness se ergueram, e Safi viu exatamente o rumo que aquilo tomaria. Mais lutas, mais derramamento de sangue, mais vidas perdidas.

Portanto, ela pensou em iniciativa. Em unir e romper, quando se viu enfiando-se na frente da imperatriz. Na frente dos trovadores.

— *Espere!*

Kahina esperou, elevando as sobrancelhas.

— Não precisamos fazer isso — Safi disse. Merik poderia estar morto, e inúmeros outros também, mas não significava que mais alguém precisasse se juntar a ele.

— Vão embora. — Kahina andou até o baluarte. Sua própria espada tilintava em seu quadril. — Não tenho nenhuma desavença com vocês, entretanto, eu tomei este navio. E agora ficarei com ele.

— Vamos jogar por ele — as palavras escaparam. Estúpidas, *tão* estúpidas. Mas também tão inesperado.

Caden e Vaness viraram-se na direção dela, os rostos horrorizados.

A almirante, contudo, parecia encantada. Um sorriso felino espalhou-se em seu rosto, e ela apoiou a mão no baluarte.

— Tarô não — falou, arrastada. — Mas um duelo. Eu. — Ela espalmou a mão sobre o peito. — Contra você. Sem armas. Apenas cérebro e músculos. *Então,* quem sair vivo fica com o navio.

— Não — Caden se aproximou de Safi. — *Não.*

Mas ele demorou muito. A Bruxa da Verdade já concordava, já assentia e marchava até o passadiço do navio.

Iniciar, concluir.

38

Aeduan não conseguia tirar os olhos da Bruxa dos Fios. Fumaça sussurrava ao redor dela. Sem o Bruxo de Fogo para manter as chamas, apenas o solo chamuscado permanecia — e Aeduan podia finalmente se familiarizar com a situação.

Ele e Iseult estavam na extremidade sul dos pilares, onde o rio se tranquilizava em antigos campos de batalha.

Ele cedeu contra um pilar e a observou se aproximar. Ela tinha destrinchado aquele homem. Com a mesma facilidade com que ele imobilizava o sangue de alguém, ela rompera os vínculos que conectavam o Bruxo de Fogo à vida. Ele já vira aquela magia antes. Magia perversa. Magia do Vazio, como a sua própria. Mas nunca — nunca em mil anos de vida — ele teria adivinhado que a Bruxa dos Fios...

Não era, de forma alguma, uma Bruxa dos Fios.

Enquanto esperava, o verso matutino tremeluziu em sua mente. *O fogo desperta a grama morta, a chuva desperta a terra.* Aquele momento nas ruínas parecia ter acontecido há muito tempo. Mas não. Iseult ainda era a mesma mulher que lutara com ele. Que disputara corrida com ele.

Que voltara por ele.

A chuva começou a cair, diminuindo as chamas do Bruxo de Fogo. As explosões de canhão continuavam, e tiros de pistola estalavam. Vozes eram carregadas pela garoa, um sinal de que a batalha havia chegado à ravina.

Iseult se inclinou até Aeduan. Cinzas escorriam de suas bochechas, rios escuros de chuva, e por meio segundo, ela pareceu tão corrompida quanto o homem que acabara de matar.

Então, a ilusão acabou. Seus dedos pousaram no ombro dele, e sem uma palavra, ela o movimentou. Sem gentileza, mas com eficiência. Ela agarrou a flecha alojada nos pulmões e no coração dele.

Aeduan sabia a intenção dela, e sabia que devia impedi-la. Naquele instante. Antes que lhe devesse mais dívidas de vida.

Mas não o fez. Em vez disso, permitiu que ela colocasse um pé no pilar. Permitiu que ela arrancasse o ferro de seu coração.

A dor o percorreu por inteiro, pesada como a chuva sufocada pela fumaça. Ele afundou para a frente, em cima de uma pedra. Seu peito descia e subia. Sangue jorrava.

— Eles estão com a Owl — Iseult disse.

Aeduan assentiu, a testa roçando na pedra.

— Ela não é apenas uma criança — ela continuou. — Tanto os Baedyed como os Velas Vermelhas a querem. Seja lá o que ela for, é especial.

Mais uma vez, ele assentiu. Já tinha adivinhado, embora ainda precisasse pensar no significado daquilo.

— Eles estão vindo atrás dela, Aeduan. — A voz de Iseult estava mais forte. Mais alta que as gotas de chuva.

Ele abriu os olhos. Pingos pretos formavam linhas pelas ranhuras do pilar.

Mais duas flechas foram retiradas de sua carne. Uma de sua coxa, uma de seu ombro. Sua visão ficou mais nítida no mesmo instante.

Outras duas flechas foram soltas, e a coluna de Aeduan se endireitou por completo. Mais três flechas, e sua magia também se expandiu.

— Pessoas — disse, virando-se para Iseult. — Centenas delas estão vindo para cá.

Ela não demonstrou surpresa. Na verdade, foi ela quem assentiu desta vez.

— Os Velas Vermelhas estão vindo do rio. Eles querem a Owl de volta, e é por isso que devemos encontrá-la primeiro.

Foi então — naquele momento — que a compreensão o acertou bem no peito. Iseult estava ali. Não perseguindo a Bruxa da Verdade, mas ali, parada em uma terra de brasas fumegantes. Antes que ele pudesse falar, antes que pudesse perguntar como ela sabia sobre os Velas Vermelhas, um grito desumano encheu o ar. Mais alto que a chuva que diminuía, mais alto que os rugidos de canhão.

Era o morcego-da-montanha que voltara e mergulhava na direção deles.

Aeduan mal havia puxado Iseult para o lado quando as garras do animal atingiram as pedras.

<center>~~~</center>

Merik não conseguia chegar até Vivia.

O ciclone de Kullen o acertava de todos os lados, mesmo quando ele tentou mandar seus ventos buscarem Vivia. Mesmo quando tentou se libertar.

Era como se Kullen pressentisse o seu próximo movimento. Era como se Kullen *pressentisse* o âmago minúsculo e patético do verdadeiro poder de Merik.

Eles tinham um vínculo. Suas almas, suas magias, o que significava... Nada de magia. Merik não poderia usar sua bruxaria do vento ali.

Libertar o vento deixava seu peito dolorido e seu corpo mole, mas ele o fez mesmo assim. Libertou sua magia. Libertou sua fúria.

Então caiu, uma descida direto para o centro da tempestade. Uma queda livre em direção ao aqueduto. Ele sentiu o grito de Kullen golpear seu crânio. A magia atravessou seu estômago, seus membros. *Me use, me use, me use.*

Ele não a usou. Avançou, com nada além de fogo marinho escuro se aproximando.

Ele passava pelo aqueduto. O calor o consumia. Sombras se enfureciam. Mas lá embaixo o vale esverdeado o aguardava.

Por entre as lágrimas fumacentas levadas pelo vento, Merik viu sua irmã. Com as mãos e as pernas esticadas, a água retorcendo-se em teias amplas. Elas eram destruídas repetidamente enquanto Vivia despencava. Sem força suficiente para salvá-la do chão do vale, mas forte o suficiente para retardar sua descida. O suficiente para que Merik a pegasse.

Ele apertou os braços na lateral do corpo, esticando os pés.

Água respingou em seu rosto; pingos fora do controle de Vivia.

Mais rápido, *mais rápido*. Nenhuma magia o impulsionava, apenas o poder de Noden. O poder da queda. *Mover-se como o vento, mover-se como a corrente.*

Merik a alcançou. A água colidiu contra ele, milhares de incisões que o cortaram em pedaços. Seus braços a enlaçaram. Ele a segurou com firmeza.

Eles giraram. Giraram, giraram, sem vista. Sem sons. Apenas água, vento e a sensação da morte se aproximando com rapidez.

Mas naquele momento — naquele momento Merik podia voar. *Naquele* momento ele podia usar o poder que o unia a Kullen.

Houve uma erupção de vento que estalou sob seus corpos, girando-os com força em uma nova espiral. Mais, mais. Merik invocou *mais* em um rugido de calor que Kullen não poderia conter. Ar suficiente para pará-los. Vento suficiente para achatar a grama. Um vasto círculo sobre o qual os Nihar reduziram a velocidade. Até finalmente parar.

Eles aterrissaram de pé, as pernas cedendo. As mãos de Merik afundaram na grama e no solo molhado. Um cheiro tão brilhante e vivo depois de toda a fumaça e tempestade.

— Merry — Vivia tentou dizer. O ombro dela sangrava.

— O seu braço — ele respondeu. Ficou parado, trêmulo. Sempre houvera tanta grama assim? Ela já voltava à altura normal, como se seus ventos nunca tivessem surgido.

— Estou bem. — Vivia parou ao lado dele. — Não consigo sentir. Merry, preciso te dizer...

Um estalo alto ecoou pelo vale. Como se uma montanha tivesse caído. Como se o próprio solo tivesse se dividido em dois.

A barragem estava quebrando.

<hr/>

Safi *versus* Kahina.

Elas lutavam no convés da chalupa enquanto a tripulação assistia da doca. Sem armas, sem sapatos e sem mais ninguém a bordo. Apenas as duas mulheres e gaivotas rodeando suas cabeças.

O resto do mundo desapareceu. Nenhum rugido distante da arena. Nem mesmo o rangido mais próximo das tábuas do navio. O mundo desapareceu porque Safi o *fez* desaparecer, exatamente como Habim a ensinara, quase uma década atrás. Seu olhar pairava na altura do peito de Kahina, melhor para ver o corpo inteiro dela. Todas as suas contorções e seus giros. Então Safi plantou a sola dos pés na madeira áspera — melhor para sentir as inclinações e guinadas que o navio poderia dar.

Kahina era mais baixa, mas Safi não era estúpida o bastante para considerar aquilo uma vantagem. Ela já conseguia ver que a mulher era uma lutadora experiente e confortável. Era evidente no modo como ela saltava de um pé para o outro, os braços para cima e os punhos soltos.

Também era evidente em suas orelhas: nodosas e inchadas por ser agredida há décadas — e por se levantar de novo.

O que tornava Kahina especialmente formidável, porém, era seu condiciomento. Ela não tinha passado a manhã fugindo de labaredas, dos Baedyed ou de uma arena enlouquecida. Na realidade, o maior desafio de Safi seria continuar alerta. Focada...

Um punho avançou. Safi xingou. Kahina já estava atacando. Outro golpe, depois outro. Safi mal conseguia bloquear a tempo. Ela não tinha escolha a não ser recuar.

Cedo demais, ela ficou sem espaço. O baluarte se agigantou, o que significava que ela *precisava* mover-se ofensivamente ou ficaria presa. Ela chutou — apenas uma finta para fazer Kahina abaixar as mãos. Funcionou, e os punhos de Safi uniram-se em um golpe duplo.

Um grupo de articulações acertou o nariz da mulher. O outro a acertou no peito — não para causar dor, mas por poder. Pela distância que Safi ganhava quando Kahina cambaleava para trás.

Mas a almirante sorria, todos os dentes manchados à mostra, e embora seus olhos estivessem lacrimejando, seu nariz não estava quebrado.

A mulher fungou.

— Sabe, garota, eu não sei o seu nome. — Ela bateu o pé esquerdo no chão, chamando a atenção de Safi, antes de avançar com rapidez. Uma mão espalmada acertou a garganta da garota. Em seguida, veio um gancho no nariz, e Kahina *conseguiu* quebrá-lo. Um chute final fez Safi girar para trás.

Sangue jorrava de suas narinas. Lágrimas escorriam de seus olhos. Por fim, porém, a dor tornou-se algo distante. Ela estava acostumada a apanhar; aquilo não a tornava mais lenta.

Embora ela *tivesse* recuado de novo. Kahina tinha voltado a falar também. Uma distração intencional.

— Eu acho tão satisfatório — soco, cruzado, chute nas costelas — que você goste de uma aposta tanto quanto eu, garota.

Mais sangue. Mais dor. *Não escute, não escute.*

— Mas você sabe do que eu gosto mais do que apostas? — A almirante se esquivou de um soco. Depois, pulou para trás antes que o pé da garota chutasse seu joelho.

Safi continuava atacando. Pontapé, unhadas no rosto, soco. Quanto mais forte ela batia, menos Kahina parecia capaz de bloquear. Logo, Safi estava dando golpe após golpe, perto o suficiente para uma joelhada no estômago. Uma cotovelada no queixo...

Kahina a virou.

Em um instante, a visão de Safi era de madeira, lona e céu. Então, o mundo todo virou apenas céu.

Sua cabeça bateu. Estrelas invadiram sua visão. A dor irrompeu em suas costelas. A mulher a chutava. Uma, duas vezes.

Ela se encolheu, tentando agarrar uma perna, um pé — qualquer coisa. O que conseguiu foi agarrar as calças de Kahina. Era bom o bastante. Ela as puxou para baixo.

Ou tentou. Em vez disso, a almirante aproveitou o momento para rebocar Safi para cima — diretamente na direção de um punho.

O nariz quebrado da bruxa fez um barulho de algo sendo triturado. Seus olhos ficaram escuros. Ela oscilou para trás e, mais uma vez, seu crânio atingiu o convés. Não que ela tivesse sentido.

Piscada. Ela estava caindo. *Piscada.* Ela estava no chão. *Piscada.* Kahina estava montada em cima dela. *Piscada, piscada.*

O antebraço de Kahina estava apoiado na traqueia de Safi. Mas a almirante fez uma pausa ali — sem colocar força em sua imobilização. Apenas um leve apoio enquanto sua outra mão se mantinha escorada ao lado da cabeça de Safi.

— Você não me respondeu, garota. Então vou repetir: você sabe do que eu gosto mais do que apostas? — O anel de jade dela reluziu feixes de luz nos olhos de Safi.

— O quê? — A garota mal conseguiu pronunciar aquelas palavras. Sangue, sangue ladeava tudo em seu campo de visão. Cada respiração também.

— Eu gosto de uma boa barganha.

Safi não tinha respostas para aquilo. Não havia por que usar sua engenhosidade contra Kahina — não quando ela já havia perdido. Se a mulher queria distraí-la com palavras, então que fosse assim.

Exceto que, quando a mulher disse "Me diga o seu nome", ocorreu a Safi que talvez aquela não fosse uma técnica de distração, mas sim de enrolação. *Mais importante que as palavras faladas*, Mathew sempre ensinara, *são as não ditas.*

— Você... quer perder. — Safi atraiu o olhar de Kahina. Ambas usavam aqueles momentos para recuperar o fôlego. — Por quê?

Os olhos da mulher se apertaram. Não — eles se enrugaram. Ela estava sorrindo.

— Porque eu não preciso deste navio. Já um favor da futura *imperatriz* de Cartorra... Ora, imagine o que eu poderia fazer com isso, Safiya fon Hasstrel.

Um medo, desanimador e crescente, encheu os pulmões de Safi. É claro que Kahina teria descoberto sua identidade. A informação não era exatamente secreta, e ao menos a almirante não parecia perceber que Safi era uma Bruxa da Verdade. *Aquilo* ainda permanecia confidencial.

— Aqui vai a minha barganha, garota. — Mesmo que minimamente, Kahina a pressionou com seu peso; e mesmo que minimamente, a escuridão se apossou de Safi. — Eu deixo você vencer esta luta, e minha tripulação e eu iremos embora. Em troca, porém, você ficará me devendo. Qualquer coisa que eu quiser, eu tomarei de você algum dia. — As palavras estavam repletas de verdade. — Temos um acordo?

Safi se contorceu. Safi desviou. Safi se esticou. Mas não havia respiração alguma para sustentá-la, e ela nunca se preocupara em aprender como agarrar alguém. O céu, o rosto de Kahina, o navio — tudo vacilava. Deixando-a sem escolha. Ela *precisava* concordar.

Embora ainda estivesse sufocada:

— Duas... condições. — Era inaudível (*sem oxigênio!*), mas Kahina entendeu e diminuiu a pressão o suficiente para Safi guinchar: — Não matarei ninguém por você, e eu... não darei a minha própria vida.

O sorriso de Kahina se espalhou.

— Então temos um acordo. — Quando ela falou aquelas palavras, um sibilo de magia roçou a pele de Safi. Um brilho reluziu nos cantos de seus olhos.

O anel de jade da mulher, zumbindo com magia interna.

— Agora me vire, garota, e comece a me bater até eu implorar para...

Safi a virou com um movimento dos quadris que realmente funcionou daquela vez. À distância, ela estava ciente das ovações vindas da doca. Os trovadores do inferno. A tripulação cartorrana.

Falso, falso, falso. As costas de Kahina acertaram o convés, e Safi subiu em cima dela. *Falso, falso.* Mais ovações, mais sangue — e mais inadequação arranhando sua magia. Mentiras criadas por ela própria. Mentiras para libertá-los.

— Pare — Kahina gemeu. — *Pare.* — Os olhos dela estavam afundando no crânio. — Chega, garota, *chega!*

Safi parou. Então se arrastou para longe da mulher mais forte, menor e mais inteligente.

— Este navio — ofegou, alto o bastante para as tripulações ouvirem — é nosso. Pegue os seus homens e vá embora. — *Falso, falso, falso.*

Kahina apenas suspirou, afundando no convés em falsa derrota. Seu rosto estava pastoso. Mas era mentira — tudo aquilo era mentira.

— Eu vou. O navio é de vocês, mais uma vez.

E aquele foi o fim. O duelo terminara, o acordo era definitivo.

Safi não assistiu à saída da almirante, porém. Nem observou a tripulação cartorrana marchar a bordo, nem a discussão dos trovadores do inferno e de Vaness na doca. Ela apenas arrastou seu corpo quebrado até a popa e olhou para a baía turva. Atrás dela, uma guerra crescente retumbava em Saldonica.

Mas, enquanto seus olhos permaneciam fixos na calmaria suave das ondas saldonicas — com sangue escorrendo de seu nariz, de suas bochechas, de sua boca —, seus pensamentos estavam fixos em outro lugar.

Pois, repousando na palma de Safi, estava sua pedra dos fios. Ela piscava e brilhava, um sinal de que Iseult estava, mais uma vez, em perigo. Um sinal de que Safi não poderia fazer absolutamente *nada* para ajudar, a não ser ficar ali parada e rezar para qualquer deus que pudesse estar ouvindo.

39

Um morcego-da-montanha. *O* morcego-da-montanha de antes. Iseult não sabia por que estava tão surpresa em ver um daqueles animais. Afinal, eles eram criaturas da carnificina, e uma batalha acontecia ali.

O tempo pareceu congelar enquanto ela se mantinha posicionada ao lado de Aeduan, acompanhando o monstro. Um arrepio percorreu o animal, fazendo seu pelo escuro ondular. A chuva caía.

O bicho avançou na direção da cabeça de Iseult, os dentes à mostra e a mandíbula bem aberta.

A bruxa foi tomada por seus instintos. Ela girou para o lado, libertando o sabre de abordagem. *Forte.* Sentia-se mais forte do que nunca. E não podia deixar de imaginar — um pouquinho de pensamento entre as respirações — se era por causa...

Por causa do Bruxo de Fogo.

Sua velocidade ainda não era nada comparada à de Aeduan. A espada dele já tinha chegado, e desferia cortes brutos. Ele se conectou com o pelo do morcego, e tufos marrons musgosos caíram com a chuva.

Os fios prateados do animal brilharam mais. Iseult achava que não conseguiria destrinchar aqueles fios — e o fato de querer, *desesperadamente*, fez um calor enojado subir pela sua garganta.

Mas aquele não era o momento de sentir culpa. Nem repulsa. Nem arrependimentos. Era necessário usar aquela capacidade nova para que ela e Aeduan pudessem *fugir.*

Como se estivesse seguindo ordens, Aeduan fez um ataque baixo, mas o morcego descia em um borrão de sombras uivantes da floresta. O bruxo avançava diretamente na direção das presas.

Iseult investiu, um grito de guerra crescendo em sua garganta.

— *Aqui!* — gritou. — *Venha me pegar!*

Meio segundo — *talvez* Aeduan tivesse ganhado isso com a distração dela, mas bastou. Ele se lançou contra o pilar mais próximo, escalando-o com três passos.

Depois mergulhou, pronto para empalar o animal pelas costas. Posicionado do jeito que o morcego-da-montanha estava, com as asas esticadas por impulso, seria impossível a criatura se virar a tempo.

Aeduan ergueu a espada, pronto para colocar toda a sua força e magia no golpe...

Foi então que Iseult viu: os fios prateados brilharam com uma nova cor. Uma que não fazia sentido — uma que ela não sabia ser possível. Ainda assim, lá estava, rosa do entardecer trançando-se e entrelaçando-se ao prata.

Os fios que unem.

A lâmina de Aeduan encontrou carne e pelo. A ponta de uma orelha pontiaguda — um naco de carne tão grande quanto a cabeça de Iseult — se espalhou pelo solo encharcado de chuva.

O morcego-da-montanha rugiu, sua respiração precipitando-se sobre a bruxa e a derrubando para trás. Então, o monstro agitou sua enorme figura serpentinosa, as asas batendo. Cada passo fazia o solo tremer.

Mais quatro passos cansados, e ele voou.

Os fios da cor do entardecer brilharam com mais intensidade, indo em direção à cachoeira. Em direção a um bocado tênue e distante de fios assustados e destruídos. Fios *familiares*.

Owl. O morcego-da-montanha estava ligado a Owl.

Aeduan correu até Iseult, lâmina e corpo cobertos por sangue de morcego. Suas bochechas estavam escarlate, os olhos com espirais vermelhas.

— As... Cataratas — ela ofegou. — Owl está nas Cataratas. E o morcego... está ligado a ela.

Uma piscada confusa. Duas respirações trêmulas. Então a compreensão recaiu sobre ele.

— Deve ser por isso que os piratas a querem. Uma criança que consegue controlar... um morcego-da-montanha. — Ele limpou o rosto no ombro, depois ofereceu a mão a Iseult.

Ela a agarrou com força, os dedos entrelaçando-se aos dele. Juntos, eles correram.

O mundo virou um borrão de pedras estriadas e chuva fumacenta. Tudo o que Iseult via eram os seixos sob seus pés e os pilares à frente. Sua capa branca ondulava ao seu redor, e o aperto de Aeduan nunca enfraqueceu.

Assim como os gritos do morcego-da-montanha nunca se atenuaram. Os ataques decrescentes voltaram. Fios prateados galvanizados de rosa ficaram mais próximos. E mais. Mas agora Iseult sabia que eles eram aleatórios. Atacavam sem motivo porque Owl estava presa sem motivo.

Pelo menos, apesar de tudo, era possível ver onde o morcego-da-montanha mergulharia em seguida.

— *Esquerda!* — ela gritou e, ao mesmo tempo, ela e Aeduan deram a volta em uma coluna de pedra fina como uma árvore.

Fios prateados. Gritos detestáveis. O morcego caiu.

O pilar também.

Aeduan assumiu a liderança. Mas, daquela vez, enquanto seus dedos afundavam no antebraço de Iseult, ela percebeu que o morcego estava parando. Em vez de tomar impulso para outro mergulho difícil, ele estava suspenso no ar.

Owl. Eles deveriam estar perto.

— O rio! — Iseult gritou, e no mesmo instante Aeduan mudou o trajeto. Eles saíram de trás dos pilares, e o Amonra os saudou. A marola branca tornara-se vermelha; corpos flutuavam rio abaixo.

Ali, a batalha era travada. Flechas caíam; recipientes de fogo explodiam; lâminas tilintavam sem parar. Era caótico, e nenhum dos lados se importava com quem era morto. Fios violentos, ávidos, saturaram a visão de Iseult. Sangue saturava o solo.

Habim lhe dissera certa vez: "Não há sentido na guerra.". Ela sempre achara que o significado era figurativo. Agora sabia que ele queria dizer *exatamente* aquilo. Não *havia* sentido na guerra, que oprimia sua visão, seu tato, sua audição. Até mesmo sua bruxaria. Cada *pedacinho* de Iseult estava esmagado. Esmigalhado. Despedaçado.

À frente, na base das quedas d'água, Owl aguardava. Seus fios apavorados, nervosos, brilhavam em meio à névoa que saía do rio.

Um estalo vibrou no ar. No mesmo instante, o céu tornou-se preto enquanto flechas caíam, um enxame delas vindo do despenhadeiro.

Aeduan virou à direita, puxando Iseult para trás das pedras. Bem na hora, pois as flechas acertaram suas posições. Soldados e corcéis, Velas Vermelhas e Baedyed — todos caíram como trigo na foice.

Mas não havia como parar. Apenas avançar correndo pela chuva fraca. Homens atacavam com lâminas, mas era tão fácil para Iseult escapar das espadas com Aeduan ao seu lado. Juntos, eles se arquearam, correram, desviaram, rolaram. Uma combinação fluida de passos edificados por sangue e fios.

Eles estavam quase chegando na cachoeira, quase alcançando Owl.

A névoa se dissipou, levada embora pelas asas do morcego. Ele se aproximava, as garras estendidas e a boca aberta.

O nevoeiro sumiu por completo, e lá estava a criança. Vigiada por dez homens. O resto eram carcaças esmagadas nas pedras ou já desaparecidas rio abaixo — pois aquele era o método do morcego. Naquele instante, suas garras agarravam-se a um Baedyed machucado. Então ele se lançou ao ar, jogando o homem para o lado uma vez, antes de atirá-lo no rio.

Outro mergulho estridente do animal fez a névoa se espalhar, e naquele breve período, Iseult avistou tudo o que precisava: nove soldados agora — que logo seriam oito — bloqueavam Owl, que se encolhia contra as pedras, um saco sobre a cabeça.

Um Vela Vermelha atacou pela direita; Aeduan congelou o corpo do homem com um movimento do punho. Mas não o matou, apenas deixou o soldado para trás, imóvel feito uma estátua.

O nevoeiro os cobriu. O morcego-da-montanha deu um rasante, e era chegado o momento da última jogada.

— *Pegue a Owl!* — Iseult rugiu para Aeduan, e naquele momento, libertou-se de seu alcance.

Ela se virou para encarar os soldados restantes. Os homens estavam tendo problemas suficientes com o morcego e ainda não tinham notado sua presença.

Com um grunhido intenso, ela se atirou em cima do soldado mais próximo, cujo olhar estava fixo ao céu. No animal que se aproximava.

Ela rodopiou, o pé esquerdo voltado para trás. O joelho dele deslocou; ele caiu. As pedras eram tão escorregadias ali, e o Amonra trovejava bem perto — um inimigo que Iseult sabia ser impossível de encarar.

E foi por isso que ela chutou o pescoço do soldado com toda a sua força.

Ele caiu no rio. Outra vítima do Amonra. Sete homens permaneciam, porém, e a terra começara a tremer.

Não, não a terra — as pedras. Os cascalhos da margem, suavizados pelo rio. Eles ondulavam e oscilavam, como ondas no mar. Orientados por fios quase invisíveis de um verde-escuro.

Os olhos de Iseult seguiram os fios pela névoa... até Owl. Eles pertenciam a *ela*. Aquela magia era *dela*.

Não havia tempo para pensar no significado daquilo — ou de impedir. Outro homem vira a Bruxa dos Fios. Ele a atacou com o sabre.

Ela se abaixou. O ar assoviou sobre sua cabeça. Perto demais — a lâmina passara perto demais, e o homem estava perto demais. Ela precisava de espaço.

Embora fios prateados também ajudassem.

Ela caiu no cascalho e o morcego fez todo o trabalho, pegando três homens ao mesmo tempo.

Restam quatro.

Naquele momento, Aeduan arrancou o saco da cabeça de Owl. Os fios dela se arremessaram, explosivos de um jeito que Iseult nunca vira antes.

O solo tremeu. O morcego gritou, e fios com o poder da bruxaria da terra cobriram tudo.

As pernas de Iseult se curvaram. Ela caiu nas pedras escorregadias, perdendo a lâmina e tateando o chão. O Amonra se aproximou. Ela desabou dentro dele. A mordida da água colidiu contra ela, roubando todo o ar de seus pulmões, todos os pensamentos de sua mente.

Por três batimentos demorados e ecoantes, as águas glaciais manchadas de sangue sacudiram ao seu redor. Ela estava presa no lugar. Sendo puxada embaixo d'água.

Então o chão se expandiu sob ela. Rompeu e balançou, erguendo-a como uma mãe carrega um filho. Para fora da água. Até a margem. Depois, as pedras a soltaram nos braços de Aeduan.

Ele a colocou de pé, gritando algo. *Corra,* ela supôs. *Rápido,* presumiu, embora não estivesse ouvindo de verdade. Sua atenção estava presa aos fios murchos de uma Bruxa da Terra que tinha feito todo o necessário.

Iseult se esticou para enxergar a menina, escalando grosseiramente o precipício — tudo enquanto o morcego-da-montanha pairava e batia as asas. Um guardião que impedia a aproximação dos soldados. Que derrubava flechas no instante em que elas se aproximavam.

Não fazia sentido. Uma criança que podia mover o solo. Uma criança que podia controlar um morcego-da-montanha. No entanto, não havia como negar o que Iseult via.

Em minutos, eles alcançaram Owl e, sem uma palavra, Aeduan a colocou nas costas. Ela abraçou o pescoço dele com força, os fios brilhantes queimando com o mesmo rosado acolhedor.

Juntos, os três continuaram subindo o precipício chuvoso enquanto uma criatura lendária, uma criatura de campos de batalha, limpava o caminho à frente.

<hr />

Merik e Vivia estavam parados no aqueduto. Ele de um lado, e ela posicionada no outro.

Água com cristas brancas arremessava-se contra eles. Alta como a barragem. Alta como a cidade. Eles seriam atingidos pela inundação em segundos. Merik reuniu seus ventos, quentes e fracos, mas inteiramente seus. Vivia também invocou suas marés.

Eles se olharam. Dois Nihars. Duas magias. Um irmão e uma irmã que nunca conheceram um ao outro, que nunca tentaram.

A inundação chegou.

Seus braços se esticaram. Vento, maré, poder. Uma parede de magia encontrando espuma branca. Merik escorregou para trás, os pés sendo arrastados pelas pedras escorregadias mesmo enquanto seus ventos bramiam adiante. Ele gritou, um som que rasgou sua garganta. Fez sua mandíbula baixar, e mais ventos, mais poder saiu de dentro dele.

Mais, mais. Um poço intocado, aprofundado dentro dele. Ligado não a Kullen, mas ao seu próprio sangue Nihar. À sua irmã lutando contra a inundação ao seu lado.

Sem fúria, sem ódio, sem amor, sem passado. Apenas o agora. Apenas aquela água, diminuindo, fluindo, respingando.

Parando.

Merik levantou uma perna. Deu um passo à frente, impulsionando-se, impulsionando o vento, impulsionando a inundação.

Um segundo passo virou um terceiro. Um pé após o outro, sobre um vale verde e debaixo de um céu com centelhas azuis.

Na ponte, Vivia também andava. Seus passos se igualaram. Um. Dois. Lutar. Empurrar. Três. Continuar avançando.

E centímetro por centímetro furioso, a inundação recuou. Lutar. Empurrar. Continuar avançando.

Então o aqueduto foi tomado de gelo, que esmagou o rio, a inundação — e distraiu Merik por alguns instantes. Por alguns instantes, permitiu que a inundação avançasse e ganhasse alguns centímetros.

Stix, ele percebeu. Ela avançava na direção deles, correndo em cima do gelo que ela mesma criara. Ela acompanhou o ritmo ao lado de Vivia, imitando a pose Nihar e juntando-se à batalha.

A inundação vacilou.

Lutar. Empurrar. Continuar avançando.

Mais pessoas chegaram, mais bruxos. Vento e Maré. Pedra e Plantas. Civis e soldados, todos vibrando e avançando na mesma batida Nihar.

Empurrando, empurrando, eles ganharam terreno, ganharam velocidade, e logo todos estavam andando normalmente. E correndo.

E parando por completo, pois tinham voltado à barragem rompida. A água escorria para dentro de sua antiga casa, enquanto gelo, raízes e pedras subiam devagarinho. Um nível após o outro, uma parede feita por centenas de bruxos. Centenas de nubrevnos. Até que não restava mais nada a ser feito por Merik.

Ele se virou, e novamente encontrou o olhar de Vivia. Ela assentiu uma vez, e algo parecido com um sorriso surgiu no rosto dela.

Ele assentiu de volta, já baixando o capuz rasgado e encharcado. Já se afastando para voltar a Lovats. Sua irmã tinha controle sobre aquela batalha, sobre aqueles bruxos, sobre aquela nova barragem que crescia diante dos olhos deles.

Ela não precisava de nenhuma tentativa desajeitada de ajuda. Principalmente de um homem morto.

Assim, Merik saiu do aqueduto e voou para *Pin's Keep*.

***

Aeduan estava andando há horas, com Owl em suas costas e a Bruxa dos Fios cinco passos atrás — e com o morcego-da-montanha sempre ziguezagueando pelo céu.

Eles haviam saído das Terras Disputadas, mas por pouco. E embora ele tivesse desviado para o norte, de onde ele e Iseult tinham originalmente vindo, Aeduan não ousou diminuir o passo.

Nem ousou colocar a menina no chão. Seus ombros há muito haviam passado da dor para uma agonia quase entorpecente, mas a criança dormia tranquilamente. Se ela acordasse, se ele a colocasse no chão... Lenta demais, ela seria lenta demais.

Foi apenas quando o sol começou a desaparecer e os pinheiros do oeste de Nubrevna começaram a escurecer o caminho com sombras compridas, que Aeduan, finalmente, permitiu uma pausa.

Eles haviam chegado a um lago, puro, cristalino e recortado em meio às arvores. Uma parede esquecida, metade submersa, projetava-se na extremidade mais distante do lago.

— Estamos sozinhos — a Bruxa dos Fios coaxou, a voz falhada pela fumaça. — Nós deveríamos parar.

Era a primeira coisa que alguém dizia em horas e, por meio instante, as palavras dela pareceram sem nexo aos ouvidos dele.

Até que percebeu que ela falava em dalmotti em vez de nomatsi. Ele presumiu que era para que Owl não entendesse.

— Não pressinto ninguém por perto desde antes de o sol começar a se pôr. — Ela apontou vagamente para o horizonte. — E... estou com sede. — Foi isso. O fim do raciocínio dela.

Os lábios de Aeduan se separaram para argumentar, mas Owl começava a se mexer em seus braços. Ela bocejou.

Assim, com os músculos gritando, ele a soltou no chão. Ela estava em pé, alongando-se como se não fosse nada além de uma criança normal acordando de uma soneca normal.

Quatro correntes de ar agitadas percorreram a água, fazendo o casaco do bruxo vibrar enquanto ele o tirava dos ombros doloridos. O morcego-da-montanha apareceu, acomodando-se no topo de uma parede afundada, onde sua cauda comprida podia deslizar pelos cantos destruídos. A extremidade com tufos afundou embaixo d'água.

Owl não demonstrou nenhum interesse pelo animal enorme — que limpava-se como um gato, começando pela orelha direita ensanguentada. Em vez disso, a menina ficou completamente absorta em passar pelas pedras que ladeavam a borda do lago. Quando alcançou a água, ela tentou imitar Iseult, pegando água com as mãos em concha.

— Irmãzinha — a Bruxa dos Fios disse enquanto a menina bebia. — Qual é o seu nome verdadeiro?

A criança a ignorou, e Iseult olhou desamparada para Aeduan.

Ele deu de ombros. Afinal, Owl não seria a primeira criança a ficar sem palavras por causa da guerra.

Ainda assim, a Bruxa dos Fios pressionou, e uma tensão tomou conta das palavras.

— Você consegue falar, irmãzinha? P-pode nos dizer o nome da sua tribo? Qualquer coisa?

A menina continuou bebendo do lago, como se Iseult nem estivesse lá.

Com um suspiro intenso, Iseult finalmente desistiu de tentar. Ela tomou impulso e saltou por cima das pedras. Mesmo com sua silhueta formada pelo entardecer, não havia como não ver o quanto ela estava imunda. As pontas do cabelo preto estavam encolhidas pelas chamas.

Aquela não era a Bruxa dos Fios que encurralara Aeduan ao lado de uma armadilha para ursos. Nem a Bruxa dos Fios que havia lutado com ele naquela manhã. Aquela era uma mulher mudada.

Ele sabia porque ele próprio já passara por aquilo antes. Logo ela aprenderia — assim como ele — que não havia como fugir dos demônios de sua própria criação.

Depois daquele dia, ela flexionaria e dobraria os dedos para sempre, exatamente como fazia naquele exato momento. Ela giraria os punhos e estalaria o pescoço. Ela alongaria a mandíbula, perguntando-se quem poderia ser o próximo a morrer em suas mãos. Quem poderia não escapar.

E após aquela noite, ela ficaria faminta para fugir dos pesadelos para sempre. Ela correria e lutaria e mataria de novo, só para se certificar de que os fantasmas eram reais.

Eles eram.

Aeduan se perguntou se talvez devesse sentir remorso. Afinal, ela destrinchara para salvá-lo. Mas ele não sentia nenhum calor no peito, nenhum enjoo no estômago. Ela teria encontrado sua verdadeira natureza de um jeito ou de outro.

— Sua amiga está se movimentando de novo — ele disse, quando a bruxa ficou de sentinela ao seu lado. As mãos dela pingavam água nas pedras. — Meu palpite é pelo mar. Você não teria conseguido alcançá-la a tempo se tivesse continuado.

Iseult não reagiu. Mas encarou com firmeza os olhos de Aeduan, que ele sabia que deveriam estar com espirais vermelhas. Todo o seu poder era exigido — o pouco que sobrara — para alcançar o cheiro da Bruxa da Verdade.

— Provavelmente a família de Owl está morta — ela disse por fim, o olhar ainda fixo nele.

— Provavelmente — ele concordou.

— Para onde você vai levá-la, então? Duvido que muitas famílias aceitem receber um morcego-da-montanha em suas residências. — Iseult falava sem entonação na voz, como sempre, mas não havia como negar o lampejo de humor sob suas palavras.

Então Aeduan respondeu com gentileza.

— Nem receber um Bruxo de Sangue.

Os lábios dela se ergueram. Depois, se achataram de imediato.

— Nem uma Bruxa do Tear, eu acho.

As palavras pareceram um martelo entre eles.

Aeduan não a contrariou. Ela era o que era, e lutar contra a própria natureza apenas causava dor. Às vezes, morte também.

E foi por isso que ele se viu dizendo:

— Ninguém nunca é recusado no Monastério Caraweno.

— Nem mesmo morcegos-da-montanha? — Novamente aquela centelha insinuando um sorriso.

— Não, contanto que eles sirvam ao Cahr Awen.

Iseult se enrijeceu, e ele se perguntou se havia falado cedo demais. Já era bastante difícil encarar o Vazio, mas o que fazer quando o Vazio o encarava de volta?

Com certeza ele o encarava de volta naquele momento. Aquela oscilação na postura dela. Aquele movimento febril da língua ao longo dos lábios. Se ela era de fato uma Bruxa do Tear, então estava vinculada ao Vazio. E se ela era de fato uma Bruxa do Vazio, então *ela* poderia ser o Cahr Awen. Ela começava a perceber aquilo.

Aeduan também.

— O Monastério Caraweno. — As palavras despencaram da boca de Iseult como uma prece. Ela piscou e disse: — Achei que você não fosse mais um monge.

— E é por isso — ele alongou os ombros — que não vou ficar. Deixarei a Owl, deixarei o morcego, e deixarei você. Depois, irei para Lejna atrás das minhas moedas. — *E talvez caçar o príncipe Leopold também.*

Ela assentiu, como se aquele plano bastasse. Por alguma razão, o movimento o incomodou. A concordância rápida dela fez os pulmões de Aeduan se apertarem.

Qualquer que fosse aquele sentimento, porém, passou em um instante, e agora Owl mergulhava mais fundo na lagoa sombreada. O morcego-da-montanha, enquanto isso, batia com a cauda na parede com o que parecia ser descontentamento. Embora pudesse ser divertimento. Era impossível adivinhar qual.

Iseult se afastou de Aeduan, gritando para que Owl tomasse cuidado.

Deixando Aeduan, como sempre, fora de cena, observando enquanto o mundo se desenrolava sem ele, sob um céu escuro.

40

Eu *já estive aqui antes*, Safi pensou, observando as linhas brancas deixadas para trás pelo navio cartorrano. A costa pantanosa de Saldonica havia desaparecido há muito tempo e, naquele momento, um pôr do sol resplandecia sobre as ondas. Sobre a paisagem embaçada e pulverizada de sal, vista pela janela.

Ela *estivera* ali antes. Em um navio em direção a Azmir enquanto alguém cuidava de suas feridas.

A dor surgia em explosões luminosas, um ataque estremecedor cada vez que a agulha de Caden penetrava na pele acima da sobrancelha de Safi. Se sua cadeira não tivesse um encosto rígido e uma armação robusta, ela teria caído há muito tempo, pois, por mais gentil que o trovador do inferno estivesse tentando ser — como ela sabia que estava —, ainda doía quando ele costurava o corte deixado pelo punho de Kahina.

Ela estava na cabine do capitão havia uma hora. Primeiro, Lev tinha aparecido para quebrar o nariz de Safi de novo e depois colocá-lo no lugar. Apesar de suas tentativas, Safi tinha *uivado* e mais sangue jorrara. Mesmo depois de toda a dor e das lágrimas causadas, Lev ainda fora forçada a sair justificando-se:

— Não sei se algum dia vai voltar ao normal, domna.

Safi apenas dera de ombros. Sem qualquer suprimentos de cura enfeitiçados a bordo — Kahina havia ficado com todos —, ela sabia que ficaria com cicatrizes e com um nariz torto para o resto da vida. Aquilo não a incomodava muito. Não quando havia tanta coisa *verdadeiramente* digna de preocupação.

Como a sua pedra dos fios.

Havia parado de piscar. Iseult estava novamente em segurança, mas por quanto tempo?

— Eu julguei você mal — Caden disse, afastando os pensamentos de Safi. Foram suas primeiras palavras além de "incline a cabeça" ou "feche o olho". — Na cidade de Veñaza, te achei imprudente. Ingênua e egoísta também.

Safi não pôde evitar: ergueu o olhar até ele.

— Obrigada?

A agulha perfurou com mais ardor. Caden se enrijeceu em cima do banquinho e depois suspirou.

— Fique *parada*, domna.

Fungando, ela tentou relaxar o rosto. Ele continuou:

— A sua coragem mais cedo, no navio... lutando com a almirante. *Ainda* foi imprudente, mas também inteligente. E nem um pouco egoísta. Além do mais, o que você fez lá em Saldonica, na estalagem... eu julguei você mal.

— E eu — Safi murmurou, cuidando para manter o rosto perfeitamente imóvel — não aceito essa tentativa de desculpa.

Ele grunhiu uma vez, quase uma risada, antes de se inclinar mais para a frente para amarrar o cânhamo posicionado acima do olho dela. Segundos se passaram, a dor percorrendo o crânio de Safi e ela sem ter para o que olhar além da corrente de ouro pendurada no pescoço de Caden.

A forca dos trovadores do inferno.

Ele retrocedeu.

— Ficou bom. Me dê o seu punho direito.

Ela consentiu, e o comandante o segurou em direção à janela, em direção à luz que fluía pelo mar. Seus dedos remexeram desconfortavelmente nos hematomas inchados no antebraço dela.

— Trovador.

— Hmm? — Ele posicionou o braço dela, com a palma para cima, em cima do joelho dele. Depois, esticou-se até a agulha e a um pedaço novo de cânhamo.

— Você contou ao imperador o que eu sou? Qual é a minha magia?

— Não contei. — A resposta foi dada sem hesitação enquanto ele enfiava a agulha, o cobre cintilando ao entardecer. — Mas eu confirmei ao imperador o que ele já ouvira de outras fontes.

— Ah. — Safi soltou o ar bruscamente, e seus músculos enfraqueceram. Ela relaxou a postura, observando Caden limpar o corte comprido com linho embebido em água. Sangue fresco jorrou, trazendo com ele uma nova dor.

Ela se forçou a continuar falando.

— Como você sabe qual é a minha magia? O que exatamente os trovadores do inferno fazem? Você disse que, se nós sobrevivêssemos, você explicaria.

— Eu esperava que você fosse esquecer isso. — Ele ergueu os olhos. — Não posso enganar uma Bruxa da Verdade, suponho.

— Responda a pergunta.

— Só vou dizer que... — Ele mordiscou o lábio por um momento. — Só vou dizer que nós, trovadores do inferno, já fomos hereges também. Assim como você. — Ali ele parou para colocar o linho ensanguentado de lado e pegar a agulha mais uma vez. — Nossas magias foram tiradas de nós, domna, como punição. Agora servimos ao homem que as tirou. Retirar a forca é morrer.

Safi ofegou. Os olhos dela se fecharam quando a fincada da agulha doeu — e uma lembrança se formou. Do tio Eron retirando a corrente, a forca — embora apenas alguns segundos por vez. Tempo o bastante para Safi conseguir ler suas verdades.

No entanto, Eron sempre a colocara de volta.

Ela abriu os olhos e encontrou o topo da cabeça de Caden muito perto. Ele tinha sardas na testa, que ela não havia notado até aquele instante.

— Ao usar a forca, você fica protegido contra magias. Como?

— Não posso te contar todos os meus segredos, domna. Do contrário, você vai fugir e o imperador vai enforcar todos nós... e com uma forca de verdade dessa vez. — Ele riu, mas com um toque de tristeza.

Antes que ela pudesse exigir mais respostas, dobradiças ressoaram.

A imperatriz de Marstok entrou, o vestido cor de mostarda manchado esvoaçando. Como todos os outros, ela usava a mesma roupa com que fugira de Saldonica. A almirante Kahina não deixara nada a bordo além de barris de água fresca e móveis.

Vaness se posicionou entre Safi e a janela. Seu rosto estava tranquilo — *falsamente* tranquilo. Pois, embora não houvesse mais sinais da doença sanguínea de antes, e embora a chalupa estivesse, de fato, levando-os direto para Marstok, a verdade era que a imperatriz nunca baixava a guarda. Nunca.

— Quanto tempo mais aqui, trovador? — Vaness perguntou.

— Mais alguns minutos.

— Então terei essa conversa com você presente.

— Tudo bem. — Caden não se movia nem mais rápido nem mais devagar do que antes. Mantinha sua concentração cautelosa habitual, e os habituais golpes constantes de dor.

— Chegaremos à costa Marstok pela manhã, Safi. Para expressar minha gratidão por tudo o que você fez desde que saímos de Nubrevna, quero te dar uma escolha.

"Você pode continuar aos cuidados dos trovadores do inferno e voltar para a sua terra natal, ou pode ir comigo para Azmir. Assim que você me ajudar a expurgar a minha corte, estará livre para partir. E eu..."

Ela fez uma pausa ali e, por uma fração de segundo, a máscara de tranquilidade vacilou. Uma esperança sincera brilhou.

— Eu vou te presentear com capital suficiente para você viajar para onde quiser. Para começar uma nova vida em algum lugar.

A afirmação — a oferta — se assentou na cabine como a ondulação de um lençol sobre um colchão antes de o tecido finalmente afundar. Antes de ele finalmente se *conectar*.

— Uma... escolha — Safi repetiu, e não havia como não notar como os movimentos cuidadosos de Caden *tinham* ficado mais lentos.

Com a mão esquerda, ela agarrou a pedra dos fios. Suas juntas machucadas, quebradas, roçaram na corrente de aço que Vaness prendera ali inicialmente, dezessete dias atrás.

Tanta coisa acontecera naquele período. Com Vaness. Com os trovadores do inferno. Nenhum deles continuava sendo seu inimigo.

Verdade, verdade. A garganta dela ficou apertada com aquele pensamento, e arrepios desceram por sua carne rasgada. Se ela fosse para Cartorra, perderia a liberdade, e Iseult talvez nunca mais a encontrasse, nunca mais a *visse*. Safi ficaria presa como a noiva do imperador, presa como a Bruxa da Verdade do imperador, e presa em um castelo gelado de onde jamais poderia escapar.

Mas em Marstok... Em Azmir... ela tinha uma chance. Assim que terminasse de eliminar a corrupção na corte, ela poderia partir. Melhor ainda, poderia partir com dinheiro para sustentá-la, e ela e Iseult poderiam finalmente — *finalmente* — começar a vida em algum lugar novo.

Mas e os trovadores do inferno? Voltar a Cartorra sem ela era uma sentença de morte — Caden acabara de revelar aquilo. E ela não tinha salvado a pele miserável deles para que Henrick pudesse matá-los.

Ela já tinha perdido Merik Nihar. Não perderia mais ninguém se pudesse impedir.

— Eu irei com você para Azmir — disse, tentando colocar autoridade em suas palavras —, e os trovadores do inferno irão comigo. Como meus guardas pessoais.

As palavras ecoaram na cabine pequena. Vaness parecia confusa, enquanto Caden havia parado de costurar. Ele olhava para Safi com olhos arregalados, algo parecido com uma careta brincando em seus lábios.

O silêncio perdurou por vários batimentos. Até que, por fim, Vaness fungou.

— Eu aceito as suas condições, Safi. E... — Ela fez uma reverência com a cabeça, o rosto relaxando com uma tranquilidade real e honesta. — Obrigada por continuar ao meu lado.

A imperatriz de Marstok saiu exatamente como havia entrado. Foi só quando a porta se fechou e o navio balançou — esquerda, direita — quatro vezes que Caden falou.

Por alguma razão, as bochechas de Safi queimaram quando aquilo aconteceu.

— Por que você quer continuar com a gente? — A voz dele estava muito baixa. — Você sabe que, no fim da história, precisamos te levar de volta para Cartorra.

— Eu sei. — Ela balançou o ombro esquerdo e tentou parecer casual quando finalmente largou a pedra dos fios. — Mas você conhece o antigo ditado, *"com os amigos por perto estamos seguros..."*.

— Entendi. — Ele bufou pelo nariz. Ergueu a agulha. O cobre cintilou. — *"Com os amigos por perto estamos seguros; com os inimigos por perto estamos mais seguros ainda."*

— Não. — Safi ficou tensa, à espera da picada da agulha. — Só a parte dos amigos, trovador. Nada de inimigos. Não mais. — Ela sorriu, nervosa, e ele retribuiu.

Depois, ele a espetou com a agulha. Uma. Duas vezes. Os golpes finais de dor antes de o machucado ser remendado.

Iseult esperou até que o sol tivesse se posto e as estrelas tivessem surgido antes de agir.

Eles haviam encontrado uma clareira ascendente ao lado de um córrego que borbulhava até o lago. Era totalmente indefensável ao olhos dela, e aos de Aeduan — pois ele dissera aquilo quando Owl os levou até lá. As árvores gemiam alto demais, e o fluxo da água não impediria uma pulga.

Mas, ali, a menina tinha se sentado, de pernas cruzadas e com teimosia. Então, para *ali* o morcego-da-montanha tinha se arrastado, antes de erguer seu corpo imenso atrás de Owl. Seus fios prateados já tinham esmaecido, como se o sono silenciasse sua ferocidade, e logo o animal roncava.

Deveria *ser incrível*, Iseult pensou — o exato tipo de história que ela gostaria de contar a Safi assim que elas estivessem juntas de novo. Só que o morcego fedia, e moscas zumbiam em volta do pelo grosso dele. Estragava um pouco do deslumbramento.

Não que Owl parecesse notar o cheiro ou se preocupar, porque, assim que o monstro se encolheu em uma bola na costa rochosa, ela se aninhou ao lado dele e caiu no sono.

Permitindo que Iseult enfim, enfim, tivesse um momento de paz sozinha.

— Aonde você está indo? — Aeduan perguntou quando ela passou por ele, indo em direção ao lago.

— Não muito longe. — Ela gesticulou vagamente em frente. — Eu preciso... beber água do lago. Já volto.

Ele enrugou a testa e, embora não tenha discutido, ficou claro que não aprovava — e calor subiu pelas bochechas de Iseult. Eles haviam avançado naquela parceria estranha e agora sentiam-se responsáveis um pelo outro.

Ela chegou ao lago, respirando com mais dificuldade do que deveria. Mas ao menos ninguém poderia perturbá-la. Ninguém a ouviria se aproximar da beira do lago e se agachar acima d'água.

Seu reflexo se esticou sobre a superfície. Ele oscilava de leve nas laterais, como se não soubesse quem era.

Romper, romper, torcer e romper.

Ela afastou o olhar, os dedos indo ao encontro da pedra dos fios.

Ela soltou o cordão de couro e encarou o rubi. Ele repousava em cima da moeda de prata, em sua palma.

— Safi — sussurrou. Sua outra mão apertou a pedra. — Safi — repetiu, esforçando-se. Expandindo. Pressentindo os fios.

Safi estava longe, e aquela pedra estava ligada a ela. Se Esme conseguia atravessar distâncias em um sonho, e se...

Bem, se Iseult era mesmo igual a Esme, então talvez ela pudesse viajar nos sonhos também.

Mas nada aconteceu. Nada, nada, três vezes *nada*.

— Que fuinhas façam xixi em você — Iseult sussurrou, e seus olhos esquentaram. Ela fungou, apertando a pedra com mais força. — Onde *diabos* você está, Safi?

— *Xingar não combina com você, Iz. Você é equilibrada demais para isso.*

— Safi? — Iseult caiu de cócoras. Uma pedra fincou em sua coxa. — É você?

— *Quem mais seria? O sonho é meu.*

Estava funcionando. Ela nem conseguia acreditar, mas estava *funcionando.*

— Isso não é um sonho, Saf. Eu estou mesmo aqui. Estou mesmo falando com você.

— *É claro que é um sonho. Acho que eu saberia, já que sou que estou dormindo.*

— Saf, é magia... — Iseult hesitou, gelo espalhando-se pelo seu peito. Porque aquilo não era magia dos fios, era? Aquilo era magia de Esme, e Esme não era uma Bruxa dos Fios.

Seja lá o que fosse — seja lá o que aquela bruxaria pudesse fazer —, não podia ser de todo mal se permitia que ela conversasse com Safi.

Ela engoliu em seco.

— É magia — foi tudo o que acabou dizendo. — E confie em mim, isso é real.

Uma pausa alongou-se entre elas. Então fios rosa vertiginosos encheram a mente de Iseult — e carinho também. Um feixe do esplendor de Safi para afastar o frio.

Pelas deusas, ela sentira falta daquela sensação.

E *pelas deusas*, ela sentira falta de sua irmã de ligação.

— *Ora, que fuinhas façam xixi em mim mesmo!* — A voz onírica de Safi assumiu uma natureza ofegante e eufórica. — *Nós estamos* conversando *neste exato momento, Iz! Você consegue acreditar?*

Iseult não pôde evitar. Ela riu.

Safi também riu, e cores do entardecer brilharam acima do vínculo entre elas. Os fios da amizade.

Antes que Iseult fosse capaz de se deleitar com aquele tom perfeito, um vulto chamou sua atenção. Era uma figura movendo-se entre os pinheiros.

Sem fios. O coração dela deu um salto. Era Aeduan — é claro que era Aeduan, mas por que ele tinha que ir até lá?

Ela falou mais rápido.

— Onde você está, Safi? Está segura?

— *Estou em um navio para Azmir, e sim, estou segura. Devemos chegar na capital amanhã. Onde você está?*

— Estou i-indo até você. — A língua de Iseult estava inchando. Ela tinha tanto a dizer. Aquilo não podia terminar tão cedo. Mas Aeduan estava quase chegando na parede submersa. Logo ele estaria perto o bastante para ouvi-la. — E-eu vou demorar um pouco para chegar em Azmir, Saf, mas chegarei lá assim que eu puder. Preciso ir agora.

— *Espera! Fica! Por favor, Iz!*

— Eu... *não posso* — ela rilhou.

— *Só me diz, você está segura? E não mente, Iz. Eu vou saber.*

Iseult não pôde evitar. Sua gagueira cessou e ela sorriu.

— Estou segura, Safi. Nos falamos de novo em breve. Eu prometo. — Então ela levantou a mão do rubi.

Em dois segundos, os fios de Safi tinham se afastado. O coração de Iseult foi deixado gélido, e ela deslizou o couro de volta ao redor do pescoço.

Aeduan pisou na margem. Ele permaneceu em silêncio ao cruzar as pedras, e ela se surpreendeu ao perceber que sua frustração já começava a diminuir.

Porque, é claro, ela poderia simplesmente fazer aquilo de novo. Seu tempo com Safi não terminara. Estava apenas começando.

O bruxo parou ali perto e inspecionou seu reflexo como Iseult fizera. Sem sentar, é óbvio; ela duvidava que ele alguma vez se sentasse. Ou relaxasse. Ou fizesse qualquer coisa que os humanos normais faziam.

Mas, pensando bem, ela supunha que também não fosse exatamente normal.

Bruxa do Tear...

Não. Ela não pensaria naquilo.

Ela colocou as mãos na água. O toque gelado baniu seus pensamentos. Ela se aprofundou mais, até estar com os cotovelos cobertos. Seus bíceps...

— Vaga-lumes.

— O quê? — Ela espirrou água para cima. Arrepios desceram por seus braços.

— Lá. — Aeduan acenou para além do lago. — Vaga-lumes. Ouvi dizer que significam boa sorte em Marstok. E as crianças fazem pedidos para eles. — Havia uma leveza na voz de Aeduan, como se ele...

— Você está brincando? — Ela se levantou. Pingos de água respingaram pela pedra.

— Não.

Iseult não acreditou nele. Com o nariz se contraindo em um sorriso, ela voltou seu próprio olhar para as luzes piscando entre os pinheiros. O ar, o céu, a água — era muito parecido com o encontro deles duas noites antes.

Ao mesmo tempo, nada parecido. Na época, Iseult e o Bruxo de Sangue eram inimigos, unidos apenas por moedas. Naquela noite, eles eram aliados unidos por... Bem, ela não sabia ao certo. Por Owl, com certeza, e talvez pelo morcego-da-montanha também.

Ela inspirou fundo, maravilhada por como seus pulmões pareciam cheios contra suas costelas. Depois, fechou os olhos. Ela queria fazer um pedido, mas havia opções demais. Desejava Safi ao seu lado. Desejava Habim e Mathew também. E, embora não pudesse entender *muito bem* o porquê, desejava sua mãe.

Mais do que tudo, Iseult desejava respostas. Sobre sua magia. Sobre o Cahr Awen.

Queria poder descobrir o que sou.

Suas pálpebras se abriram. Aeduan ainda observava os vaga-lumes.

— Você fez um pedido? — ela perguntou e, para sua surpresa, ele assentiu. Uma sacudida rápida com a cabeça. — O que você pediu?

Aeduan flexionou as mãos. Depois deu de ombros.

— Se virar realidade, talvez um dia eu te conte. — Ele deu meia-volta e se afastou pela costa, diminuindo o passo apenas uma vez, próximo às árvores, para gritar: — Cuidado quando voltar, porque o morcego esticou a cauda em cima da sua pedra.

Iseult o observou até ele tornar-se apenas outro vestígio de escuridão entre os pinheiros.

Ela percebeu que estava sorrindo — embora ela não soubesse dizer se por causa de Aeduan, do pedido ou de Safi.

Após se acostumar com as pedras, Iseult retirou as botas e mergulhou os dedos dos pés no lago. O frio a sustentou. A estabilizou. Então, quando ela agarrou a pedra dos fios e sussurrou mais uma vez para Safi, a conexão foi quase instantânea.

A noite passou. Perfeita em todas as suas vertentes, enquanto Iseult e Safi davam risadinhas, ouviam e compartilhavam cada história guardada pelas últimas duas semanas.

Enquanto isso, os pinheiros balançavam, o lago ondulava e os vaga-lumes dançavam.

41

A Sala de Batalhas. Novamente, Vivia encarava suas portas de carvalho — mas, desta vez, os lacaios se adiantaram.

Desta vez, Vivia empurrava o pai à sua frente.

Primeiro, sentiu-se o cheiro de alecrim misturado à sálvia. Depois, surgiu o mar de túnicas azul-lírio, com mais de trinta rostos pairando acima delas. Os vizires e suas famílias viraram-se ao mesmo tempo quando as portas se abriram. Os murmúrios cessaram, e houve um tremulação quando eles se levantaram e reverenciaram em conjunto.

As botas de couro de Vivia estalaram, sua própria túnica silvando em um contra-ataque ativo ao guincho das rodas da cadeira de seu pai.

— Alteza, Majestade — a filha mais velha do vizir Eltar murmurou quando Vivia se aproximou. Ela fez uma reverência, e Vivia não pôde evitar sorrir. Aquela era a primeira vez em suas lembranças que outras mulheres se uniam a ela na Sala de Batalhas.

Após aquele dia, após o memorial, sua intenção era tornar aquela a primeira vez de muitas.

Ao se aproximar da ponta da mesa, ela se ajoelhou para prender a cadeira do pai no lugar.

Deveria ser um dia de luto, mas ninguém na mesa exibia tristeza em suas frontes. Como eles poderiam lamentar, verdadeiramente, quando a cidade sobrevivera a fogo marinho e tempestades? Quando, apesar de todas as probabilidades contrárias, eles se fortaleceram para a luta?

O povo de Lovats agora sabia sobre a cidade subterrânea, e engenheiros e bruxos já vasculhavam as ruas para garantir que era habitável. O primeiro carregamento de suprimentos das fazendas Hasstrel em Cartorra já havia chegado, e um novo acordo com o império Marstok já estava sendo redigido — pois, agora que Vaness estava aparentemente *viva*, ela tinha um conjunto de negociações bem diferente em mente.

Era especialmente difícil para Vivia sentir qualquer outra coisa além de animação naquele dia. Ela sabia algo que aquelas pessoas não sabiam. Enquanto a cidade acreditava que o Fúria a havia ajudado com o aqueduto, ela sabia que fora Merik.

Merik estava vivo.

Contudo, ele dissera que deixaria a cidade. Que ele e suas duas amigas — a garota Cam e mais outra que acabara de chegar, chamada Ryber — seguiriam para o norte, até as Sirmayans.

— Ryber diz que poderemos encontrar respostas para a minha... *doença*. — Ele havia gesticulado para o próprio rosto, mergulhado na sombra de seu capuz. — E não há muito que eu possa fazer aqui. Você tem tudo sob controle.

Vivia não concordara com aquela opinião, mas também não discutira. Merik a encontrara no salão principal de *Pin's Keep*, onde outras centenas de vozes competiam por espaço em seu cérebro. Onde ela não tivera tempo ou espaço para oferecer uma resposta apropriada a ele.

Além disso, se seu irmão queria mesmo partir, ela não se sentia no direito de impedir. Assim, ela assentiu e disse:

— Por favor, me dê notícias quando puder, Merry. Os Bruxos da Voz reais trabalham o tempo todo.

— Vou tentar — fora sua única resposta. Então ele escondera-se ainda mais em seu capuz (um novo capuz, porque Vivia insistiu que ele se vestisse bem antes de partir), e foi embora de *Pin's Keep* para sempre.

Ele não tentaria entrar em contato com ela. Ela soubera aquilo em *Pin's Keep*, e sabia naquele instante enquanto puxava a gola de lã irritante de sua túnica.

Vivia se levantou e pigarreou. As famílias dos vizires pensavam que o pai dela falaria, agora que ele estava bem o bastante para retornar. Eles, com certeza, o encaravam com expectativa. Mas Serafin encorajara Vivia a "ser a rainha que eles precisam, e logo uma coroa de verdade virá".

Ela pigarreou de novo. Todos os olhares voltaram-se para ela. Enfim, nenhuma resistência.

— Embora estejamos reunidos para relembrar meu irmão — disse, usando o mesmo aumento súbito e vigoroso que ela ouvira mil vezes seu pai usar —, há muitos mais que devemos homenagear também. Centenas de nubrevnos morreram no ataque três dias atrás. Soldados, famílias e... um dos nossos. Um membro deste conselho.

Uma mudança de postura pela sala. Os olhos de todos afundaram para o chão. Ninguém sabia a verdade sobre Serrit Linday; Vivia não planejava contar.

Ao menos não antes de saber quem o controlara — e como.

— Então — prosseguiu, aumentando ainda mais a voz —, para cada folha jogada do aqueduto hoje, peço que se lembrem das pessoas que lutaram por nós. Que morreram por nós. E peço que vocês também pensem antecipadamente nas pessoas que continuam nessa luta, e que ainda podem morrer.

"Essa guerra apenas começou. Muito em breve, nossa vitória recente será uma lembrança, mas que não nos esqueçamos jamais daqueles que passaram pela última plataforma de Noden para conquistá-la. E que não nos esqueçamos..."

Ela umedeceu os lábios. Ficou mais ereta.

— Que não nos esqueçamos jamais do meu irmão, o príncipe de Nubrevna, e almirante da marinha, Merik Nihar. *Pois, embora nem sempre se veja a dádiva na derrota...*

— ... *a força é o dom de nossa Lady Baile.* — A sala tremeu com todas as vozes elevando-se como uma só. — *E ela nunca nos abandonará.*

———— ⌇ ————

Havia desvantagens em ser um homem morto.

Merik Nihar, príncipe de Nubrevna e antigo almirante da marinha nubrevna, desejou ter considerado *viver* muito tempo atrás.

Então talvez, naquele momento, não estivesse tão arrependido. Talvez, naquele momento, ele teria mais lembranças de Kullen e de Safi — e até de Vivia — às quais valesse a pena se agarrar. Tantas lembranças, talvez, quanto as folhas que caíam do aqueduto.

Merik, Cam e Ryber tinham subido a encosta perto da barragem. O plano era viajar para o norte, seguindo o rio até as Sirmayans, mas, no caminho, o funeral havia começado.

As garotas quiseram assistir, e por mais mórbido que fosse, Merik também quis.

As folhas caíam em velocidades distintas, laranjas e vibrantes, verdes e vivas. Algumas eram conduzidas em correntes de ar, subindo mais, enquanto outras atingiam turbilhões e desciam. Algumas estavam em chamas com caudas de fumaça as perseguindo. Outras apenas brilhavam, apagadas, mas ainda brilhantes ao entardecer.

— É lindo — Cam disse ao lado dele, a mão esquerda apoiada sobre o coração. Os curandeiros haviam pedido que ela mantivesse a mão daquela maneira e, pela primeira vez, ela estava fazendo o que tinha sido mandada.

Não, não, "ela" não, ele lembrou a si mesmo. Cam vivia como um garoto, e embora Merik ainda não estivesse acostumado — a pensar em Cam como "ele" —, eles tinham semanas de viagem pela frente. Tempo de sobra para que pudesse reeducar sua mente.

— É lindo mesmo — Ryber concordou, do outro lado de Cam. Ela bateu em uma trança que pendia em frente aos olhos. Ao contrário de Cam, ela tinha mantido as tranças de grumete, e embora estivessem presas, uma ficava se soltando.

— Já vi o bastante — foi enfm resposta de Merik, e ele se afastou. Já era o suficiente de coisas macabras por um dia.

Ele ajustou o capuz, puxando-o o mais para baixo possível. Pessoas demais estavam ali perto. Fazendeiros que haviam escalado vindos do vale, e soldados de folga das torres de vigia da barragem. Com os ferimentos cicatrizando, o cabelo voltando a crescer, e seu verdadeiro rosto espreitando nas sombras escuras e rendadas, ele não podia arriscar ser visto.

Era preciso que o mundo o considerasse morto. Não só para que ele pudesse ir atrás de Kullen em paz, mas também porque o mundo não precisava dele. *Vivia* também não precisava dele no mundo, e ele sabia que a vida dela seria mais fácil sem sua presença.

Um pelo bem de muitos.

Foi quando Ryber e Cam se juntaram a ele na costa do Timetz, onde a trilha esculpida por cascos que eles procuravam atravessava as árvores, que Cam começou a cantarolar uma música familiar.

No mesmo instante, ele se arrepiou. Apertou o passo. As árvores erguiam-se ao seu redor, bétulas, bordos e pinheiros.

— Essa música não, por favor.

— Por quê? — Ryber perguntou. Ela aumentou sua passada para se juntar a ele. Suas botas deslizavam pelas ranhuras do caminho. — Essa cantiga tem um final feliz.

Então, antes que Merik pudesse impedi-la, ela cantou:

O irmão cego Daret tinha sentidos aguçados,
e o perigo à espreita ele conseguiu farejar.
Então ele gritou para a rainha: "Sou maior do que ele!
Solte-o e venha me devorar!"

Filip correu quando ela abriu o bocão
até as proximidades onde estava seu irmão.
Sem parar, os dois irmãos correram,
deixando a Rainha Caranguejo a penar.

Disse o irmão tolo Filip ao irmão cego Daret
ao deixarem a caverna:
"Eu estava errado em deixá-lo e correr em disparada.
Meu irmão, meu amigo, é a coragem que te governa!"

"Me perdoe, querido Daret, pois agora percebo
que a cegueira me preenchia,
Não preciso de riquezas, nem ouro, nem coroa,
contanto que você seja minha companhia."

— Viu? Um final feliz. — Ela sorriu, e duas cartas com o verso dourado escorregaram de sua manga. Ela as virou na direção de Merik, revelando o Nove dos Cães de Caça e o Tolo. Elas flutuaram à brisa, um pouco artificiais.

Merik parou. Sua sacola caiu no chão com um *pof!* Ele se curvou, colocando as mãos sobre os joelhos.

Ele sentia seu coração bater nos pulmões. A lama e os seixos ficaram borrados, faixas vermelhas e cinza que vacilavam no ritmo do seu pulso acelerado, dos seus ventos acelerados.

Me perdoe, querido Daret, pois agora percebo
que a cegueira me preenchia.

Merik era o irmão tolo. Ele fora o tempo todo — era subitamente tão óbvio. Ele quisera algo irreal, algo que jamais poderia ter, e quisera por todos os motivos errados.

Vendo o que quisera ver.

Sua história, porém, assim como a dos dois irmãos, tivera um final feliz. Ele ainda estava ali, não estava? E Kullen também estava em algum lugar — e talvez, apenas talvez, os dois ainda pudessem ser salvos.

Ryber dissera a Merik que sabia como curá-lo. Como impedir aquele destrincho estranho e pela metade que se apossara dele. Ela dissera que a resposta estava nas Sirmayans, e como ele não tinha nada a perder — e tudo a ganhar — confiando nela, ele guardara seus suprimentos e partira.

Cam, é claro, se recusara a ser deixado para trás.

Com a lembrança do maxilar teimoso e dos lábios enrugados de Cam, os ombros dele relaxaram. Ele soltou a respiração.

Merik se endireitou, ouvindo o anoitecer ao redor. Grilos, corujas, bacurais — flutuavam até os seus ouvidos. Os sons que ele e Kullen cresceram ouvindo. Os sons que eles ouviriam de novo em breve.

— Senhor? — Cam murmurou, se aproximando. Os olhos escuros dela... não, *dele,* brilhavam com preocupação, tão familiares, e ainda assim, tão desconhecidos. Ele havia perdoado Cam por esconder a verdade sobre Garren e os Nove.

Mas este é o segredo do reinado da Rainha Caranguejo:
ela sabe o que todos os peixes querem.
A sedução do que brilha, o poder de ter mais,
a fome de amor que todos sentimos.

Merik havia perdoado Ryber também, por deixá-lo na enseada Nihar. Por manter segredos, e até mesmo por se adonar do coração de Kullen, do tempo de Kullen, do amor de Kullen.

Afinal, tanto Cam como Ryber tinham voltado por ele quando mais ninguém tinha.

Bom, ninguém além de Vivia.

Ele sorriu, então. Não conseguiu evitar.

— Venham — disse, pendurando a sacola nas costas. Pois, pela primeira vez em semanas, ele sentia-se vivo. — Temos um longo caminho pela frente, e logo o sol vai desaparecer.

Merik Nihar partiu, satisfeito em não ter riquezas, ouro e coroa, contanto que tivesse amigos ao seu lado.

AGRADECIMENTOS

Diz-se que é preciso uma aldeia inteira para educar uma criança. Para mim, a ideia de esforço conjunto nunca foi tão verdadeira quanto com *este* livro. Eu simplesmente não poderia tê-lo escrito sem o apoio de tantas pessoas incríveis.

Antes de mais nada, preciso agradecer à minha editora, Whitney Ross. Este livro é tão dela quanto meu, e ela não mediu esforços. Obrigada, Whitney. *Lutando!*

Querido, querido Sébastien, obrigada pela sua paciência, pelo seu amor e pelo seu caráter imperturbável. *Je t'aime.*

Joanna Volpe e o resto da galera da New Leaf: eu não conseguiria trabalhar sem vocês. Obrigada por tudo o que vocês fazem, todos os dias.

Para a minha equipe incrível da Tor: vocês são os ajudantes de palco escondidos, trabalhando incansavelmente nos bastidores para transformar minhas bobagens em alguma coisa real. Obrigada, obrigada. Não haveria *Bruxo do Vento* sem vocês.

Para a minha esposa, Rachel Hansen: eu jamais teria conseguido chegar ao Fim sem a sua ajuda. Obrigada. (P. S. A mão flexionada é para você. P. P. S. Depressa!)

Também preciso agradecer, do fundo do meu coração, a alguns amigos escritores/leitores maravilhosos. Quando eu liguei, vocês atenderam *imediatamente*: Amity Thompson, Erica O'Rourke, Mindee Arnett, Melissa Lee, Leo Hildebrand, Akshaya Ramanujam (Aks Assassina!), Madeleine

Colis, Savannah Foley, Kat Brauer, Elise Kova, Biljana Likic, Meredith McCardle, Leigh Bardugo, Meagan Spooner, Amie Kaufman, Elena Yip e Jennifer Kelly. (Como eu disse, este livro precisou de esforço conjunto.)

Ah, sim, e para Erin Bowman e Alexandra Bracken — eu tenho apenas uma palavra para vocês: #varadeferrão.

Para os meus amigos no Fabiano, em especial ao Sensei Jon Ruiter e ao Sensei Brant Graham, obrigada por apanharem de mim em nome de uma boa cena de luta.

Para os meus queridos, *queridos* #Witchlanders, vocês são os meus patronos. Falando sério: vocês são os meus guardiões contra a escuridão. Vocês são a razão de eu continuar escrevendo todos os dias, a razão de eu não ter desistido mesmo quando este livro quase me matou, a razão de eu querer contar esta história. Obrigada do fundo do meu coração.

Para mamãe e papai, vocês são os meus heróis desde sempre. Eu desejo todos os dias ser mais parecida com vocês.

E finalmente, para David e Jenn: desculpa por não ter sido sempre a melhor irmã mais velha. Como a Vivia, precisei me sentir confortável comigo mesma antes de conseguir me sentir confortável com vocês. Mas eu espero que saibam que eu farei qualquer coisa por vocês — sim, *até mesmo* saltar para a morte em um vale cheio de fogo marinho. Mas vamos tentar evitar isso, se for possível.

Primeira edição (novembro/2024)
Papel de miolo Ivory 65g
Tipografias Cormorant, Ohrada
Gráfica LIS